影印校注古典叢書39

大鏡　下

小久保崇明　校注

新典社

底本解題

この複製本の底本は、千葉氏本系の宮内庁書陵部蔵桂宮家旧蔵本甲（平田俊春博士は桂宮乙本とされる）三冊本である。この本は、縦二十八センチ、横二十センチの袋綴本であり、表紙は紙で、淡黄色の地に薄緑で唐草模様が描かれ、左方の上部に『大鏡』（上・中巻もこれに準ずる）と書いた竜紋短冊の題簽がある。題簽および本文の文字は、上・中・下巻とも同筆のごとくに思われる。装幀もすべて同じである。料紙には、楮紙にやや斐紙を交えたものを用いる。

上巻の表紙のつぎには白紙一葉があり、その表の右上部に、方形の「図書寮印」の朱印がある。内題はない。本文は二葉目の始めから書かれ、一面は十二行、一行は、多くは、約二十字乃至二十三、四字詰めである。和歌は約一字下げ、一行で終わる。傍注は「裏書分註本」系統に比し簡単で、人物の考証指定、所収勅撰集名の記入などが見られるに過ぎない。巻末にまた一葉を置く。上巻の本文の一葉目の表の右上部に「宮内省図書印」の方形朱印がある。中・下巻も同様である。

上巻の墨付本文は六十四葉、中巻八十二葉、下巻七十八葉で、奥書等についての識語はいっさいない。書写年代は定かではないが、江戸時代初期と推定される。能筆で雅味豊かであり、墨筆、朱筆による書き入れはない。

凡　例

一、本書は、影印の講読ができるようになることを主眼とし、あわせて、広く国文学に関心をもたれる方々のために編集したものである。

一、本書の影印は、宮内庁書陵部蔵、桂宮本『大鏡』（甲本）をそのまま縮小して、その全文を収めた。

一、翻刻は、影印の原形を留めることを旨とした。ただし、変体仮名は通行の平仮名に改めた。

一、翻刻文には読点を付したが、講読の一応の目安を示したに過ぎない。

一、注解が必要と思われるものについては、頁ごとに通し番号を付し、これを注した。

一、注解を付すにあたっては、日本古典全書『大鏡』（岡一男博士）・『大鏡抄』（松尾聰博士）・『大鏡全評釈』（保坂弘司博士）・新潮日本古典集成『大鏡』（石川徹氏）・『大鏡全注釈』（河北騰博士）など先学の研究に負うところきわめて多い。とりわけ、松村博司博士の日本古典文学大系本『大鏡』、橘健二・加藤静子両氏の新編日本古典文学全集『大鏡』からは、多大の教示を得た。ここに感謝申しあげる。

一、本書には、不備欠陥が多かろうと思う。博雅の士の教示を得たい。

本書の影印・翻刻にあたっては、宮内庁書陵部の一方ならぬご高配を得た。深謝申しあげる。

目次

一　太政大臣道長

このおとゝは[一]、法興院のおとゝの御五男、御母従四位上摂津守右京大夫藤原中正朝臣の女也その朝臣は[二]、従二位中納言山蔭卿の七男也、この道長のおとゝは、いまの入道殿下これにおはします[三]、一条院三条院の御舅、当代《後一条》東宮《後朱雀》の御祖父にておはします、この殿[四]、宰相にはなり給はて[五]直権中納言にならせ給、御年廿三、そのとし[六]上東門院うまれたまふ、四月廿七日、従二位したまふ、御とし廿七、[七]関白殿むまれたまふとしなり、長徳元年乙未四月廿七日、左近大将かけさせ給、そのとし[八]のまつりのまへより[九]世の中きはめてさはかしきに、またの

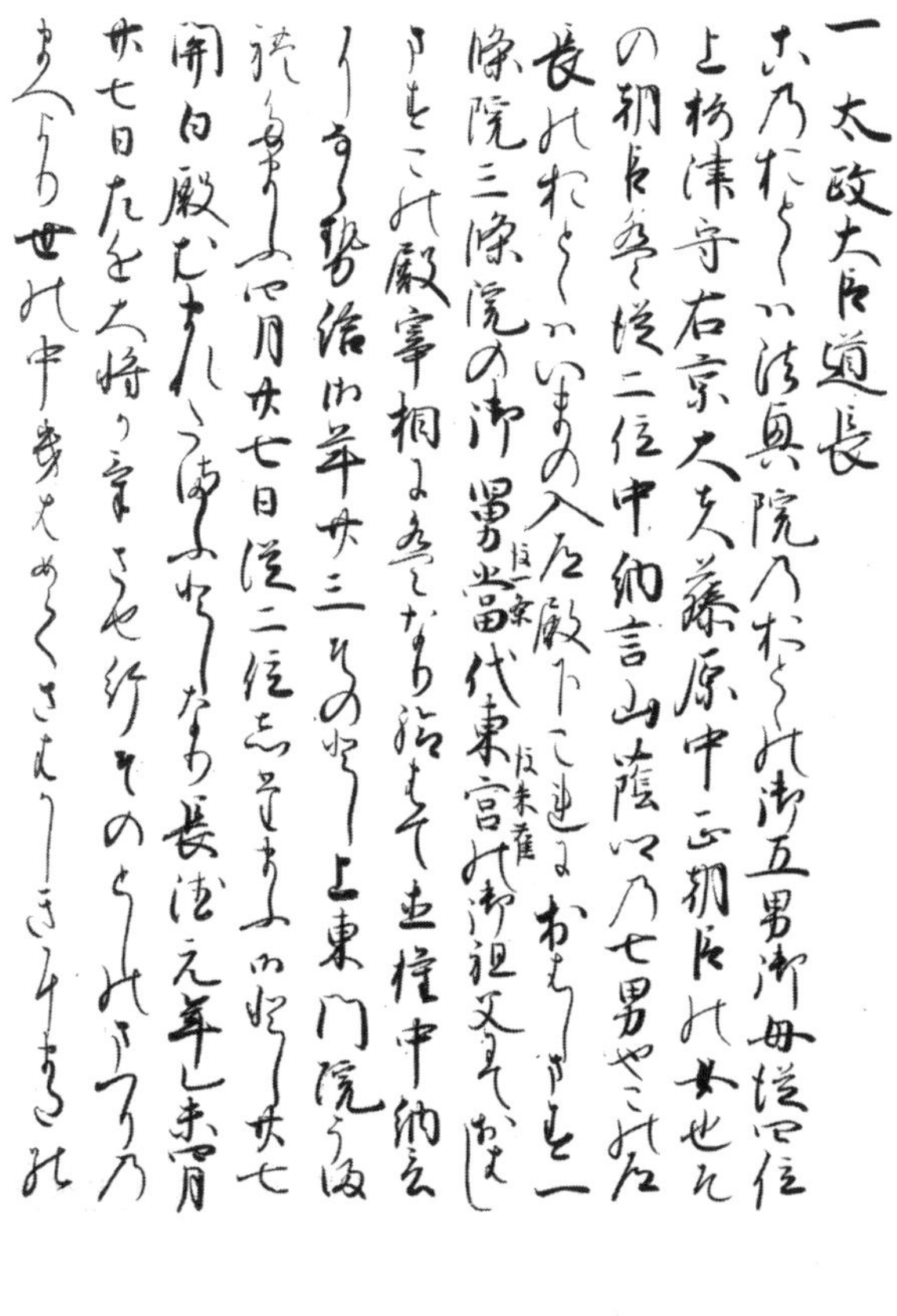

一 藤原兼家。二 従三位の誤りか。四 参議の中国での呼称。『公卿補任』永延二年（九八八）の条に、「非参議従三位藤原道長、左京大夫、正月廿九日任権中納言」とある。五 タダチニ 『観智院本類聚名義抄』「直《タゝチニ》」、『運歩色葉集』「直《タゝチニ》」、『文明本節用集』「直《タヾチニ》」。六 彰子。彰子の誕生は、永延二年（九八八）。上東門院は出家した万寿三年（一〇二六）以降のもの。『大鏡』の語りの現在は、万寿二年。従って、この本文には問題がある。後人の付した注などを、誤って本文に入れてしまったか。それとも、単純な誤りか。七 藤原頼通。八 賀茂の祭り。葵《あおい》祭り。九 「よのなか…さはがし」とは、悪性の伝染病が流行して、世の中が落ちつかない、の意。「きはめて」は漢文訓読語。非常に。極度に。

三 兼家─道長
　　　├超子（三条院母）
　　　└詮子（一条院母）

とし、[一]いとゝいみしくなりたちにしそかし、まつは、大臣公卿おほく[二]うせたまへりしにまして四位五位のほとは、かすやはしりし、まつ、そのとしうせ給へるとのはらの御かす、[三]閑院大納言《朝光》、三月廿八日、[四]中関白殿四月十日、これはよのえ[五]にはおはしまさす、たゝおなしおりのさしあはせたりしことなり、小一条左大将済時卿は、四月廿三日、[六]六条左大臣《重信》殿、[七]粟田右大臣殿《道兼》桃園中納言保光卿、この三人は五月八日、一度にうせ給、[八]山井大納言殿《道頼》、六月十一日そかし、[九]又あらし、あかりてのよにもかく大臣公卿七八人、二三月の中に、かきはらひたまふ事、希有なりしわさなり、それもたゝこの入道殿の御さいはひの上をきはめた

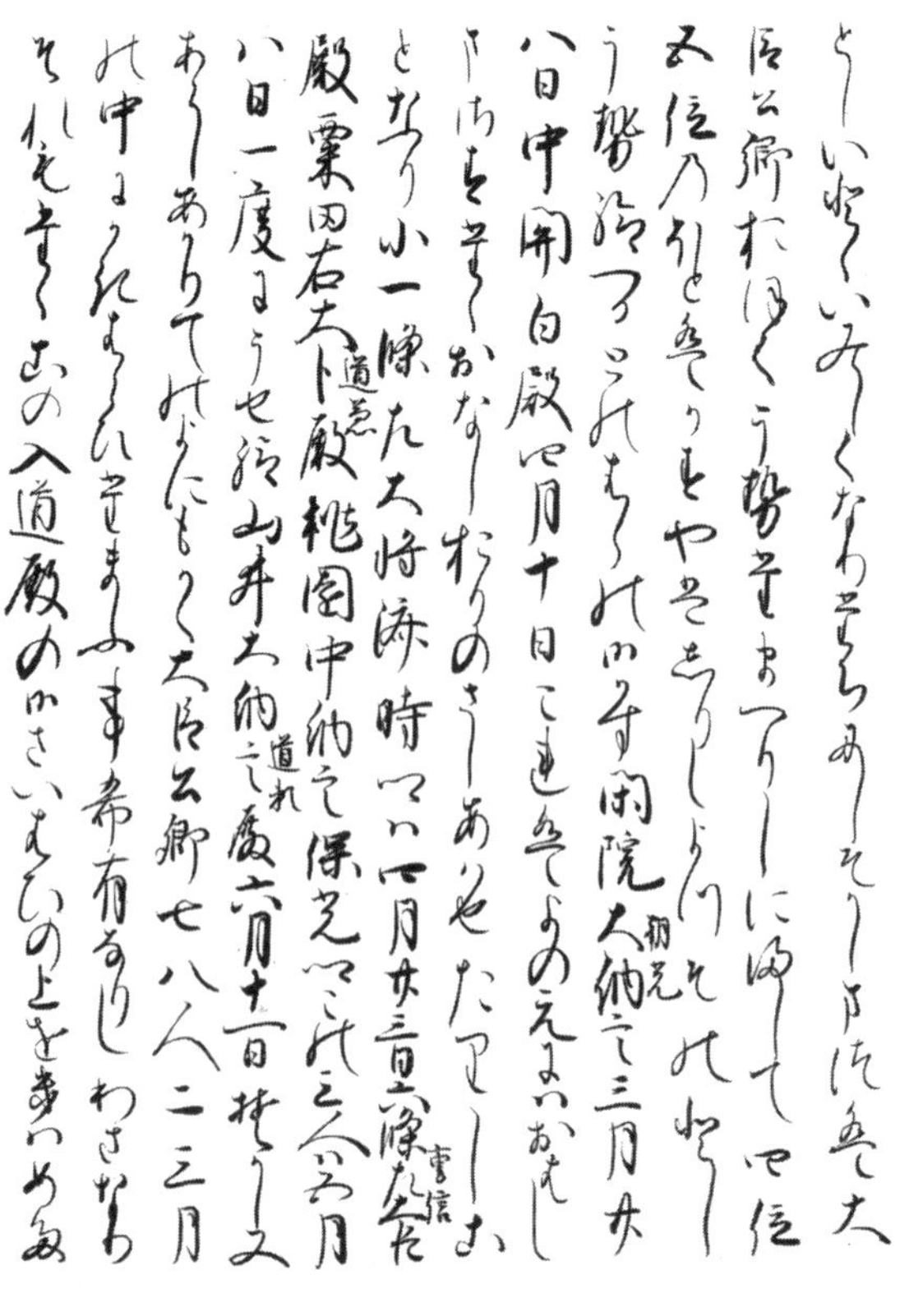

一 いよいよすごく。「いとゞ」は程度の副詞、副詞「いと」を重ねた「いといと」から変化した語。ますます。いよいよ。さらに。和文語で、漢文訓読語「マスマス」と対立する関係にある。「いみじく」は程度の副詞のように用いられて、すごく、たいそうの意味を表す。「いとゞいみじく（う）」という例は、『大鏡』にはこの一例。二「うせ給ふ」は、平安時代の「死ぬ」の尊敬表現としては普通の形。この作品には計九十二例（ただし、「うせさせ給ふ」十四例を含む）。『大鏡』における「死ぬ」の尊敬表現としては、「隠れさせ給ふ」「失せさせおはします」「失せおはします」「失せさせ給ふ」「隠れ給ふ」「失せ給ふ」がある。敬意の度合もこの順のようである。三 藤原朝光。四 藤原道隆。五 疫。流行病。六 源重信。七 藤原道兼。八 藤原道頼。九「又あらじ」と「あがりての…事」は倒置法。一種の強調表現。

まふにこそ侍めれ、かのとのはら、次第のまゝに、ひさしくたもちたまはましかは、一いとかくしもやはおはしまさまし、まつは帥殿《二伊周》の心三もちゐのさまくしく四おはしまさは、五ちゝおとゝ《中関白》の御やまひのほと、天下執行の宣旨くたりたまへりしまゝに、をのつから、さてもや六おはしまさまし、七それにまたおとゝうせ給にしかは、いかてか、みとりこのやうなるとのゝ、世の政したまはむとて、粟田殿にわたりにしそかし、さるへき御次第にて、それ又あるへきことなり、あさましくゆめなとのやうに、とりあへすならせ給にし、これはあるへき事かはな、このいまの入道殿、そのおり、大納言中宮大夫とまうして、御としいとわかく、ゆくするゑまちつ

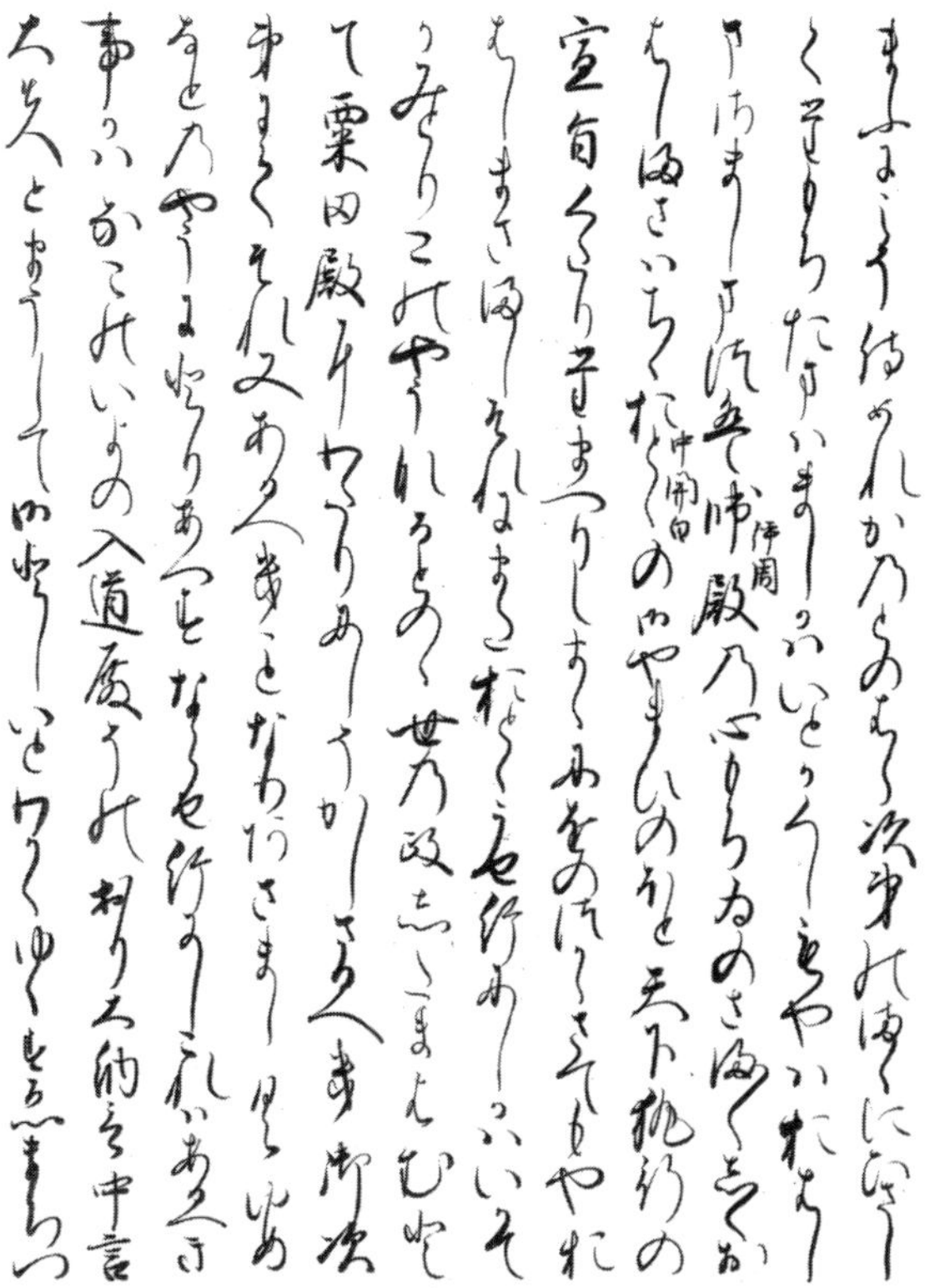

一「…ましかば…まし」、反実仮想の表現形式。事実に反した事態を仮定し、それについて想像する意を表す。（もし）…であったら、…であるだろうに。奈良時代では、「…ませば…まし」。平安時代以後の散文では、「…ましかば…まし」が基本の形。『大鏡』には、「…ませば…まし」の例はない。二 藤原伊周。三 底本「心」、東松本・近衛本（甲）・平松本「御心」。四「さかさかしく」の誤りか。異本系の披雲閣本・萩野本や流布本系の古活字本は「さかしく」とあり、八巻本「さがしく」とある。五 藤原道隆。六「や」は疑問を表す係助詞。反語ではない。七「それに」接続詞。それに加えて。その上に。さらに。

けさせ給へき御よはひのほとに、卅にて、五月十一日に、
[一]関白の宣旨うけ給はりたまうて、さかへそめさせたまひにしまゝに、又ほかさまへも、わかれすなりにしそかし、[二]いまくも、さこそは侍へかんめれ、この殿は、北のかた[三]ふたところおはします、このみやくのはゝうへと申は、土御門左大臣源雅信のおとゝの御むすめにおはします雅信のおとゝは、[四]亭子のみかとの御子、一品式部卿の宮敦実みこの御子、左大臣時平のおとゝの[五]御むすめのはらに、うまれたまひし御子なりその雅信のおとゝの御むすめを、いまの入道殿下のきたのまんところとまうす也、その御はらに、女きみ[六]四（太皇大后彰子皇大后妍中威子尚侍嬉子）ところおとこきみ（[七]関白左大臣頼通内大臣教通）ふたところそおはしますその御

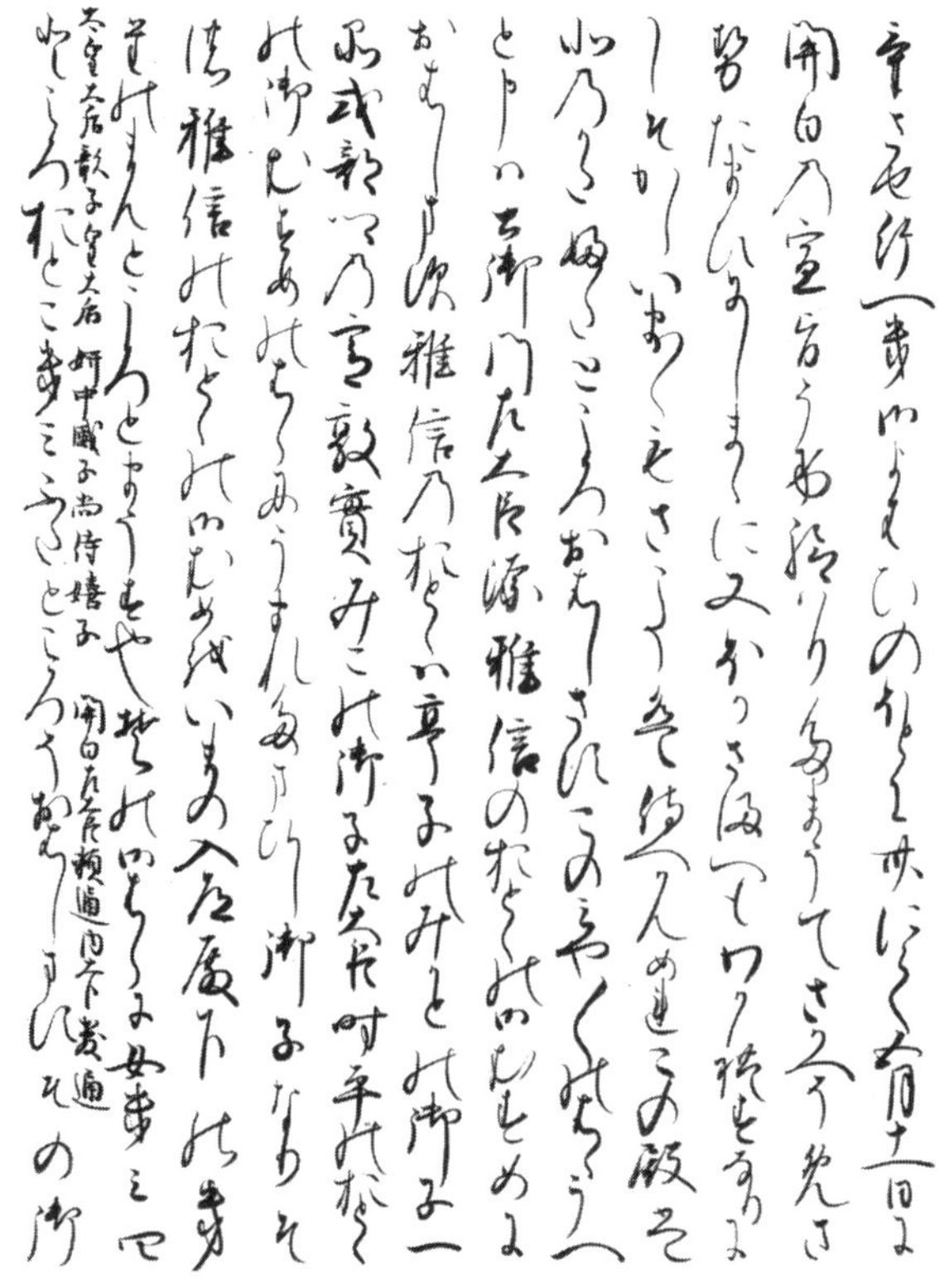

一『公卿補任』の長徳元年の条に、「五月十一日宣旨、官中雑事　触権大納言道長卿可奉行者」とある。正式の関白になったのではない。内覧の宣旨。二「いまく」は、近い将来の意。『大和物語』『宇津保物語』『蜻蛉日記』『落窪物語』『枕草子』『栄花物語』『今昔物語集』『古今和歌集』の詞書に用例があるが、その使用例は多くはない。三 倫子　明子。四 第五十九代、宇多天皇。五 倫子。六 一条后上東門院彰子・三条后妍子・後一条后威子・後朱雀尚侍嬉子。七 頼通・教通。

宇多天皇─敦実
藤原時平─女
　　　　　　├─雅信
　　　　　　穆子
　　　　　　　├─倫子
　　　　　　　道長

ありさまは、たゝいまのことなれはみな人見たてまつりたまうらめとことはつゝけまうさむとなり、[一]第一女きみは、[二]一条院御ときに、十二にて[三]まいらせ給て、またのとし長保二年庚子二月廿五日、十三にてきさきにたち給て、中宮と申ゝほとに、[四]うちつゝき男親王二人うみたてまつりたまへりしこそは、いまのみかと、東宮におはしますめれ、ふたところの御母后、太皇大后と申て、天下第一の母にておはしますその御さしつきの[五]内侍のかみと申し、三条院の東宮におはしましゝに、まいらせたまうて、みや、くらゐにつかせたまひにしかは、[六]きさきにたゝせたまひて、中宮と申き、御年十九さてまたのとし、

一 長女、彰子。二 底本「一条院御とき」、東松本・近衛本（甲）・平松本「一条院の御とき」。三 長保元年（九九九）十一月入内。四 寛弘五年（一〇〇八）九月に東宮、後の後一条天皇、同六年十一月に、後の後朱雀天皇誕生。五 尚侍司《つかさ》の長官である女官。妍子。六 長和元年（一〇一二）二月十四日立后。

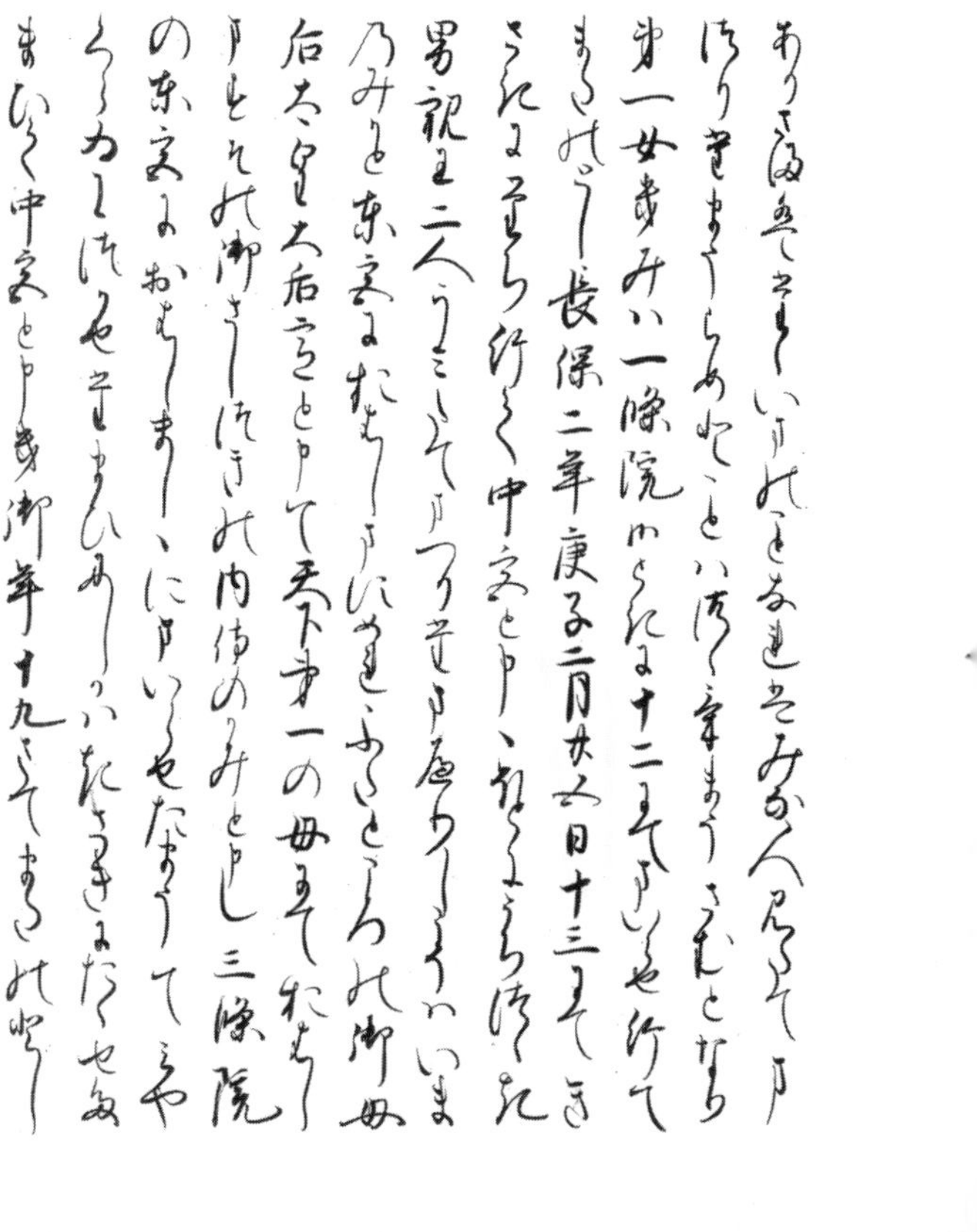

長和二年癸丑七月廿六日に女親王[一]〈禎子〉うまれさせたまへるこそは、三四はかりにて、一品にならせたまひて、いまにおはしませ、このころは、この御母みやを、皇太后宮と申、枇杷殿[二]におはします、一品のみやは、[三]三宮に准して、千戸の御封[四]〈本ノマヽ〉をえさせたまへは、このみやに、きさきふたところ[五]おはしますかことくなり、[六]又次の女きみこれもないしのかみにて、いまのみかと十一歳にて、寛仁二年戊午正月二日、御元服せさせ給ふ、その二月にまいりたまふて、[七]おなしきとしの十月十六日にきさきにゐさせ給、たゝいまの中宮とまうして内におはします、[八]又次の女きみ、それもないしのかみ、十五におはします、いまの

一 禎子内親王。二 近衛の南、室町の東にあったといわれる邸。三 太皇太后・皇太后・皇后の総称。四 封戸《ふこ》。律令制で、親王や上級貴族に俸禄として与えられた課戸《かこ》（課役負担の義務を持つ者のいる行政単位上の家）。五 「おはしますがごとくなり」は「連体形＋が＋ごとし（ごとくなり）」という語法、漢文訓読の用法である。『大鏡』には計五例存在。同義の、同じく漢文訓読の語法、「連体形＋ごとし（ごとくなり）」は計四例ある。この問題については、拙稿「四鏡の語彙・語法二題」（「桜文論叢」77巻 二〇〇九年十一月）を参看せられたい。六 威子。倫子腹三女。七 年月日が、「同じ」に承接する時は、院政期・中世においては、「同じ」を避け、「同じき」を使用する傾向が強い。『大鏡』には計五例の「同じき＋年月日」が存在している。八 嬉子。倫子腹四女。

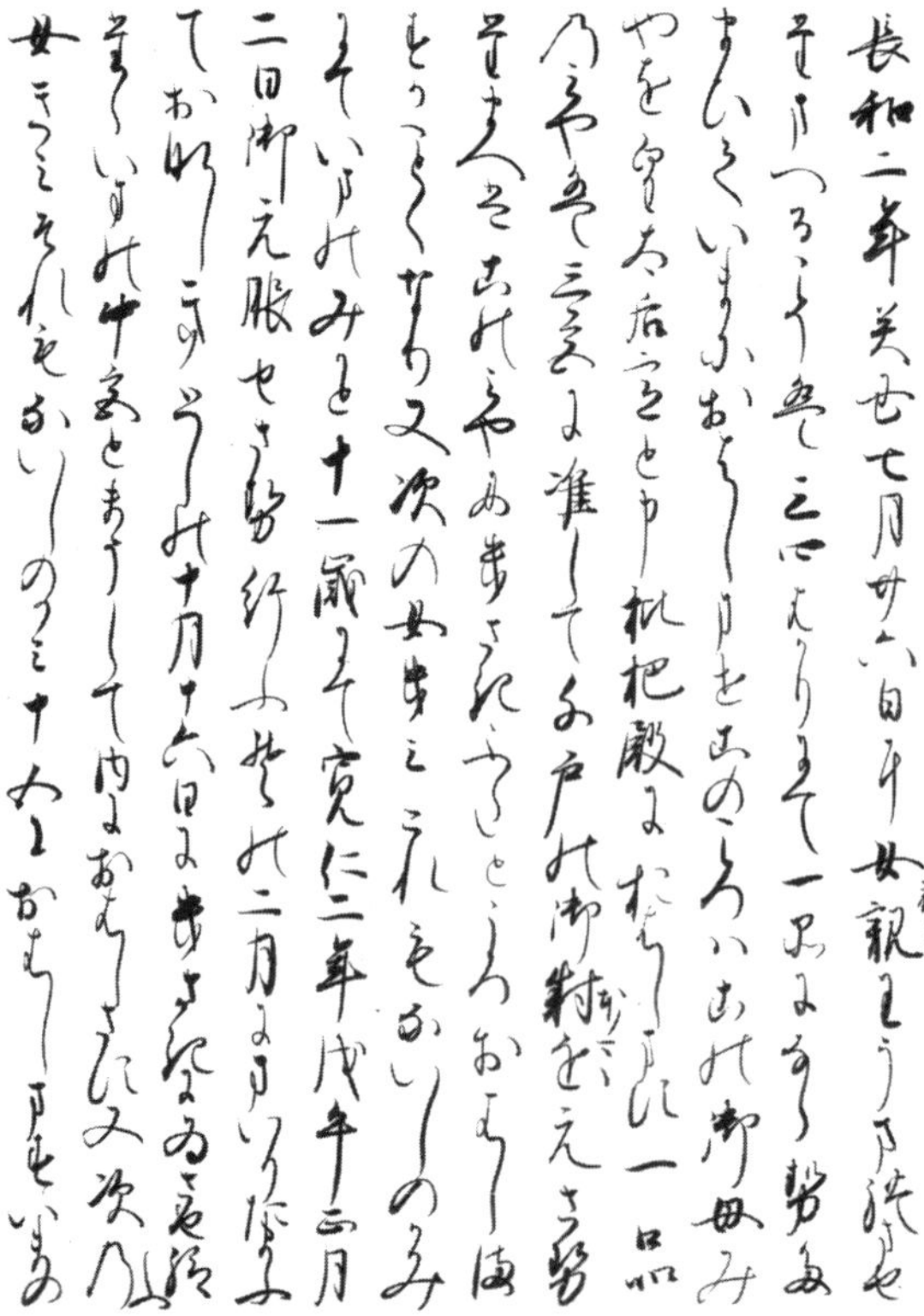

東宮、十三にならせまたふとし、まいらせ給て、東宮の女御にてさふらはせ給、[一]入道せしめ給てのちの事なれは、[二]いまの関白殿の御女となつけたてまつりてこそは、まいらせたまひしか、ことしは十九にならせ給、妊したまひて、[三]七八月にそあたらせ給へる、入道殿の御ありさま見たてまつるに、かならすをのこにてそおはしまさむ、このおきな、[四]さらによも申あやまち侍らしと、[五]あふきをたかくつかひつゝいひしこそ、おかしかりしか、女君達の御ありさま、[六]かくのことし、男君二所と申は、いまの関白左大臣頼通のおとゝときこえさせて、天下をわかまゝにまつりこちておはします、御年廿六にて

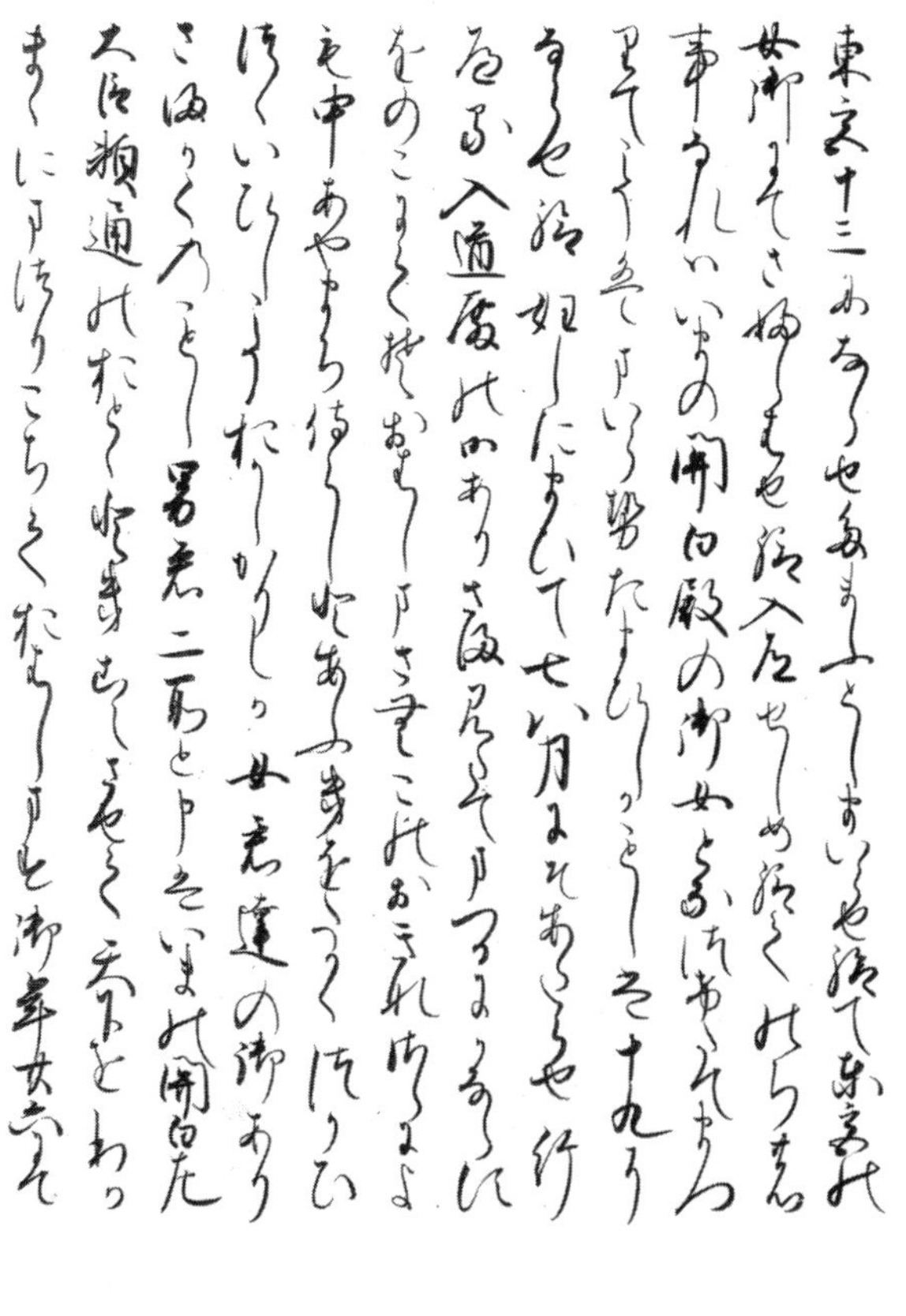

一 道長の出家は、寛仁三年（一〇一九）三月二十一日。二 頼通。三 七箇月か八箇月。万寿二年（一〇二五）の五月か六月頃になる。四 決して、いくらなんでも申しちがいはございますまい。「さらに」は、副詞。（下に打消の語を伴って）決して…（ない）。「よも」も副詞。（多く打消推量の助動詞「じ」と呼応して）いくらなんでも。まさか。よもや。五「と…をかしかりしか」までは、地の文。即ち世次の語りを描写している記者のことば。「…こそをかしかりしか」は、その記者の強い心情表現。六「かくのごとし」は連語。このとおりである。漢文訓読の語法。対立する和文では、「かくやうなり」「かやうなり」。『大鏡』には「かくのごとし（かくのごとくなり）」の使用例三例、「かくやうなり」一例（ただし「かくやうに」）、「かやうなり」は、計十八例（ただし「かやうに」十三例、「かやうなる」五例、他に「かやうの」十四例）、存在している。

一 後一条天皇。二「およすく」の訓み、「およすぐ」や「およずく」の説もある。子供が成長する。大人になる。ここでは、天皇が元服したことをいっている。三 天皇を補佐して、国政を行う。関白は、太政大臣の上位の役職、天皇幼少の折は、摂政の職に就いていた者が、天皇の成人後、関白になる慣習があった。四 関白につぐ第二の重臣。五 後一条・後朱雀。六「給はる」(賜る)は謙譲語。『大鏡』に見える「たまはる」は、ほとんど、謙譲語。いただく。ちょうだいする。一般に尊敬語は中世以降の用法とされる。七 唐草。牛車《ぎっしゃ》の一つ。檳榔《びろう》の葉でふいた、唐破風《からはふ》造りの屋根で、廂などもその葉をふさにして垂らした。華麗で大型である。「からびさしのくるま」とも。

や、内大臣摂政にならせ給けん、[一]みかとを[二]よすけさせ
たまひにしかは、たゝ[三]関白にておはします、廿余
にて納言なとになり給をそいみしきことにいひし
かと、いまのよの御ありさま、かくおはしますそか
し、御童名は鶴君なり、いま一所は、たゝいまの内
大臣にて、左大将かけて、教通のおとゝときこえさ
す、[四]よの二の人にておはしますめり、御わらはなせ
や君そかし、かゝれは、このきたのまむところの御
さかへ、きはめさせ給へり、たゝ人と申せと、[五]みかと
春宮の御祖母にて、准三宮の御くらゐにて、年
官年爵[六]給はらせ給、[七]からの御車にて、いとたは
やすく御ありきなとも、なかく御身やすらかに

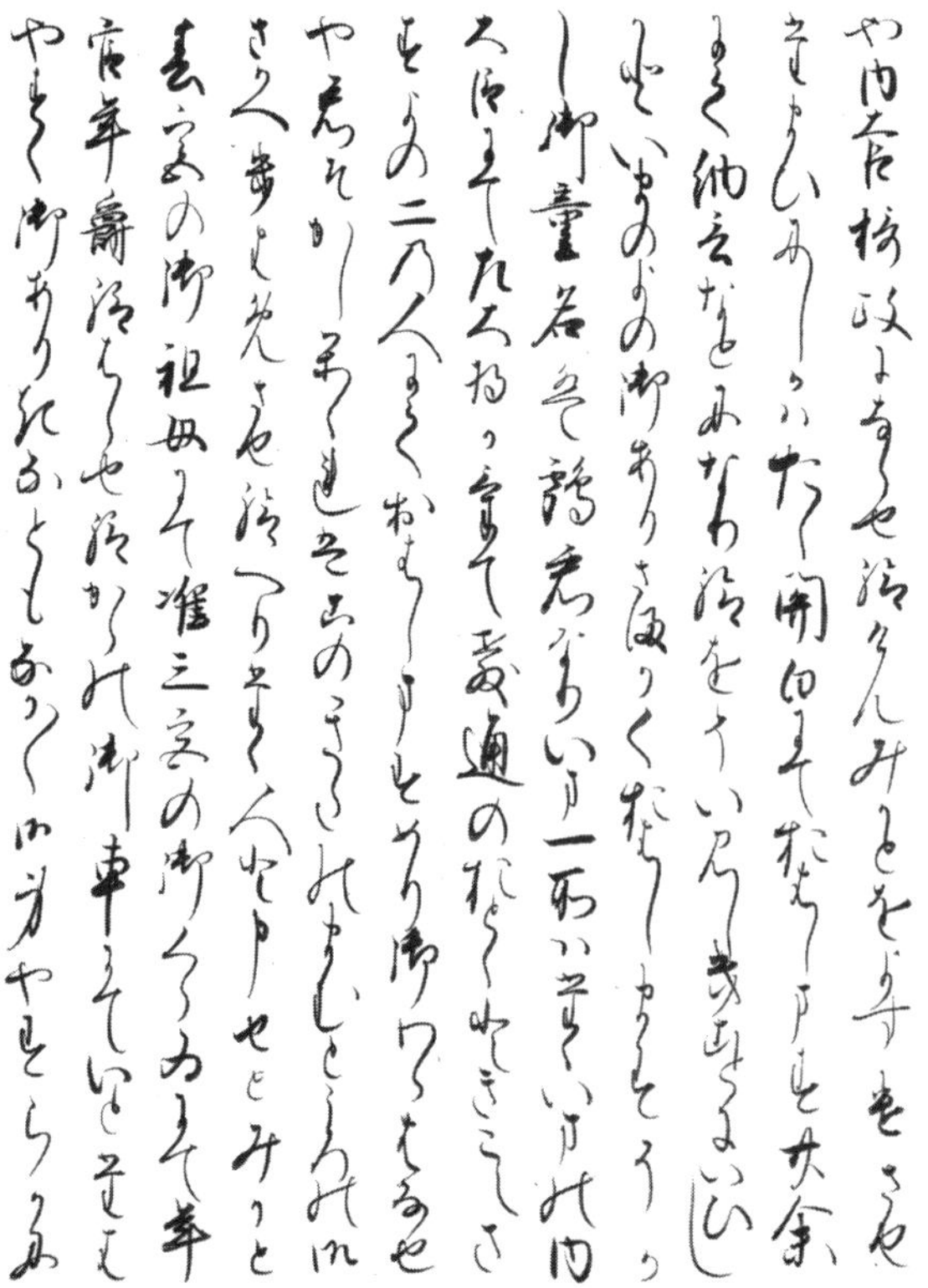

て、[一]ゆかしくおほしけることは、[二]よのなかのものみ、なにの法会やなとあるおりは、御くるまにても、[三]桟敷にても、かならす御覧すめり、[四]内東宮みや〱[五]とあかれ〱よそをしくておはしませと、いつかたにもわたりまいらせ給ては、さしならひおはしますたゝいま[六]三后[七]東宮の女御[八]関白左大臣[九]内大臣御母、みかと春宮はたまうさす、[一〇]おほよそよのおやにておはします、入道殿と申もさらなり、おほかたこの[一一]ふたところなからさるへき[一二]権者にこそおはしますめれ、御なからひ四十年はかりにやならせ給ぬらん、あはれにやむことなきものにかしつきたてまつらせ給とい[一三]へはこそをろかなれ、世

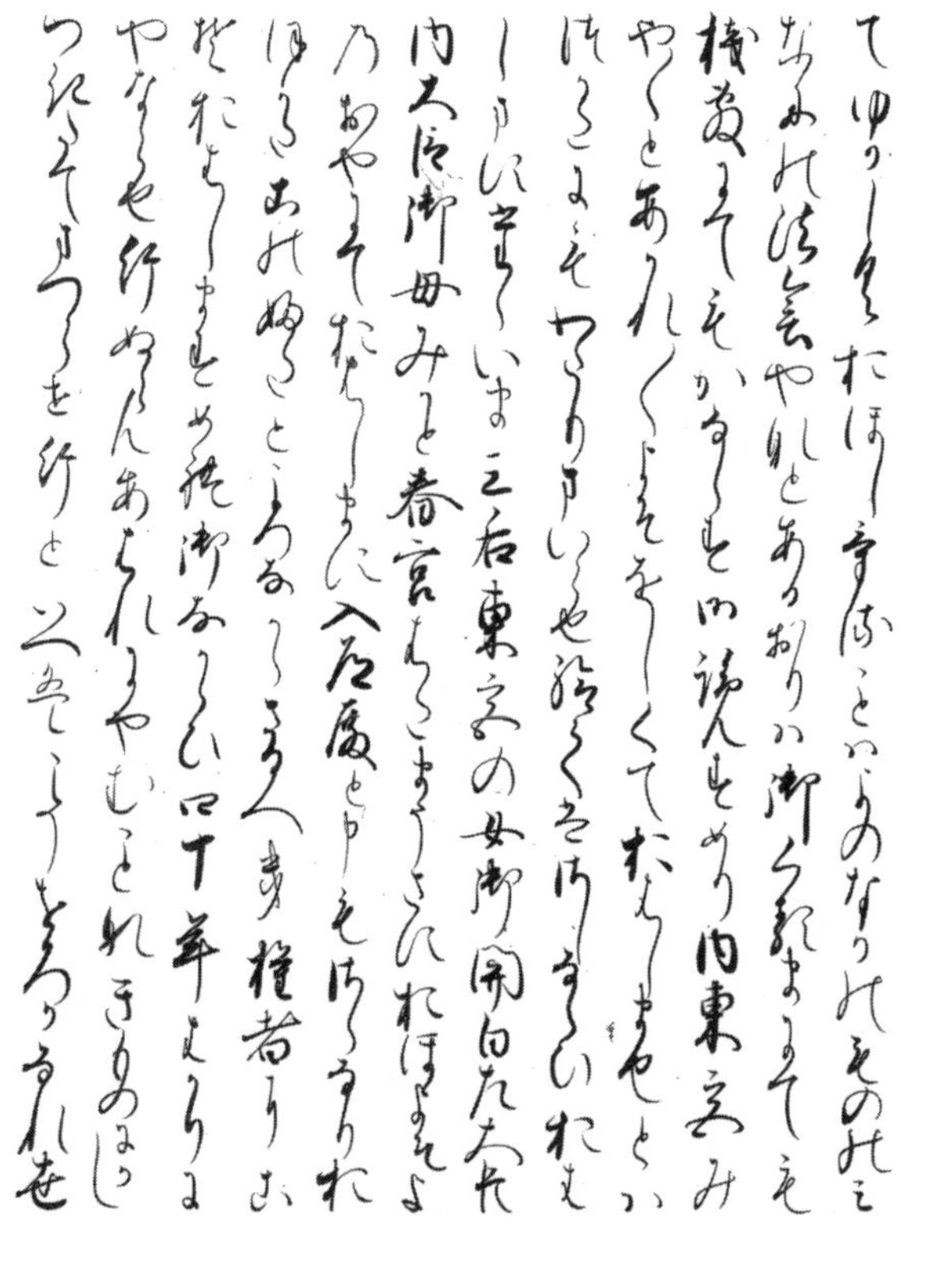

一 見たいとお思いになったことは。底本「おほしける」、東松本・近衛本（甲）・平松本「おほしめしける」。二「よのなかのものみ」の下の「や」（間投助詞・列挙）が省略されていることに注意。三 見物などのために、地面より高く構えた観覧席。四 天皇（後一条）・東宮（後朱雀）・お后たち。五 別々に、立派に。「よそほし」は、装いが整っている、の意。六 太皇太后宮彰子。皇太后宮妍子・中宮威子。七 嬉子。八 頼通。九 教通。一〇 世間の人々の親。釈迦が世の人をわが子と同じように思ったということから。一一 道長・倫子。一二 神仏などの権化。『運歩色葉集』『黒本本節用集』『伊京本節用集』『天正本節用集』『易林本節用集』「権者《ゴンジャ》」。一三 簡単にいったら おろそかな、いい加減な表現になる。

中にはいにしへたゝいまの国王大臣みな藤氏に
てこそおはしますに、このきたのまむところぞ、源
氏にて、御さいはひきはめさせ給にたる、一をと
としの御賀のありさまなとこそ、みな人見きゝ
給し事なれと、なをかへすく〳〵もいみしく侍し
ものかな、又、二高松殿のうへと申も、源氏にておはし
ます、三延喜皇子、高明親王を四左大臣になしたて
まつらせ給へりしに、五おもはさるほかのことによりて、
六帥にならせ給て、いとく〳〵心うかりし事そかし、
その御女におはします、それを、かの殿筑紫におは
しましけるとし、このひめきみまたいとおさな
くおはしましけるを、七御をちの十五の宮《盛明親王》八とまし

一 治安三年（一〇二三）十月十三日の土御門邸での六十の賀。妍子・威子の行啓もあった。二 源明子。三 醍醐天皇。「皇子」の訓み、『観智院本類聚名義抄』「ミコ」。四 高明親王。延喜二十年（九二〇）十二月二十八日、臣下に下る。源姓も賜った。五 安和の変。六 大宰府の権帥。『色葉字類抄』「ソツ」、黒本本・天正本・易林本の各『節用集』「ソツ」、『文明本節用集』「権帥《ゴンノソツ》」。七 盛明親王。八 申したる。「申《ま》す」については、上巻一一頁注三参照。

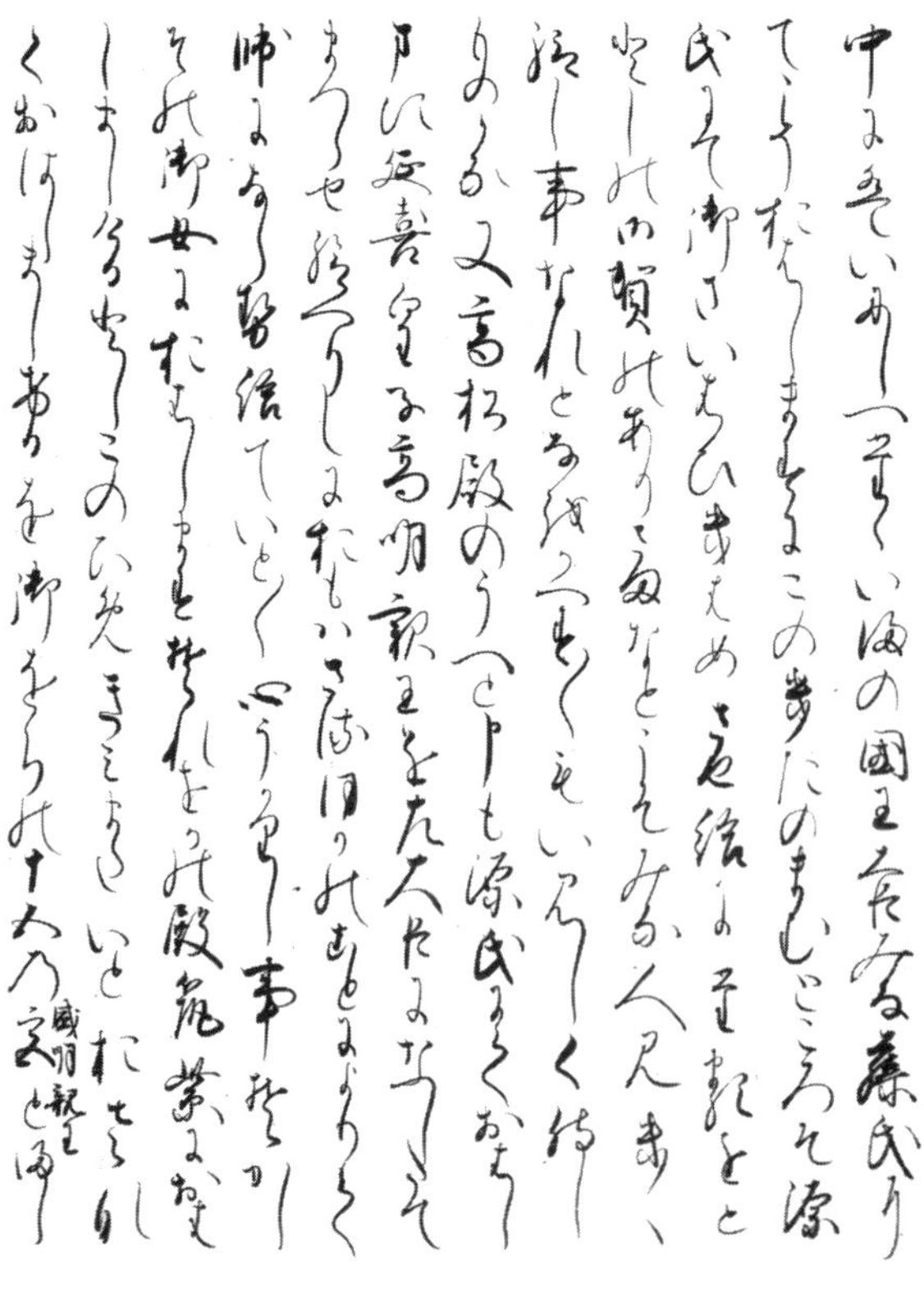

たるも同延喜の皇子におはします、女子もおはせさりけれは、この君を[一]とりたてまつりて、やしなひかしつきたてまつりて、もちたまへるに、[二]西宮殿も十五の宮もかくれさせ給にしのちに、故[三]女院《東三条》のきさきにおはしましゝおり、このひめきみをむかへたてまつらせ給て、[四]東三条殿のひんかしのたいに[五]帳をたてゝ、[六]壁代をひき、我御しつらひにいさゝかおとさせ給はす、[七]しするゐきこえさせ給、女房侍[八]家司[九]下人まて別にあかちあてさせ給て、ひめみやなとのおはしましませしことくに、かきりなくおもひかしつきゝこえさせ給しかは、[一〇]御せうとの殿原われもくと[一一]よしはみ申給けれとき

一 この姫君を養子として、お引きとり申しあげて。二 高明も盛明も。三 東三条院詮子。四「対の屋」に同じ。寝殿造りで、母屋《もや》である寝殿（正殿）の東西や北に建てた別棟の建物。五 帳台。寝殿造りの母屋《もや》で用いる調度の一つ。一段高い帳台に、天井を付け、四方に帳《とばり》を垂らした箱形の座敷。六 宮殿などで、間と間を隔てるための垂れ絹。『色葉字類抄』「防壁カヘシロ」。七「しするゐ」は動詞ワ行下二段「し据う」の連用形。（位置・立場などを決めて）そこに居させる。きちんと据える。ここでは、大切に扱う意を含んだ表現。八 親王・内親王・公卿などの邸で、家政の事務を執る人。九 身分の卑しい者。『温故知新書』「下人ケニン」。一〇 年齢の上下にかかわらず、女から男兄弟をさしていう。ここでは、道隆・道兼・道長。一一 明子に、付け文などで思いを伝えましたが。

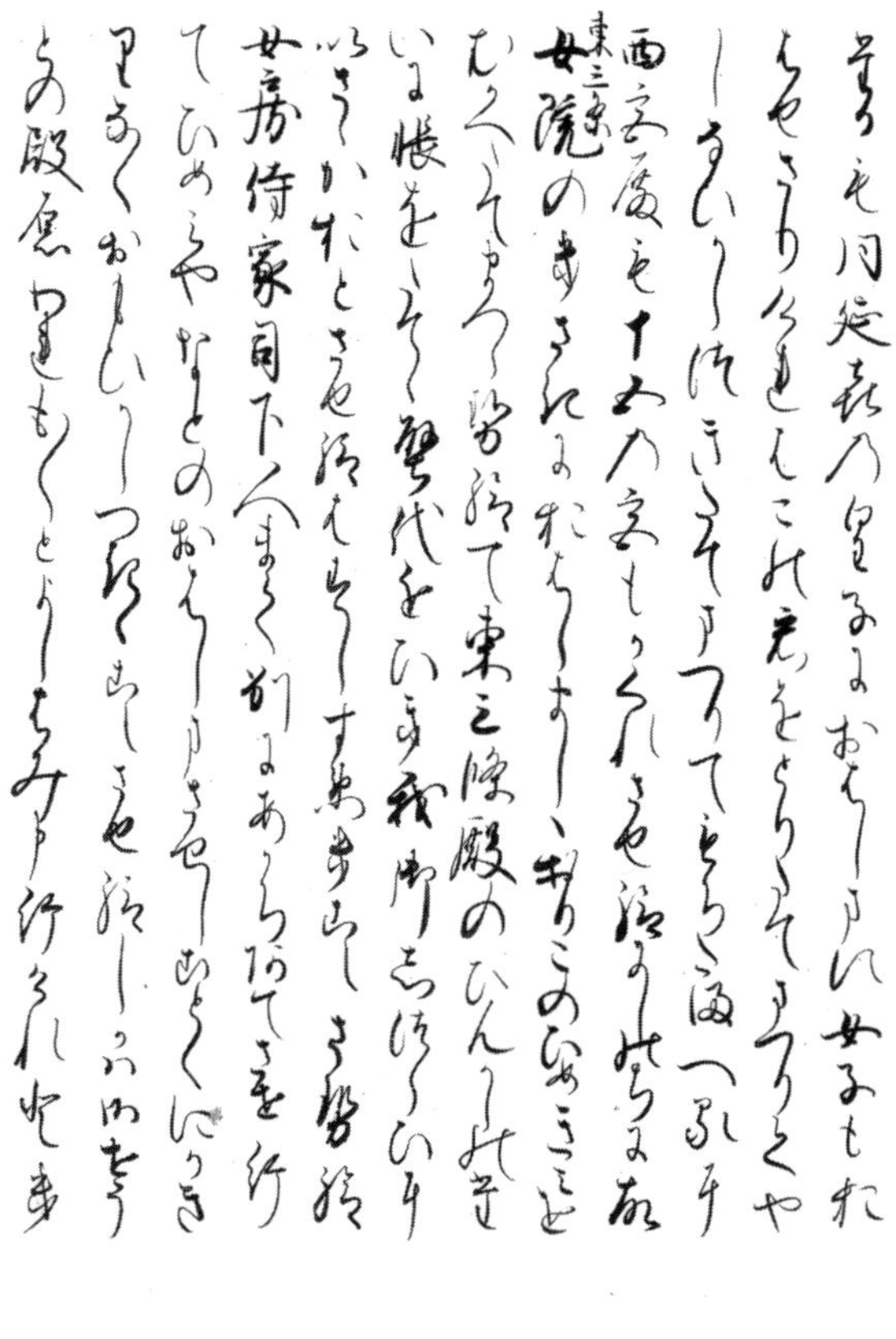

さき〔一〕かしこくせいしまうさせ給て、いまの入道殿をそゆるしきこえさせ給けれは、〔二〕かよひたてまつらせたまひしほとに、〔三〕女君二所《小一条女御》おとこ《土御門右大臣室》きみ四《頼宗》人《能信 顕信 長家》おはしますそかし、女君と申は、〔四〕いまの小一条院女御、〔五〕いまひとゝころは、故中務卿具平のみこと申、村上のみかとの七の親王におはしましき、その男〔六〕きみ三位中将師房のきみと申を、入道殿むことりたてまつらせたまへり、〔七〕あさはかにこゝろえぬことゝこそよの人まうしゝか、殿のうちの人もおほしたりしかと、入道殿おもひをきて〔八〕させ給ふやうありけむかし、なおとこきみは大納言にて春宮大夫頼宗ときこゆる、御童名、石君、いま

一 上手に。巧みに。二 道長公が明子さまの所に、お逢い申されていらっしゃるうちに。三 寛子・尊子、頼宗・顕信・能信・長家。四 寛子。五 師房の室、尊子。六 底本「男」、東松本・近衛本（甲）・平松本「御男」。七 官位も低く、取るに足りなく。八 そのようにお考えを決めておかれたことがあったのでしょうかね。「おもひおきて」は、他動詞下二段「思ひ掟つ」の未然形。前もって心に決める。

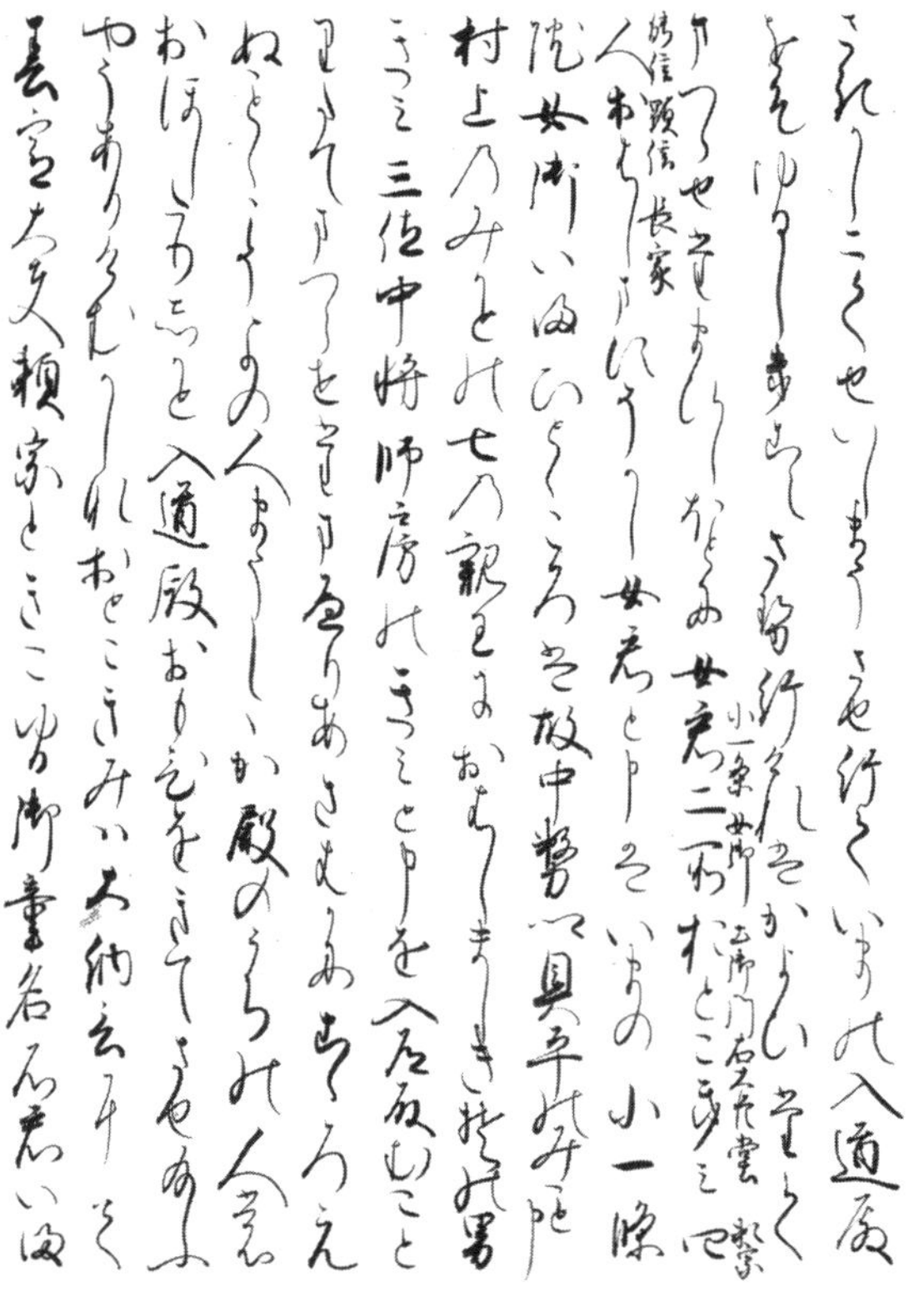
さきかしこくせいしまうさせ給て、いまの入道殿をそゆるしきこえさせ給けれは、かよひたてまつらせたまひしほとに、女君二所おとこきみ四人おはしますそかし、女君と申は、いまの小一条院女御、いまひとゝころは、故中務卿具平のみこと申、村上のみかとの七の親王におはしましき、その男きみ三位中将師房のきみと申を、入道殿むことりたてまつらせたまへり、あさはかにこゝろえぬことゝこそよの人まうしゝか、殿のうちの人もおほしたりしかと、入道殿おもひをきてさせ給ふやうありけむかし、なおとこきみは大納言にて春宮大夫頼宗ときこゆる、御童名、石君、いま

ひとゝころ、これにおなし大納言、中宮権大夫能信と
きこゆる、いまひとゝころ、中納言長家御童名、こ
わかきみ、いま一人は、馬頭にて、顕信とておは
しき、御童名、こけきみなり、[一]寛弘九年壬子正
月十九日、入道したまひて、この十余年は、ほとけ
[二]のことくしてをこなはせ給、思かけす、あはれなる
御事なり、みつからの[三]菩提を申へからす、[四]殿の御た
めにも又法師なる御子のおはしまさぬかくちを
しく、事かけさせ給へる[五]やうなるに、されは、やかて一
度に僧正になしたてまつらんとなんおほせられ
けるとそうけ給はるを、いかゝはへらんうるはしき
[六]法服、みやくよりもたてまつらせ給、殿よりは

一『御堂関白記』「十六日」。二「ごとく」も「して」（接続助詞）も、漢文訓読語。三 仏道修行して、成仏し、極楽往生すること。四 一人が出家すると、九族（高祖父・曾祖父・祖父・父・自己・子・孫・曾孫・玄孫）が、天に生まれるといわれていたから。五「やうなる」は「やうなり」の連体形。この語は和文脈の語。「ごとし」と対立する関係にある。「ごとし」（注二）と、この「やうなる」の使用の場所は近い。避板法か。なお、『大鏡』には、同用法と思われる例が、次のごとく見出される。「御あにをはおやのやうにたのみ申させたまひ御とゝをは子のごとくにはくゝみたまひし御心をきてそや」（右大臣師輔）、「たゝ毗沙門のいきほ見たてまつらむやうにおはします御相かくのごとし」（太政大臣道長上）。六 法衣。僧服。『運歩色葉集』「法服《(ホウ)フク》」、『伊京集』『易林本節用集』「法服《ホブク》」、『天正本節用集』「法服《ホウブク》」。

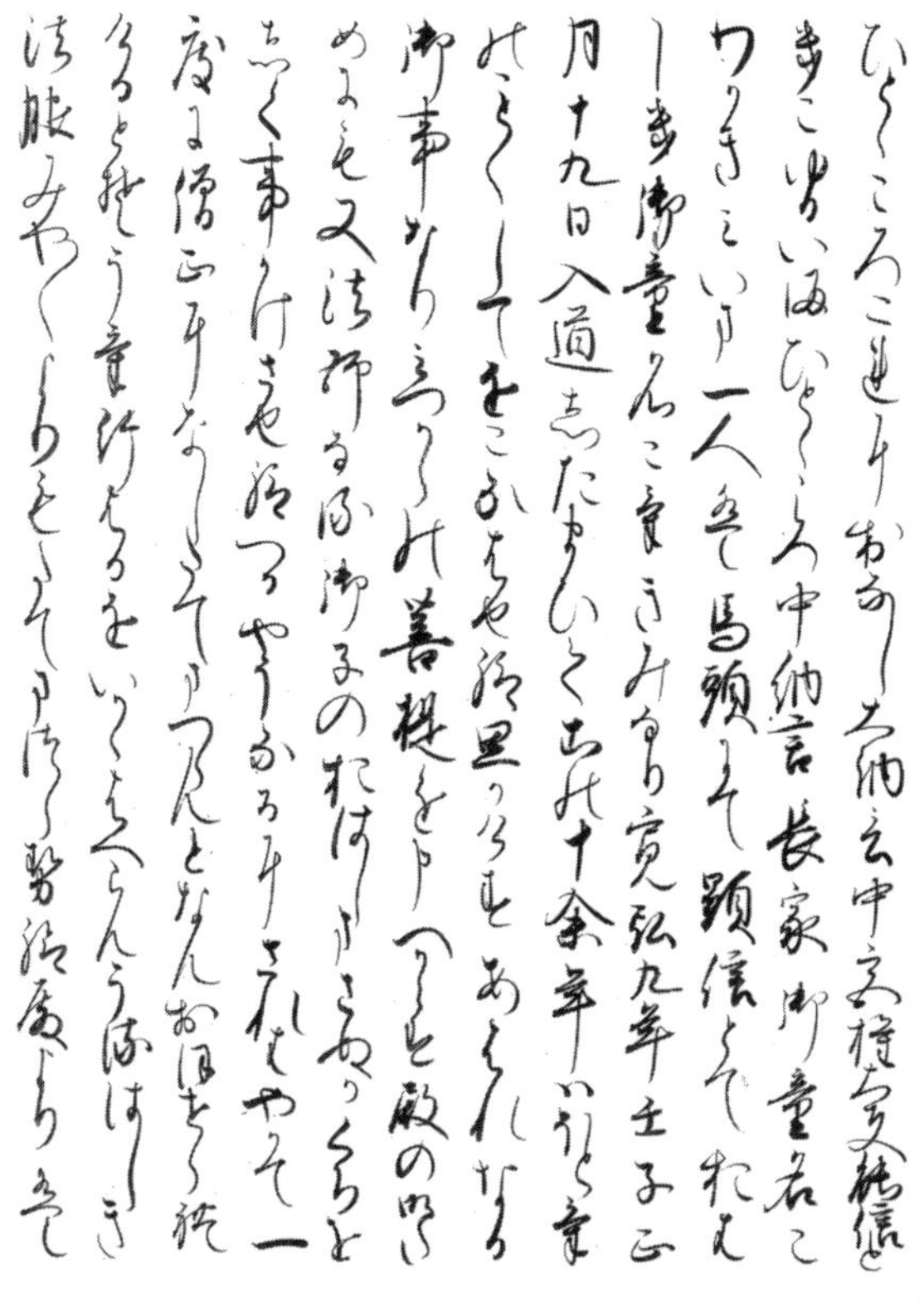
ひとゝころこれにおなし大納言中宮権大夫能信と
きこゆるいまひとゝころ中納言長家御童名こ
わかきみいま一人は馬頭にて顕信とておは
しき御童名こけきみなり寛弘九年壬子正
月十九日入道したまひてこの十余年はほとけ
のことくしてをこなはせ給思かけすあはれなる
御事なりみつからの菩提を申へからす殿の御た
めにも又法師なる御子のおはしまさぬかくちを
しく事かけさせ給へるやうなるにされはやかて一
度に僧正になしたてまつらんとなんおほせられ
けるとそうけ給はるをいかゝはへらんうるはしき
法服みやくよりもたてまつらせ給殿よりは

一、二「なる」は、ともに、推定・伝聞の助動詞「なり」の連体形。三「ひ」は、「緋」で、濃く明るい朱色。「袙」『図書寮本類聚名義抄』「阿古米」、『色葉字類抄』「アコメ」、『文明本節用集』「袙《アコメ》」。「袙」は、男子が束帯・直衣《のうし》を着用するとき、下襲《したがさね》の下、単《ひとえ》の上に着る衣服。四「そそく」は、ほつれる。ほぐして仕立て直すのも、面倒だから。五ほかの袙。底本「こと」、『八巻本大鏡』「わた」。「己」の草体「こ」は、「王《わ》」の草体と類似している。六お召しになって。

「たてまつ（奉）る」は、「飲む」「食う」「着る」「乗る」などの、尊敬語。ここでは、「着る」の尊敬語。

あさの御こころもたてまつる[一]なるをは、あるましき
ことに申させ給[二]なるをそいみしくわひさせ給ける、
いてさせ給けるには、[三]ひの御袙のあまた候け
るを、これかあまたかさねてきたるなん、うるさきわ
たをひとつにいれなして、ひとつはかりをきたらは
やしかせよとおほせられけれは、これかれ[四]そゝき
侍らんもうるさきに、[五]ことをあつくしてまいらせん
と申けれは、それはひさしくもなりなんたゝと
くとおもふそとおほせられけれは、おほしめすやう
こそはとおもひて、あまたをひとつにとりいれて
まいらせたるを、[六]たてまつりてそ、その夜はいてさせ
給ける、されは、御めのとは、かくておほせられける

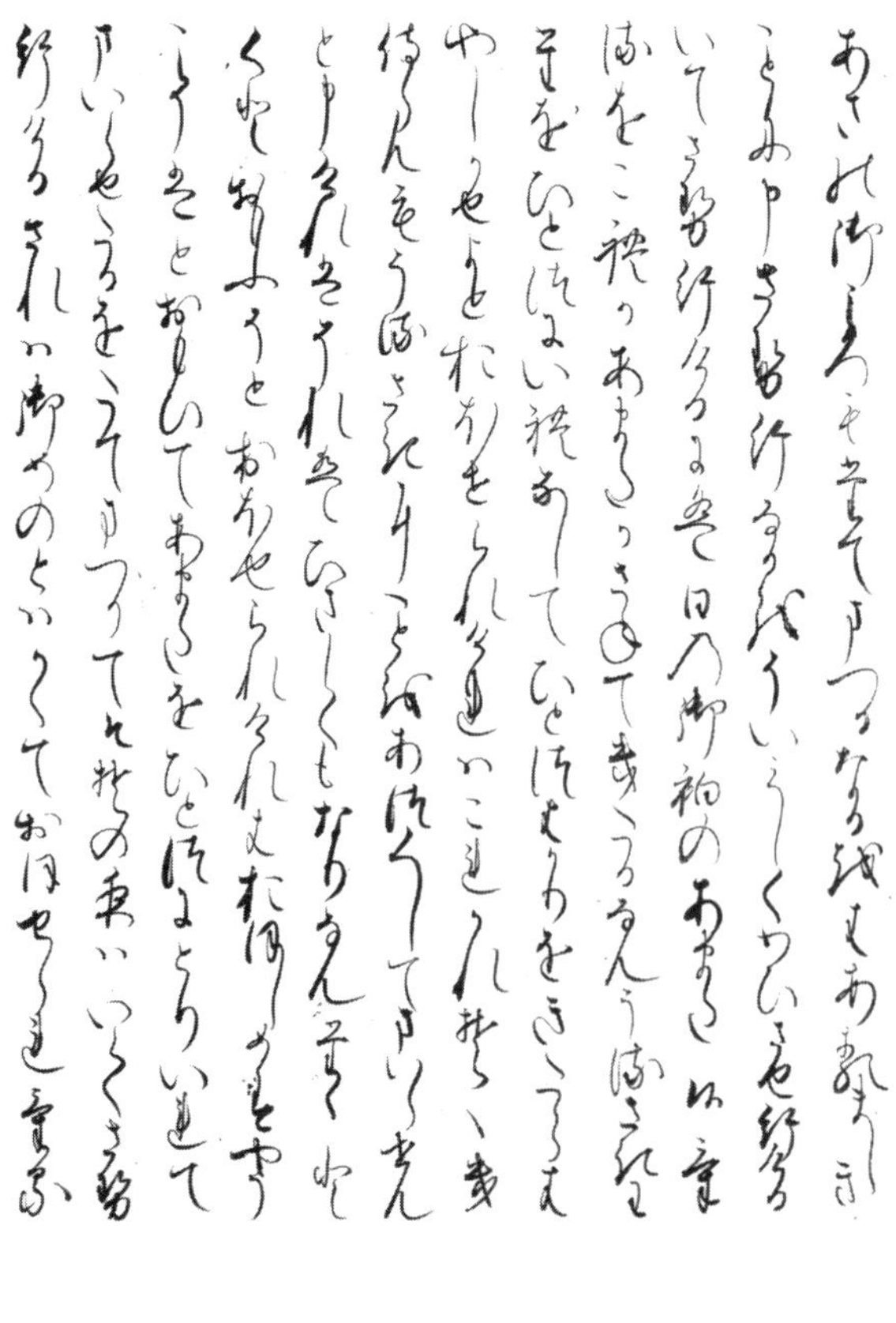

ものを、[一]なにしにしてまいらせけんと、れいならす
あやしとおもはさりけむ心[二]のいたりのなさよと、
なきまとひけむこそ、いとことはりにあはれなれ、[三]こと
しもそれにさはらせ給はんやうに、[四]かくときゝ
つけたまひては、やかて絶入て、なき人のやうに
ておはしけるを、[五]かくきかせ給は、いとをしと
おほして、御心やみたれたまはんと、いまさらに
よしなし、これそめてたき事、[六]ほとけにならせ給はゝ、
我御ためもの、ちのよのよくおはせんこそ、つゐの
ことゝ人々のいひけれは、[七]われは仏にならせ給
はんもうれしからす、[八]我身のゝちのたすけられ
たてまつらんもおほえす、たゝいまのかなしさより

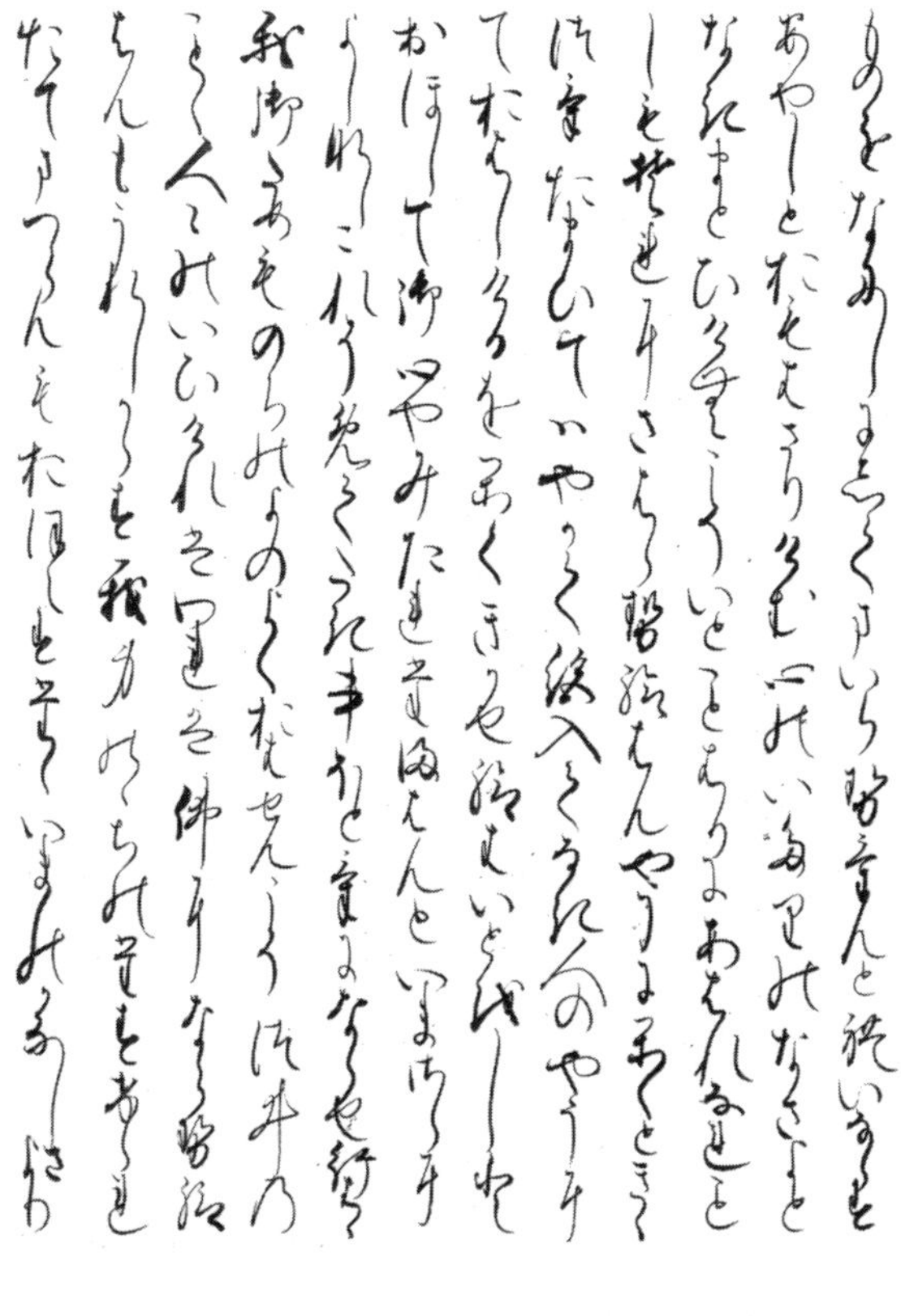

一 どうして仰せのままにして差し上げたのでしょうか。「なにしに」は、連語で、「どうして…か、いや…でない」という意の反語。「して」の「し」は、サ変動詞「す」の連用形。二 思慮。判断。考え。三 事もあろうに、それによって妨げられなさるであろうかのように。「ことしもあれ」は、連語。「事もあろう に」の意。「それ」は、「袙」（もとのままの袙）と捉えたい。「さはる」は、妨げられる。邪魔される。四 出家したこと。五 乳母が悲嘆にくれていること。六 修行をつんで、仏果を得、仏になること。七 最後の願い。最高の願い。八 乳母自身のため。「わが身」は、名詞。自分の身。自分自身。

ほかの事なし、[一]殿のうへも、おほん子ともあまた
おはしませはいとよし、たゝわれひとりかことそ
やとそふしまろひまとひけるけにさること
なりや、道心なからん人は、のちのよまてもしるへき
[二]かはな、[三]高松殿の御夢にこそ、左の方の御くし
を、[四]なからよりそりおとさせ給と御覧しける
をかくてのちにこそ、[五]これか見えけるなりけりと
[六]おもひさとめて、[七]ちかへさせ、いのりなとをもすへかり
ける事をとおほせられける[八]皮堂にて御くし
おろさせ給て、やかてその夜、[九]山へのほらせ給けるに、
鴨河わたりしほとのいみしうつめたくおほえし
なんすこしあはれなりし、いまはかやうにてある

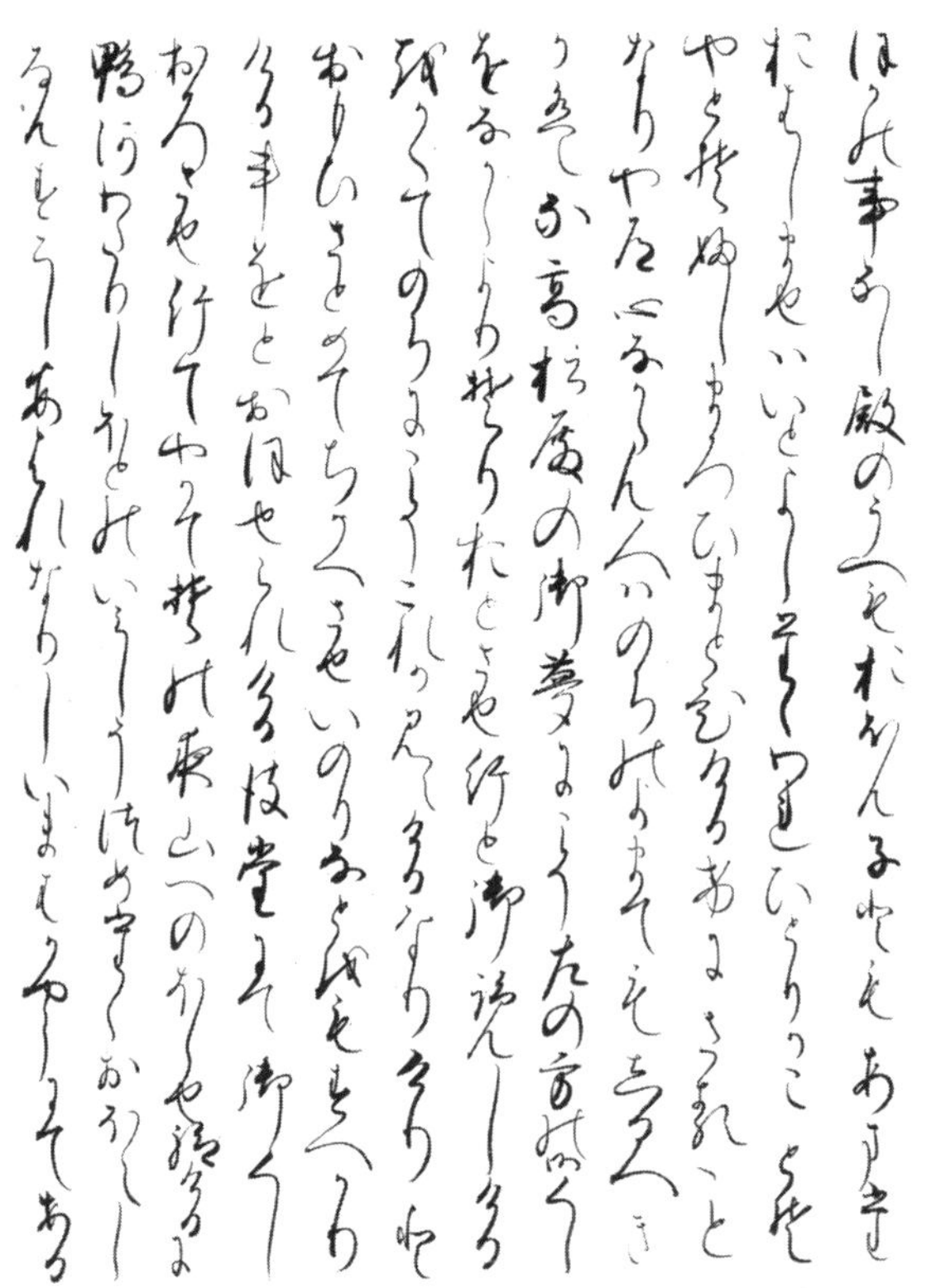

一 明子。二「かは」は、反語の係助詞。「な」は、詠嘆を込めて念を押す間投助詞。三 顕信の母、明子。四 中ほど。真中のあたり。五 出家のことが前兆として。六 誤写か。異本系の萩野本・披雲閣本、流布本系の古活字本・八巻本、何れも、「おもひさためて」。「思ひ定む」は、よく考えて決める。七 夢占いに、その夢を吉夢の意に判断させ。八 行願寺。一条の北、町尻の東にあった。寛弘元年（一〇〇四）十二月に行円上人の建立。行円は、常に皮の衣を着ていたからという。九 比叡山。

へき身そかしとおもひなからとこそおほせられけれ、
一いまの右衛門督《実成》そとくより、二このきみをは出家の
相こそおはすれとのたまひて、三中宮権大夫殿の
うへに御消息きこえさせ給けれとさる相ある人
をはいかてとてのちにこの大夫殿をはとりたて
まつりたまへるなり、四正月に、うちよりいてたま
ひてこの右衛門督、五馬頭の、ものみよりさしいてたり
つるこそ、むけに出家の相ちかくなりにて見えつれ、
いくつそとのたまひけれは、六頭中将《能信》十九にこそなり
給らめと申給けれはさてはことしそし給はむ
とありけるにかくときゝてこそされはよとの
たまひけれ、相人ならねとよき人はものをみ給

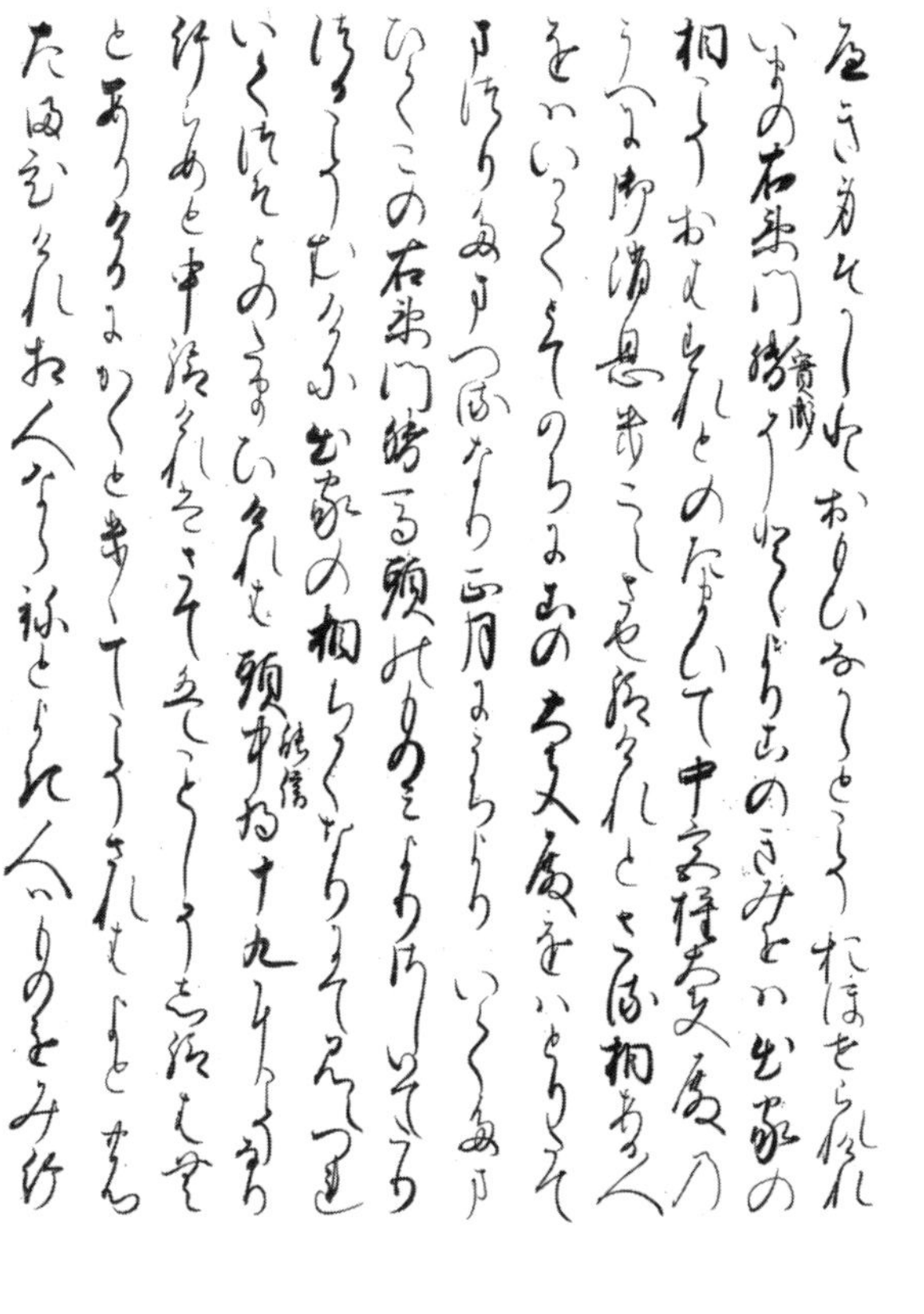

一 藤原実成（公季の子）。二 顕信。三 現在、中宮権大夫藤原能信（顕信の弟）の北の方になっていらっしゃる姫君。四 寛弘九年（一〇一二）の正月。五 馬頭（顕信）が、牛車《ぎっしゃ》の左右の窓から。「ものみ」は、牛車の左右の立て板に設けた窓。六 実成の子、公成。底本、「頭中将」の右に「能信」とあるが、これは「公成」の誤り。

公季（仁義公）┬実成─公成
　　　　　　　└義子

なり、入道殿はやくなし、いたうなけきてきかれし、[一]心みたれせられんも、この人のためにいとをし、[二]法師子のなかりつるに、いかゝはせむおさなくてもなさんとおもひしかとも、[三]すまひしかはこそあれとて、たゝ[四]例作法の法師の御やうにもてなし聞えたまひき、[五]受戒には、[六]やかて[七]殿のほらせたまひ、人々われもくと御ともにまいりたまひていとよそほしけなりき、[八]威儀僧には、えもいはぬものともえらせたまひき、[九]御さきに、[一〇]有職[一一]僧綱とものやんことなき候、[一二]やまの所司、殿の御随身とも、人はらひのゝしりて、戒壇にのほらせ給けるほとこそ、入道殿はえみたてまつらせたまはさりけれ、御みつからはほいなくかたはらいたしと

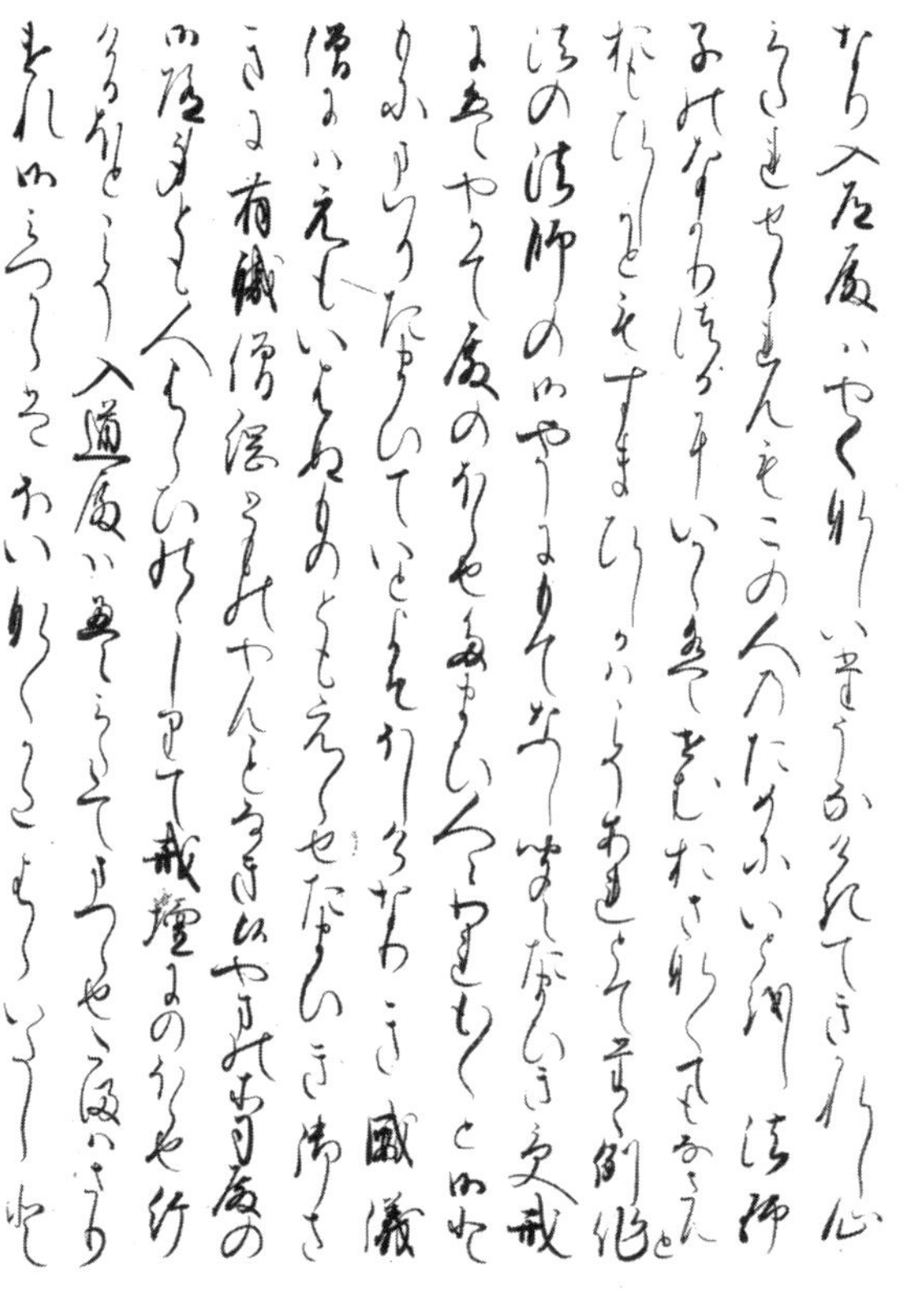

一 道心が乱れるのも。「られ」は、自発か。二 法師にした子。三 いやがったから、無理しなかったのだ。「こそあれ」は、「こそなさであれ」の略とみる。「すまふ」は、辞退する。抵抗する。四 「例の作法」と訓むべきか。多くの諸本、「例作法」か「れいさほふ（う）」。ただし、異本系の、萩野本・披雲閣本「れいのさほう」。五 受戒を受ける儀式。『色葉字類抄』「受戒《シユカイ》」。六 すぐに。直ちに。七 比叡山に。八 法会などの儀式に威儀を添えるための僧。九 式場へのご先導役として。一〇 已請《いこう》・内供《ないぐ》・阿闍梨《あじゃり》の僧官の総称。「僧綱《そうこう》」に次ぐ。『色葉字類抄』「有職《ウシキ》」。一一 僧正・僧都・律師の僧官の総称。平安時代の円融天皇以後は、「法印《ほういん》」「法眼《ほうげん》」「法橋《ほうきょう》」の三僧位をも含めていう。『色葉字類抄』「僧綱《ソウカフ》」。一二 比叡山の役僧。

おほしたりけり、座主《覚慶》[一]の手輿[二]に乗て、白蓋[三]さゝせてのほられけるこそ[四]あはれ天台座主、戒和尚[五]の一やとこそみえたまひけれ、世次か隣にはへるものゝ、そのきはにあひてみたてまつりけるか、かたりはへりしなり、春宮[六]大中宮権大夫[七]殿なとの[八]大納言にならせ給しおりは[九]、さりとも御みゝとゝ[一〇]ままりてきかせ給らんとおほえしかと、その大饗[一一]のおりのことゝも、大納言の座しきそへられしほとなと、かたり申しかと、いさゝか御気色かはらす、ねむす[一二]うちして、かうやうのこと、たゝしはしの事なりとうちのたまはせしなむ、めてたく優におほえしとそ、通任[一三]のきみのたまひける、この殿の君達、おとこ女あは

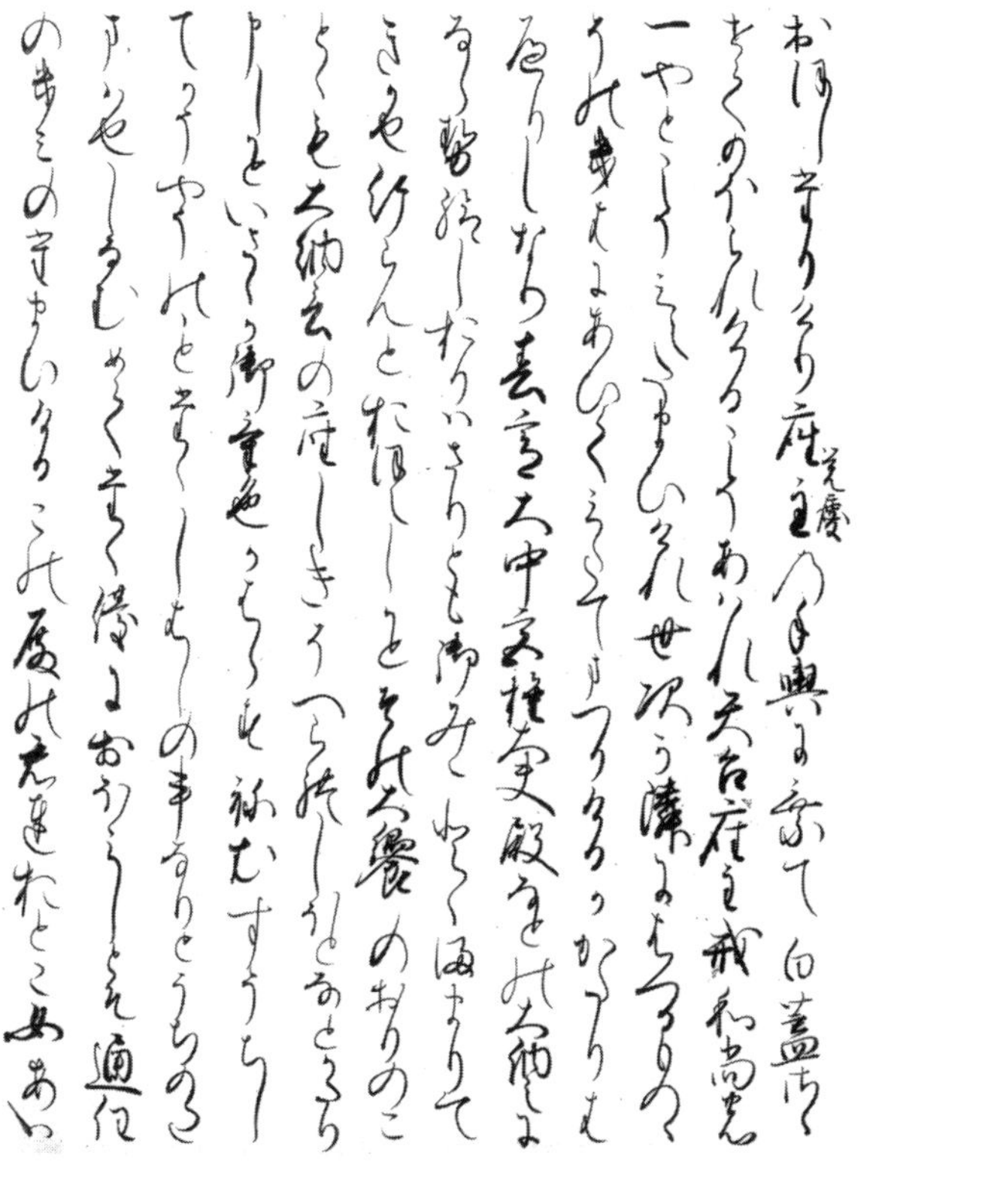

一 天台座主。比叡山全体の事務を総括する主席の僧職。この時の座主は、覚慶。二 前後二人で腰あたりの高さにささえて運ぶ乗り物。腰輿とも。『色葉字類抄』「腰輿《エウヨ》《タコシ》」。三 白色の絹張りの天蓋。『色葉字類抄』「白蓋《ヒヤクカイ》」。四 感動詞。あっぱれ。五 授戒のときの最高位の僧。六 底本「春宮大」。東松本・近衛本（甲）・平松本「春宮大夫」。顕信の兄、頼宗。七 顕信の弟、能信。八 治安元年（一〇二一）七月二十五日。九 俗世間を捨てた御身とはいっても。「さりとも」は、副詞。いくらなんでも。それにしても。一〇 底本「御みゝとゝままりて」、東松本「御みゝとゝまりて」。一一 大臣の大饗。「大饗」は、宮中や貴族の家で開催された大宴会。『易林本節用集』「大響《タイキヤウ》」、『文明本節用集』「大饗《タイキヤウ》」。一二 仏の加護を祈って、経文や仏名を唱えること。『色葉字類抄』「念誦《ネンシュ》」、『黒本本節用集』『饅頭屋本節用集』『易林本節用集』「念誦《ネンジュ》」、『文明本節用集』「念誦《（ネン）ジュ》」。一三 藤原師尹の孫で、済時の子。

せたてまつりて、[一]十二人かすのまゝにておはします、おとこも女も、御つかさくらゐこそ心にまかせ給へらめ、御心はへ人からともさへ、いさゝか[二]かたほにてもとかれさせ給へきもおはしまさす、とりくに[三]有識に[四]めてたくおはしまさふも、たゝことくならす、入道殿の御さいはひのいふかきりなくおはしますなめり、さきくの殿はらのきんたちおはせしかとも、みなかくしもおもふさまにやはおはせし、をのつからおとこも女もよきあしきましりてこそおはしまさふめりしか、このきたのまんところの二人なから源氏におはしませは、すゑのよの源氏のさかえたまふへき[五]とさため申なり、かゝれは、このふたと

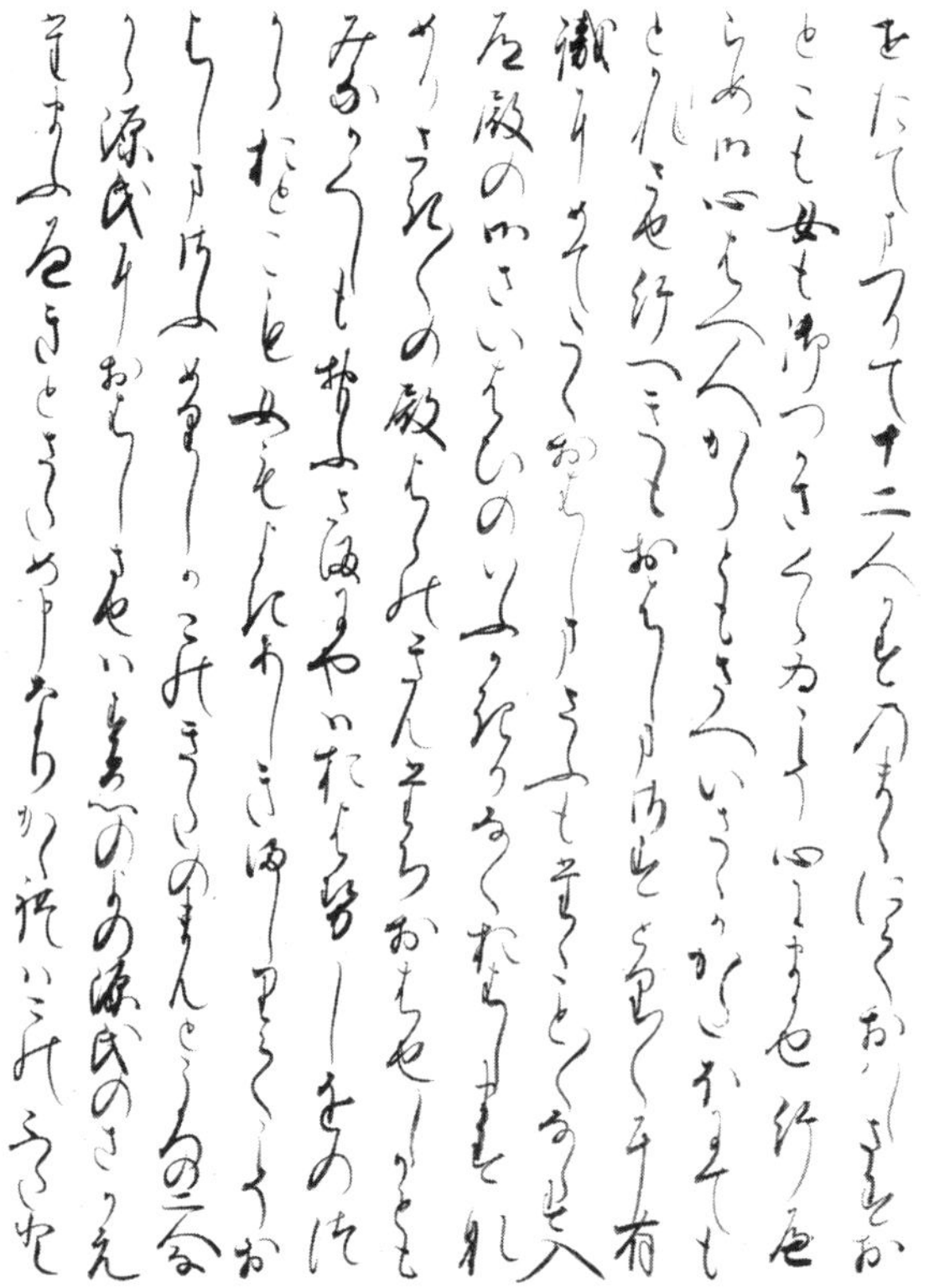

一 頼通・頼宗・顕信・能信・教通・長家・彰子・妍子・威子・嬉子・寛子・尊子。二 未熟で非難されなさるような所もおありにならず。「かたほに」は、未熟で。不十分で。「もどかれさせ給はず」は、「もどか（動詞未然形）＋れ（受身の助動詞未然形）＋させ給は（二重尊敬語）＋ず（打消助動詞連用中止形）」。「もどく」は、非難する。悪口をいう。三「有職」の転。上巻八七頁注五。四 立派でいらっしゃるのも。「おはしまさふ」は、「おはしましあふ」の変化した語。主語は複数。『大鏡』には、計八例使用されている。この作品には、転じる前の「おはしましあふ」の用例が二例存在している。「おはしあふ」が変化した「おはさふ」（主語は複数）も一例見えるが、「おはしまさふ」より、敬意は低い。

五 主語は、世間の人々。「なり」は、断定の助動詞。

ころの御ありさま、[一]かくのことし、[二]たゝし、殿の御まへは[三]卅より関白せさせたまひて、一条院三条院の御時、よをまつりこち、わか御まゝにておはしましゝに、[四]又当代の、九歳にてくらゐにつかせ給にしかは、御とし五十一にて、[五]摂政せさせ給とし、[六]わか御身は太政大臣にならせ給て、摂政をは[七]おとゝにゆつりたてまつらせ給て、御年五十四にならせ給に、寛仁三年己未三月廿一日、[八]御出家し給へれと、猶又、[九]おなしき五月八日、准三宮のくらゐにならせたまひて、年官年爵えさせ給、[一〇]みかと東宮の御祖父、[一一]三后[一二]関白左大臣内大臣[一三]あまたの納言の御父にておはします、よをたもたせ給事、かくて三十一年はかりにやならせ給ぬらん、

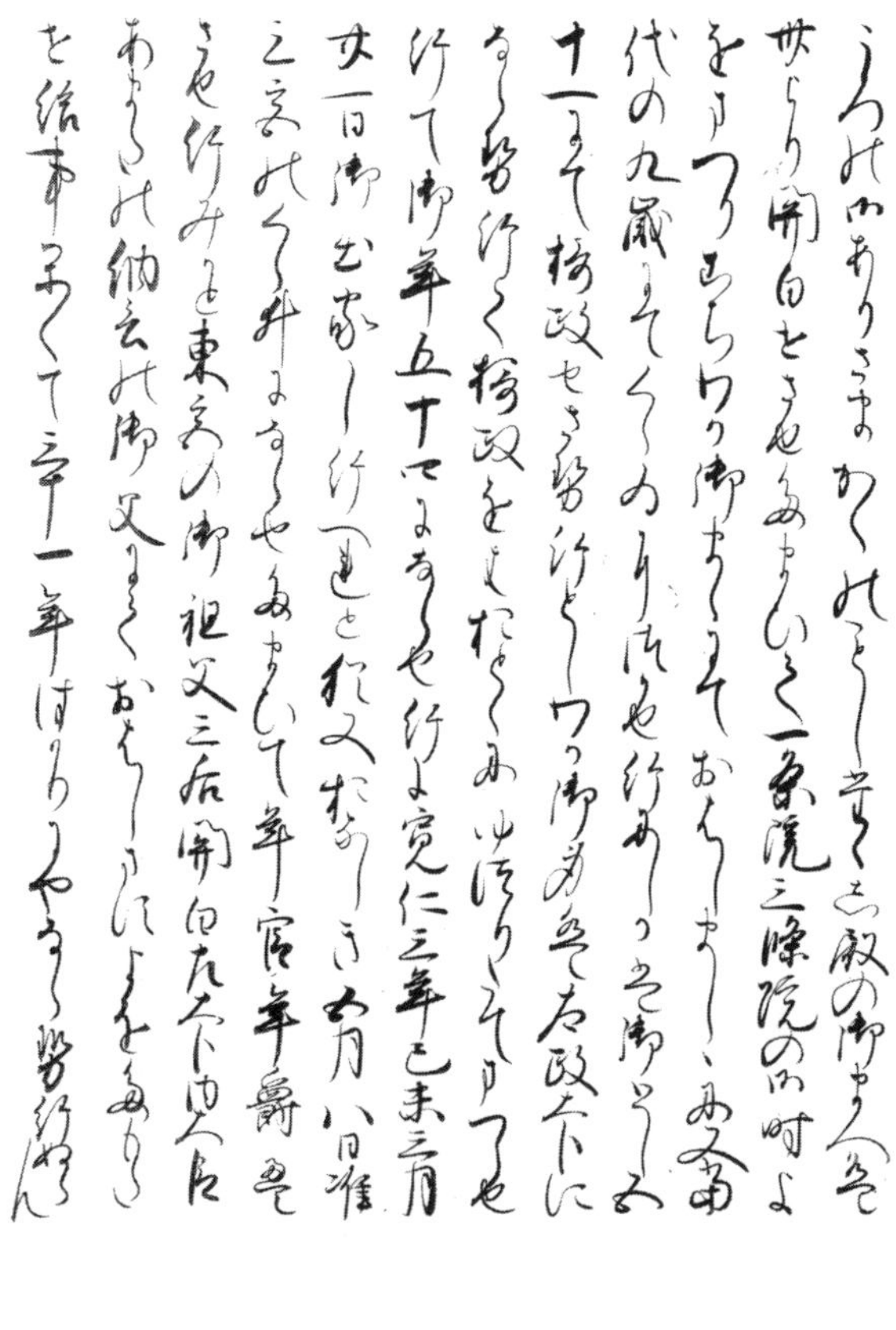
ころの御ありさまかくのことしたゝし殿の御まへは
卅より関白せさせたまひて一条院三条院の御時よ
をまつりこちわか御まゝにておはしましゝに又当
代の九歳にてくらゐにつかせ給にしかは御とし五
十一にて摂政せさせ給としわか御身は太政大臣に
ならせ給て摂政をはおとゝにゆつりたてまつらせ
給て御年五十四にならせ給に寛仁三年己未三月
廿一日御出家し給へれと猶又おなしき五月八日准
三宮のくらゐにならせたまひて年官年爵え
させ給みかと東宮の御祖父三后関白左大臣内大臣
あまたの納言の御父にておはしますよをたもた
せ給事かくて三十一年はかりにやならせ給ぬらん

一 一五頁注六。**二** 接続詞。話題の転換。さて。ところで。副詞「ただし」は、漢文訓読語。わずかに。これだけ。(『訓点語辞典』東京堂出版・二〇〇一年)。『大鏡』における「ただし」の使用例は計十三。現代語の「ただし(ただ)」の意、即ち、上文に添えて、条件などを言い出すのに用いられたもの五例(世次④、重木①)、例外を示したもの二例(世次・重木各①)。話題の転換の意味で六例(世次⑥)存在。平安時代の女流文芸での使用は、稀有で、説話集『三宝絵詞』に七例、『今昔物語集』には二〇〇例ほど使用されている。しかし、訓読語と同義の使用例は『大鏡』には見られない。**三** 長徳元年(九九五)。**四** 今上天皇(後一条天皇)。**五** 長和五年(一〇一六)正月二十九日。**六** 史実では翌年、寛政元年(一〇一七)十二月四日。**七** わが子頼通。**八** 法名、行観、後に、行覚と改む。**九** 寛仁三年(一〇一九)。**一〇** 後一条・後朱雀。**一一** 彰子・妍子・威子。**一二** 頼通・教通。**一三** 頼宗・能信・長家。

一「かみの殿」の音便。尚侍《ないしのかみ》の略。倫子腹四女、嬉子。東宮（後の後朱雀天皇）妃。二「おはしまさひ」の誤り。「おはしまさふ」については二八頁注四参照。三 彰子・妍子・威子。四 諸本「希有々々」とある。しかしながら、底本や同系の近衛本（甲）は「々々」が「こ」とある。「希有」、『温古知新書』『黒本本節用集』『天正本節用集』「希有《ケゥ》」。『文明本節用集』「希有《ケウ》」。五 娍子（済時のむすめ）。三条天皇の皇后。六 副助詞「すら」に同じ。平安末期の仮名文芸に確かな使用例が散見される。中世末期にはみえなくなる。七 忠平。千葉本「貞信公」に「貞信公」と声点がある（10オ6）。藤原忠平（貞信公）—師尹—済時—娍子。八 万寿二年（一〇二五）三月二十五日皇后宮娍子崩。

ことしは満六十におはしませは、一かんの殿の御産ののち、御賀あるへしとそ、人まうすいかにまたさまく二おはしまさへて、めてたくはへらんすらん、おほかたまたよになき事なり、大臣の御女三人きさきにてさしならへたてまつり給事、この入道殿下の御一《ヒトツ》門《カト》よりこそ、三太皇大后宮皇大后宮中宮三所いておはしましたれは、まことに四希有この御さいはひなり、五皇后宮《娍子》ひとりのみすちわかれ給へりといへとも、それそら六貞信公七の御すゑにおはしませは、これをよそ人とおもひ申へきことかは、しかれはたゝよのなかは、この殿の御ひかりならすといふことなきに、八この春こそはうせたまひにしかは、いとゝたゝ三后のみお

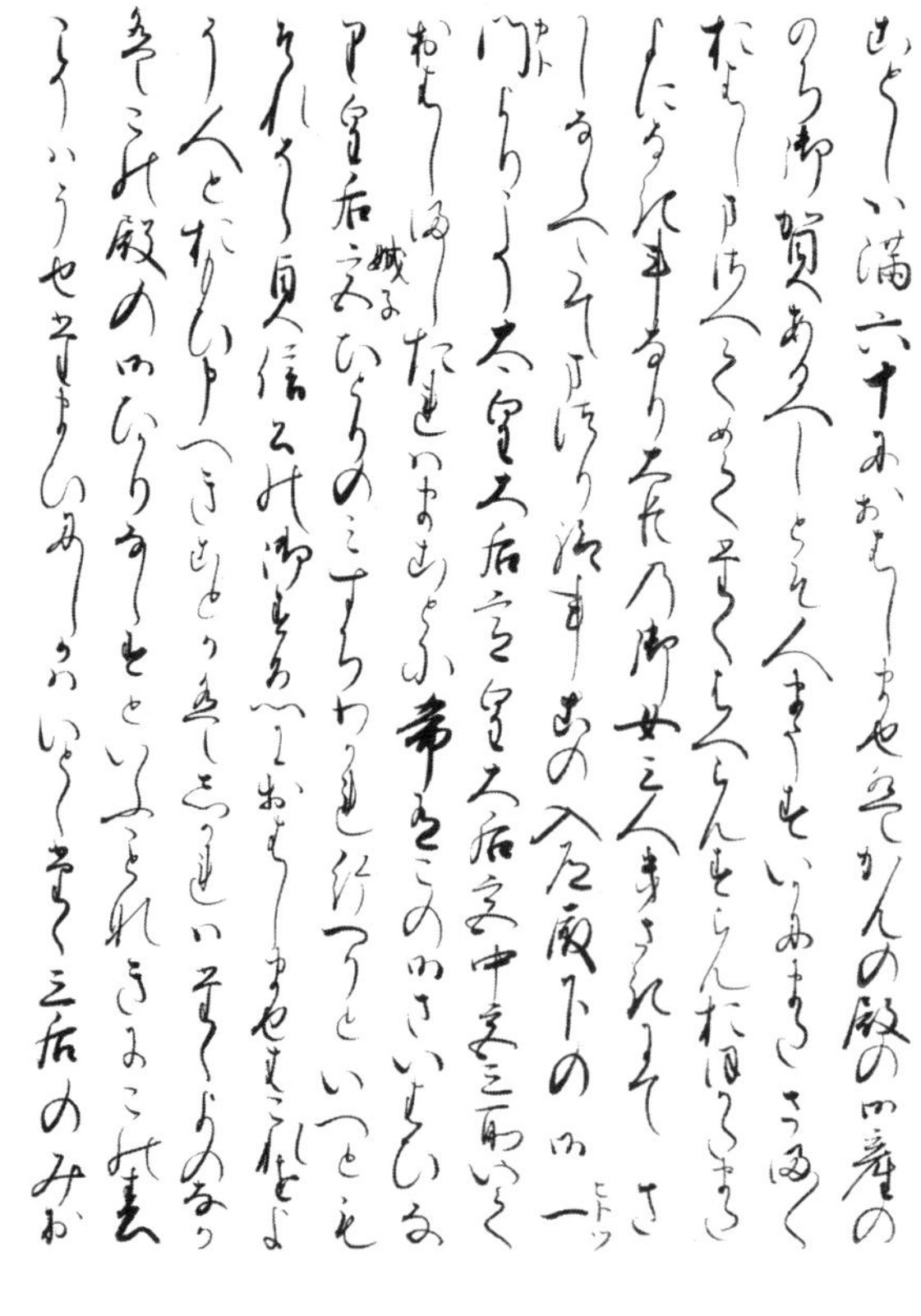

はしますめり、この殿、ことにふれて[一]あそはせる詩和哥なと、[二]居易[三]人丸[四]躬恒[五]貫之といふともえおもひよらさりけんとこそ、おほえ侍れ、[六]春日行幸、[七]先一条院の[八]時よりはしまれるそかしな、[九]それに[一〇]又当代おさなくおはしませともかならすあるへきことにて、はしまりたる例になりにたれは、[一一]太宮御輿にそひ申させ給ておはします、めてたしなとはいふもよのつねなり、[一二]すへらきの御祖父にて、うちそひつかうまつらせたまへる殿の御ありさま御かたちなと、すこしよのつねにもおはしまさ[一三]ましかは、あかぬことにや、そこらあつまりたるゐなか世界の民百姓、これこそは、たしかに見

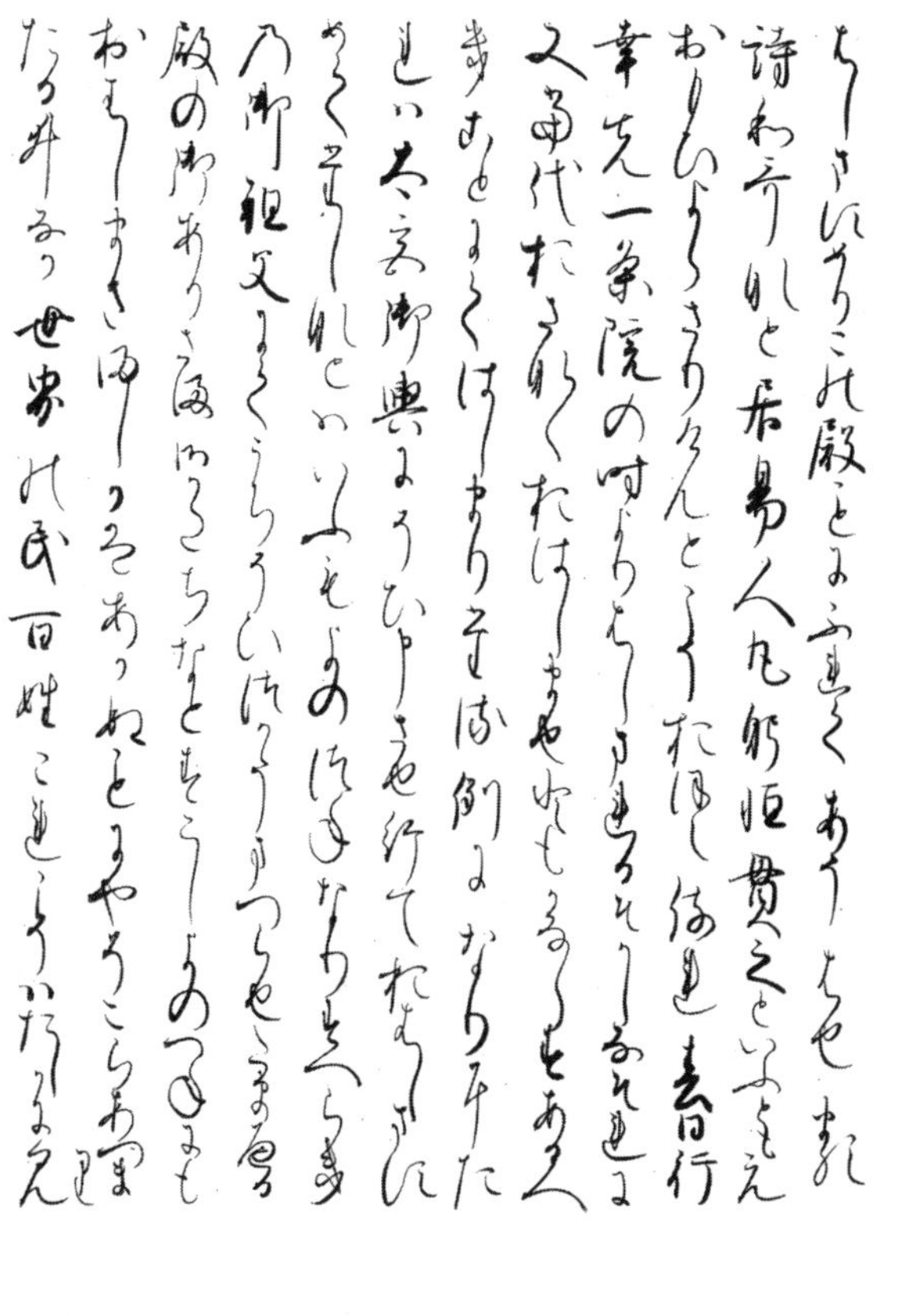

一「あそばせ（四段命令形）＋る（完了助動詞連体形）」、おつくりになられた。「あそばす」は、詩歌をつくる、の尊敬語。巻上五六頁注六参照。二 白楽天。中唐の詩人。三 柿本人麻呂。『万葉集』の代表的歌人。四 凡河内躬恒。『古今和歌集』の撰者。五 紀貫之。『古今和歌集』の撰者。同集の仮名序の作者。六 藤原氏の氏神である春日神社への行幸。七 底本「先」、古活字本・八巻本「さきの」。八 底本「時」、東松本・近衛本（甲）・平松本「御時」。九 接続詞。それで。そこで。一〇 後一条天皇。一一 彰子。一二 皇統。皇統の中の天皇。宮廷を重々しくいう語。本作品に計四例存在。何れも超高齢の世次・重木の詞中。『観智院本類聚名義抄』「スベラキ」、『図書寮本類聚名義抄』「スメラキ」、『文明本節用集』「皇《スベラギ》」。一三「ましかば…（あらまし）」の「あらまし」の省略。「ましかば…まし」は、反実仮想。『大鏡』には、「ましかば…まし」の「まし」の省略したもの、計二例。

一「転輪王」とも。古代インドの理想的国王、身に三十二相をそなえ、即位の時、天から輪宝（神聖な車輪）を得、それを回転させて天下を統治する王。金輪・銀輪・銅輪・鉄輪の四輪王がある。二 大宮（彰子）が、赤色の御扇でお顔を隠して。「さしかくし」の「さし」は語調を整える接頭語。底本「太宮」、千葉本系の東松本・近衛本（甲）・平松本など「太」、徳川本系の蓬左本、異本系の萩野本・披雲閣本、流布本系の古活字本・八巻本「大」。三 どうして悪いことがあろうか。「なとかは」の下「悪しからむ」といったことばが省略されている。四『続古今和歌集』神祇に収録。その昔、父兼家公が、一条天皇の御時、春日明神への行幸に、お供申した折、明神に申しておいたのでありましょう。それで、今こうして一門そろって、当代（後一条天皇）の行幸に供奉して、一条天皇が春日行幸したときと同じ道を通り、そのお社に参拝することよ。

たてまつりけめ、たゝ一転輪聖王なとはかくやと、ひかるやうにおはしますに、ほとけみたてまつりたらんやうに、ひたいにてをあてゝおかみまとふさまことはりなり二太宮の、赤いろの御あふきさしかくして、御肩のほとなとは、すこしみえさせたまひけり、かはかりにならせ給ぬる人は、つゆのすきかけもふたきいかゝとこそはもてかくしたてまつるに、事かきりあれは、けふは、よそほしき御ありさまも、すこしは人のみたてまつらんも、三なとかはともやおほしめしけん、殿もみやも、いふよしなく、御心ゆかせ給へりける事をしはかられ侍れは、殿おほ宮に、

四在続古今 そのかみや祈をきけむ春日野のおなしみちにもたつね行哉

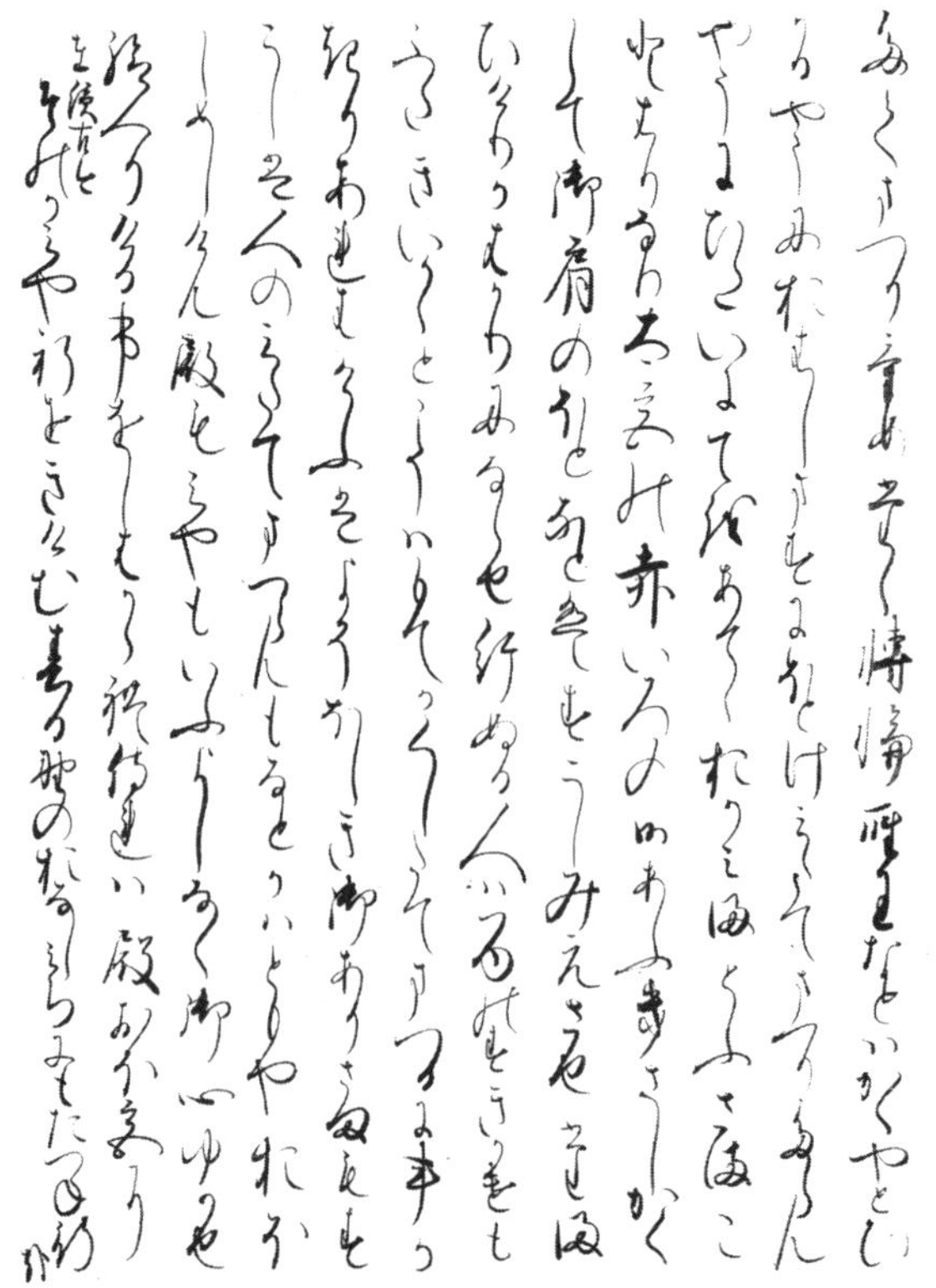

御かへし、
一 くもりなきよのひかりにやかすかの〻同し道にも尋ゆくらん
かやうに申かはさせたまふほとに、けに〱ときこえて、めてたくはへりしなかにも、おほみやのあそはしたりし
在千載集 二 三笠山さしてきつるいそのかみふるきみゆきの後を尋て
これこそ、おきなからかこ〻ろをよはさるにや、あかりても、かはかりの秀哥え候し、その日にとりては、三 春日の明神もよませたまへりけるとおほえはへりけ 四 ふか〻る事とものはへあるへきにて、先一条院の御時にも、五 大入道殿、行幸申おこなはせ給けるにやとこそ心えられ侍れな、

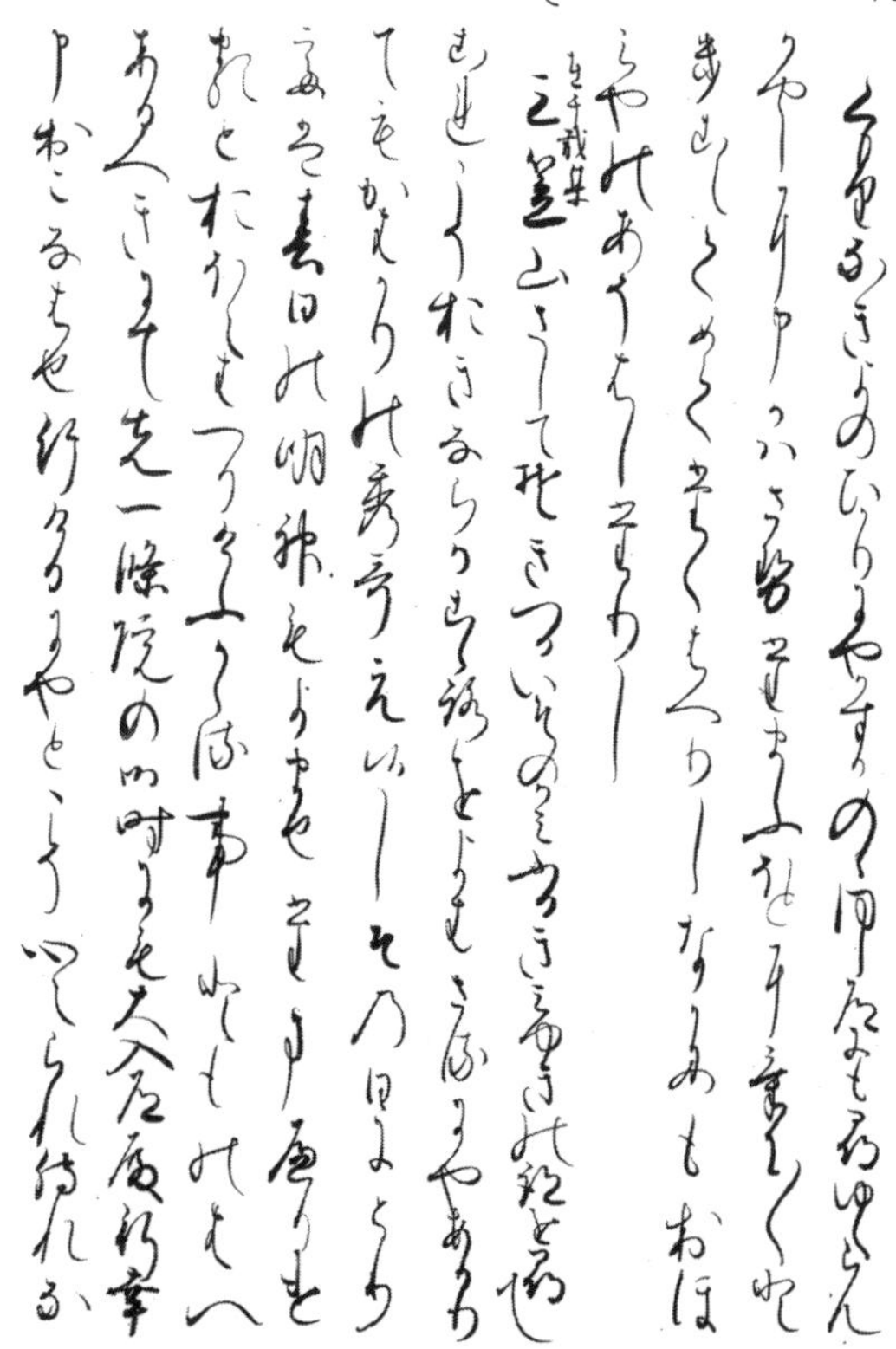

一『続後拾遺集』所収。曇りなく晴れ渡った今上天皇のご威光、ひいては父上（道長）のおかげで、先代で祖父兼家公の通られたと同じ道をたどって、春日明神に参拝するのでしょうか。「くもりなきよのひかり」と「かすが（春日）」は縁語。二『千載和歌集』神祇の筆頭歌。ただし、『千載和歌集』は「三笠山《みかさやま》さして来《き》にけりいその神古《ふる》き御幸《みゆき》の跡《あと》を尋《たづ》ねて」とある。三笠山の春日明神を目ざして来たことだ。古い行幸の先例を尋ねて。「ふるきみゆき」は、一条天皇の行幸のこと。「いそのかみ」は、「ふる（古る）」の枕詞。「ふる」には、「古る」と「降る」、「みゆき」には「行幸」と「み雪」が掛けてあり、「ふる」「あと」「雪」はそれぞれ縁語。三 大宮（彰子）さまに、春日の明神が乗り移ってお詠みになられたという気がします。四 秀歌続出の事。五 兼家。

おほかたさいはひおはしまさむ人の、和哥のみちを一くれたまへらんは、ことのはへなくやはへらまし、この殿は、おりふしことに、かならすかやうの事をおほせられて、ことをはやさせたまふなり、二ひとゝせの、きたのまむ所の御賀に、よませ給へりしは、

三ありなれし契は絶ていまさらにこゝろけかしに千世といふらん

又、この四一品のみやの五うまれおはしましたりし六御うふやしなひ、七大宮のせさせたまへりしよの御哥は、きゝ給へりや、それこそいとけうあることをたゝひとはおもひよるへきにも侍らぬ和哥の躰なり、

八をとみやのうふやしなひあねみやのし給ふみるそうれしかりける

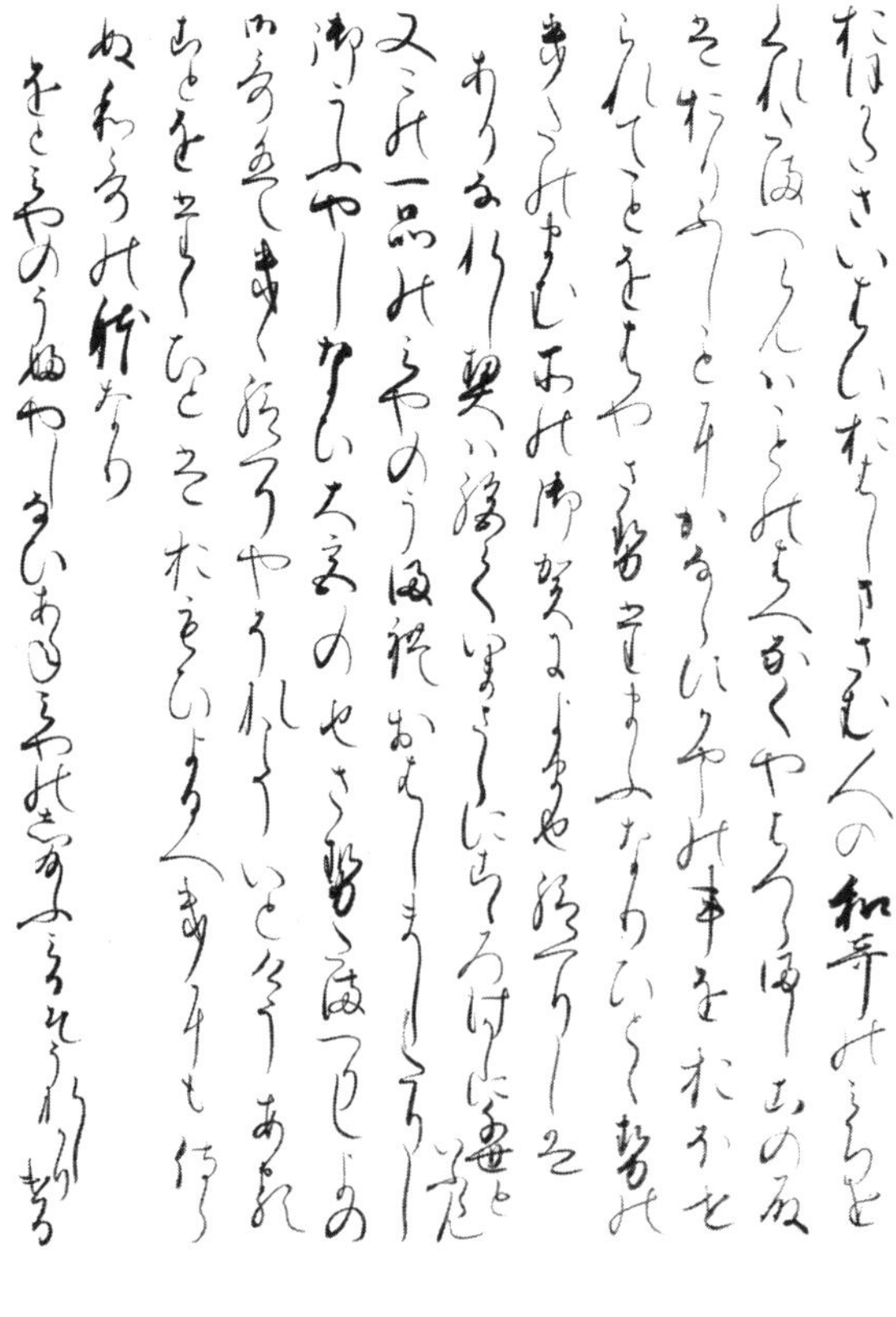

一「を《お》くれたまへらましかは、ことのはへなくやはへらまし」が平安時代の通常の語法。「ましか（ば）…まし」で反実仮想。「ん（む）は…まし」の「んは」は、「ん」（推量助動詞・連体形）＋「は」（係助詞）の形。『大鏡』では孤例。（和歌の道が）劣っていらっしゃるなら、折角の光栄も添わないことでしょうものを。「はへ」は「映（栄）え」で、見ばえ。光栄。二 先年の倫子の六十の賀。三 長い間連れ添ってきた夫婦の契りは、もはや、ふたりとも出家の身であるから絶えてしまっているのに、いまさら出家の身も顧みず、六十の賀だからといって、千代などとお祝いのことばを、述べるのでしょう。四 禎子内親王。五 長和二年（一〇一三）七月六日誕生。六 出産を祝う祝宴。出産後、三日目・五日目・七日目・九日目の夜に、親族などを招いて行う。七 彰子（妍子の姉君）。八「を《お》とみや」は、三条帝の中宮妍子。この歌、底本、第二句「うふやしなひ」の下にあるべき「を」を脱落。同系の東松本・近衛本（甲）・平松本「うふやしなひを」。

とかやうけ給りしとて、心よくゑみたり、[一]四条大納言《公任》のかくなにことともすくれめてたくおはしますを、[二]大入道殿、いかてかかゝらんうらやましくもあるかな、[三]わかこともの、[四]かけたにふむへくもあらぬこそ、くちおしけれと申させ給けれは、[五]中関白殿粟田殿なとは、けにさもとやおほすらんと、はつかしけなる御けしきにて、ものもの[六]たはぬに、この入道殿は、いとわかくおはします御身にて、かけをはふまて、つらをやふまぬとこそおほせられけれ、まことにこそさおはしめすめれ、[七]内大臣殿をたに、ちかくてえみたてまつりたまはぬよ、さるへき人は、とうより御心魂のたけく、[八]御もりもこはきな

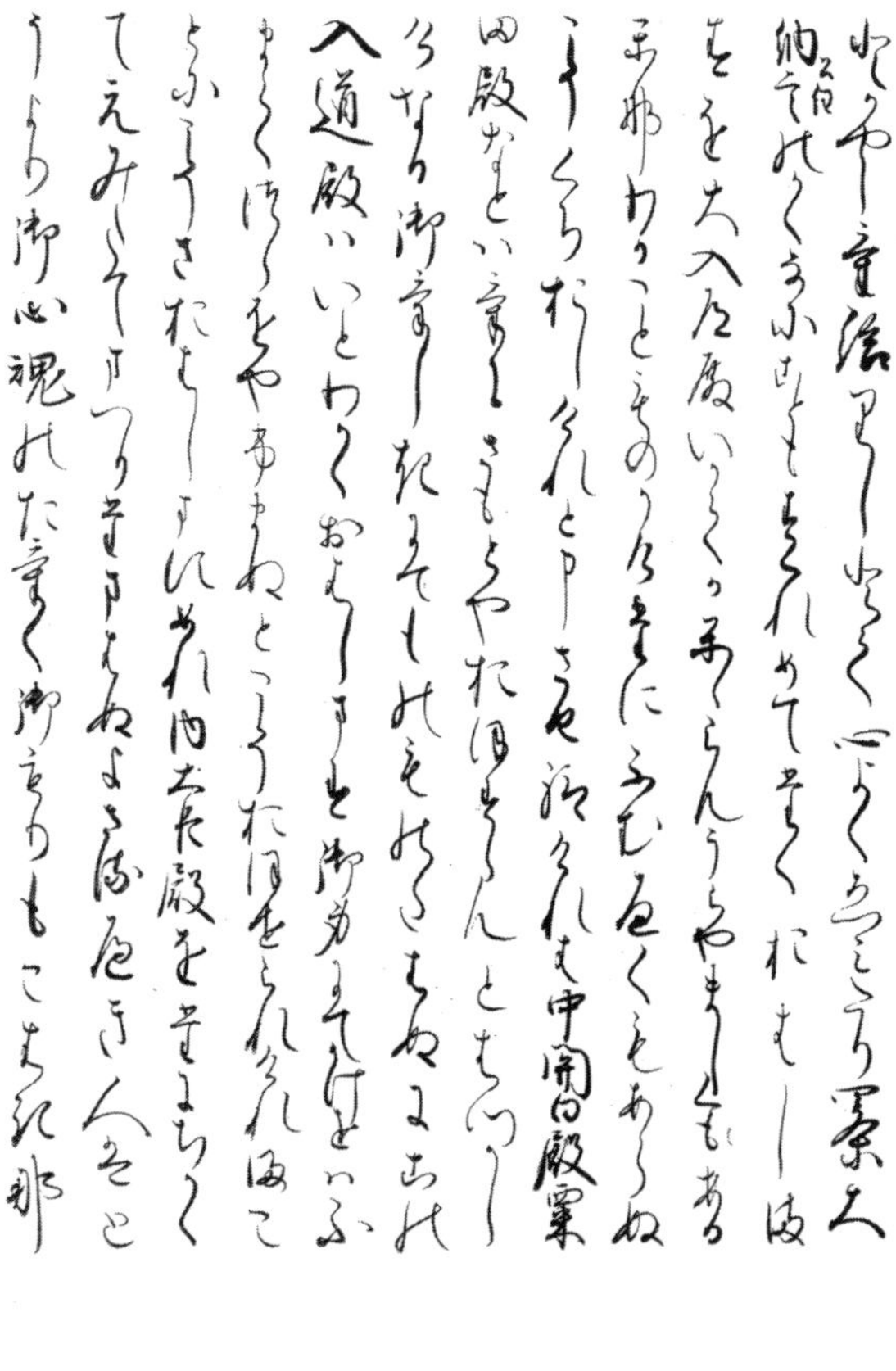

一 藤原公任。公任の三船の誉れについては、語り手世次は、父君、頼忠伝で語っている。上巻一〇三頁参照。二 藤原兼家。三 兼家の子供で、道隆・道兼・道長たち。四（わが子らが）四条大納言（公任）の影法師さえ踏めそうにないのは無念であることよ。五 道隆・道兼。六 底本「のたはぬ」、東松本・近衛本（甲）・平松本「のたまはぬ」、どちらでも誤りではない。底本なら「のたば＋ぬ」、後者なら「のたまは＋ぬ」。「のたぶ」と「のたまふ」は、共に「言ふ」の尊敬語。『大鏡』における「言ふ」の尊敬語の度合は、「仰せらる」→「宣はす」→「宣ふ」の順であり、「のたぶ」や「のたうぶ」も見られるが用例が極めて少なく、その用例にあたってみると、「宣ふ」より、更に敬意は低い。従って、ここでは、「のたまふ」の方がよい。七 大納言（公任）は、ご息女の婿でいらっしゃる内大殿殿（道長五男、教通）をさえ、親しくお逢い申しあげなさりかねておられるのですね。八 底本「御もりも」、東松本・近衛本（甲）・平松本「御まもりも」。

一 五月下旬の闇夜。「しもつやみ」は名詞。「つ」は上代の格助詞。連体修飾語を作る。二 五月雨といっても、度をこえて。「さみだれ」は、陰暦五月ごろの長雨。三 ざあざあ降る雨。四 独居して心たのしまない。てもちぶさたである。「さくさく（索々）し」のウ音便。『新撰字鏡』「独坐不楽㒵（略）佐久々々志」。五 殿上の間。殿上人の控えの間。六「申なり」は、動詞「申しなる」の連用形。「言ひなる」の謙譲語。話のなり行きで申してしまう。申すようになる。七「けしきおぼゆ」は、連語。不気味さを感じる。八 底本「えまかはし」、東松本・近衛本（甲）・平松本「えまからし」。底本「良（ら）」と「者（は）」の草体の類似による誤写。九 そういうかわったところ。

一 大内裏の西南にある殿舎。節会・宴会など行われる。二 紫宸殿のうしろにあ

めりとおほえはへるは、花山院の御時に、[一]五月しもつやみに、[二]さみたれもすきて、いとおとろ〳〵しく[三]かきたれ雨のふる夜、みかと[四]さう〳〵しとやおほしめしけむ、[五]殿上にいてさせおはしましてあそひおはしましけるに、人々物かたり申なとしたまうて、むかしおそろしかりける事ともなとに[六]申なり給へるに、こよひこそいとむつかしけなる夜なめれ、かく人かちなるたに、[七]けしきおほゆ、ましてものはなれたるところなと、いかならんさあらん所にひとりいなむやとおほせられけるに、[八]えまかはしとのみ申給けるを、入道殿は、いつくなりとも、まかりなんと申給けれは、[九]さるところおはしますみかとにて、いとけうあることなり、さらは、

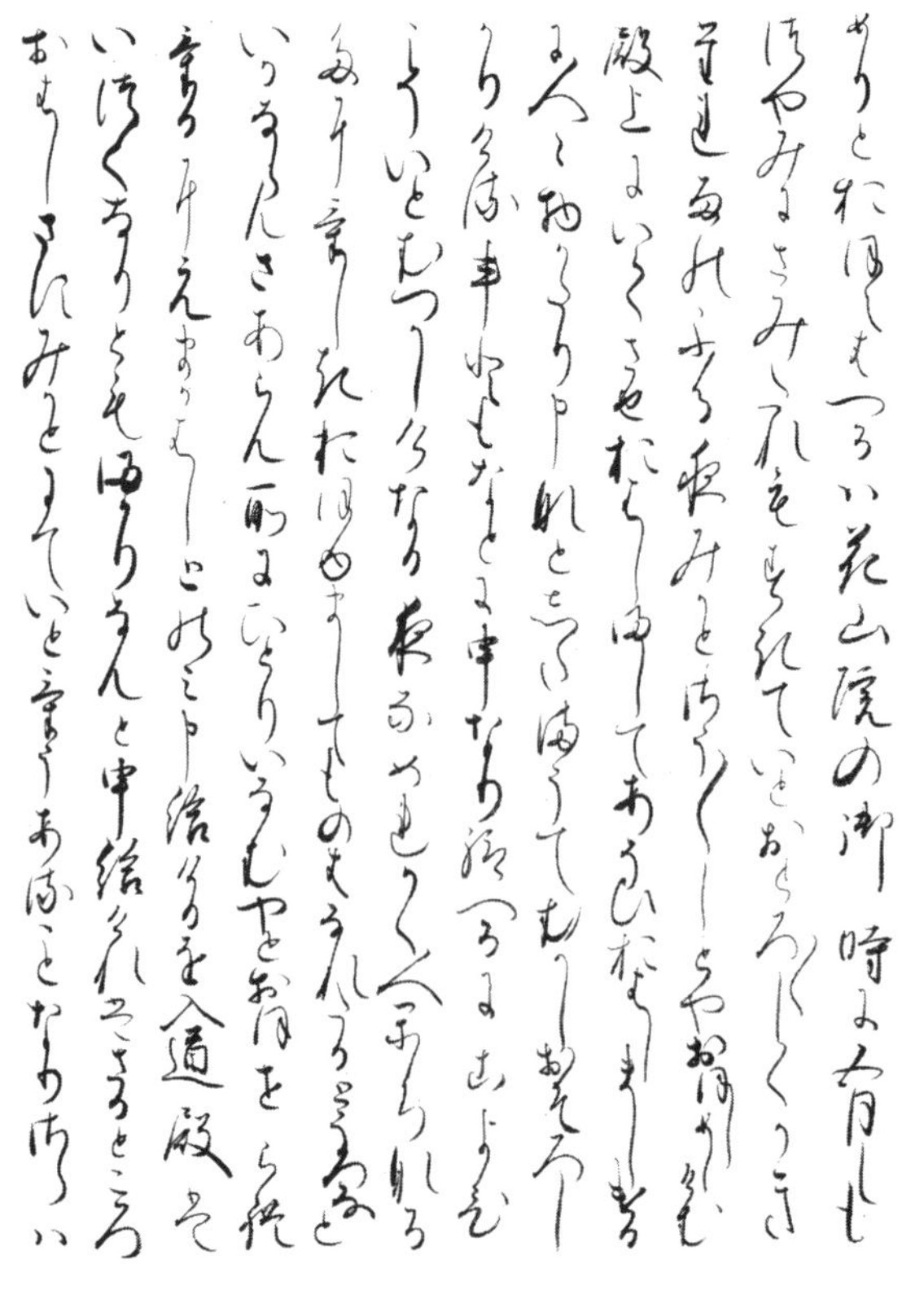

いけ道隆は[一]豊楽院、道兼は[二]仁寿殿の塗籠、道長は[三]大極殿へいけと[四]おほせられはよその君たちは、ひんなき事をもそうしてけるかなとおもふ、又うけ給はらせたまへ[五]る殿はらは、御けしきかはりて、やくなしとおほしたるに、入道殿は、つゆさる御けしきもなくて、わたくしの従者をはくし候はし、この[六]陣の[七]吉上まれ[八]、[九]滝口まれ、一人を[一〇]昭慶門まてをくれとおほせことたへ、それより内には、ひとりいりはへらんと申給へは、証なきことゝおほせらるゝに、けにとて御てはこにをかせたまへる小刀[一一]まして、たちたまひぬ、いま二所も、にかむく各を[一二]はさふしぬ、[一三]子四と[一四]奏して、かくおほせられ、議するほとに、うしにも

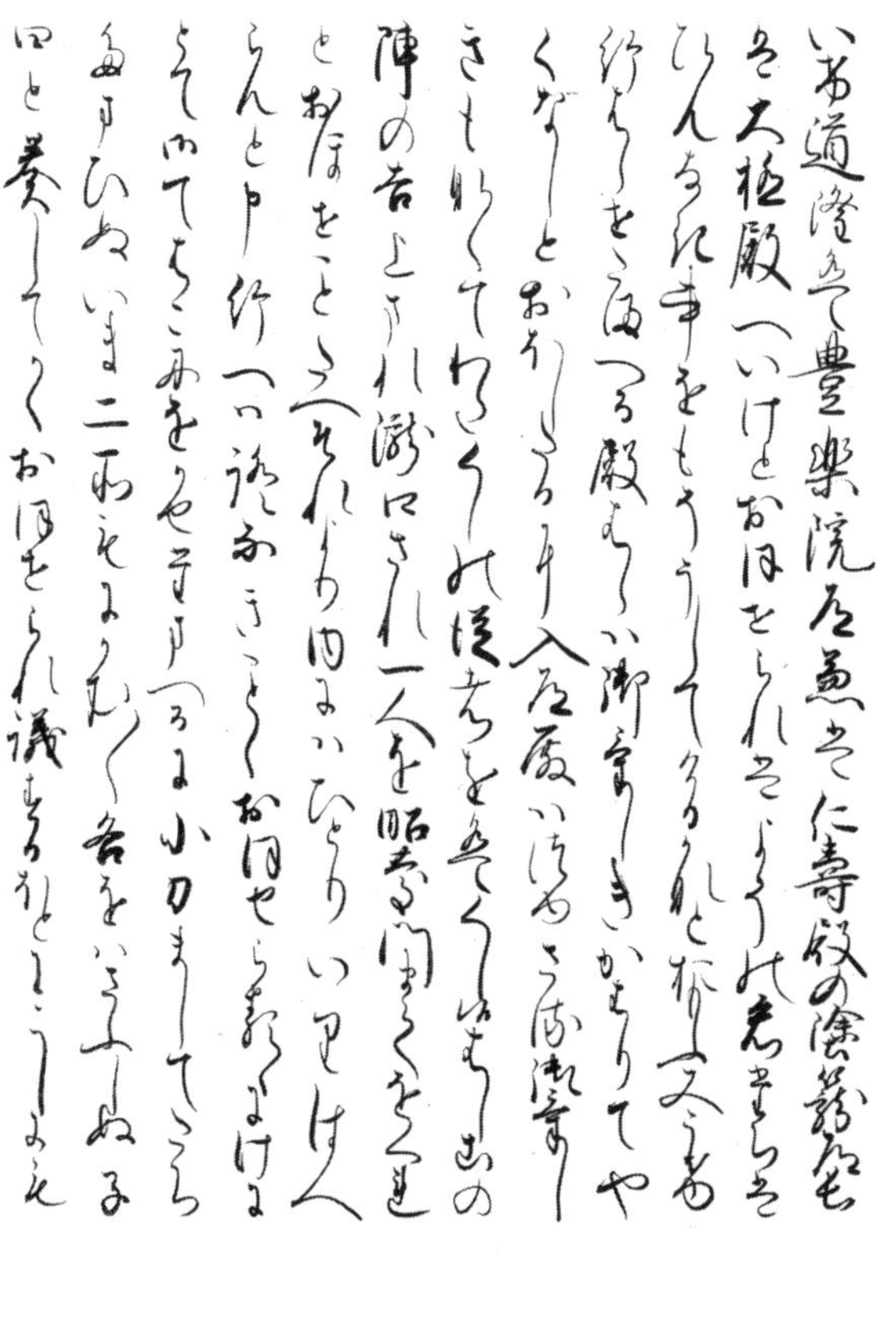

る殿舎。天皇の御座所であったが、清涼殿がご座所と定められてからは、内宴などを行う場所になる。「塗籠」は、周囲を厚い壁で塗りこめ、明かり取りの窓を付け、妻戸から出入りした部屋。納戸や寝室に用いた。**三** 大内裏の八省院の正殿。天皇が政務を執り、即位・朝賀などの大礼を行った。**四** 底本「おほせられは」、東松本・近衛本（甲）・平松本「おほせられけれは」。**五** 道隆・道兼をいう。**六** 宮中を警護する者のつめ所。**七** 六衛府の下級の役人。**八** 連語。であるにせよ。でも。「まれ」は「も（係助詞）」に「あれ（ラ変「あり」の命令形・放任）」の接続した「もあれ」の変化したもの。**九** 滝口の武士でも。**一〇** 八省院の北門。大極殿はこの門内にある。**一一** 申して。「まし」については、上巻一一頁注三参照。**一二** 本作品では、孤例。「おはさうず」は「おはしあひす（「す」はサ変）」の約。従って、主語は複数。「おはしあふ」については、下巻二八頁注四参照。**一三** 午前零時半ごろ。**一四** 近衛の役人が時刻を奏上して。

なりにけむ、道隆は、一右衛門陣よりいてよ、道長は、
二承明門よりいてよ、三それをさへわかたせたまへ
はしかおはしましあへるに、四中関白殿、陣まて念
しておはしましたるに、宴の松原のほとに、五その
ものともなきこゑとものきこゆるに、六術なく
てかへりたまふ、粟田殿は、七露台のとまてわなゝく
くおはしたるに、仁寿殿の東面の八砌のほとに、
のきとひとしき人のあるやうに見えたまひけれ
はものもおほえて、身の候はゝこそ、おほせこと
もうけたまはらめとて、をの〳〵たちかへりま
いりたまへれは、御あふきをたゝきてわらはせ
給に、入道殿は、いとひさしくみえさせ給はぬを、

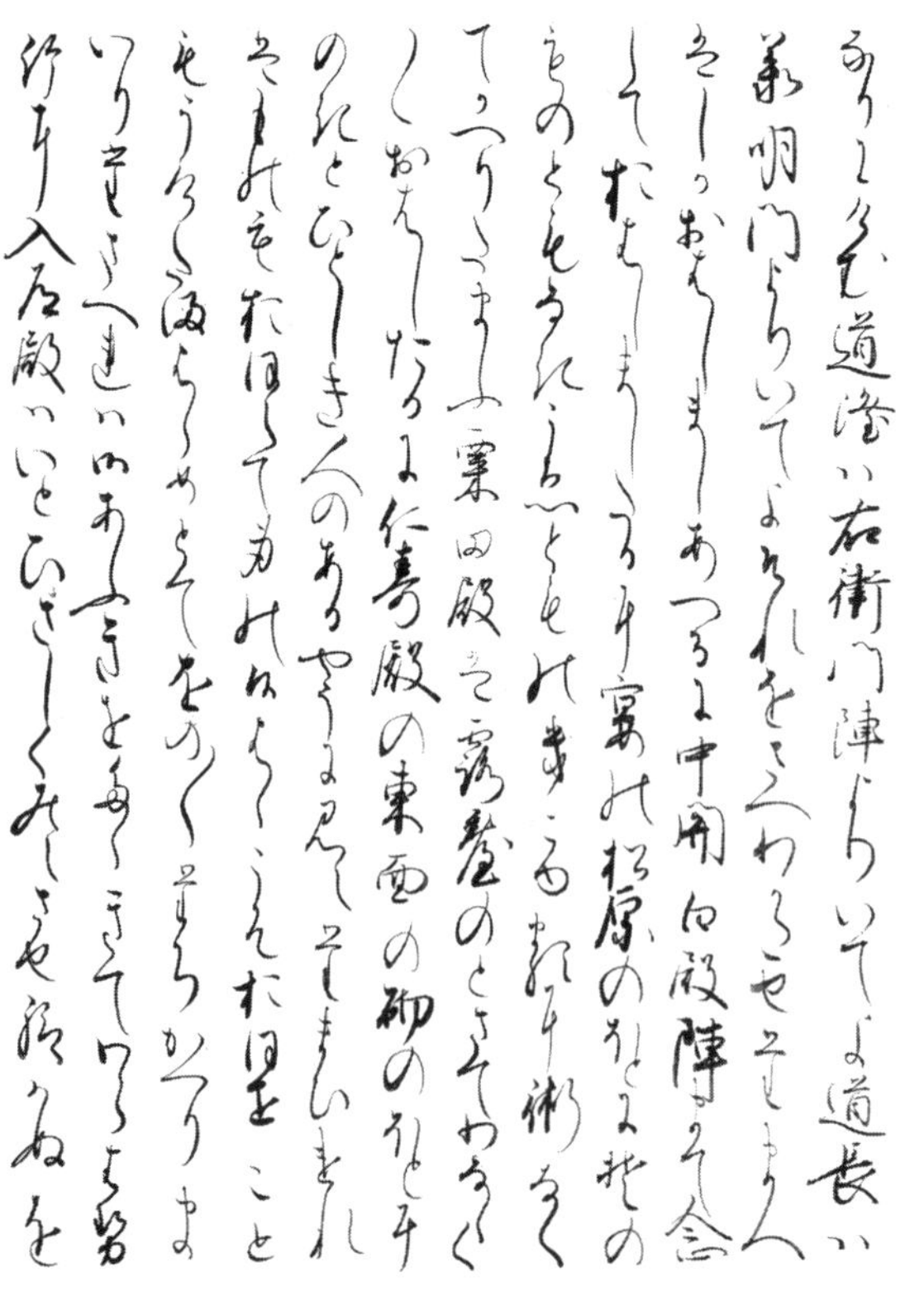

一 宜秋門の別名。二 紫宸殿の南正面にある内門。三 底本「いてよ」、東松本「いてよと」。同系の近衛本（甲）・平松本、底本に同じ。四 宜秋門の外の建物のない広場。豊楽院の後方（北）にある広場。五 何ものとはっきりわからないいろいろの声。六 中巻一四七頁注一一参照。七 紫宸殿と仁寿殿との間にある屋根のない板敷きの所。納涼・舞などに使用する。八 軒下の石を敷いた所。『図書寮本類聚名義抄』「砌《美跂利》」、『色葉字類抄』「砌《ミキリ》」。『文明本節用集』「砌《ミギリ》」。

いかゝとおほしめす程にそ、いとさりけなく、事にもあらすけにて、まいらせたまへる、いかにくととはせ給へは、いとのとやかに、御刀に、けつられたる[一]ものををとりくしてたてまつらせ給に、こはなにそとおほせらるれは、たゝにてかへりまいりてはへらんは、証候ましきにより、[二]高御座《タカミクラ》のみなみおもてのはしらのもとをけつりて候なりと、つれなく申たまふに、いとあさましくおほしめさること殿達の御けしきは、いかにも猶なほらて、このとのゝかくてまいりたまへるを、みかとよりはしめ感しのゝしられたまへと、うらやましきにや、又いかなるにか、ものもいはてそ候給ける、なをうたかはし

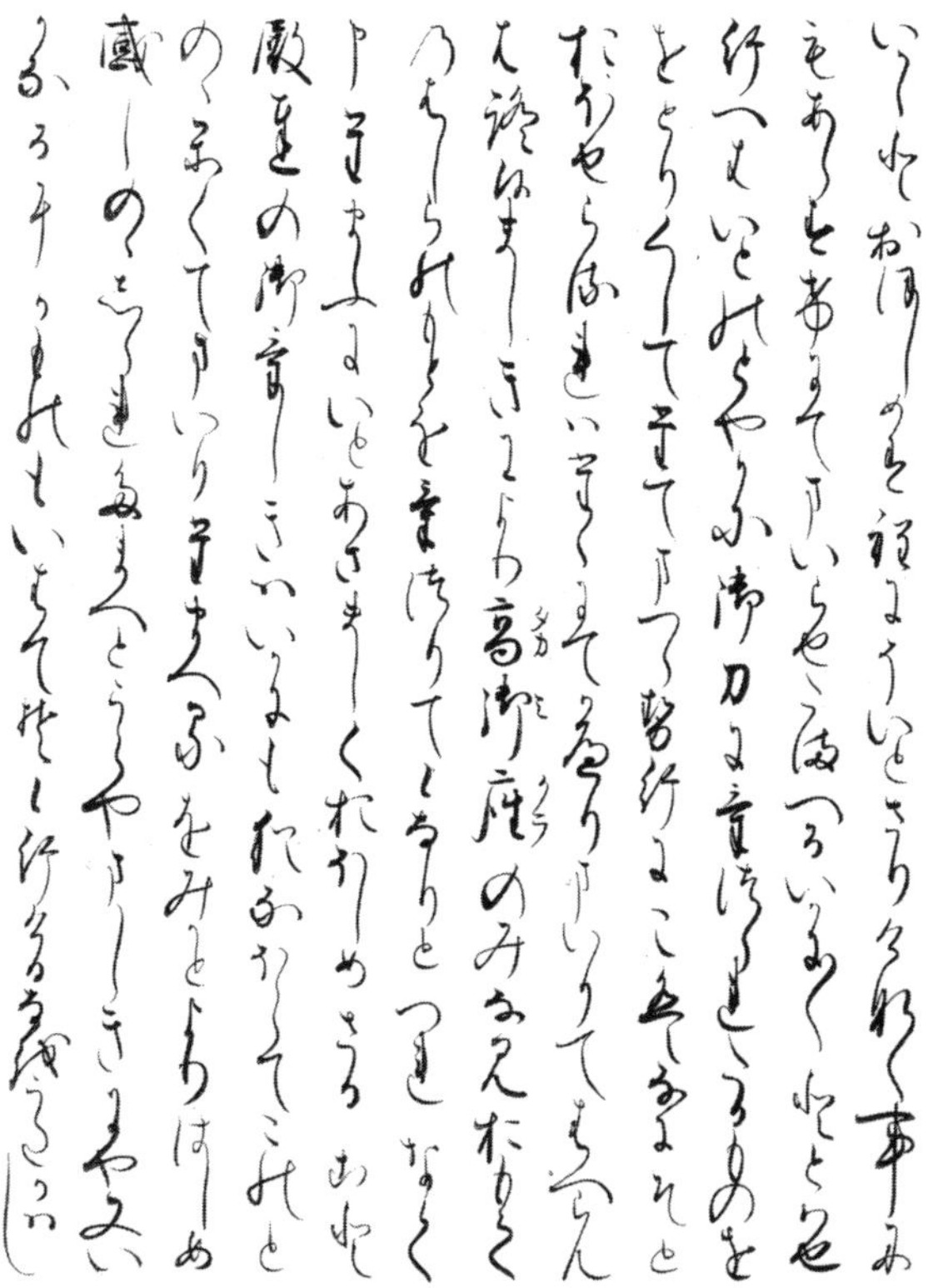

一 底本「ものををとりくして」、東松本・近衛本（甲）・平松本「ものをとりくして」。二 大極殿または紫宸殿の中央の一段高い所に設ける天皇着席の座。玉座。

くおほしめされけれは、つとめて、蔵人して、けつり[一]くつをつかはしてみよとおほせ事ありけれは、もていきて、をしつけて見たう[二]ひけるに、つゆたかはさりけり、そのけつりあとは、[三]いとけさやかにやはへめり、すゑのよにも、見る人は猶あさましきことにそ申しかし、故女院の御修法して、[四]飯室の権僧正《慈忍》のおはしましゝ[五]伴僧にて、相人の侯しを、女房とものよひて、相せられけるついてに、[六]内大《中関白》臣殿はいかゝおはすなとゝふに、いとかしこうおはします、[七]天下とる相おはします、[八]中宮大夫殿《御堂》こそいみしうおはしませといふ、[九]又あはたとのをとひたてまつれは、それも又いとかしこくおはします、

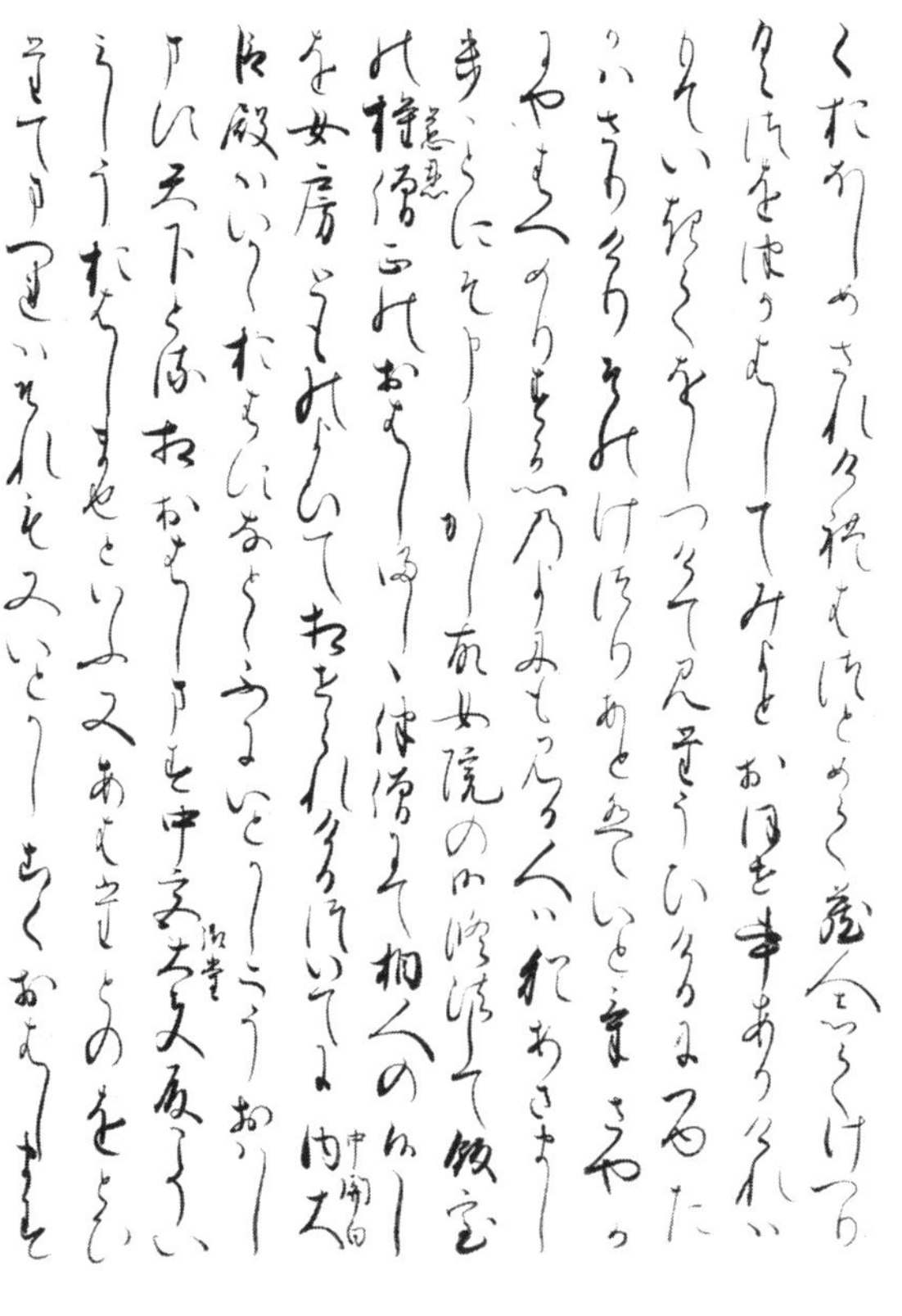

一 削り屑を削ったあとに合せる。あてがう。二 「たうぶ」は尊敬の補助動詞。ここでは、世次の蔵人に対しての尊敬語。敬意は高くはない。この語は、平安時代ではすでに古風な言い方といわれる。拙著『大鏡の語法の研究』(さるびあ出版 一九六七年)参照。三 底本「いとけさやかにや」、東松本・近衛本(甲)・平松本「いとけさやかにて」。四 師輔の子。尋禅。諡《いみな》慈忍。五 法会・修法・供養などのとき、導師に従う僧。『前田家本色葉字類抄』「伴僧」。六 道隆公はどういう相でいらっしゃるか。「いかか」は「いかにか」の転。疑問の副詞。従って、「おはす」は四段の連体形。七 摂政関白をとる相。八 道長。九 道兼。

大臣の相おはします、又あはれ、中宮の大夫殿こそいみしうおはしませといふ、[一]又権大納言殿《伊周》をとひたてまつれは、それもいとやむことなくおはします、いかつちの相なんおはすると申けれは、いかつちはいかなるそとゝふに、ひときはゝいとたかくなれと、[二]のちとけのなきなり、されは、御するゑいかゝおはしまさんと見えたり、中宮の大夫殿こそ、[三]かきりなくきはなくおはしませとこと人をとひたてまつるたひにはこの入道殿をかならすひきそへたてまつりてまうす、いかにおはすれは、かく毎度にはきこえたまふそといへは、[四]第一相[五]にとらの子のふかき山のみねをわたるかことくなるを申たる

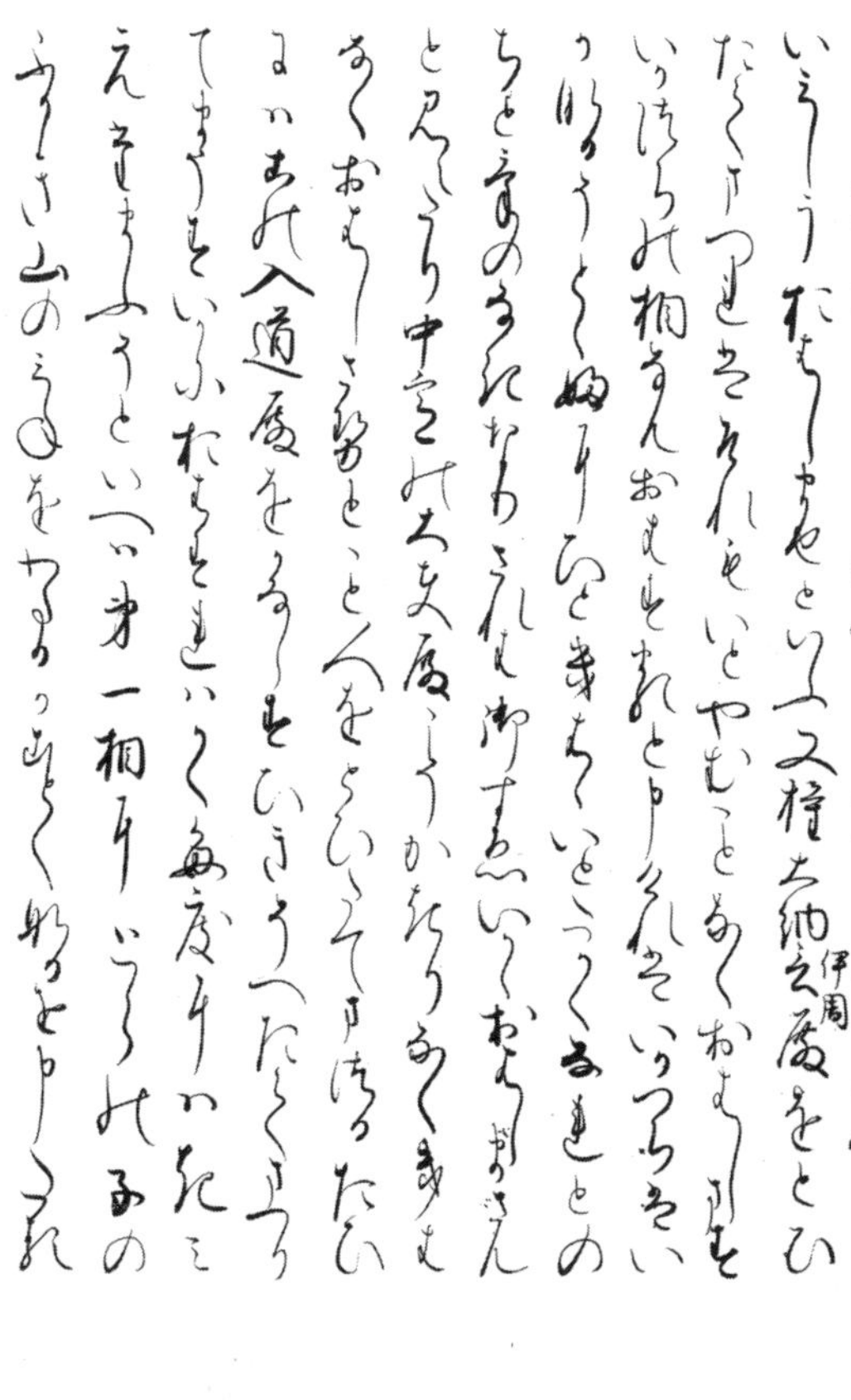

一 伊周。二 最後までなし遂げることがない相である。「のちとけ」は、最後までなし遂げること。三 この上なくすぐれて。「かぎりなく」も「きはなく」も、ほぼ同義で、両語を重ねての強調表現。他の作品には見出せない表現。「かぎりなく」と「きはなく」の差異は、その発生の遅速と活動の勢にあるようである。「きはなく」は「かぎりなく」より、その発生が遅く、その誕生は、『源氏物語』頃であろう。中世に至っても、その使用例は鮮少である。四 底本「第一相」、流布本系の古活字本・八巻本「第一の相」、異本系の萩野本・披雲閣本「第一のさう」。五 八巻本「虎子如渡深山峯《しによとしんせんぶ》」、異本系の萩野本・披雲閣本「虎子度深山峯」。これが、もとの形か。人相判断の書にある句か。出典など未詳。

一 四段「たとふ」の連用形の名詞化したもの。「たとふ」の活用は、上代・平安時代を通して下二段。詳しくは、拙著『大鏡の語法の研究　続』（桜楓社　一

に、いさゝかもたかはせたまはねは、かく申はへるなり、[一]このたとひは、とらの子のけはしきやまのみねをわたるかことしと申なり、[二]御かたちようていは、たゝ[三]毗沙門の[四]いきほ[五]見たてまつらんやうにおはします、御相かくのことしといへは、たれよりもすくれたまへりとこそ申けれ、いみしかりける上手かな、[六]あてたかはせたまへることやはおはしますめる、[七]帥のおとゝの[八]大臣まてかくすかやかに[九]なりたへりしを、はしめよしとはいひけるなめり、いかつちは、おちぬれと、又もあかるものを、ほしのおちて[一〇]いしとなるにそたとふへきや、それこそかへりあかることなけれ、おりくにつけたる御かたちなとは、けに

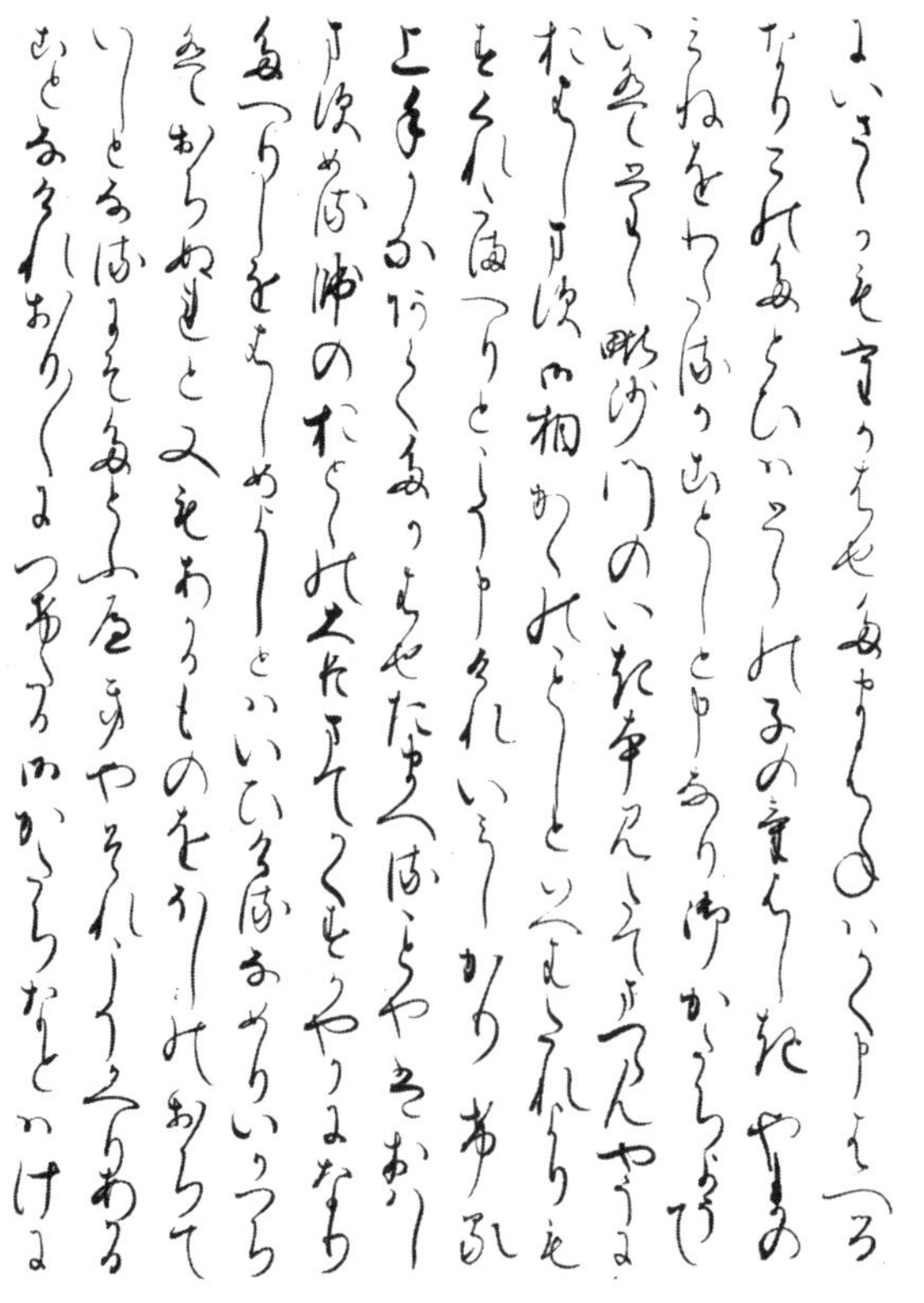

九七七年）参照。二 顔立ち。容姿。三 毘沙門天王の略。須弥山《しゅみせん》の北側に住んで、北方を守護し、福徳をさずける守護神。四 不詳。生きた手本の意か。一説、「いきほひ」の訛った「いきほん」の「ん」の表記が略されたもの（松尾聡『大鏡抄』笠間書院 一九六八年）。五「見たてまつらむやうに（略）かくのことし」の「やうに」は和文語、「ごとし」は漢文訓読語。用例は、共に、相人の詞中。六「あてたがふ」を、あてそこなうの意にとる説が多いが、松尾聡は、この説に従うと、「主語は相人になるから、それに『せ給ふ』『おはします』を用いるのは疑わしい。橘純一氏は、大鏡にほかに二例（伊尹伝、『あて又、花山院のひとゝせまつりのかへさ御覧ぜし御ありさまは』『あて御絵あそばしたりし、興あり』）ある『あて』と考え比べてこの『あて』も『さて』の俗語とみられる。そうすると、『たがはせ給へる』の主語は、『道長の運命』などになる」（『大鏡抄』一二五頁注(6)）と説く。七 伊周。八 伊周は、父道隆の在世

なかき思ひいてとこそは、人申めれ、なかにも、三条院
の御時、[一]賀茂行幸の日、ゆきことのほかにいたうふ
りしかは、御ひとへ[二]の袖をひきいてゝ、御あふきを
たかくもたせ給へるに、いとしろくふりかゝりた
れは、あないみしとて、うちはらはせたまへりし
御もてなしは、いとめてたくおはしましゝもの
かな、[三]うへの御そはくろきに、御ひとへぬ[四]はくれ
なゐのはなやかなるあはひに、ゆきのいろももて
はやされて、えもいはすおはしましゝものかな、
高名のなにかしといひし御むまいみしかりし
[五]悪馬なりあはれ、[六]それをたてまつりしつめた
りしはや、[七]三条院もの日のことをこそおほしめし

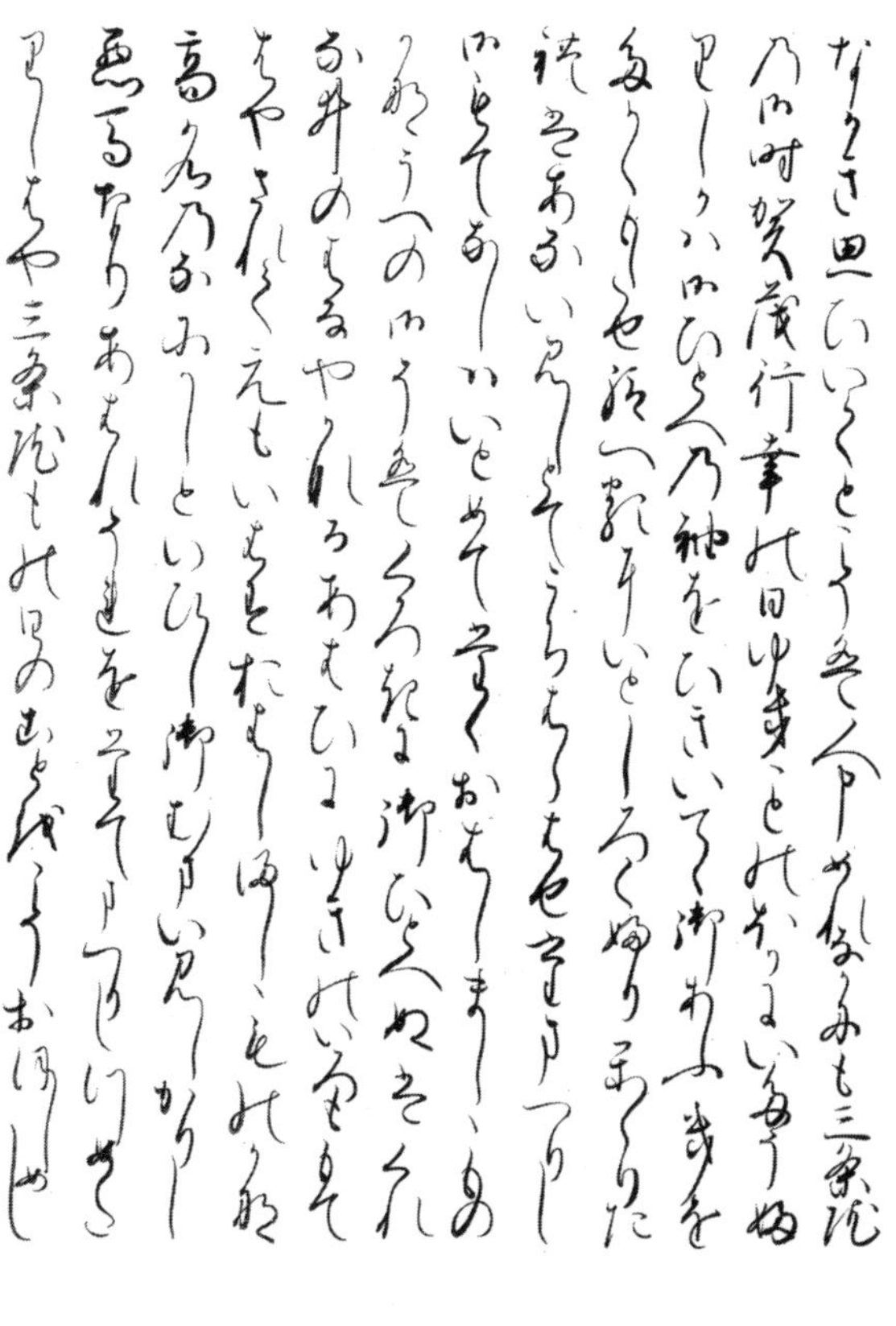

中に、十八歳で参議、二十一歳で内大臣。九 底本「なりたへりしを」、東松本「なりたまへりしを」、古活字本・八巻本、萩野本・披雲閣本「なり給へりしを」。一〇 隕石《いん》。

一 長和二年（一〇一三）十二月十五日。二「ひとへ」は「単衣《ひとえぎぬ》」の略。平安時代、男女とも装束の時、その下に肌着として着た裏地のない衣服。三 袍《ほう》。装束の上着。四 底本「御ひとへぬ」、東松本・近衛本（甲）・平松本「御ひとへきぬ」。五 癖が悪く御しにくい馬。疳《かん》の強い馬。六 底本「あはれそれを」、近衛本（甲）・平松本「あはれを」。七 底本「三条院もの日の」、東松本・近衛本（甲）・平松本「三条院もその日の」。

いておはしますなれ、一御病のうちにも、賀茂行幸の日のゆきこそわすれかたけれとおほせられけむこそ、あはれにはへれ、世間のひかりにておはします殿の、一年はかり、二ものをやすからすおほしめしたりしよ、いかに三天道御覧しけん、さりなからも、いさゝか四遥氣《本ノマヽ》し、御こゝろやは五たうさせたまへりし、おほやけさまの公事作法はかりにはあるへき程にふるまひ、ときたかふ事なくつとめさせ給て、六うちくには、ところもをきゝこえさせたまはさりしそかし、七帥殿の南院にて、人々あつめてゆみあそはしゝに、この殿わたらせたまへれは、おもひかけすあやしと中関

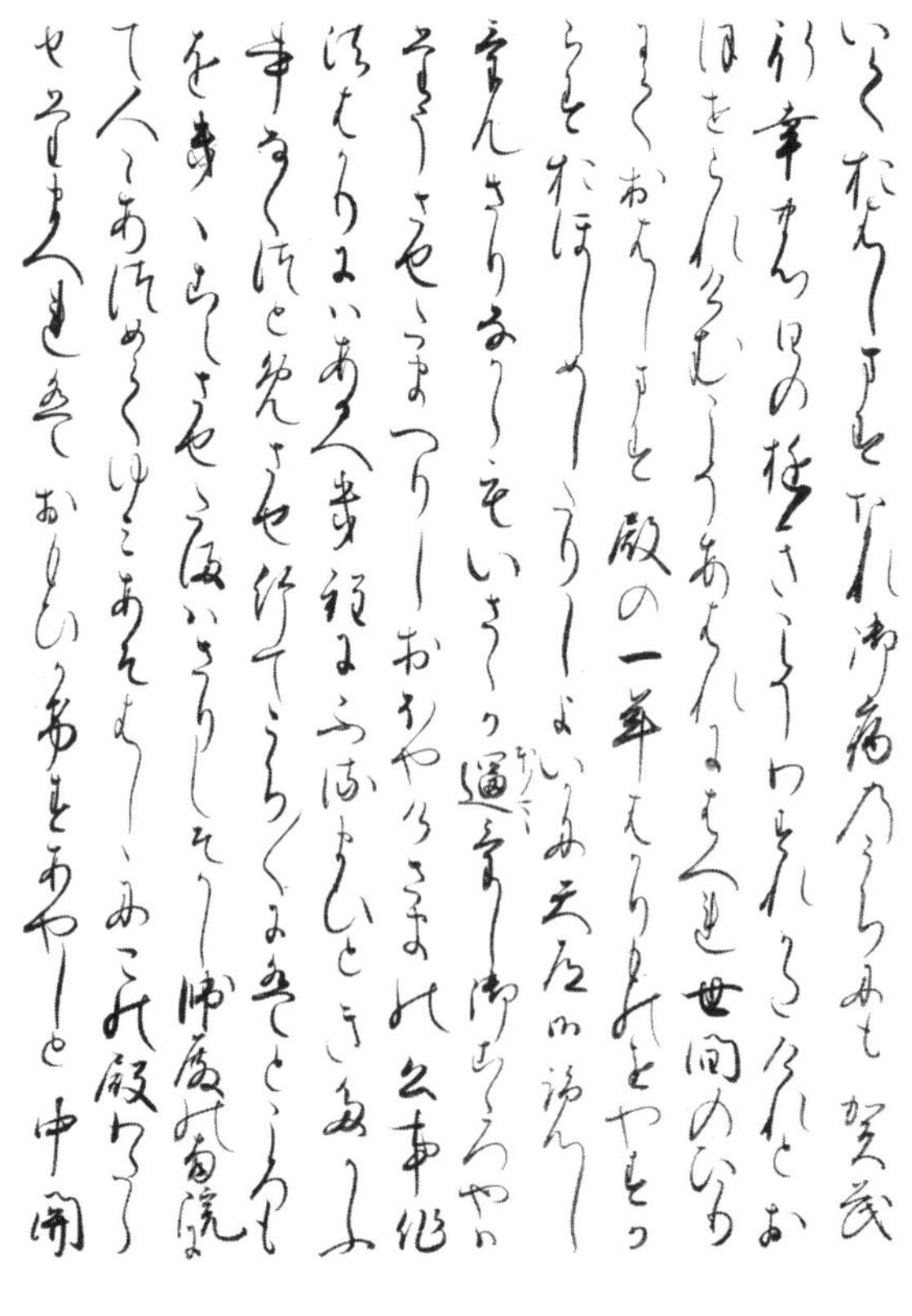

一 三条天皇は、長和三年（一〇一四）ごろから、眼疾で失明していたので、賀茂行幸はそれ以前の出来事。眼病については、上巻三九頁以降の「六十七代三条院」を参照。二 伊周が、叔父の道長より上位の、内大臣に任ぜられたことをいう。三 天帝。四「ヒケシ」と訓まれている。平安時代の作品には、見出せないようである。気後れすることの意か。底本「遥気」の右に、「本ノママ」とある。萩野本「卑下し」。五 動揺なされたりすることがありましたでしょうか。「たう（倒）さ」は、「たふさ」が、規範的な表記で、「たふ（倒）す」の未然形と考える。「う」と「ふ」のゆれは、「尊者の御まへにすふるを」（上巻　基経）、「法華経をいみしうたうとく」（中巻　伊尹）「いみしう饗応しまうさせたまふて」（下巻　道長上）などの例がある。「やは…し」の「やは」は、反語。六 非公式。私的生活。七 父、道隆邸の南院。

白殿おほしおとろきて、いみしう饗応[一]しまうさせたまふて、下﨟[二]におはしませと、まへにたてたてまつりて、まついさせたてまつらせ給けるに、[三]帥殿やかすいま二おとり給ぬ、中関白殿、又御前に候人々もいま二度[四]のへさせ給へと申て、のへさせ給けるを、やすからすおほしなりて、さらは、のへさせ給へとおほせられて、又いさせ給とて、おほせらるゝやう、道長かいへよりみかときさきたちたまふへきものならは、このやあたれとおほせらるゝに、おなしものを中心にはあたるものかは[五]、つきに帥殿いたまふに、いみしうおくしたまひて、御てもわなゝく[六]けにや、的のあたりにたにちかくよら

一 中巻一二九頁注二参照。二 地位の低い人。『黒川本色葉字類抄』「下臈《ゲラウ》」。三 底本「帥殿やかす」、東松本・近衛本（甲）「帥殿ゝやかす」。「やかず」は、当った矢のかず。四 伊周に勝つ機会を与えるため。五 当たったんですよ。「か」は、反意語的感動表現、「は」は感動を表す係助詞（終助詞とも）。六 震えるせいでしょうか。「けに」は、せい、ため。「や」は係助詞で、下に「ありけむ」などの結びが省略されている。

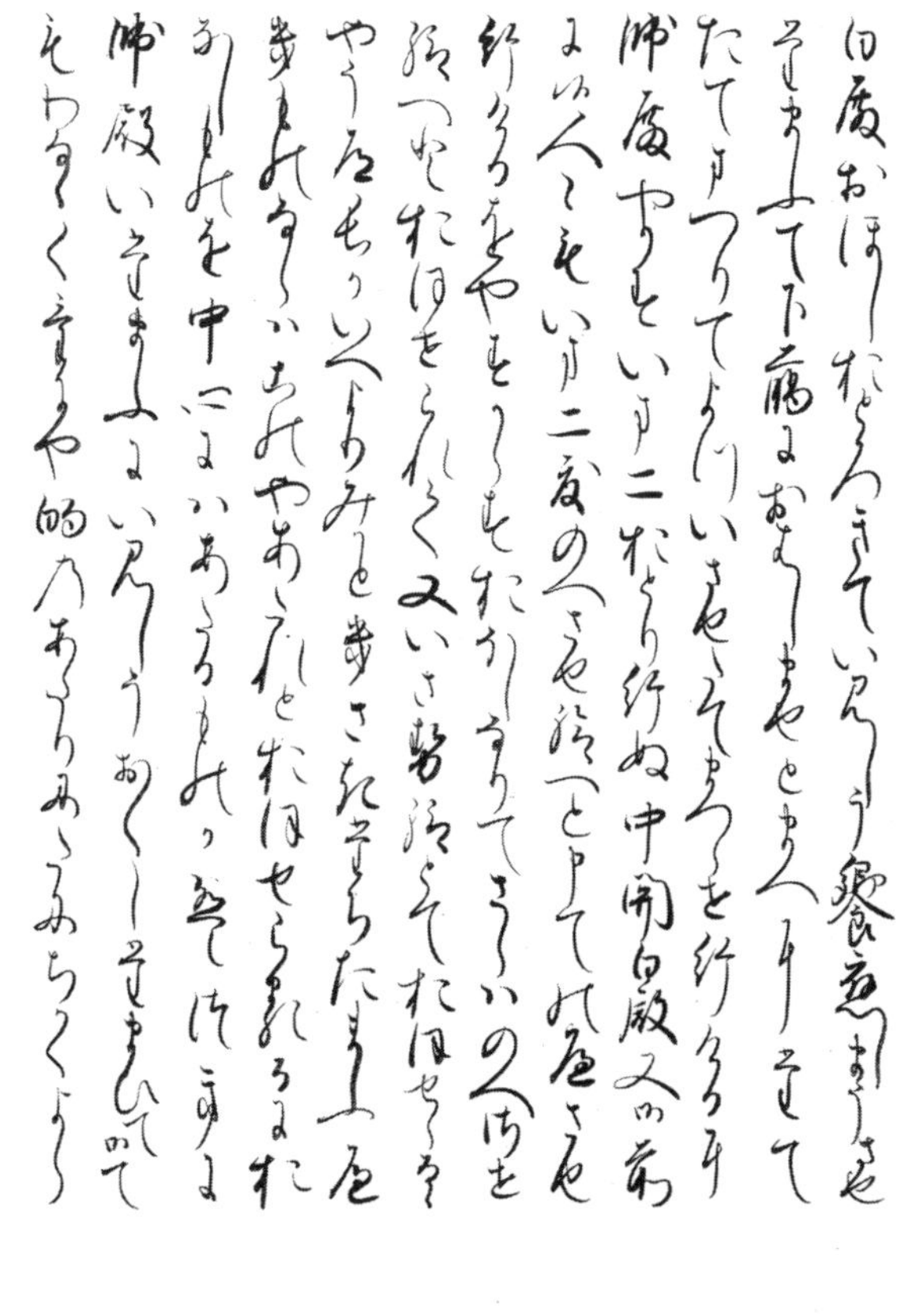
白殿おほしおとろきていみしう饗応しまうさせたまふて下﨟におはしませとまへにたてたてまつりてまついさせたてまつらせ給けるに帥殿やかすいま二おとり給ぬ中関白殿又御前に候人々もいま二度のへさせ給へと申てのへさせ給けるをやすからすおほしなりてさらはのへさせ給へとおほせられて又いさせ給とておほせらるゝやう道長かいへよりみかときさきたちたまふへきものならはこのやあたれとおほせらるゝにおなしものを中心にはあたるものかはつきに帥殿いたまふにいみしうおくしたまひて御てもわなゝくけにや的のあたりにたにちかくよら

一 仏教語。広大で限りない世界。転じて、見当外れの所。二 やぶれるほど。「やぶる」は自動詞、したがって、下二段活用。副助詞「ばかり」は、終止形に承接していて、程度を表す。上巻三〇頁注五参照。三 「な…そ」は禁止。『大鏡』には、計七例(うち一例は和歌)。上巻一三頁注六参照。四 入道殿(道長)のご様子。五 ことばの内容。六 一方、伊周の方では。「かたへは」は連語。多く下に推量表現を伴って、半面では。一方では。七 詮子。八 滋賀県大津市石山町にある真言宗の石山寺に参詣すること。

す[一]無邊世界をいたまへるに、関白殿いろあを
くなりぬ、又入道殿いたまふとて、摂政関白すへ
きものならは、この矢あはれとおほせらるゝに、
はしめのおなしやうに、的の[二]やふるはかり、おなし
ところにいさせたまひつ、饗応しもてはやし
きこえさせたまひつるけうもさめて、事にかう
なりぬ、ちゝおとゝ、帥殿に、なにかいる、[三]ないそくと
せいし給て、事さめにけり、今日に見ゆへき
ことならねと、[四]人の御さまのいひいてたまふ
[五]ことのおもむきより[六]かたへは、おくせられたまふなん
めり、又[七]故女院の御[八]石山詣に、この殿は御むまにて、
帥殿はくるまにてまいりたまふに、さはること

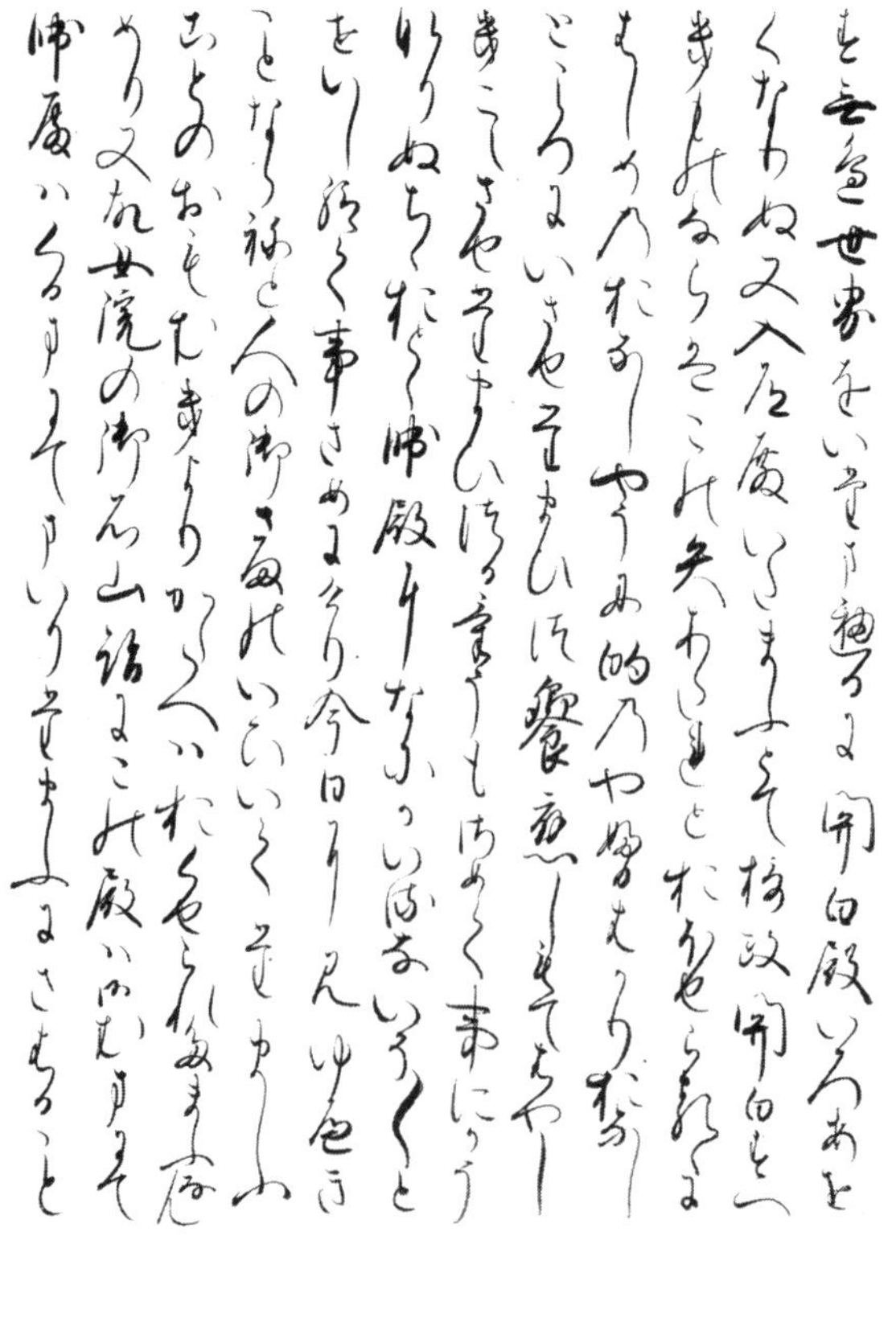

ありてあはたくち[一]よりかへり給とて、院の御車のもとにまいりたまひて、[二]案内申給に、御くるまもとゝめたれは、[三]なかえをゝさへてたち給へるに、入道殿は、御むまをゝしかへして、帥殿の御うなしのもとにいとちかううちよせさせ給て、[四]とくつかうまつれ、日のくれぬるにとおほせられけれは、あやしくおほされて、見かへりたまへれと、おとろきたる御けしきもなくとみにものかせたまはて、日くれぬ、とくくとそゝのかせ給を、いみしうやすからすおほせと、[五]いとゝはせさせたまはんやはらたちのかせ給ひにけり、ちゝおとゝにも申たまひけれは、大臣かろむる人のよきやうなしとのたまは

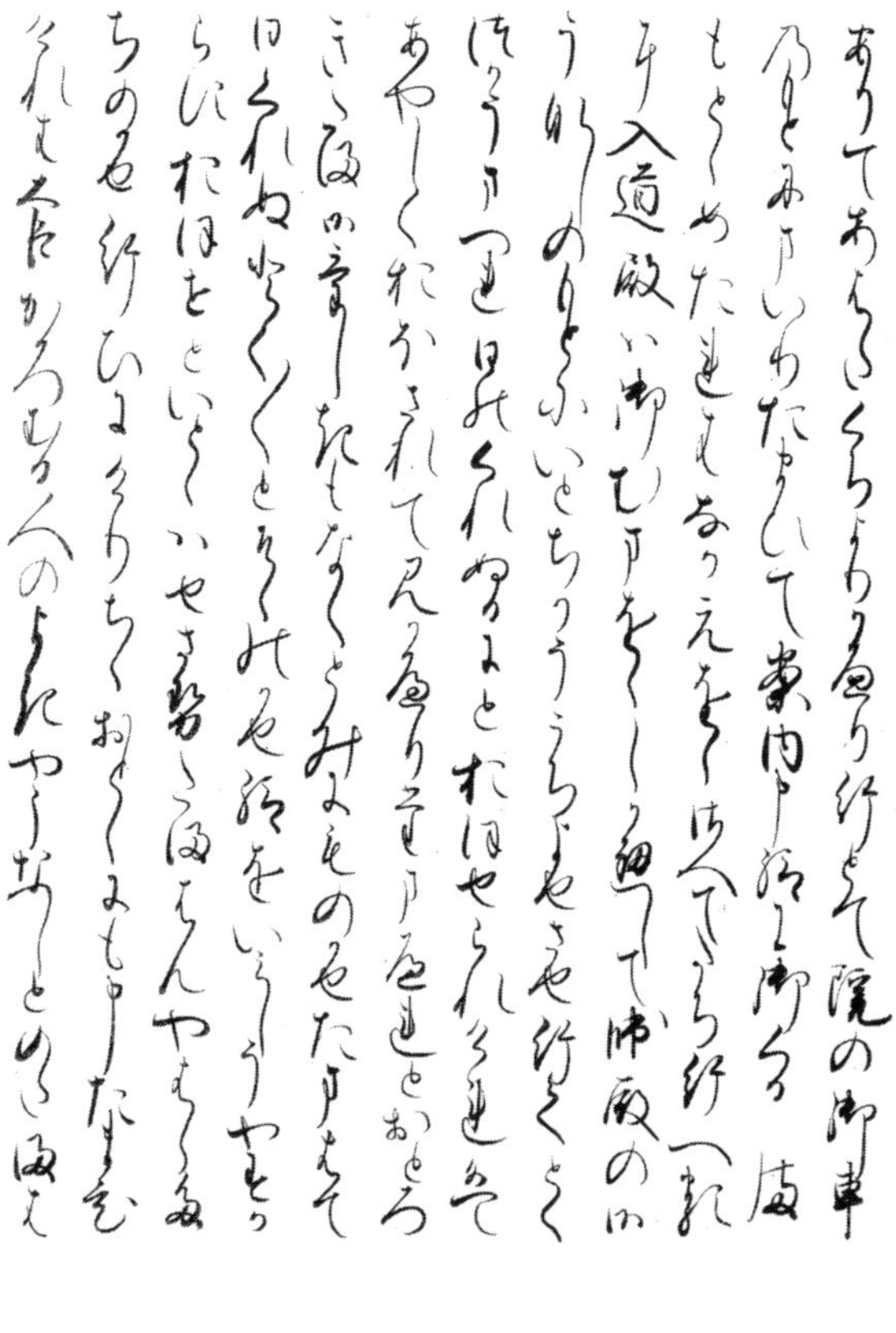

一 今の京都市東山区粟田口。近江（滋賀県）へ抜け、東海道に続く、京の出入口。二 内情を申し上げなさるそのときに。『色葉字類抄』『文明本節用集』「案《アン》内《ナイ》」、『黒本本節用集』『天正本節用集』『饅頭屋本節用集』『温故知新書』『運歩色葉集』など「案内《アンナイ》」。三 牛車の前に長く突き出した二本の柄。牛に引かせるため、その先に軛《くびき》をつける。四 入道殿（道長）が、女院の従者、車副らに命令したことば。早くお供をいたせ。「つかうまつれ」は、「つかうまつる」の命令形。「す」「行ふ」などの謙譲語。五 底本「いとゝは」、東松本・近衛本（甲）・平松本「いかゝは」。

せける、[一]三月巳日のはらへに、やかて[二]逍遥し給とて、
帥殿、河原にさるへき人々あまたくしていてさせ給
へり、[三]平張ともあまたうちわたしたるおはし所に、
入道殿もいてさせたまへる、御車をちかくやれ
は、便なきことかくなせそ、やりのけよとおほせら
れけるを、なにかし丸といひし御車そひの何こと
のたまふ殿にかあらん、かく[四]きこし給へれは、この殿
は不運にはおはするそかし、[五]わさはひや〳〵とて、
いたく御くるま牛をうちていますこしひらはり
のもとちかくこそつかうまつりよせたりけれ、からう
もこのおとこにいはれぬるかなとそおほせられける、さ
て、その御くるまそひをは、いみしう[六]らうたくせ

一 三月の最初の巳《み》の日に、水辺で祓《はらえ》をし、身のけがれを除く風習があった。二 舟に乗り、作詩・管弦などの遊びをしたか。『色葉字類抄』「逍遥《セウエウ》」、『文明本節用集』「逍遥《セウヨウ》」。三 天井を平らに張って、日光・雨・雪などを防ぐテント。『色葉字類抄』「平張《ヒラハリ》」、『饅頭屋本節用集』「帟《ヒラバリ》」。四 「きこし」は、「言ふ」の尊敬語。車副が道長に対しての使用。日本古典文学大系をはじめ、東松本を底本とした諸注釈書、「きこし」を「きうし」と翻刻しているが、「きこし」と捉えて問題はない。同系の、近衛本（甲）・平松本、それに桂宮本（甲）、すべて「きこし」とある。拙稿「大鏡注釈二題」（坂詰力治編『言語変化の分析と理論』おうふう 二〇一一年）参照。五 いやだ。六 おかわいがりになられて。

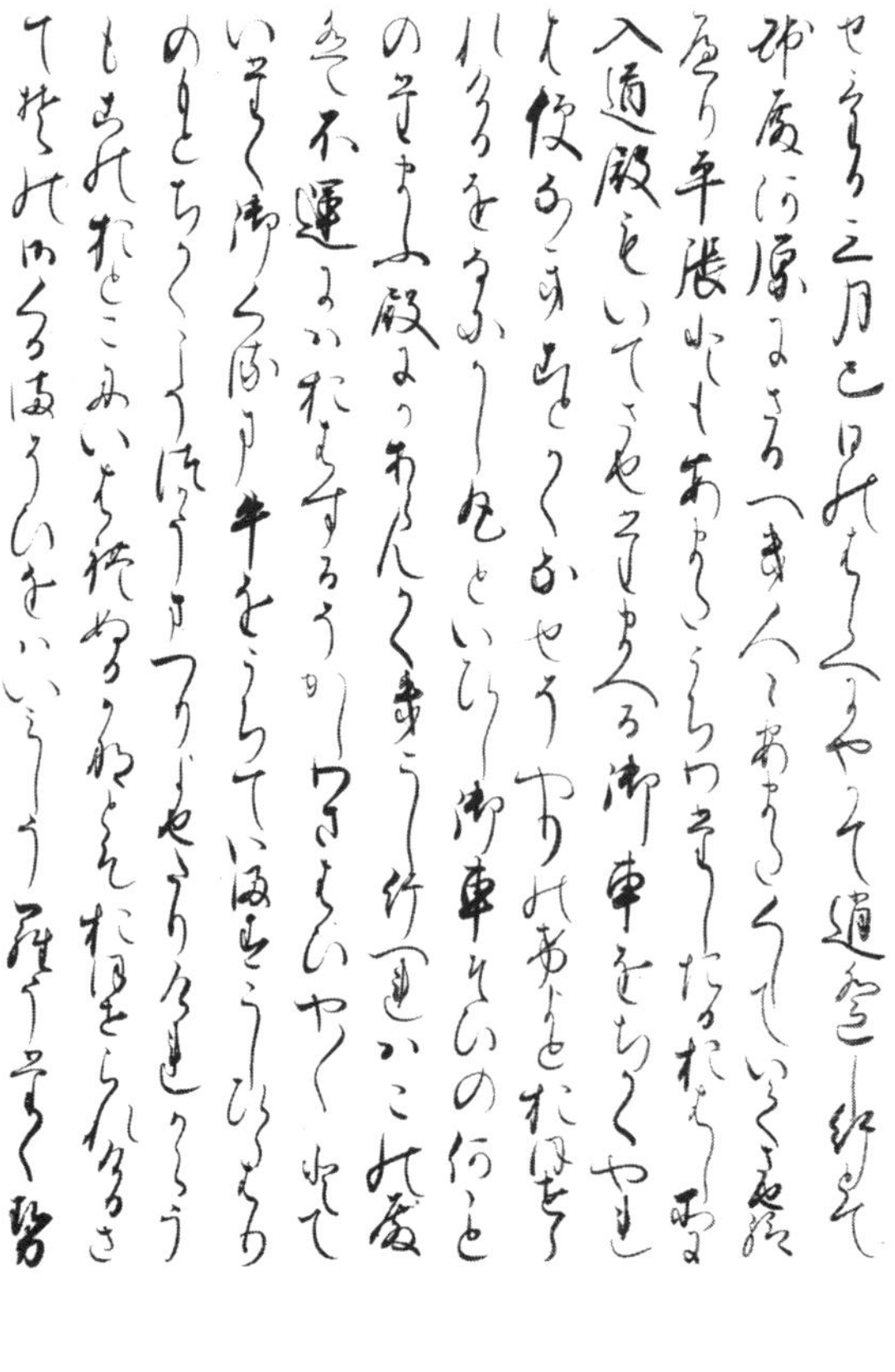

させたまひ、御かへりみありしは、[一]かやうのことにて、[二]この殿達の御中いとあしかりき、[三]女院は、入道殿をとりわきたてまつらせ給て、[四]いみしう思申させ給へりしか、帥殿はうと〳〵しくもてなさせ給へりけり、みかと《一条院》と[五]皇后宮《定子》をねんころにときめかさせたまふ[六]ゆかりに、帥殿はあけくれ御前に候はせ給て、入道殿をはさらにも申さす、女院をもよからす、ことにふれて申させ給を、[七]をのつからこゝろえやせさせ給けむ、いとほいなき事におほしめしけることはりなりな、入道殿のよをしらせ給はんことを、みかといみしうしふらせ給けり、皇后宮、[八]ちゝおとゝおはしまさて、[九]世中をひきかはらせ給は

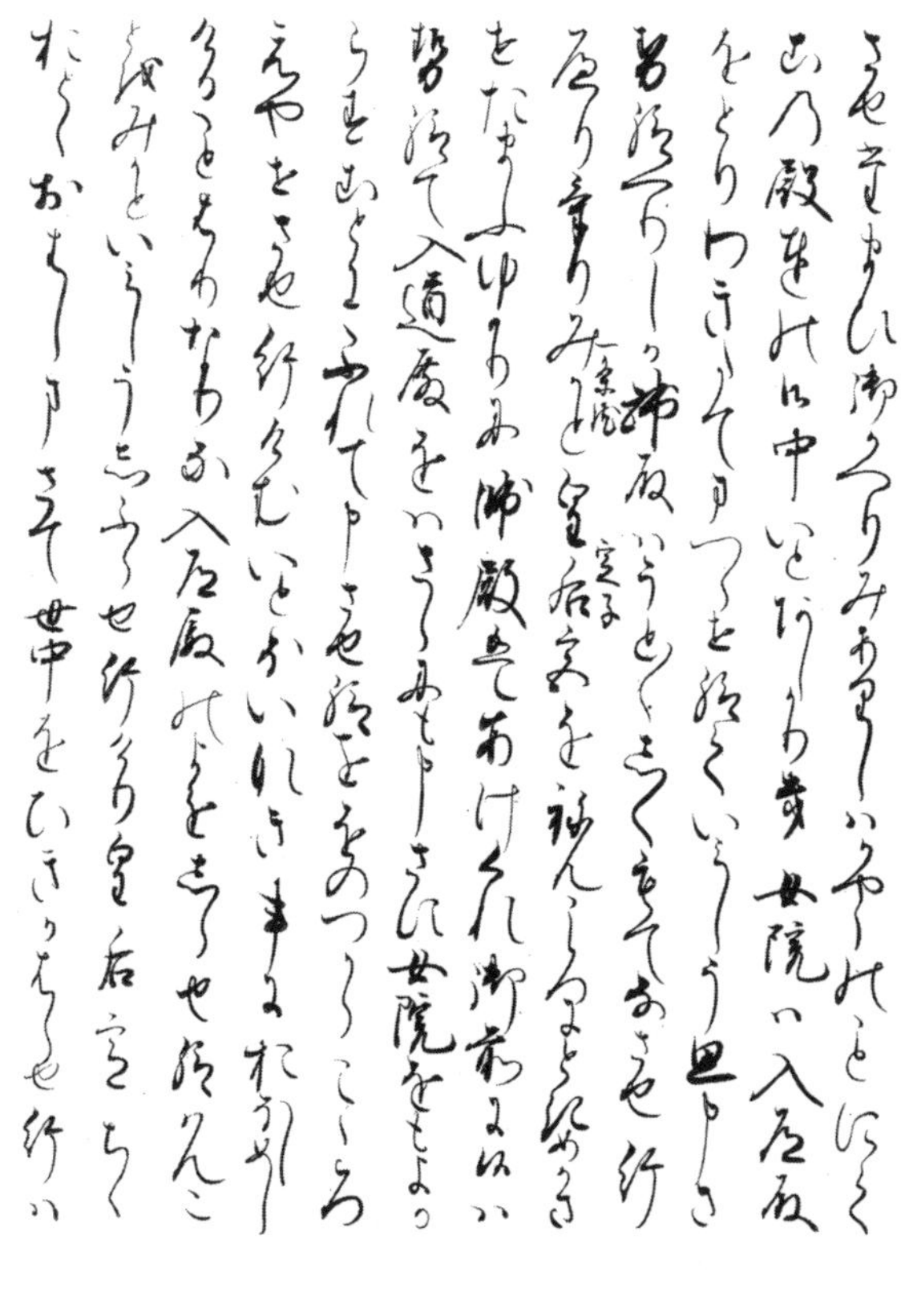

一「ありしは」の「は」は、感動を表す係助詞（終助詞とも）。二 伊周と道長の御中。三 東三条院詮子。四 底本「いみしう思申させ給へりしか」、東松本・近衛本（甲）・平松本「いみしう思申させ給へりしかは」。五 伊周の妹、定子。六 兄弟という縁で。七 女院さまは、自然お気付きになられたのでしょうか。主語は、詮子。八 父、道隆、長徳元年（九九五）四月十日に薨ず。九 世の中の情況が、定子皇后にとって一変してしまわないかという事を、大変気の毒にお思いになられて。「世中を」の「を」は、格助詞。心情の対象を表す。…が。…を。

一 女院（詮子）が、関白を兄弟の順どおりにしようと処置をお考えになり。二 底本「よからぬおもひ」、東松本・近衛本（甲）・平松本「よからすおもひ」。三 女院（詮子）のことば。四 伊周が内大臣に任じられたこと。五 道隆。六 一条天皇も拒否できずじまいになられた。主語は、一条天皇。

むことを、いと心くるしうおほしめして、あはたとのにも
とみにやは宣旨くたさせ給し、されと、女院の
一道理のまゝの御事をおほしめし、又帥殿をは
二よからぬおもひきこえさせたまうけれは、入道
殿の御事を、いみしうしふらせ給けれと、三いかて
かくはおほしめしおほせらるゝそ、四大臣こえられ
たることたに、いとゝおしく侍しに、五ちゝおとゝのあな
かちにしはへりしことなれは、六いなひさせ給はす
なりにしにこそ侍れ、粟田のおとゝにはせさせた
まひて、これにしもはへらさらんは、いとをしさより
も、御ためなん、いと便なく、よの人もいひなし侍ら
んなと、いみしう奏せさせ給けれは、むつかしう

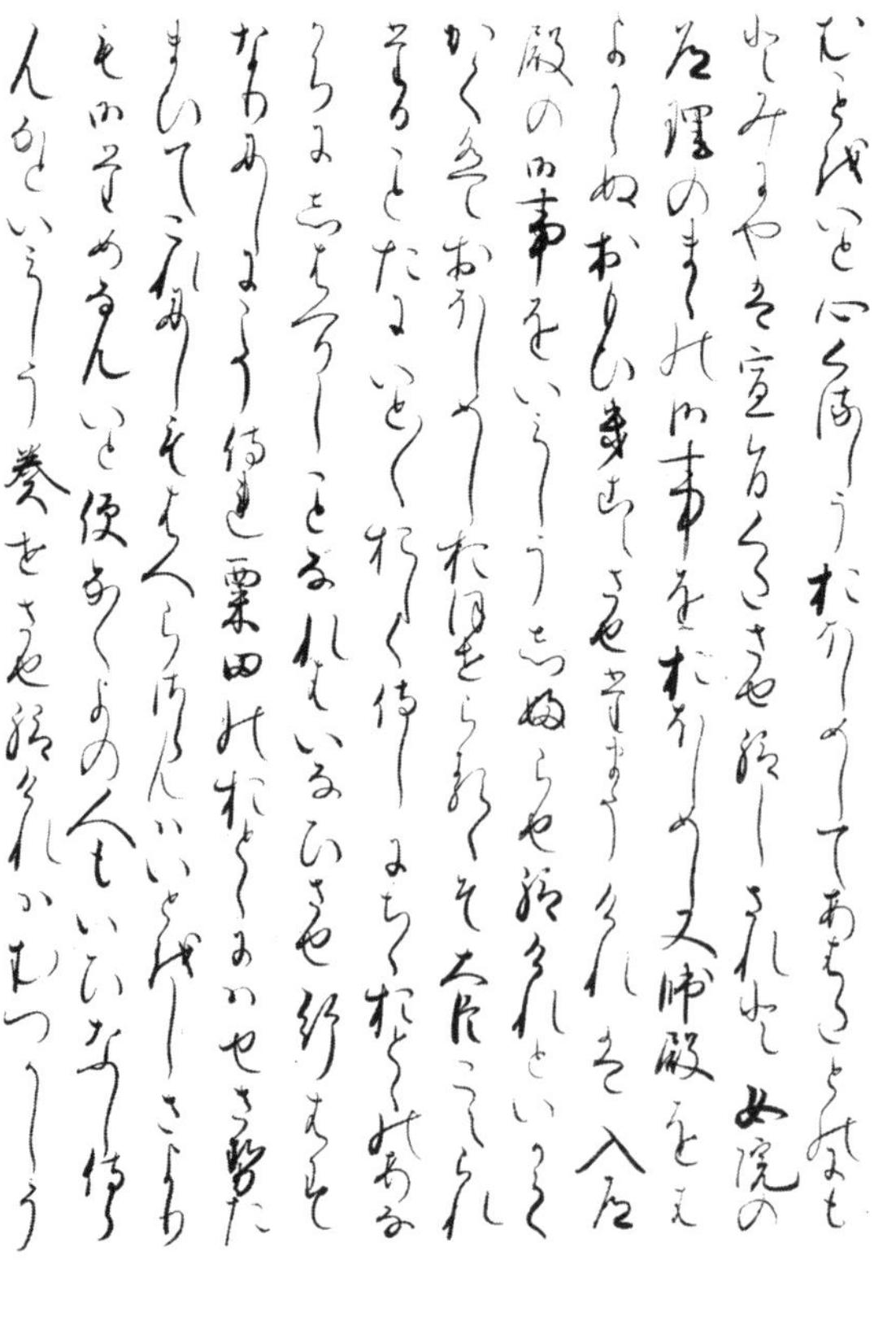

やおほしめしけむ、のちにはわたらせたまはさりけり、されは、[一]うへの御つほねにのほらせ給て、[二]こなたへとは申させ給はて、[三]われ、[四]よるのおとゝにいらせたまひて、なくく申させ給、その日は、入道殿はうへの御つほねに候はせ給、いとひさしくいてさせ給はねは、御むねつふれさせ給けるほとに、とはかりありて、とををしあけて、いてさせ給ひける、御かほはあかみぬれつやめかせ給なから、御口は心よくゑませ給ひて、[五]あはや、宣旨くたりぬとこそ申させ給けれ、いさゝかのことにたに[六]この世ならす侍なれは、[七]いはんや、かはかりの御ありさまは、人の、ともかくもおほしをかんによらせ給へき

一 宮中で、后・女御・更衣などが、常の部屋のほかに、天皇の御座所近くに、特に与えられた部屋。うへつぼね。**二** 詮子のことば。**三** みずから。**四** 清涼殿にある天皇の御寝所。**五** ああ。感動詞。喜んだり、ほっとしたりしたときに発することば。**六** 前世・現世・後世には因縁があり、この世の出来事は、すべて前世における原因によっており、現世の生き方が来世に影響を与えると考える仏教の教え。**七** まして。なおさら。中巻一〇頁注一参照。

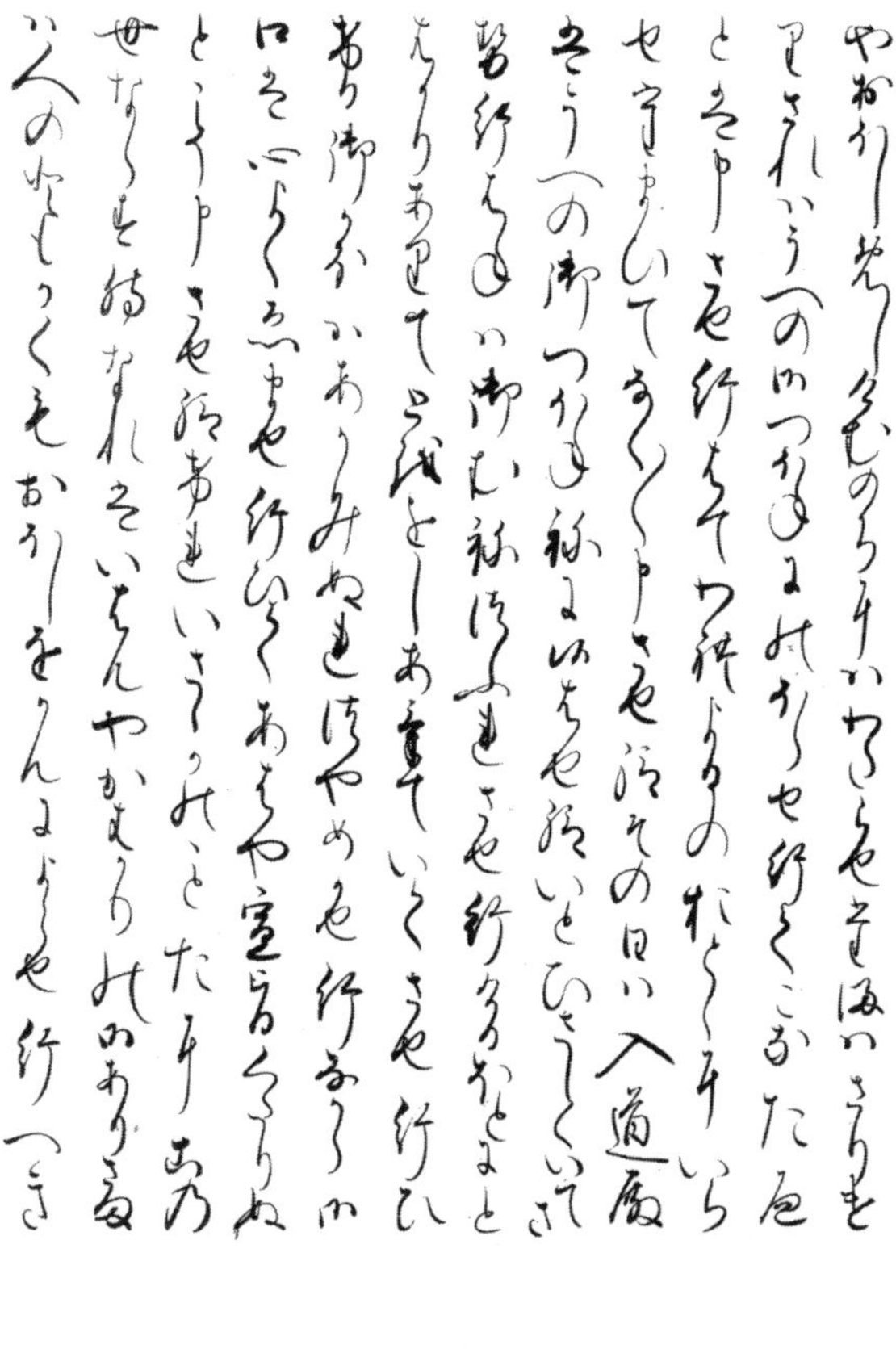

にもあらねともいかてかは院《東三条》を〻ろかにおもひ
申させ給はましそのなかにも、一道理すきてこそ
は、報したてまつりつかうまつらせ給しか、二御
骨をさへこそはかけさせ給へりしか、中関白殿
粟田殿うちつ〻きうせさせ給て、入道殿によのう
つりしほとはさもむねつふれて、三きよ〱と
覚はへりしわさかないとあかりてのよはしり
侍らす、おきなものおほえての〻ちはか〻る事候
はぬものをや、四いまのよとなりては、一の人の、五貞信
公六小野宮殿をはなちたてまつりて、十年とおは
することの、ちかくは侍らねは、この入道殿もいか〻
とおもひ申侍しに、いとか〻る運にをされて、

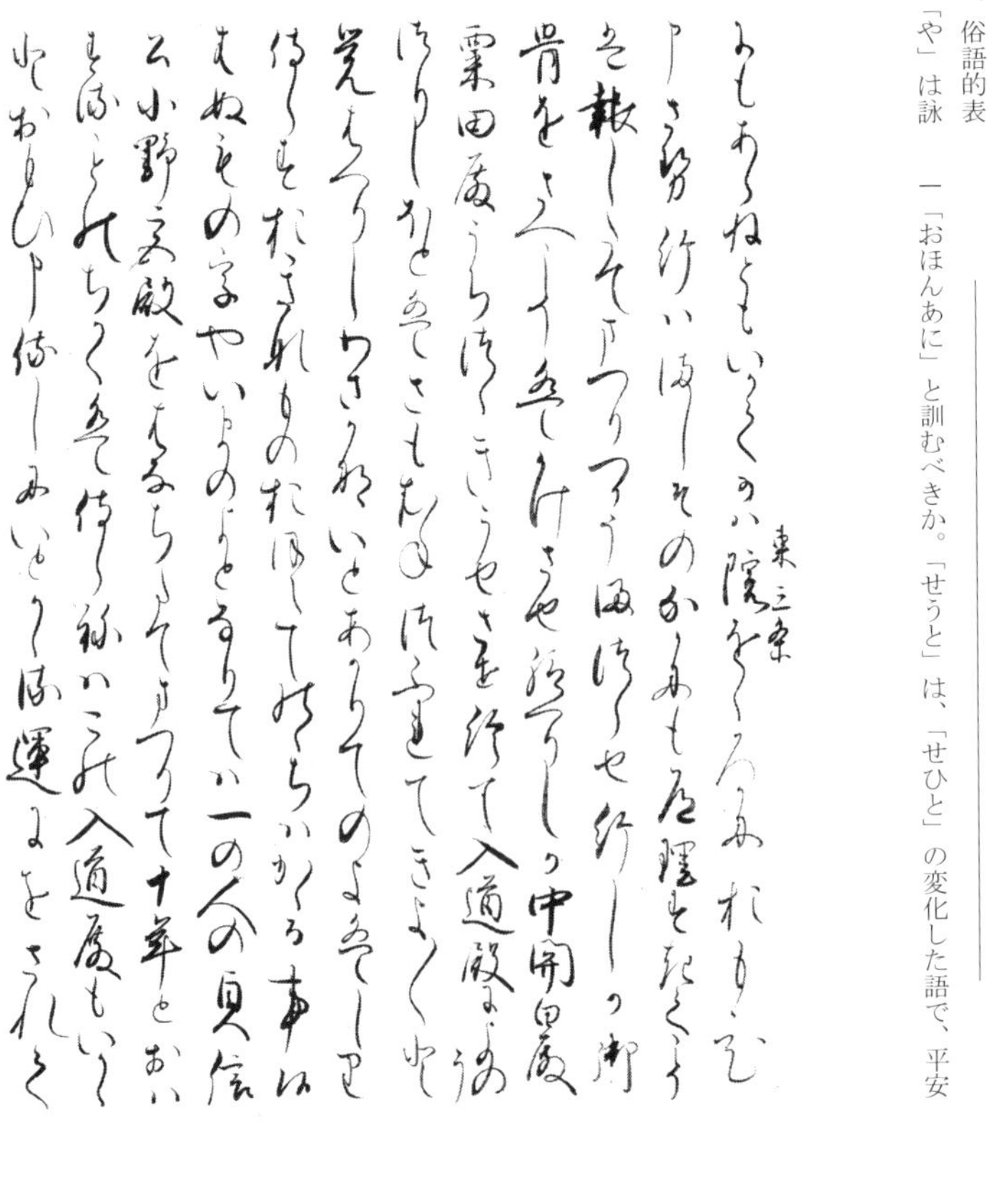

一 恩に報いるのは当然の道理であるが、その道理以上に、ご恩報じ申しあげ。
二 女院のご葬送の日、道長殿が御遺骨までも首におかけになりました。ただし、『権記』によると、骨を首にかけたのは、藤原兼隆。
三 擬態語。ギョギョッと。ギョッと。恐れ驚くさまを表す。「きよきよ」か「ぎよぎよ」か不詳。『大鏡』には、この一例。平安時代の主要な文芸作品にこの語の使用はない。俗語的表現に注意したい。
四 強い詠嘆。「ものを」は、詠嘆・感動の終助詞。「や」は詠嘆・感動の間投助詞。この「ものをや」、語り手、世次の詞中に四例。世次の語りは、終助詞・間投助詞から捉えると、四鏡の中でも、最も多く、その落差は極めて大きい。拙著『水鏡とその周辺の語彙・語法』（笠間書院　二〇〇七年）参照。
五 藤原忠平。千葉本「貞信公」27オ4。
六 藤原実頼。

一 「おほんあに」と訓むべきか。「せうと」は、「せひと」の変化した語で、平安

御兄一たちはとりもあへすほろひたまひにしにこそおはすめれ、それも又さるへくあるやうあることをみなよはかゝるなんめりとそ、人々おほしめすとて、ありさまをすこし又申へきなり、

藤原氏一族の物語

世中のみかと、神代七代をはさる物にて、神武天皇よりはしめたてまつりて、三十七代にあたり給孝徳天皇の御よゝりこそは、さまくの大臣さたまり給へなれ、たゝし、この御時、中臣の鎌子二連と申て、内大臣になりはしめ給、そのおとゝは、常陸国にてむまれたまへりけれは、卅九代にあたり給へるみかと、天智天皇と申、そのみかとの御時こ三そ、この鎌足のおとゝの御姓、藤原とあらたまり

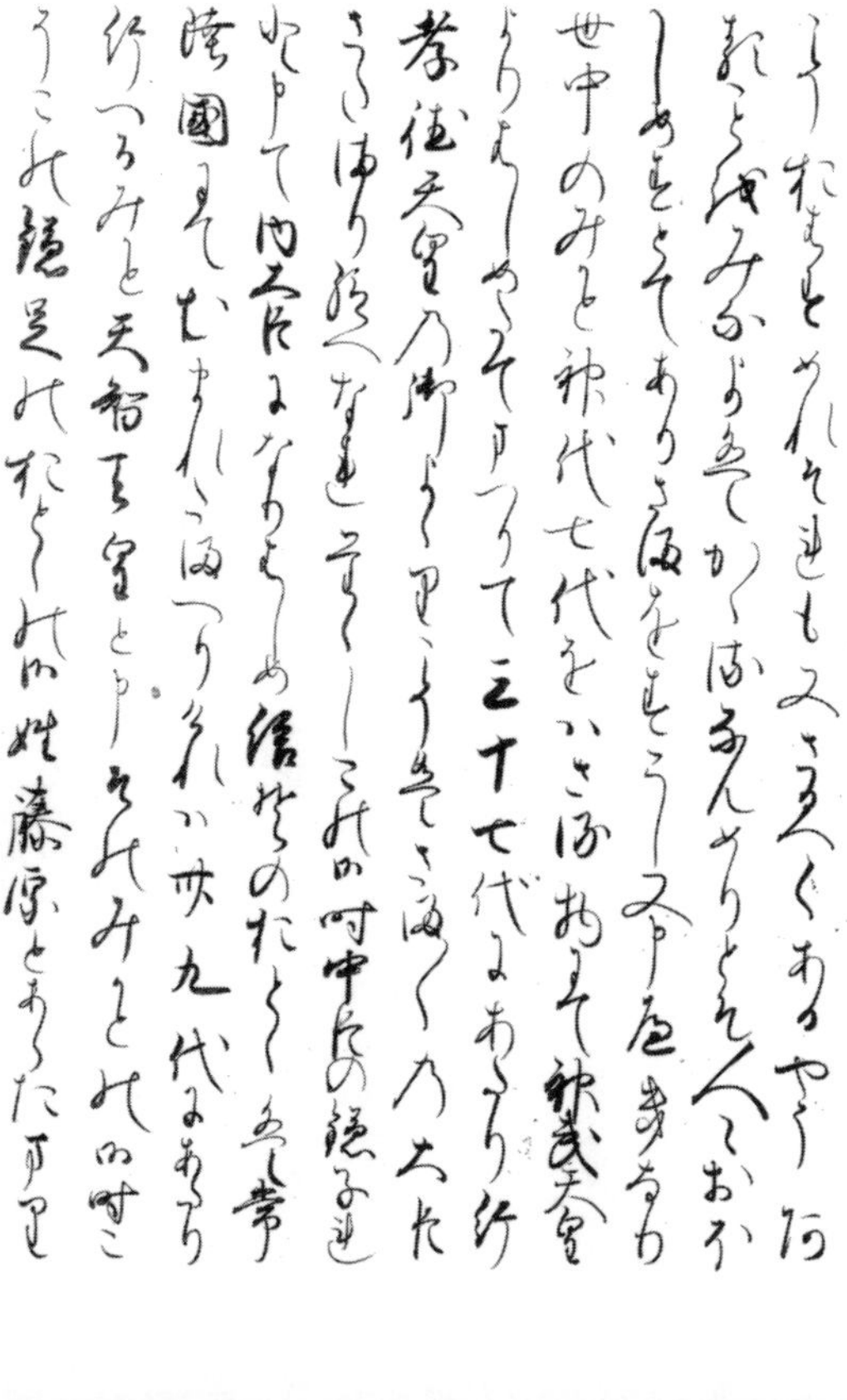

時代では、男同士の兄弟の場合には、兄を「あに」、弟を「おとと（おとうと）」といい、「せうと」は、女性からみて男の兄弟をいう語である。『大鏡』における仮名書の「あに」は計二例（二例とも「御あに」）、「せうと」は計六例（六例とも「御せうと」）で、すべて、平安時代の用法内にある。他に、「あに」とほぼ同意義の「このかみ」が三例（ただし、一例は千葉本の傍訓。三例中二例「御このかみ」）顕在。「子《こ》の上《かみ》」は、「あに」より、「上《かみ》」の意識が強いか。

二 鎌足の前の名。三 新潮日本古典集成（新潮社　底本、東松本）は、「底本『御時こそ』とあるが、文末に『たまひたる』とあるから、『こそ』は『にそ』の誤りであろう。」と説く。千葉本系の、東松本をはじめ、近衛本（甲）・平松本も「御時こそ」で異同はない。『大鏡』の主要な注釈書に、集成と同じ見解にたつものがあるが、筆者は、この語法を国語史の観点から、係結びの弛緩と考える（拙稿「大鏡の文法」『国文法講座4』明治書院　一九八七年）。

一　たいそう。大いに。程度の副詞「いと」＋程度の副詞的語「かしこく」の形。「いと」も「かしこく」も、程度の甚しいさまを表す。二　天皇ご自身の女御。与志古娘《よしこのいらつめ》。三「しめ給」、二重尊敬語。変体漢文特有の語法。語り手世次の天智天皇に対する敬語。四「朕」は「チム」。『前田本色葉字類抄』「朕チム」、『黒川本色葉字類抄』「朕チム」、「朕天子自称也」とある。詳しくは拙著『「大鏡」の語彙・語法の研究』（翰林書房　一九九五年）参照。五　藤原不比等。淡海公。

給たるされはよの中の藤氏のはしめには、内大臣鎌足のおとゝをしたてまつる、そのすゑ〳〵より、おほくのみかときさき大臣公卿さま〳〵になりいて給へり、但此鎌足のおとゝを、此天智天皇[一]いとかしこくときめかしおほして、[二]我女御一人をこのおとゝにゆつら[三]しめ給つ、その女御たゝにもあらす、はらみ給にけれは、みかとのおほしめしのたまひけるやう、この女御のはらめる子、男ならは臣か子とせむ、女ならは[四]朕か子とせんとおほして、かのおとゝにおほせられけるやう、男ならは、大臣の子とせよ、女ならは、わか子にせんとちきらしめたまへりけるに、[五]このみこ、男にてむまれ

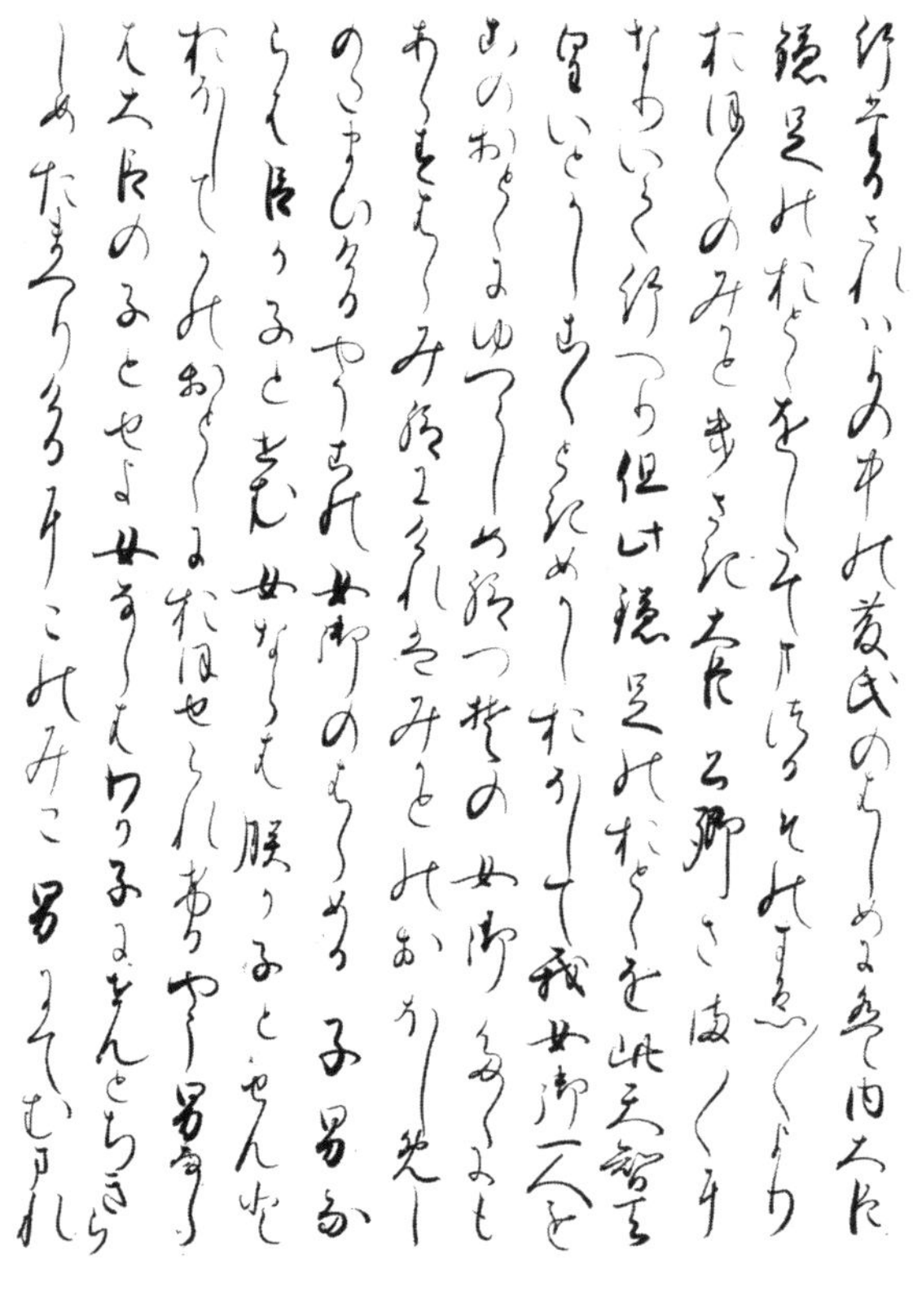

給へりけれは、内大臣の御子とし給、このおとゝは、もと
より男[一]《意美麿》一人女一人をそもちたてまつり給へりける、
この御はらに、さしつゝき女[二]二人男二人むまれ
給ぬ、[三]そのひめ君、天智天皇の皇子、[四]大友皇
子と申しか、太政大臣のくらゐにて、次にはやかて
[五]同年のうちにみかとゝなり給て、天武天皇と申
けるみかとの、女御にて、二所なからさしつゝきおは
しけりおとゝのもとの太郎君をは、中臣意美
麿とて、宰相までなりたまへり、天智天皇のみこの
はらまれたまへりし、右大臣まてなり給て、[六]藤
原不等のおとゝとておはしけり、[七]うせ給て
のち、贈太政大臣になり給へり、鎌足のおとゝの三郎

一 意美麿。女は、不明。二 氷上娘《ひかみのいらつめ》と五百重娘《いおえのいらつめ》。三 氷上娘と五百重娘。四 大友皇子（弘文天皇）と大海人皇子（天武天皇）とを混同。五「同じ年」と訓むのはよくない。「同じき」の方がよい。年号が承接している場合、『大鏡』では、すべて「同じき」であり、「同じ」の用例を見ない。六 底本「藤原不等」、東松本・近衛本（甲）・平松本「藤原不比等」。七 養老四年（七二〇）八月三日薨。太政大臣正一位を追贈される。

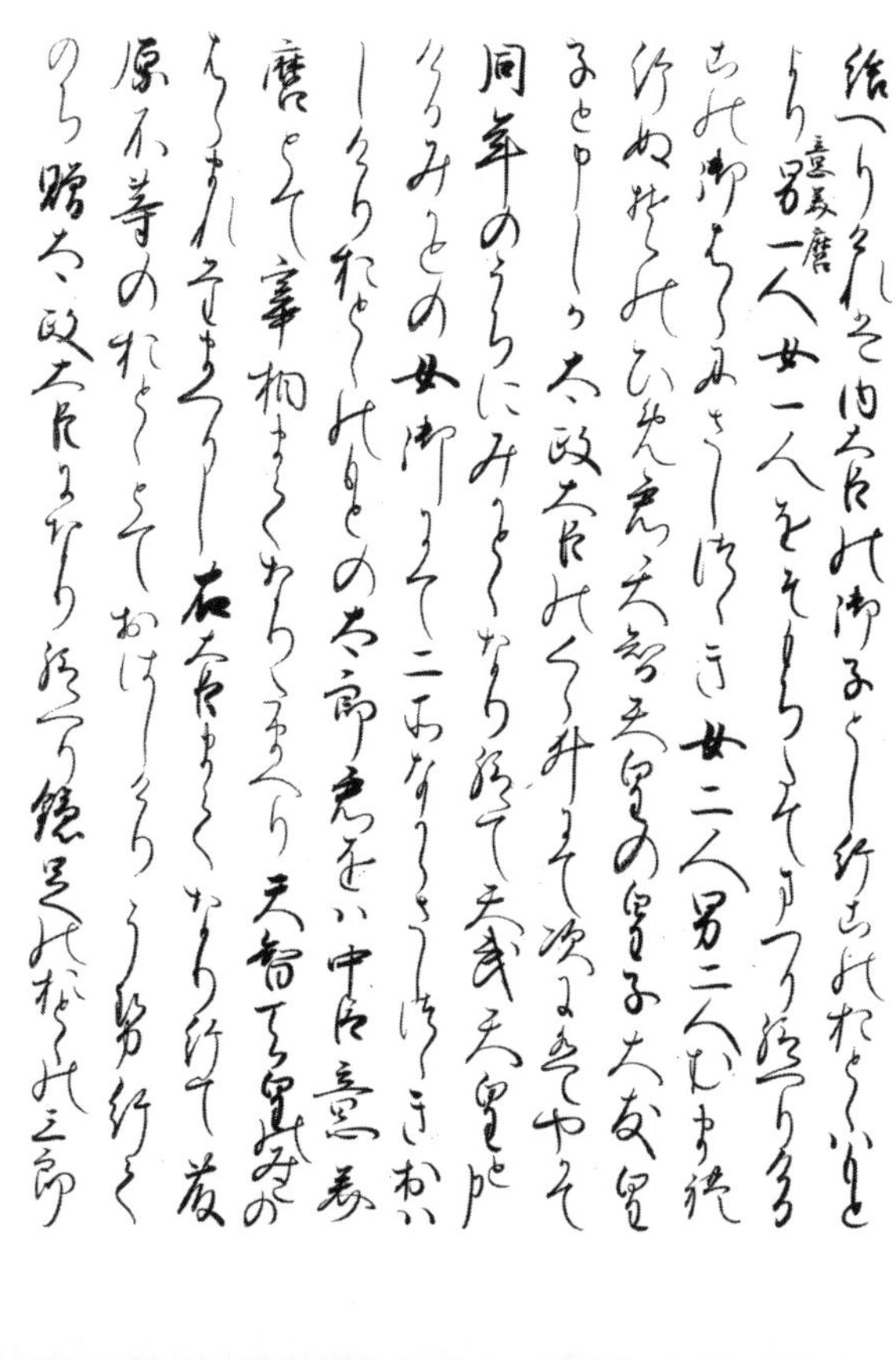

は、宇合とそ申ける、四郎は麿と申き、このおとこ君たち、みな宰相はかりまてそなりたまへるかくてかまたりのおとゝは、天智天皇の御時、藤原姓給はりたまひしとしそ、うせさせ給ける[一]内大臣の位にて、廿五年そおはしましける、太政大臣になり給はねと、藤氏のいてはしめのやむことなきによりて、うせさせ給へるのちの御いみな、[二]淡海公と申けり、このしけきかいふやう、大織冠をは、いかてか淡海公と申さむ、[三]大織冠は大臣の位にて廿五年、御年五十六にてなんかくれおはしましける、[四]ぬしのゝ[五]たふ事も、あまのかはをかきなかすやうに侍れと、おりくかゝるひかことのましり

一 内臣《うちつおみ》の誤り。鎌足の内臣は、孝徳元年（六四五）から天智天皇八年（六六九）まで。内大臣になったのは、死の前日。二 不比等の諡号。三 鎌足。「大織冠」は、大化改新により制定された冠位の最高位。しかし、実際は鎌足しか就任していないので、鎌足のことを「大織冠」と呼んでいた。四 対称の代名詞。対等関係に用いられている。『大鏡』に五例顕在。序に、四例（重木→世次③、世次→重木①）と、ここの例（重木→世次）である。語り手世次とワキ役の重木は、敬語から捉えると互いに対等の関係（低い間柄）で遇している。五「言ふ」の尊敬語。敬度は、極めて低い。『大鏡』には、この一例。この作品には、「言ふ」の尊敬語に、「仰せらる」「宣はす」「宣ふ」、それに「のたうぶ」とこの「のたぶ」が用いられている。敬度もこの順。「のたぶ」は「のたうぶ」同様、敬意は、極めて低い。

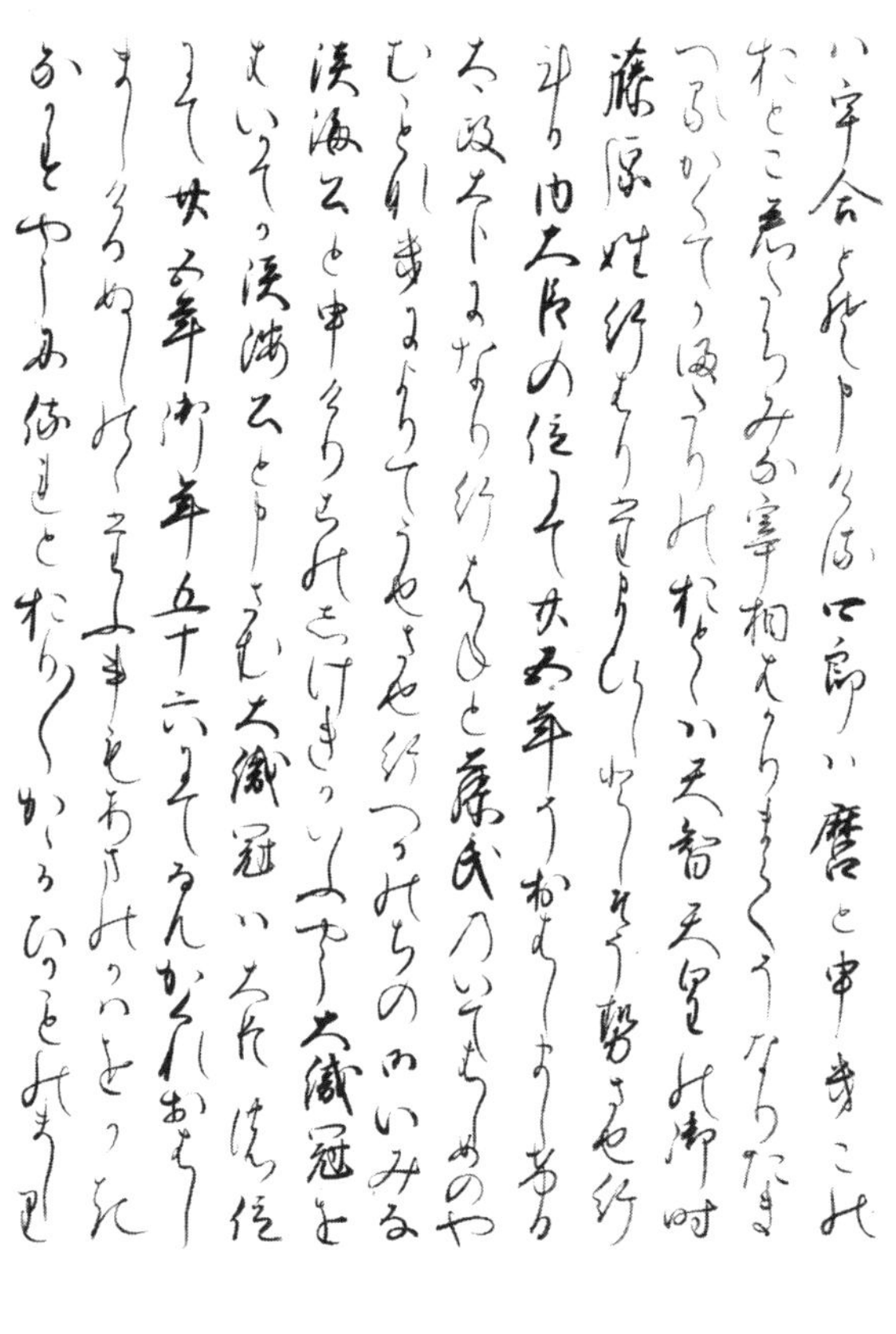

たるされとも、たれか又、かうはかたらんな、仏在世の[一]浄名居士とおほえ給ものかな、といへは、世次かいはく、むかしからくにゝ[二]孔子と申ものしりの、たまひける[三]やう侍り[四]智者は千のおもひはかり、かならす一あやまちありとなんあれは、よつきとし百歳におほくあまり、二百歳にたらぬ程にて、かくまては[五]とはすかたり申は、[六]むかしの人にもをとらさりけるにやあらん、となんおほゆるといへは、しけき[七]しかく、まことに申へきかたなくこそ、けうありおもしろくおほえ侍れとて、かつはなみたをゝしのこひなん感する、まことにいひてもあまりに[八]そおほゆるや、

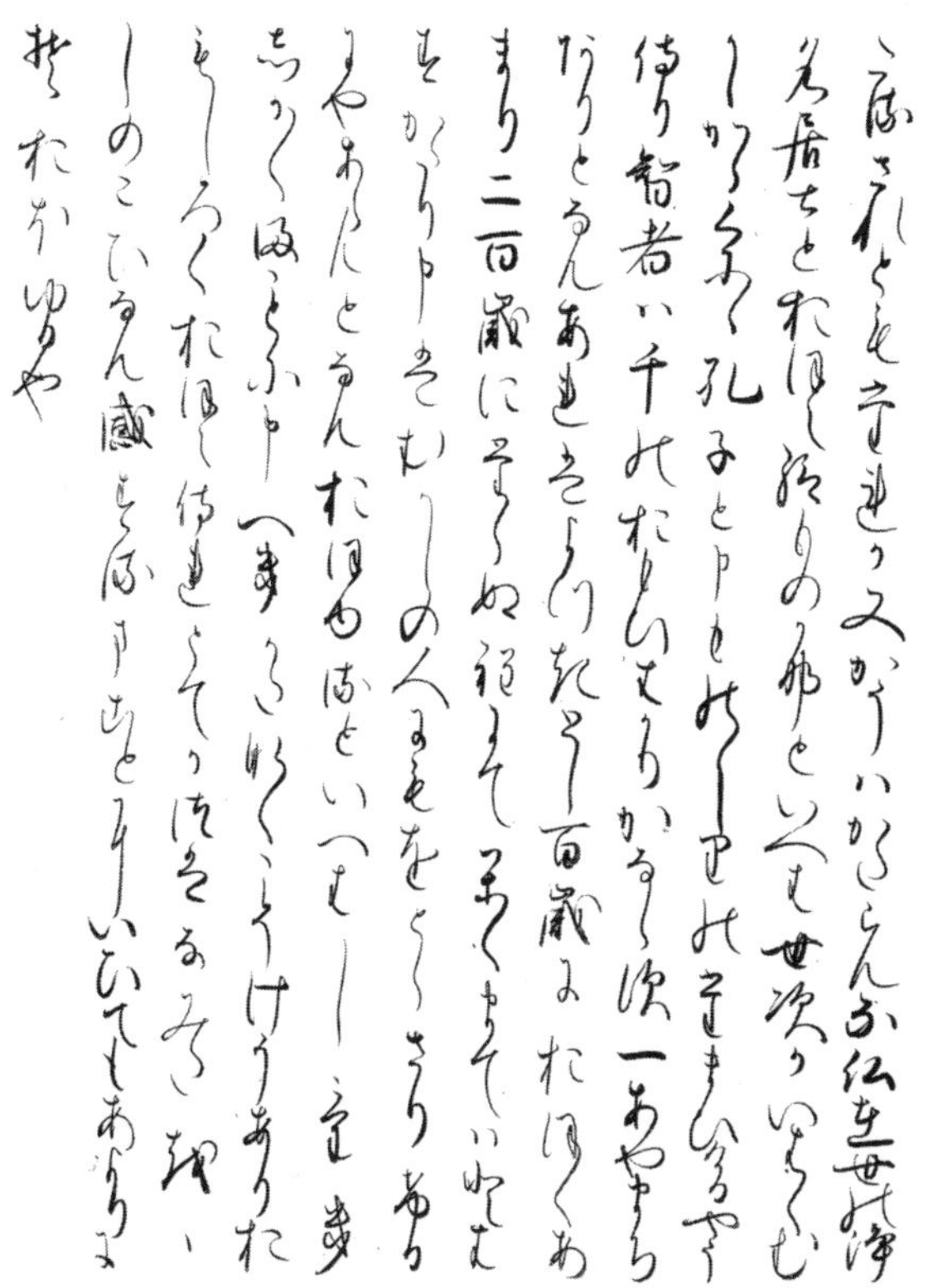

一 釈迦の高弟の維摩居士《ゆいまこじ》。雄弁で知られる。二 中国、春秋時代の思想家。『論語』は孔子の言行録。「くじ」は、呉音。「こうし」は漢音。三 ことば。四 「智者モ千慮ニ必ズ有リ二一失一」（『史記』韓信伝）。五 人が尋ねないのに、自分から語り出すこと。六 『史記』の著者、司馬遷をさすか。七 感動詞。いかにも。そうそう。「しかしか」は、あいづちを打つときに用いる語。八 底本「おほゆるや」のあと、約十五字分空白。東松本・近衛本（甲）・平松本も「おほゆるや」の下、その行空白。

御子の右大臣不比等のおとゝ、実は天智天皇の御子なり、されとかまたりのおとゝの二郎になりたまへり、この不比等のおとゝの御名よりはしめ、なへてならすおはしましけり、ならひひとしからすとつけられたまへる名にてそ、この文字は侍ける、この不比等の大臣の御男君たち二人そおはしける、太郎は武智麿ときこえて、左大臣までなりたまへり、二郎は房前と申て、宰相までなり給へり、この不比等大臣の御女二人おはしけり、一所は、聖武天皇の御母后、光明皇后と申ける、今一所の御女は、聖武天皇の女御にて、女親王をそうみたてまつり給へりける、女御子

一「実は」、東松本・近衛本（甲）・平松本や徳川本系の蓬左本・久原本・桂宮本（乙）及び流布系の古活字本・八巻本に異同なし。異本系の萩野本・披雲閣本「まことには」。「実」を「ジチ」と訓むのは呉音。二「なべてならず」、連語。なみひととおりではなく。三 藤原武智麿。母、右大臣蘇我武羅自古の娘、娼子。天平元年（七二九）に、大納言になり、同三年、大宰帥を兼任、同六年、右大臣。天平九年（七三七）七月に左大臣に任ぜられたが、疫病により薨去。五十八歳。藤原南家の祖。四 藤原房前。母、武智麿に同じ。養老元年（七一七）参議。天平九年、疫病により薨去、五十七歳。藤原北家の祖。追贈、太政大臣。五 聖武天皇の御母后は、文武天皇夫人宮子娘。従って、光明皇后としたのは誤り。六 聖武天皇の皇后。右大臣藤原不比等の女。母、橘三千代。聖武天皇、東宮の折、妃になる。仏教興隆に尽力。孝謙天皇・基王親王の母。天平宝字四年（七六〇）六十歳にて崩御。七 孝謙天皇の母にあたる、光明皇后の誤り。

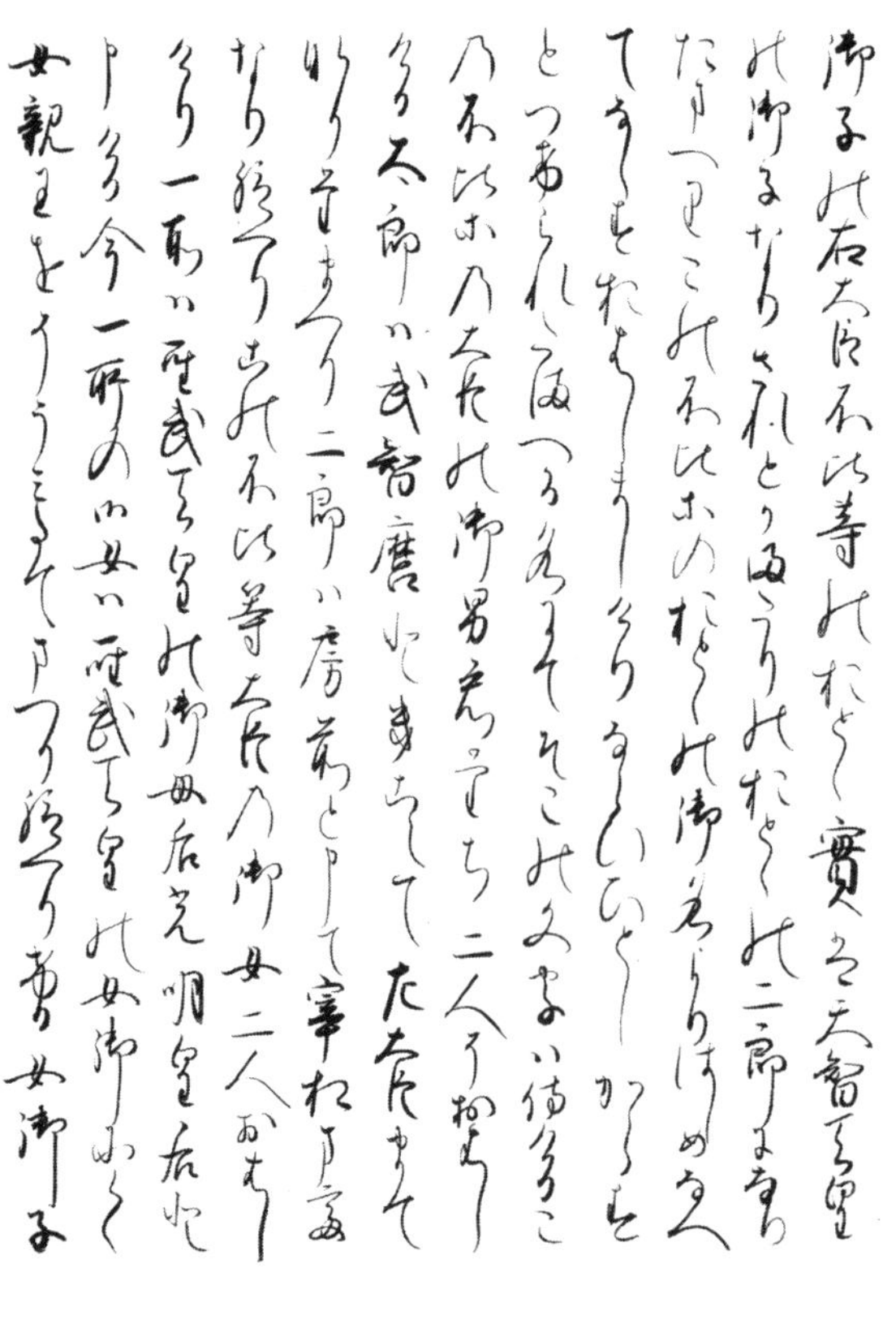

を、聖武天皇、女帝にすへたてまつりたまひてけり一この女帝をは、高野の女帝と申けり、二二度くらゐにつかせ給たりける、三さて、不比等のおとゝの四男子二人、又御弟二人とを、四家となつけて、みな門わかちたまへりけり、その武智麿をは南家となつけ、二郎房前をは北家となつけ、御はらからの宇合の式部卿をは式家となつけ、そのおとゝの麿をは五家となつけ給て、これを藤氏の四家とはなつけられたるなりけり、この四家よりあまたの、さま〳〵の国王大臣公卿おほくいてたまひてさかえおはしますしかあれと、北家のするゐ、いまにえたひろこり

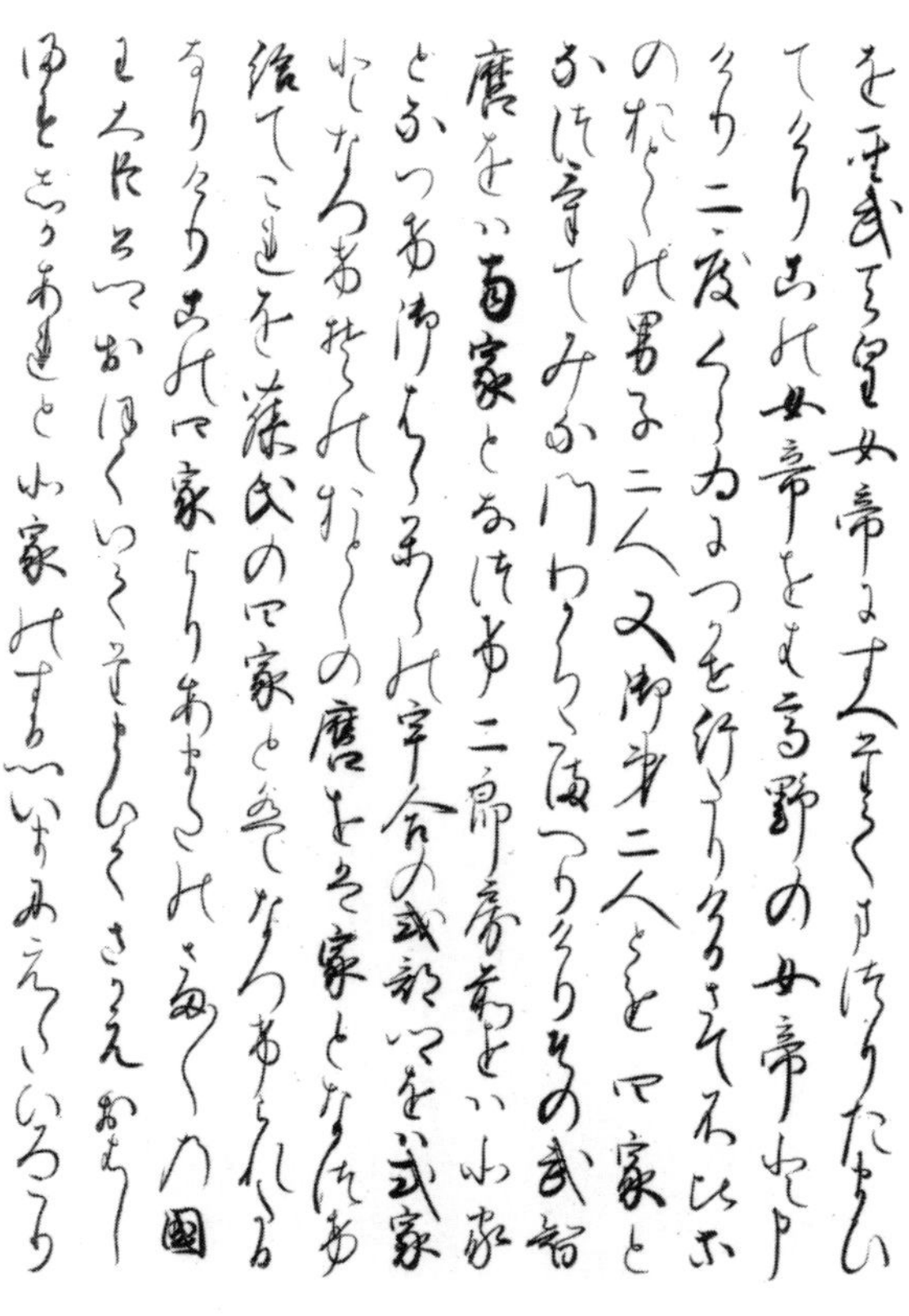

一 孝謙天皇。二 第四十六代孝謙天皇が重祚し、第四十八代称徳天皇と申しあげたこと。三 上の意味を受けて下に移るとき、また、新たに話題やその局面を変えていうときに用いる。さて。そこで。それから。和文語。平安時代の和文では、地の文の使用が目立つが、会話文・消息文にもみられる。『源氏物語』のような長文の多い物語、文意が比較的とどこおりなく流れている『和泉式部日記』『紫式部日記』『更級日記』（ともに用例なし）に、その使用率が極端に低い。これに対し、『枕草子』のような随筆、歌物語でも並列単純な記述の『伊勢物語』『大和物語』、平板でしかも説明的な説話の『竹取物語』『篁物語』、たどたどしい筆致の『多武峯少将物語』、簡潔明瞭な文章の『土左日記』、地の文の多くは短文であり、簡明の評ある『蜻蛉日記』など、簡潔な文章に、当然ながらその使用率が高い。『大鏡』には、計九四例、四鏡の中で、最も多用されている。四 武智麿・房前（男子）、宇合・麿（弟）。男子四人とするのが正しい。宇合は、

不比等の三男、麿は四男。五 底本「家」、東松本・近衛本（甲）・平松本「京家」。

一 この北家のご系統。二 子孫の絶えてしまった家については。三 零落して、人らしくもない程度の者どもは、うち絶えた家のご子孫でもございましょうか。四 頼通。五 鎌足・不比等・房前・真楯・内麿・冬嗣・良房・基経・忠平・師輔・兼家・道長・頼通。六 どの流れでも、専ら藤原氏を。七 本流と末流。八 紀氏は、

上代の名門。藤原氏の台頭により、権力のある要職を失った。

給り、[一]その御つゝきを、又ひとすちに申へきなり、[二]絶にたるかたをは申さし、[三]人ならぬほとのものともは、その御すゑにもやはへらん、この鎌足のおとゝよりのつきく、[四]いまの、関白殿まて[五]十三代にやならせ給ぬらん、その次第をきこしめせ、藤氏と申せは、[六]たゝ藤原をはさいふなりとそ、人はおほさるらむ、さはあれと[七]本末しる事は、いとありかたき事なり、

一　内大臣鎌足の大臣、藤氏の姓たまはり給てのとしの十月十六日にうせさせ給ぬ、御とし五十六、大臣のくらゐにて二十五年、この姓のいてくるをきゝて、[八]紀氏の人のいひける、藤かゝりぬる木はかれぬる

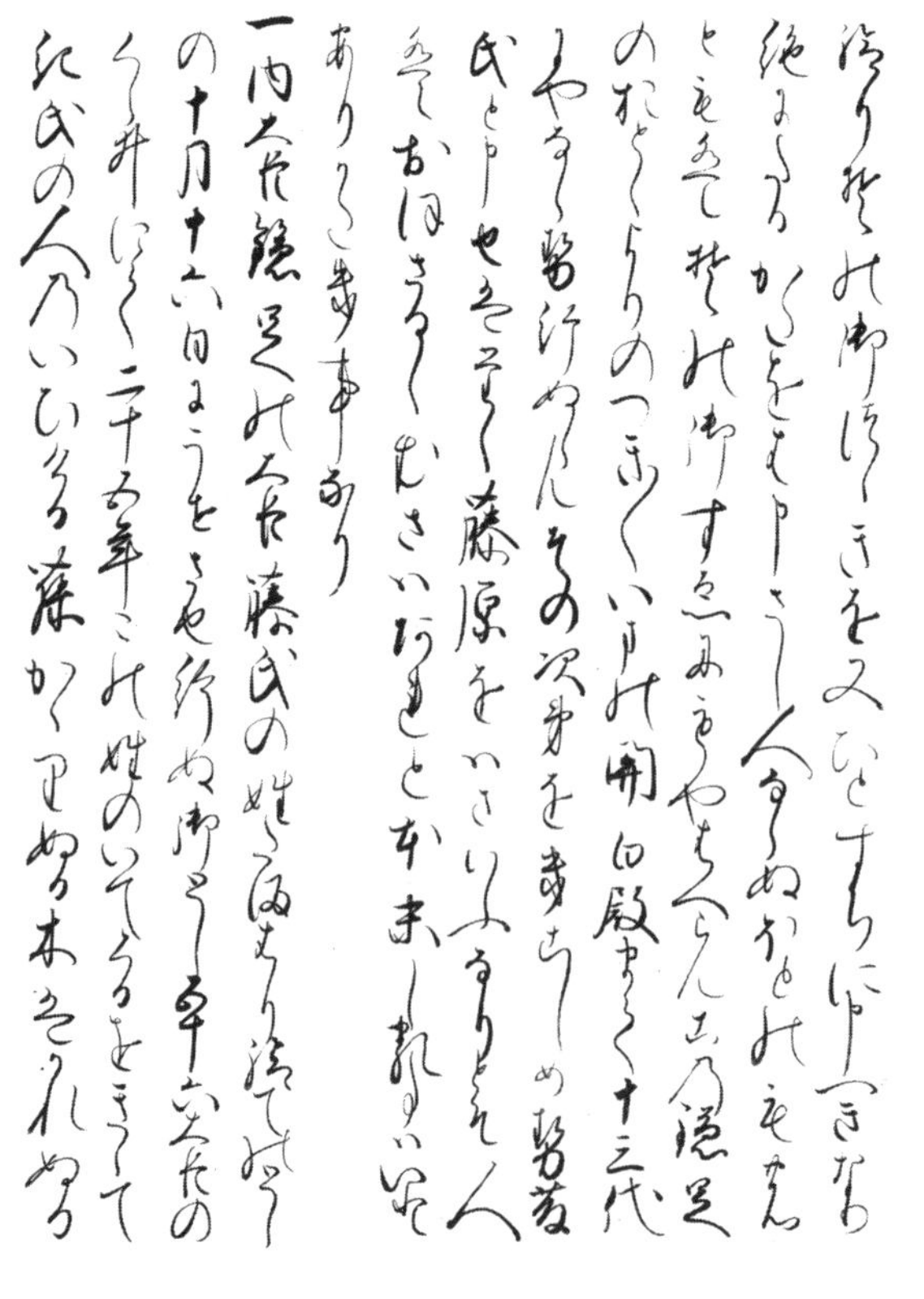

ものなり、[一]いまそ紀氏はうせなんするとそのたま
ひけるに、[二]まことにこそしか侍れ、このかまたりの
おとゝの[三]やまひつき給へるに、むかしこのくにゝ仏
法ひろまらす、僧なと[四]たはやすく侍らすやあり
けん、聖徳太子つたへたまふといへとも、[五]このころ
たに、[六]むまれたるちこも法華経をよむと申せ
とまたよまぬも侍るそかし、[七]百済国よりわたり
たりける[八]尼して、維摩経供養したまへりける
に、御心ちひとたひにをこたりて侍けれは、そ
の経をいみしきものにしたまひけるまゝに、
[九]維摩会ははへるなり、
一　鎌足の大臣の二郎、[一〇]左大臣正一位不比等、大臣の

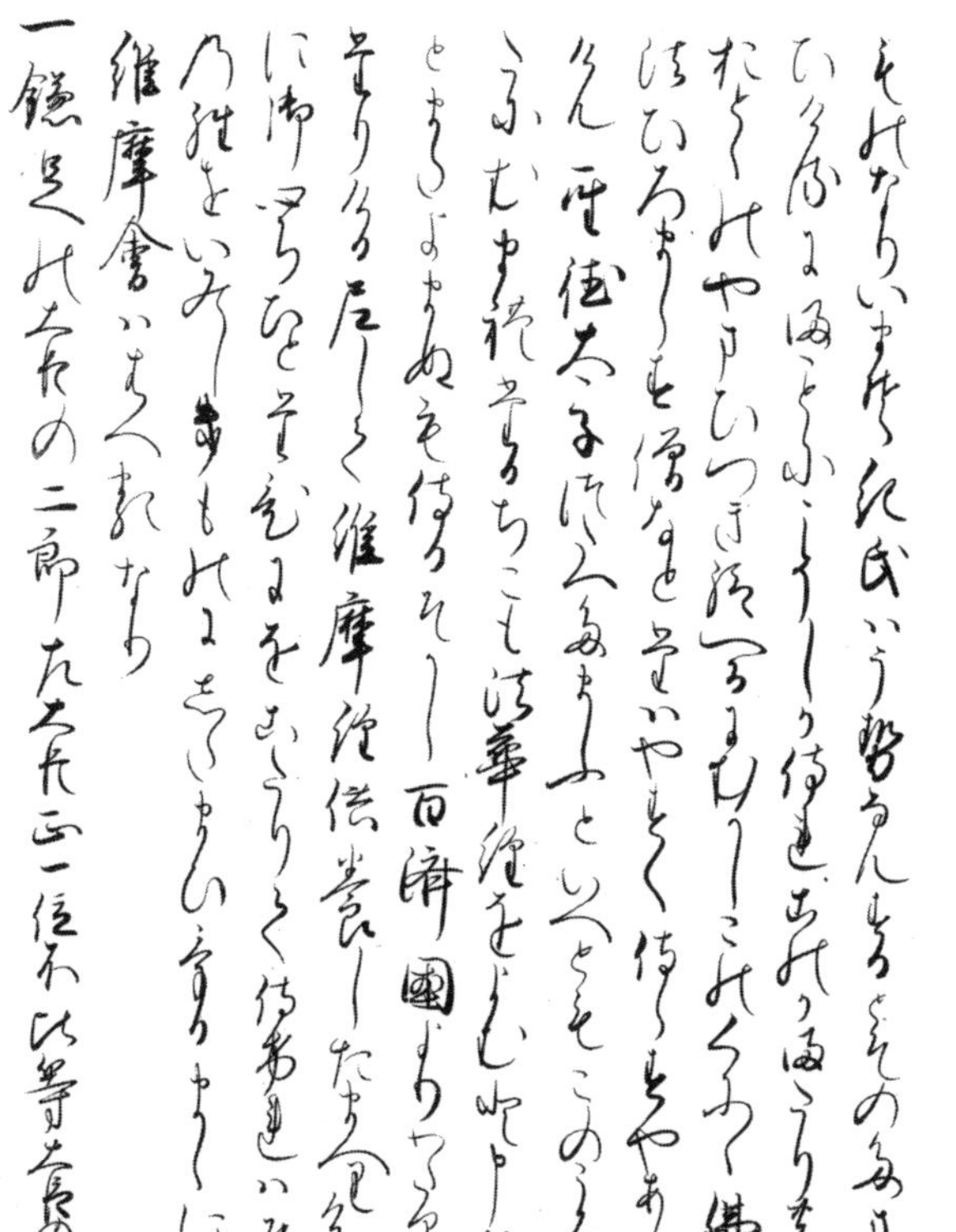

一「いま」は、副詞。まもなく。やがて。二 本当に、その通りでございます。三 病気になられた時のことですが。この句、「百済国よりわたりたりける尼して」につづく。四 たやすく。「たはやさし」と「たやすし」は同義語。『大鏡』には、「たはやすし」が「たはやすく」（連用形）の形で三例ある。「たやすし」の使用例はない。五 それから数百年たったこの頃でさえ。「まだよまぬもはべるぞかし」に続く。六 この一句、挿入句。七 朝鮮、三国時代の国家の一つ。天智天皇の二年（六六三）、新羅によって亡ぼされる。『大鏡』では、孤例。訓みは、「ハクサイコク」か。専修本『水鏡』には「百済国《ハクサイコク》」とある。千葉本『大鏡』には、「新羅《シムラ》」の例が、「壱岐対馬《ユキツシマ》の国の人をいとをほく刀夷国《トイコク》にとりていきたりけれは新羅《シムラ》のみかといくさをこして」（内大臣道隆）のごときかたちて「新羅《シムラ》」が一例顕在している。八 百済国の尼、法明。九 維摩経を講ずる法会。ここは、山階寺（興福寺）の法会。一〇 正しくは右大臣。

くらゐにて十三年、贈太政大臣にならせ給へり、
元明天皇元正天皇の御時二代、
一　不比等大臣の二郎、房前、[一]宰相にて廿年、[二]大炊天
皇の御時、宝字《天平》四年庚子八月七日、贈太政大臣に
なり給、元正天皇聖武天皇二代、
一　房前の大臣四男、真楯の大納言、称徳天皇の御時、
[三]天平神護二年三月十六日うせ給ぬ、御年五十二、
贈太政大臣、公卿にて七年、
一　真楯大納言の御二郎、右大臣従二位左近大将内麿
の大臣、御年五十七、公卿にて廿年、大臣のくらゐ
にて七年、[四]贈従一位左大臣、桓武天皇平城天皇二
代にあひたまへり、

一 参議の中国風の呼び方。二 第四十七代淳仁天皇。舎人親王第七皇子。幼名、大炊王。藤原仲麻呂を重用。先代孝謙天皇は、大后として国の大事を行っていたが、仲麻呂が反乱を起こす。しかし、滅ぼされ、仲麻呂との関係で、退位させられた天皇は、淡路島に流され、その地で崩御。淡路廃帝といわれる。三 天平神護二年（七六六）正月八日に大納言に任ぜられ、同年三月十二日に薨。四『公卿補任』の弘仁三年（八一二）の条に、「十月六日薨。在官七年。同九日贈太政大臣従一位」とある。

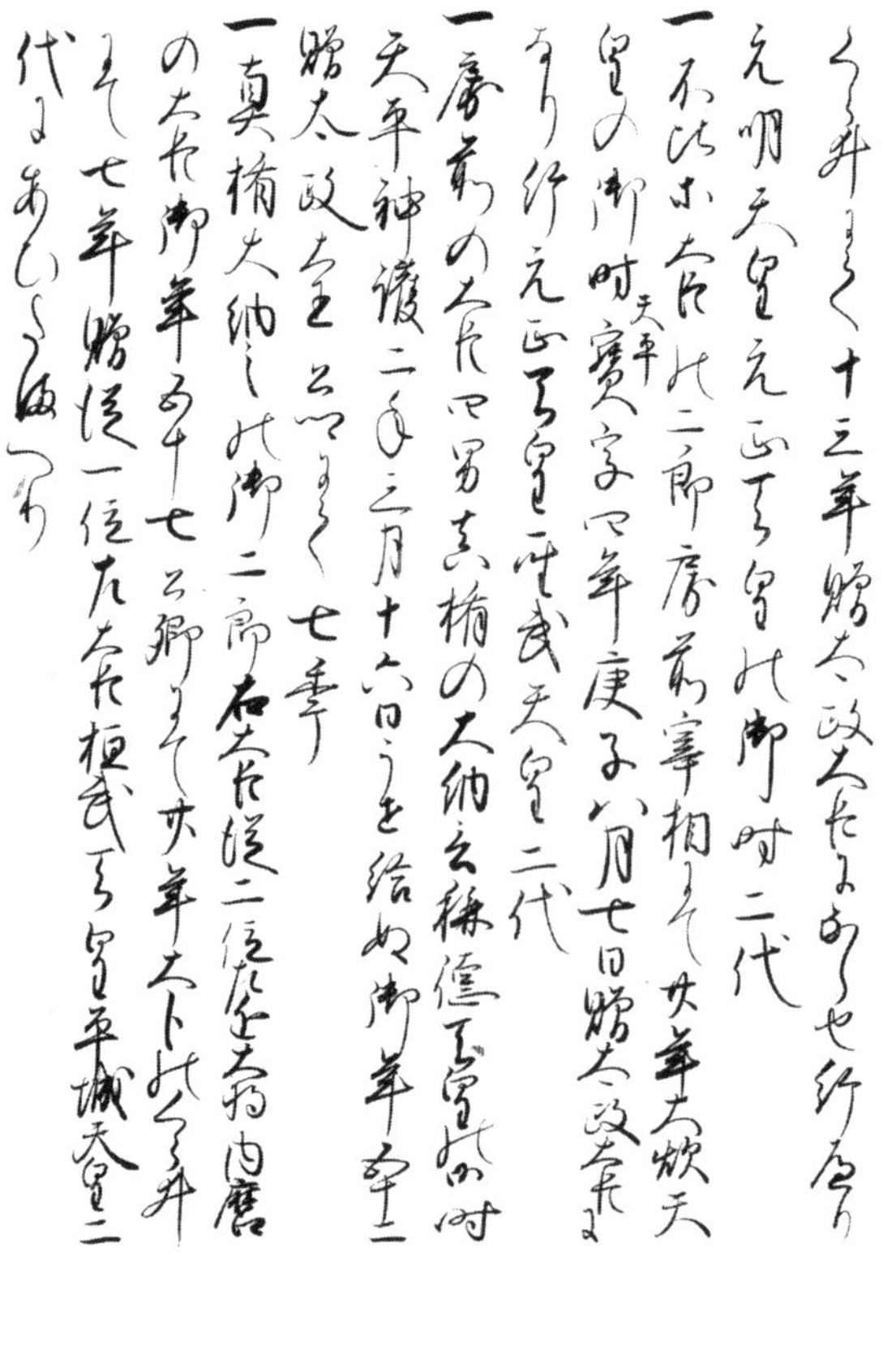

一　内麿の大臣の御三郎、冬嗣の大臣は、左大臣まで
なり給へり、贈太政大臣、この殿より次さま〱あかしたれ
は、こまかに申さし、かまたりの御よゝ[一]りさ
かえひろこりたまへる御するゑ〱、やう〱うせ給
て、この冬嗣のほとは無下[二]に心ほそくなりたま
へりし、そのときは、源氏のみそ、さま〱大臣公卿
にておはせし、[三]それに、このおとゝなん、[四]南円堂を
たてゝ、[五]丈六[六]不空羂索観音をすへたてまつり
たまふ、
一　冬嗣大臣の御太郎、長良中納言は、贈太政大臣、
一　長良大臣の御三郎、基経のおとゝは、太政大臣まで
なり給へり、

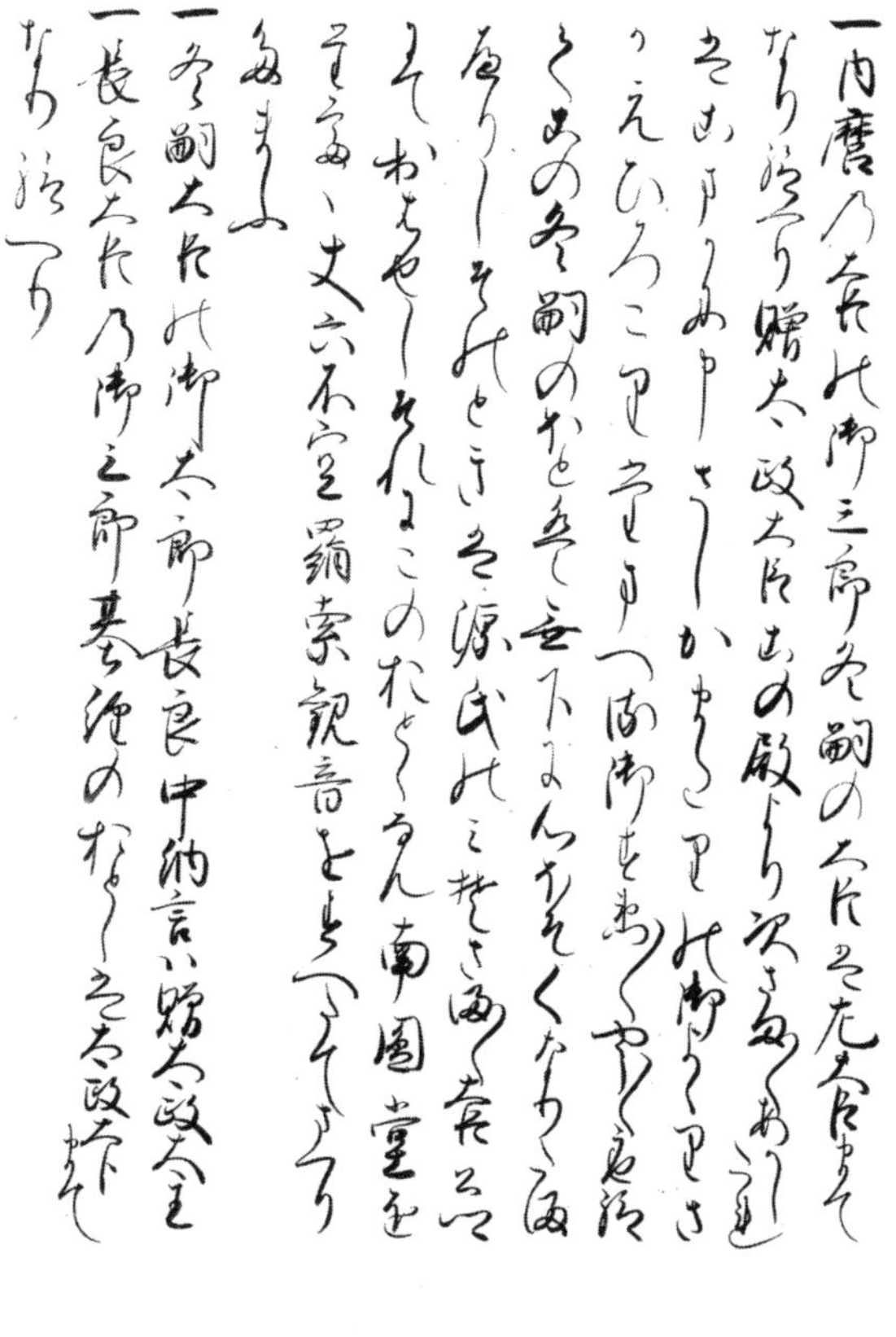

一　一般に、「御代《みよ》・御世《みよ》」は、（神や天皇の）御治世。ここでは、鎌足ご在世のとき、ほどの意。二　まったく頼りない状態になってしまわれたことだ。「し」は過去の助動詞「き」の連体形。いわゆる連体形止め。「無下」。『色葉字類抄』「無気《ムケナリ》無下《同》」。三　接続詞。そこで。それで。四　弘仁四年（八一三）冬嗣が、父内麿の遺願により、藤原氏の氏寺である興福寺内に南円寺を建立。五　一丈六尺（約四・八五メートル）。「丈六」は、仏像の立った背丈の一丈六尺のこと。六　空しからざる羂索（漁猟の道具）。即ち、慈悲のその掛け縄で、衆生を導く意。

一 まことに不都合なことでしたが。「不便に」、形容動詞「不便なり」の連用形。不都合だ。具合が悪い。『色葉字類抄』「不便《フビン》」、『文明本節用集』「不便《フビン》」。 二 通房。万寿二年（一〇二五）正月十一日誕生。 三 母のことは、かれこれ申さないことになっているが。 四 通房の生母。今はなき右兵衛督憲定卿の次女。 五 たいそう高貴なお方でさえいらっしゃるのは結構なことだ。「こそ」の下、「めでたけれ」などが省略されている。 六 故左兵衛（源憲定）の人柄は、それほど評価されなさらなかったが。「左兵衛督」は、「右兵衛督」の誤り。

一 基経大臣の御四郎、忠平のおとゝは、太政大臣までなりたまへり、

一 忠平大臣の御二郎、師輔の大臣は、右大臣までなり給へり、

一 師輔大臣の御三郎、兼家の大臣、太政大臣まて、

一 兼家大臣の御五郎、道長大臣、太政大臣まて、

一 道長大臣の御太郎、たゝいまの関白左大臣頼通の大臣、これにおはします、このとのゝ御子のいまゝておはしまさゝりつるこそ、一 いと不便に侍つるを、二 この若君《通房》のむまれ給へる、いとかしこき事なり、三 母は申さぬ事なれと、四 これは五 いとやむことなくさへおはするこそ、故左兵衛督は、六 人からこそいとしもおもはれ給

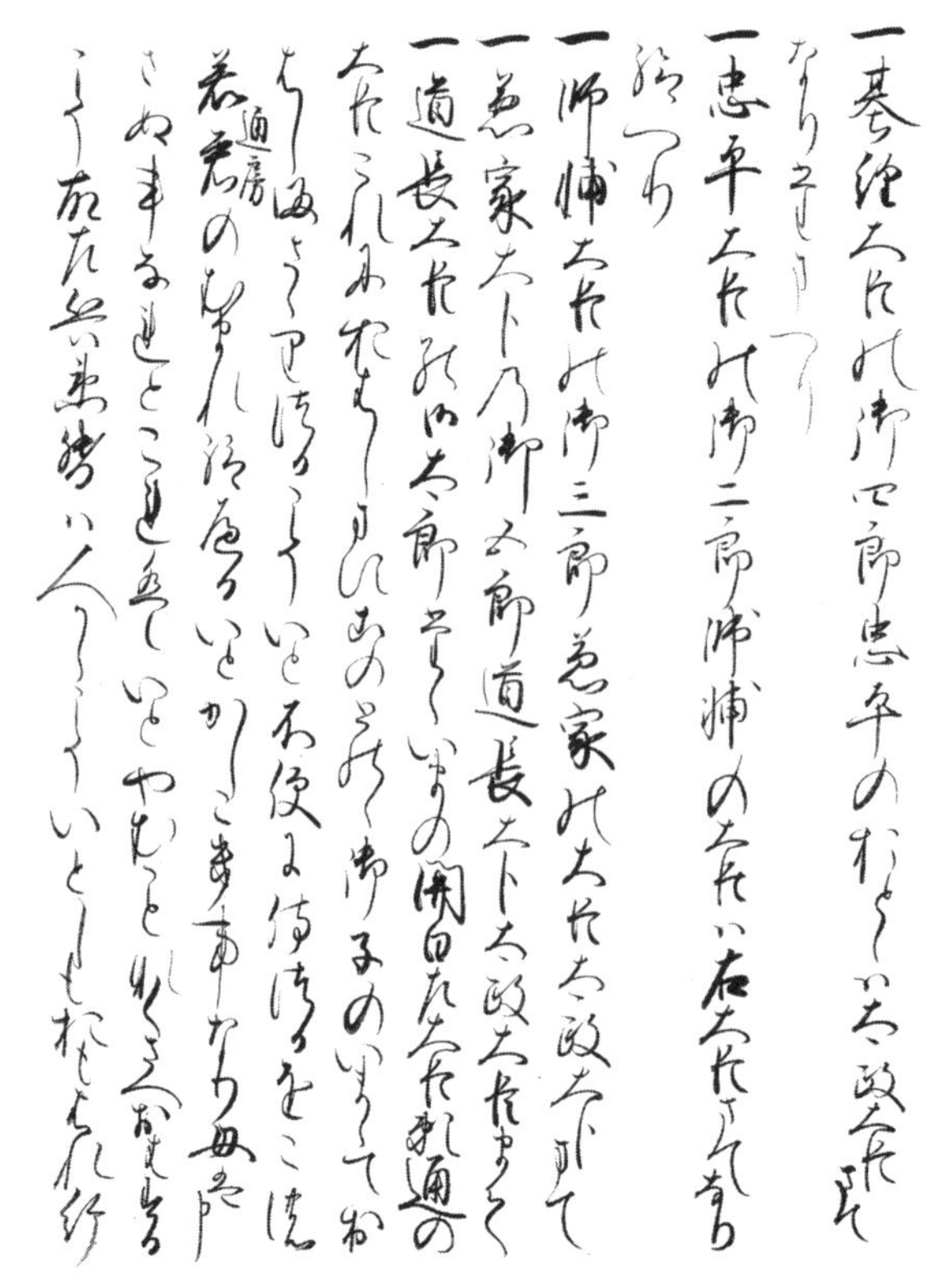

はさりしかと[一]もとのあて人におはするに、又かく[二]よを
ひゝかす御孫のいておはしましたる、[三]なきあとにも
いとよし、[四]七夜のことは、入道殿せさせ給へるに、つか
はしける哥、
[五]年をへて待つるまつのわかえたにうれしくあへる春の緑子
みかと、東宮をはなちたてまつりては、これこそ[六]孫の
おさとて、やかて御童名を長君とつけ
たてまつらせ給、この[七]四家の君たち、む
かしもいまもあまたおはしますなかに、道たえす
すくれ給へるは、かくなりそのかまたりのおとゝ
むまれ給へるは、常陸國なれは、[八]かしこに鹿嶋といふ所に、
[九]氏の御神をすましめたてまつり給て、その御よ

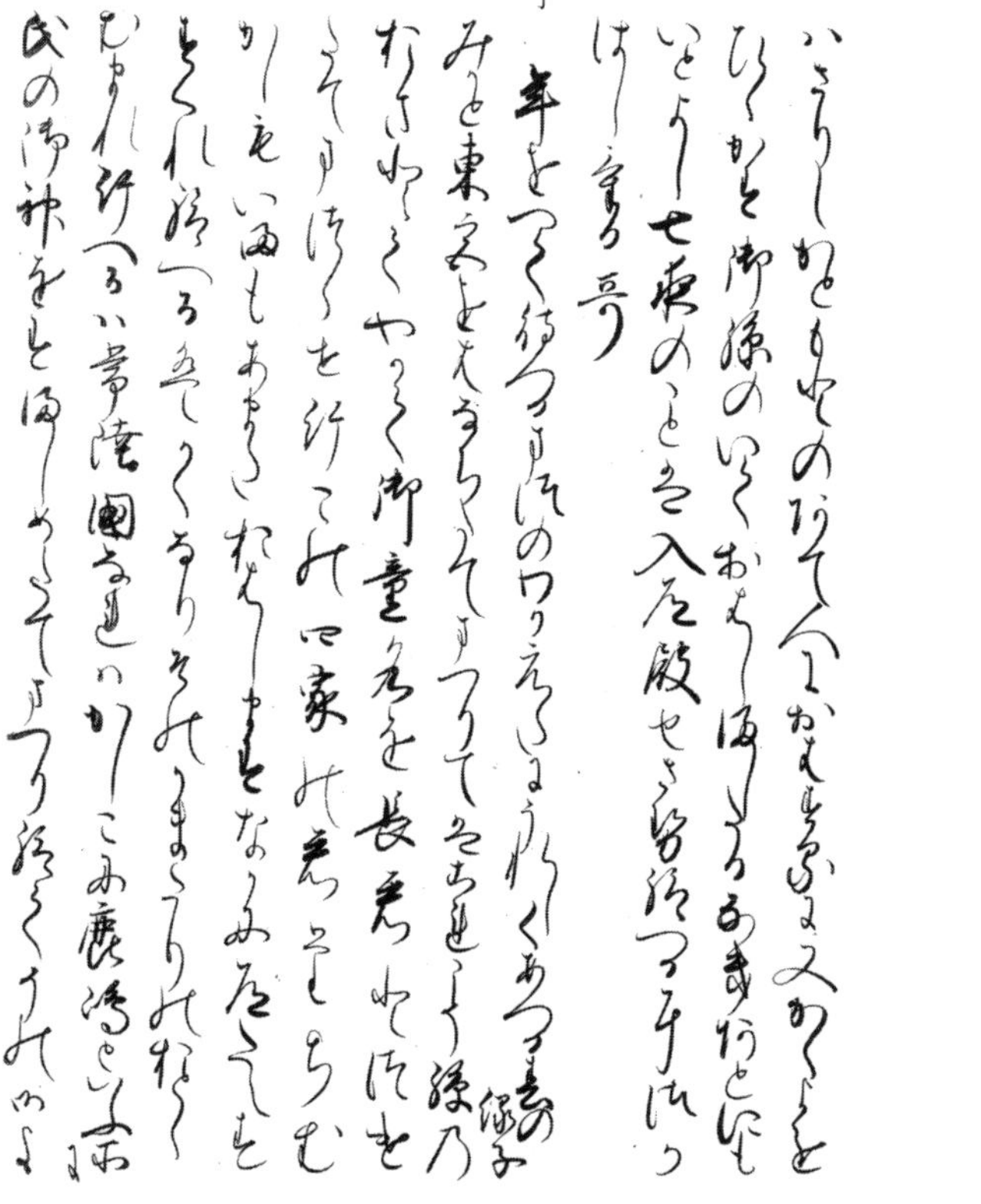

一（源憲定は）、元来高貴な出でおられますうえに。憲定は、第六十二代村上天皇の御子、為平親王の長男。「に」は、接続助詞で、添加の用法。二 世の中の評判になる。三 たとえ、薨去後でも。憲定は寛仁元年（一〇一七）六月二日薨。四 子供が生まれて七日目の夜。また、その祝い。五 長い間、待ちこがれていた、松の若枝に芽吹く春に、うれしくあえた嬰児《みどりご》であることよ。「みどり」は、「松のみどり」と「みどり児《ご》」の掛詞。六 孫の中での第一の人物だというので。七 不比等から出た、南家・北家・式家・京家の君たちが。八 「かしこに鹿嶋といふ所に」の「…に…に」の「に」は共に場所を示す格助詞。下の「に」は、上の「に」で示した場所の中の一部であることを示す当時の語法。九 藤原氏の氏神、天児屋根命《あめのこやねのみこと》を鎮座申しあげられて。

よりいまにいたるまて、あたらしき[一]みかときさき
大臣たちたまふおりは、[二]幣の使かならすたつ、
みかと、奈良におはしましゝ時に、鹿嶋とをしとて、
大和国[三]三笠山にふりふりたてまつりて、春日明神と
なつけたてまつりて、いまに藤氏の御氏神にて、
[四]公家、おとこ女使たてさせ給ひ、后宮氏大臣公卿、
みなこの明神につかうまつり給て、二月十一月[五]上申日、
御祭にてなんさまくの使たちの[六]ゝしるみかと、[七]この
京にうつらしめ給ては、又ちかくふりたてまつりて、
[八]大原野と申きさらきのはつ卯日、霜月のはつねの日
とさためて、としに二度の御祭あり、又おなしく[九]公家
の使たつ、藤氏のとのはら、みなこの御神に御幣

一 藤原氏血筋の天皇・后・大臣か。二 奉幣使。「幣」は「みてぐら」。神に奉る物の総称。『観智院本類聚名義抄』「幣《ミテクラ》」、『色葉字類抄』「幣《ヘイ・平声俗》《ミテクラ》帛《同》」。三 三笠山にご遷座申しあげて。「三笠山」は、春日神社の東方にある山。「蓋《きぬがさ》」を伏せた形に似ている所から。「ふり」は、他動詞四段「振る」の連用形。（神霊を）移す。底本「ふりふりたてまつりて」、「ふりたてまつりて」の誤写。東松本・近衛本（甲）・平松本「ふりたてまつりて」。四 朝廷からは、近衛使（おとこ＝男使）と内侍（女使）をさし遣わしなされ。近衛使は 藤原氏出身の近衛中・少将から選ばれた。五 上の申の日。その月の最初の申《さる》の日。六 たいそう盛大だ。七 この平安京におうつりになってからは。「しめ給ふ」は、二重尊敬。語り手、世次の天皇に対する敬称。変体漢文の語法。上巻六八頁注四参照。八 大原野神社。山城国葛野郡大原野村（京都市西京区大原町）にある。九 朝廷の勅使。

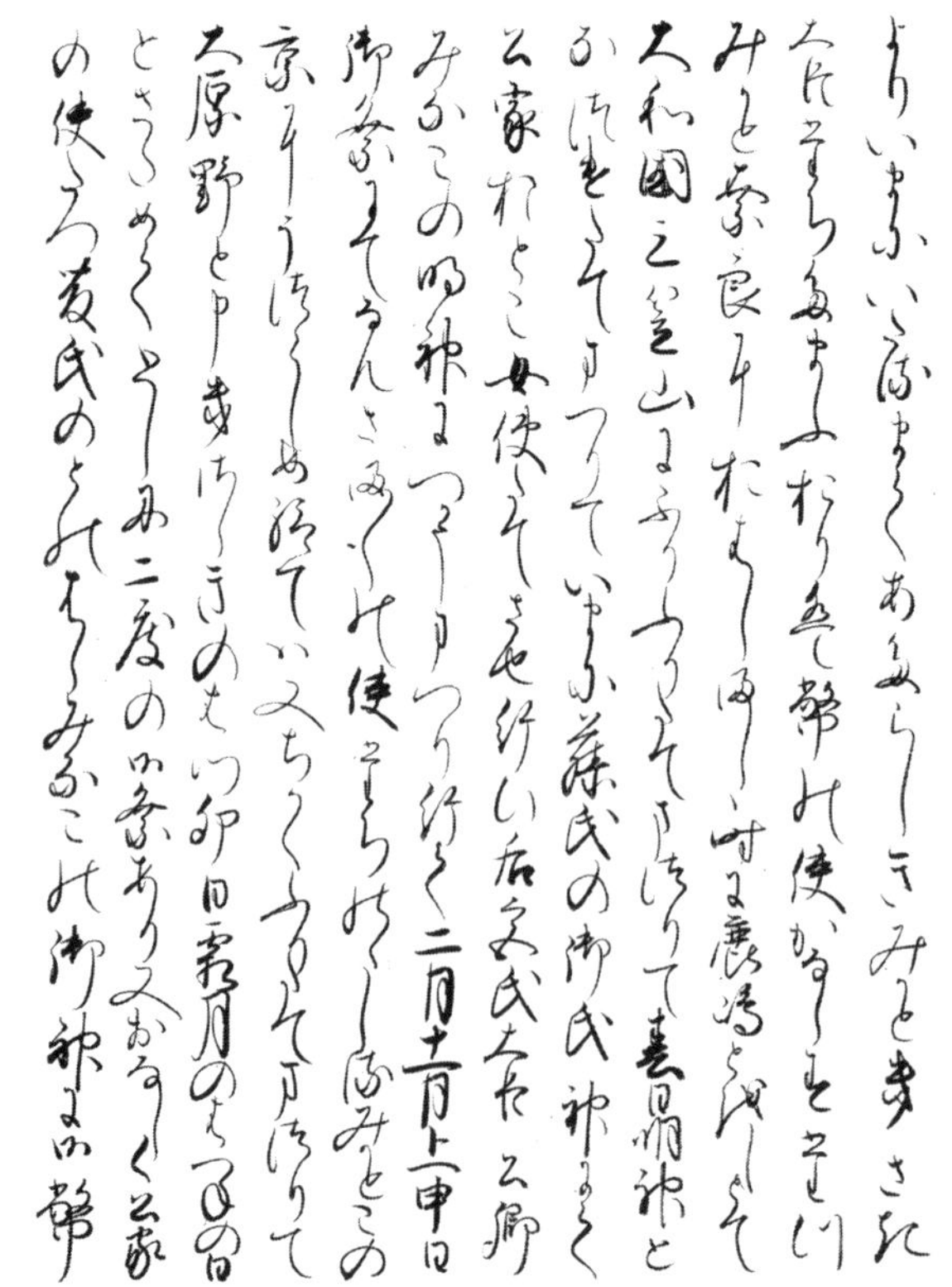

［一］十烈たてまつりたまふなを［二］しちかくとて、又ふり
たてまつりて、［三］吉田と申ておはしますめり、この吉田
明神は、［四］山蔭中納言のふりたてまつり給へるそかし、
御まつりの日四月下子十一月下申日とをさた
めて、［五］我御そうにみかときさいの宮たち給ものな
らは、［六］おほやけまつりになさんとちかひたてまつり
たまへれは、［七］一条院の御時より、おほやけまつりに
はなりたるなり、又かまたりの大臣の御氏寺、大和
国多武峯につくらしめ給て、そこに御骨をゝさめ
たてまつりて、いまに［八］三昧おこなひ［九］たてまつり給ふ、
不比等の大臣は、［一〇］山階寺を建立せしめ給へり、それ
によりかのてらに藤氏をいのり申に、この寺ならひ

一 十列の走り馬。中巻一六八頁注一二参照。「烈」は「列」の誤り。同じ訓のあるためか。 二 「し」は強意の副助詞。 三 吉田神社。山城国愛宕郡、今の京都市左京区吉田神楽岡町に鎮座。 四 藤原山蔭。房前の五男、魚名の曽孫。高房の子。 五 わが御一族より。 六 官祭。 七 山蔭中納言の孫、時姫が兼家に嫁して、詮子を生み、その詮子が、円融天皇の后につき、第一皇子一条天皇が誕生した関係がある。 八 法華三昧。滅罪生善、後生菩薩のための修業の方法。『運歩色葉集』「三昧《マイ》」、『文明本節用集』「三昧《サンマイ》」。 九 底本「たまつり給ふ」、東松本・近衛本（甲）・平松本「たてまつり給」。底本、誤って「て」を脱落。 一〇 興福寺。鎌足の私邸（山城国宇治郡山科村陶原）内の家の堂を、奈良に移したもの。

山蔭中納言―仲正―時姫
兼家 ═ 時姫 ―― 詮子
64代 円融天皇 ═ 詮子 ―― 66代 一条天皇

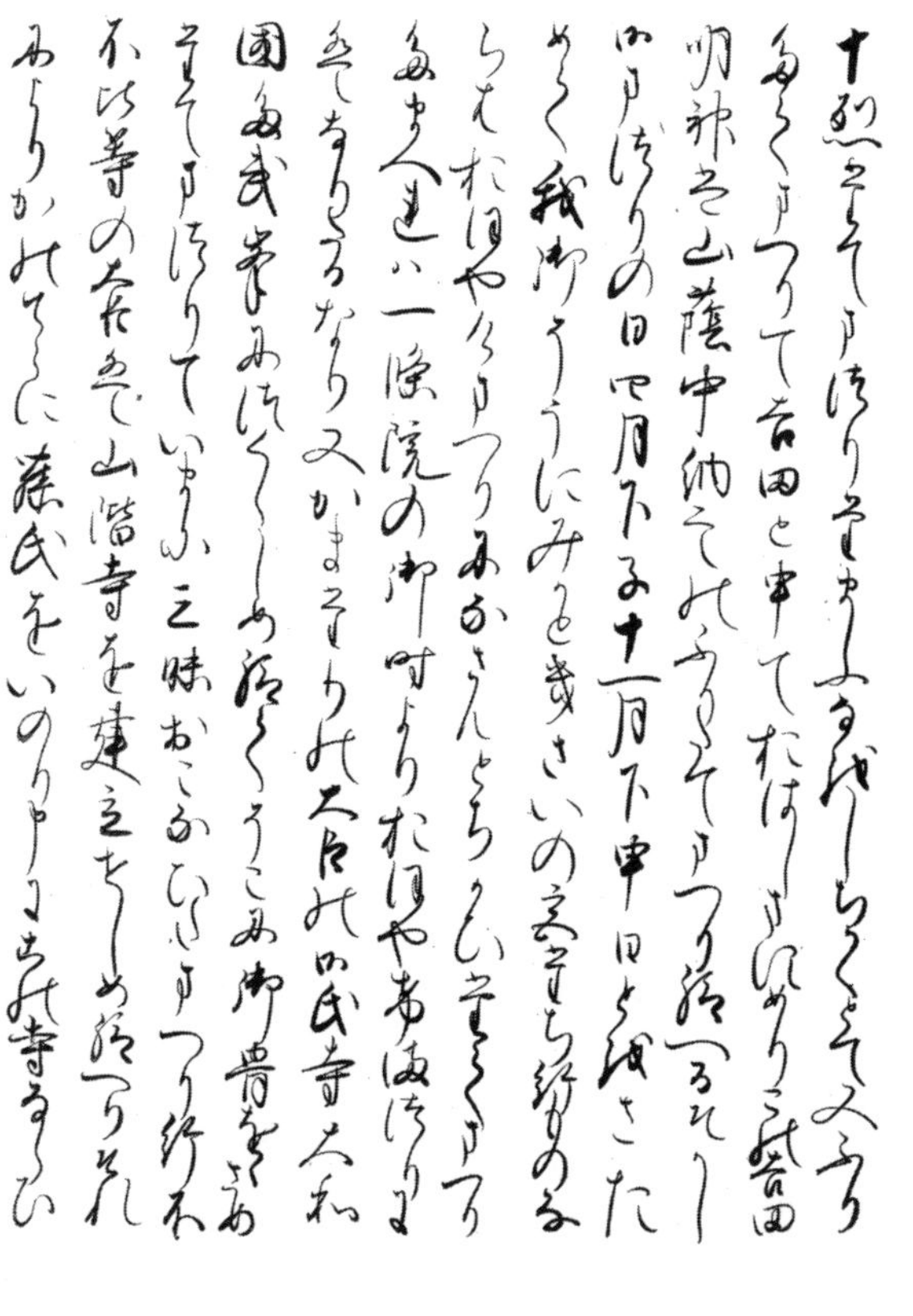

に多武峯春日大原野吉田に、例にたかひ、あやしき事いてきぬれは、御寺の僧[1]祢宜等なと公家に[2]奏申て、その時に[3]藤氏の長者殿[4]うらなはしめ給に、[5]御つゝしみあるへきは、としのあたり給殿はらたちの御もとに、[6]御物忌をかきて、[7]一の所よりくはらしめ給、おほよそ、[8]かの寺よりはしまりて、としに二三度、会をゝこなはる、正月八日より十四日まて、[9]八省にて、ならかたの僧を講師とて、[10]御斉会をこなはしむ、公家よりはしめ、藤氏の殿はらみな[11]加供し給、又[12]三月十七日よりはしめて、[13]薬師寺にて、[14]寂勝会七日、又、山階寺にて十月十日より、維摩会七日、みなこれらのたひに、勅使下向して、[15]衾つか

一 神職の名。中巻一二二頁注四参照。二 「奏し申す」という語法は、王朝の女流文芸には見られなく、院政期あたりから稀に見出せる形である。拙著『水鏡とその周辺の語彙・語法』(笠間書院 二〇〇七年) 参照。三 藤原氏一族の長。四 陰陽師に占わせなさって。「しめ」は使役の助動詞。五 ご謹慎を必要とする人がいる時は、その年廻りが厄年に当っていらっしゃる殿たちの御ところに。六 おん物忌の札。七 氏の長者。八 この山階寺。九 八省院のこと。ここで八省の政務が行われた。一〇 『金光明最勝王経』を講じて、天下泰平・国家安穏などを祈った法会。一一 供養に参加しなさる。一二 三月十七日は、三月七日の誤り。一三 今の奈良市西ノ京にある法相宗《ほっそうしゅう》の大本山の寺。一四 『金光明最勝王経』を講ずる法会。天下泰平・国家安穏を祈った法会。一五 僧に与える夜具。『色葉字類抄』「衾《キン・フスマ》」、『文明本節用集』「衾《フスマ》」。

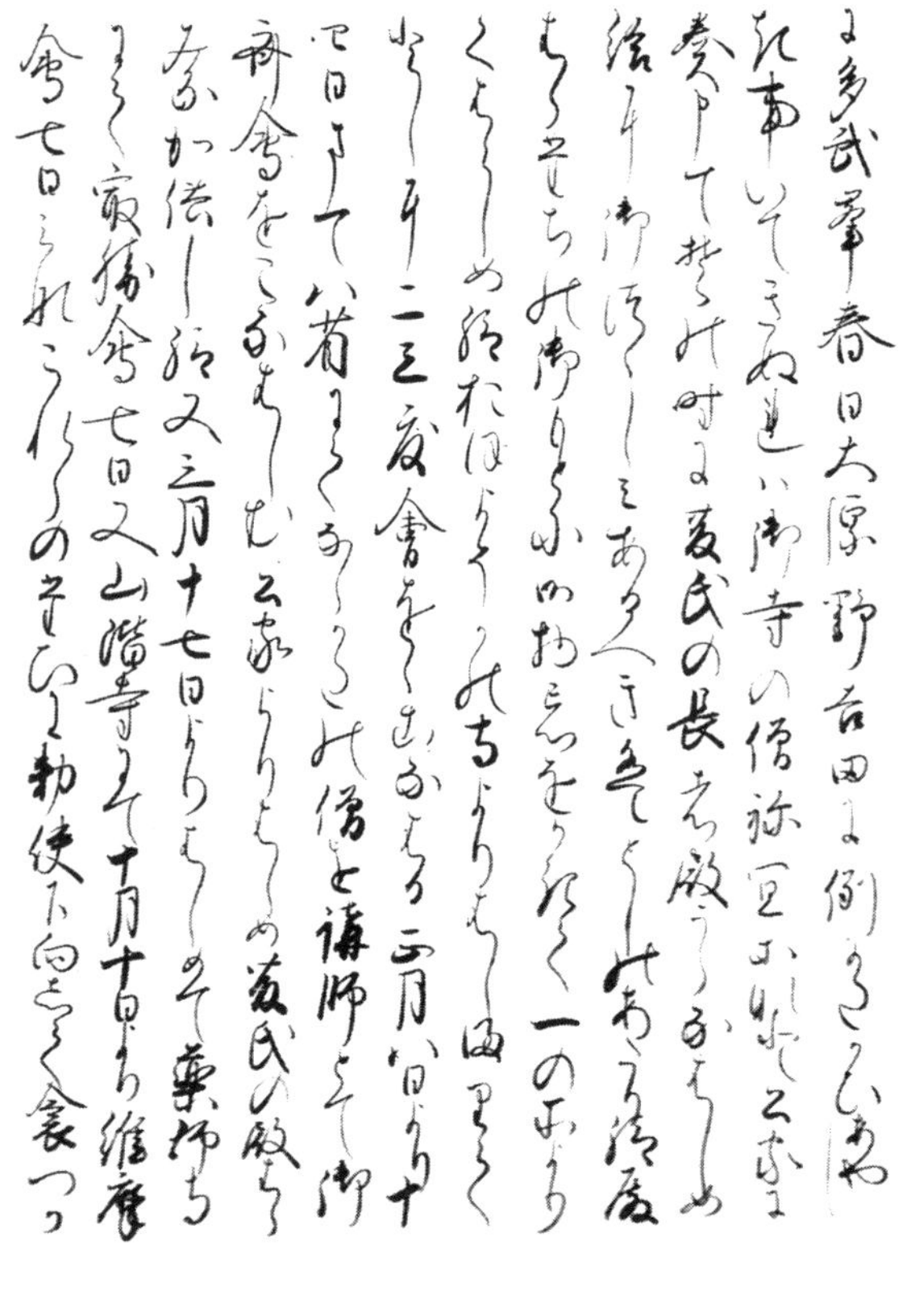

はす、[一]藤氏のとのはらより五位まて、たてまつり
給、[二]南京の法師、三会講師しつれは、[三]已講となつけて、そ
の次第をつくりて、律師、[四]僧綱になるか、これは、かの
[五]御寺、いかめしうやむことなき所なり、[六]いみしき非道こと
も、山階寺にかゝりぬれは、又[七]ともかくも、人もの
いはす、[八]山しな道理とつけて、[九]をきつかゝれは、藤氏の
御ありさまたくひなくめてたし、おなし事のやう
なれとも、又、つゝきを申へきなり、后宮の御ちゝ、
みかとの[一〇]御おほちとなり給へるたくひをこそは、[一一]あ
かし申さめとて

一　内大臣かまたりのおとゝの御女[一二]二人、やかてみな天
武天皇にたてまつり給へりけり、[一三]男女親王たちおはし

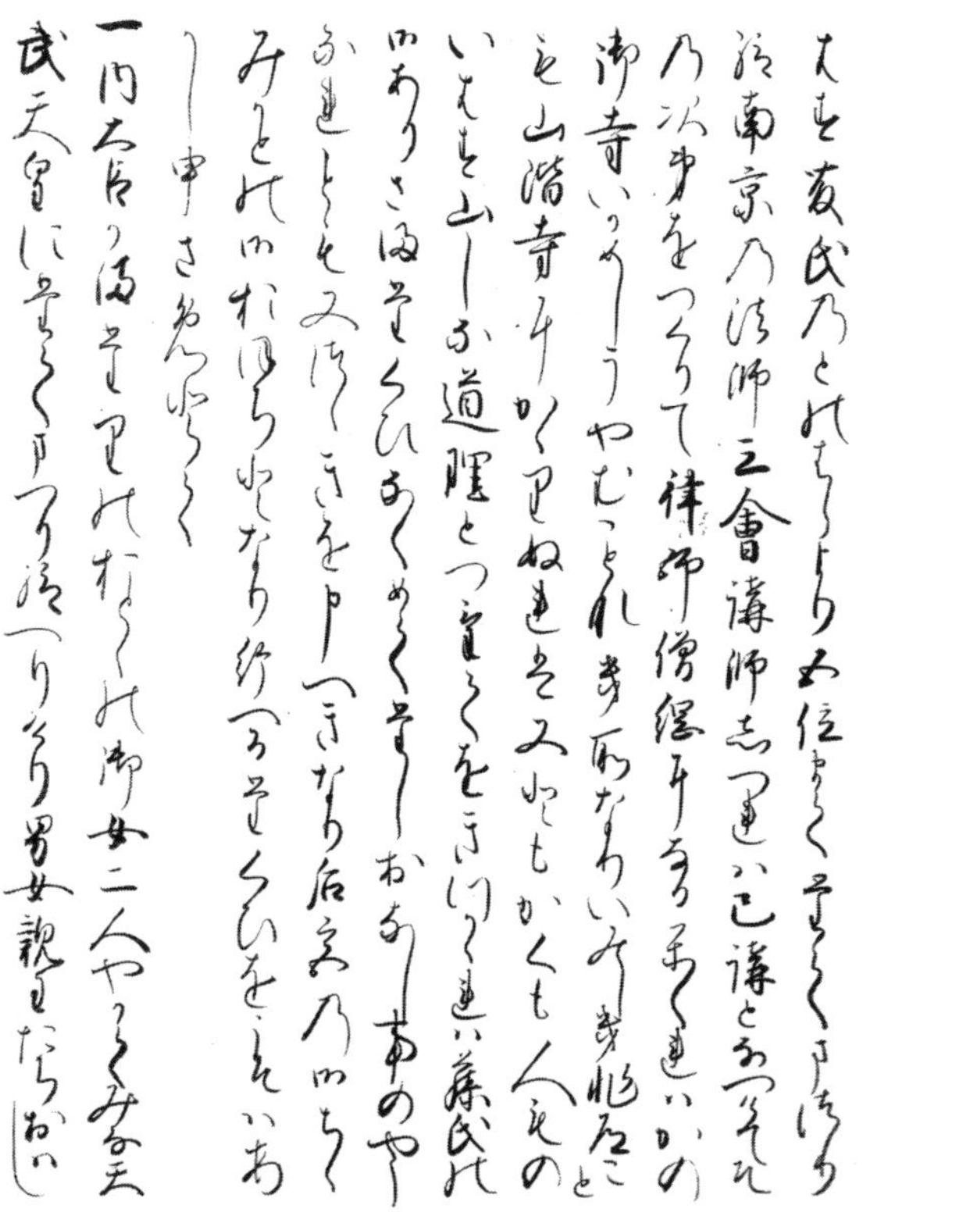

一 藤原氏の殿がたから五位までの者が、禄（夜具）を差し上げなさる。二 奈良の京。南都。京都を北京（北都）と呼ぶのに対する奈良の別名。三 僧の資格の一つ。奈良（南京）または天台（北京）の三会の講師を勤めた者。『色葉字類抄』「已講《イカウ》」。四 律師にも僧綱にもなる。僧綱とは、僧正・僧都・律師の三僧官。『色葉字類抄』「僧綱《ソウカウ》」。五 山階寺は、おごそかで貴い所である。六 ひどい不道理な事も。七 世人は、あれやこれやと批判も言わないで。八 山階道理と称して。九 そのまま通してしまいます。「掟《おき》つ」は、取り計らう。命令する。一〇 御外祖父。一一 はっきり申しましょう。一二 氷上《ひかみの》娘《いらつめ》と五百《いおえのいらつめ》娘。一三 五百重娘は、新田部皇子《にたべのみこ》を産み、氷上娘は、但馬皇女《たじまのひめみこ》を産む。

ましけれとみかと春宮たゝせ給はさめり、
一　贈太政大臣不比等のおとゝの御女二所宮子光明子一人の御むすめは、文武天皇の御時の女御、親王むまれたまへり、それを聖武天皇と申、御母をは光明皇后と申き、いま一人の御女は、やかて御甥の聖武天皇にたてまつりて、女親王うみたてまつり給へるを、女帝にたてくまつり給へるなり、高野の女帝と申これなり四十六代にあたり給ふ、それおりたまへるに、又みかとひとりをへたてくまつりて、又卌八代にかへりゐ給へるなり、母后を贈皇后と申、然者、不比等の大臣の御女二人なから后にましますめれと、高野の女帝の御母后は、贈后と申たるにて、おはし

一 宮子娘《みやこのいらつめ》と光明子（安宿姫）。二 宮子娘。この宮子娘が、光明皇后であるとの記述は誤り。光明皇后は、宮子娘の妹の安宿姫（光明子）である。三 四十七代、淳仁天皇。四 四十八代称徳天皇に重祚されたのだ。五 正しくは、光明皇后が安宿姫（光明子）、従って、本文の安宿姫に対して、贈后とあるのは誤り。六 萩野本・披雲閣本、古活字本・八巻本「しかれは」。漢文訓読語。『大鏡』に三例ある。何れも、語り手・世次の詞中。

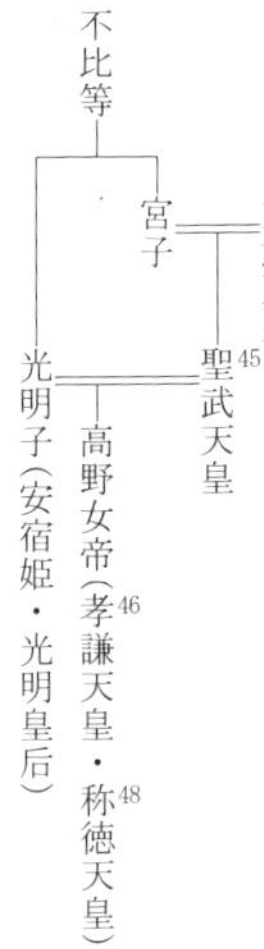

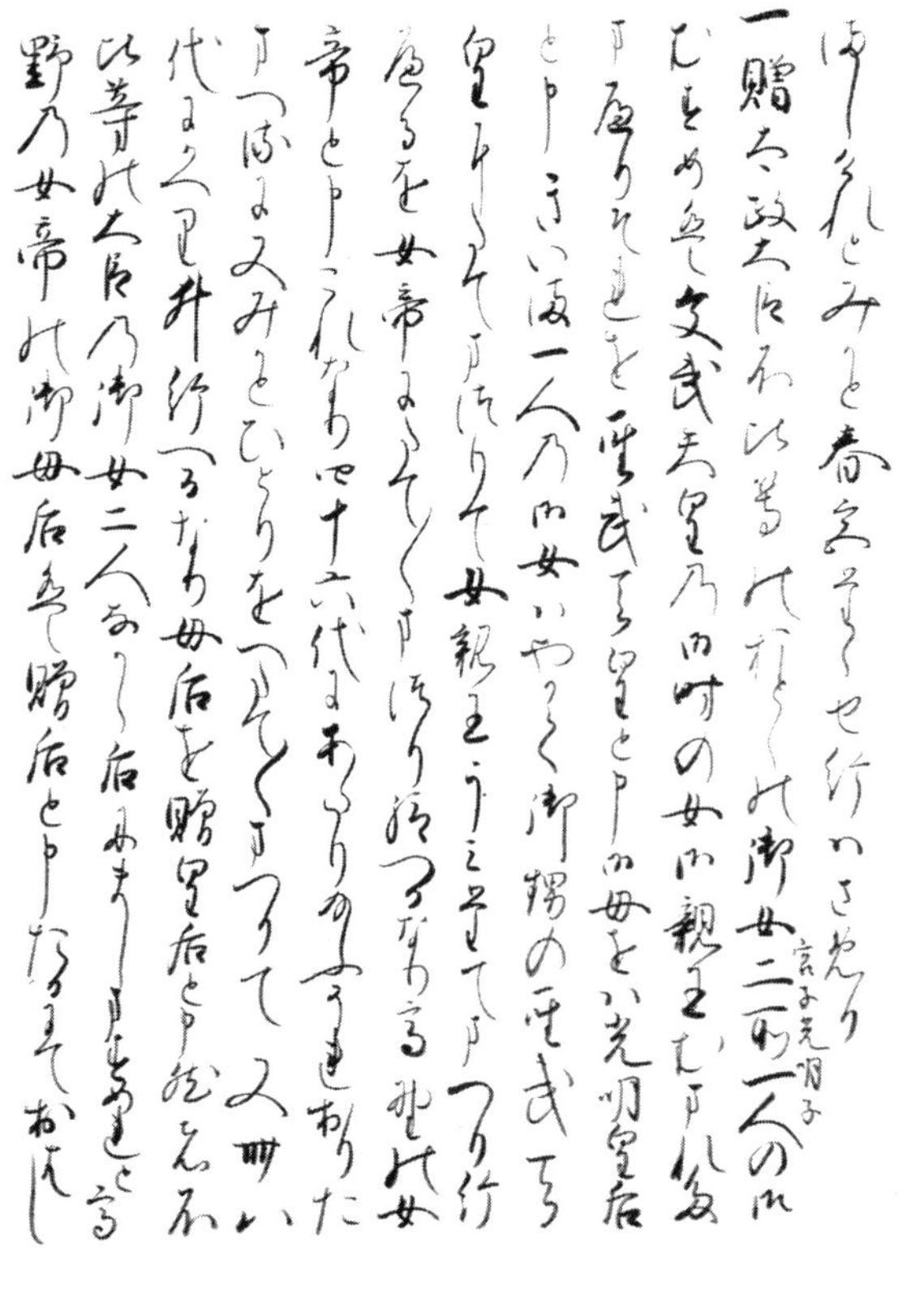

まさぬよに后宮にゐたまへると見えたり[一]かるか故に、不比等大臣は、光明皇后、又贈后の父聖武天皇ならひに高野の女帝の御祖父、[二]或本に又、高野の女帝母后、いき給へるよに后にたち給て、その御名を、光明皇后と申とあり、聖武の御母も、おはしますよに、后となりたまひて、贈后とみえたまはす、

一　贈太政大臣冬嗣の大臣は、太皇大后順子の御父、文徳天皇の御祖父、

一　太政大臣良房のおとゝは、[三]皇大后宮明子の御父、清和天皇の御祖父、

一　贈太政大臣長良の大臣は、皇太后高子の御父、陽

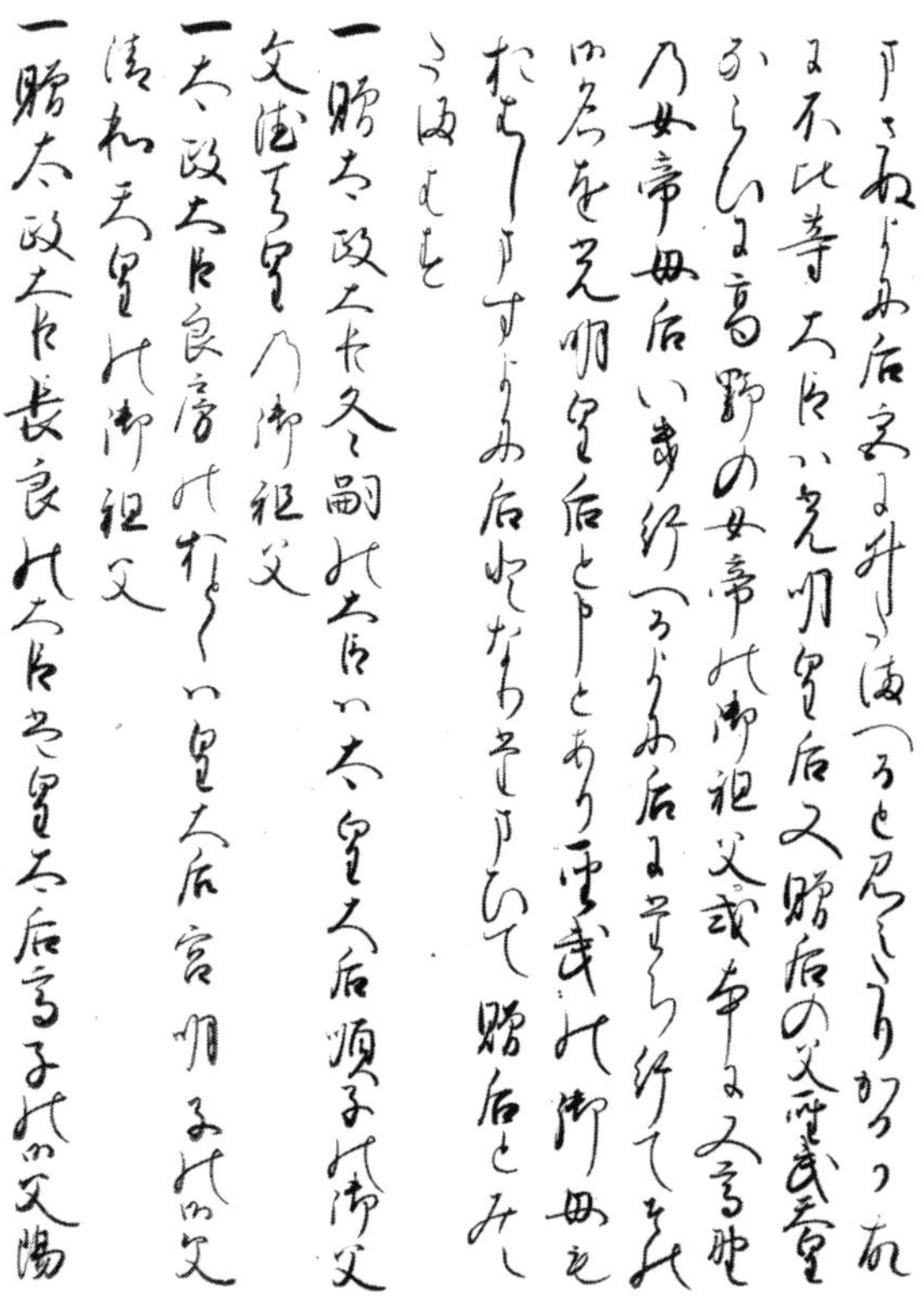

一　接続詞。漢文訓読語。こういうわけで。それゆえ。だから。『大鏡』には、この「かるがゆゑに」が、計三例（何れも、語り手世次の詞中）ある。対立する和文語は、「されば」で、『大鏡』には、計四十八例存在している。なお、他の三鏡、『今鏡』『水鏡』『増鏡』に「かるがゆゑに」の使用例はない。ただ、『水鏡』には、訓読語「これによりて」が二例顕在している。二「或本…贈后とみえたまはす」までは、割注が本文に混入してしまったようである。八巻本のごとく、「…高野女帝の御おほぢ或本又高野女帝…光明皇后と申となり…………贈后と見え給はす」とでもあったか。なお、宮子娘・光明皇后についての記述の誤りを訂正している。三 底本・東松本「皇大后」、近衛本（甲）・平松本「皇太后」。

成院御祖父、
一　贈太政大臣総継おとゝは、贈皇太后沢子の御父、光孝天皇御祖父、
一　内大臣高藤のおとゝは、皇大后[一]胤子の御父、醍醐天皇の御祖父、
一　太政大臣基経おとゝは、皇后宮穏（隠イ）子[二]の御父、朱雀村上二代の御祖父、
一　右大臣師輔おとゝは、皇后安子の御父、冷泉院并円融院の御祖父、
一　太政大臣伊尹おとゝは、贈皇后懐子の御父、花山院の御祖父、
一　太政大臣兼家おとゝは、皇大后[三]宮詮子、又贈后超

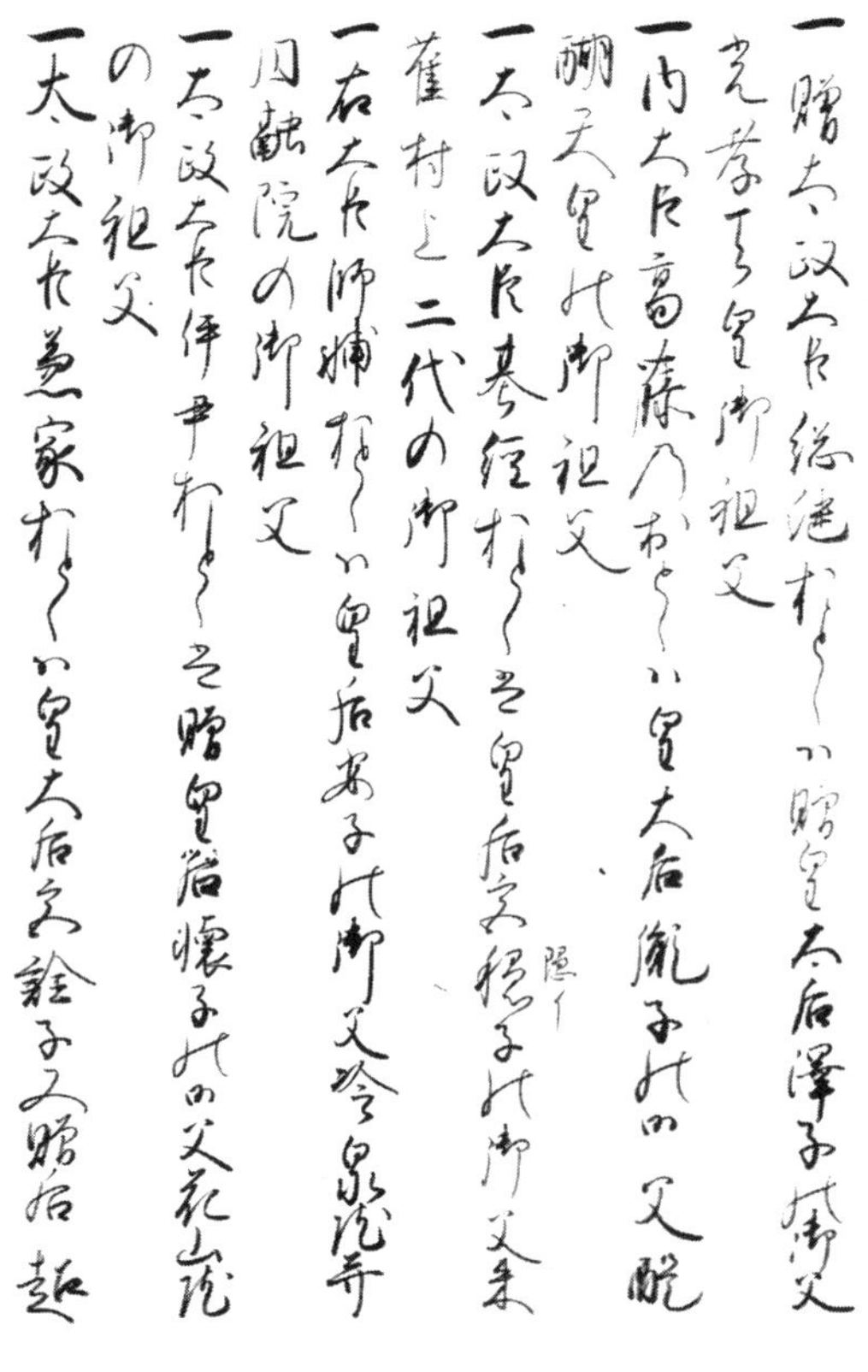

一 底本・東松本「皇大后」、近衛本（甲）・平松本「皇太后」。二 古活字本・八巻本「穂子」。三 底本・東松本「皇大后」、近衛本（甲）・平松本「皇太后」。

子の御父、一条院三条院御祖父、
一　太政大臣道長おとゝは、太皇大后宮彰子皇太后宮妍子中宮威子[一]東宮の御息所の御父、当代弁春宮の御祖父におはします、こゝらの御なかに、后三人ならへすへて見たてまつらせ給ことは、入道殿下よりほかにきこえさせ給はさんめり、[二]関白左太臣内大臣大納言二人中納言の御おやにておはします、[三]さりや、きこしめしあつめよ、日本国には唯一無二におはします、[四]まつはつくらしめたまへる[五]御堂なとのありさま、かまたりのおとゝの[六]多武峯、不比等の大臣の[七]山階寺、基経のおとゝの極楽寺、忠平の大臣の法性寺、[八]九条の[九]楞厳院、[一〇]あめのみかとの

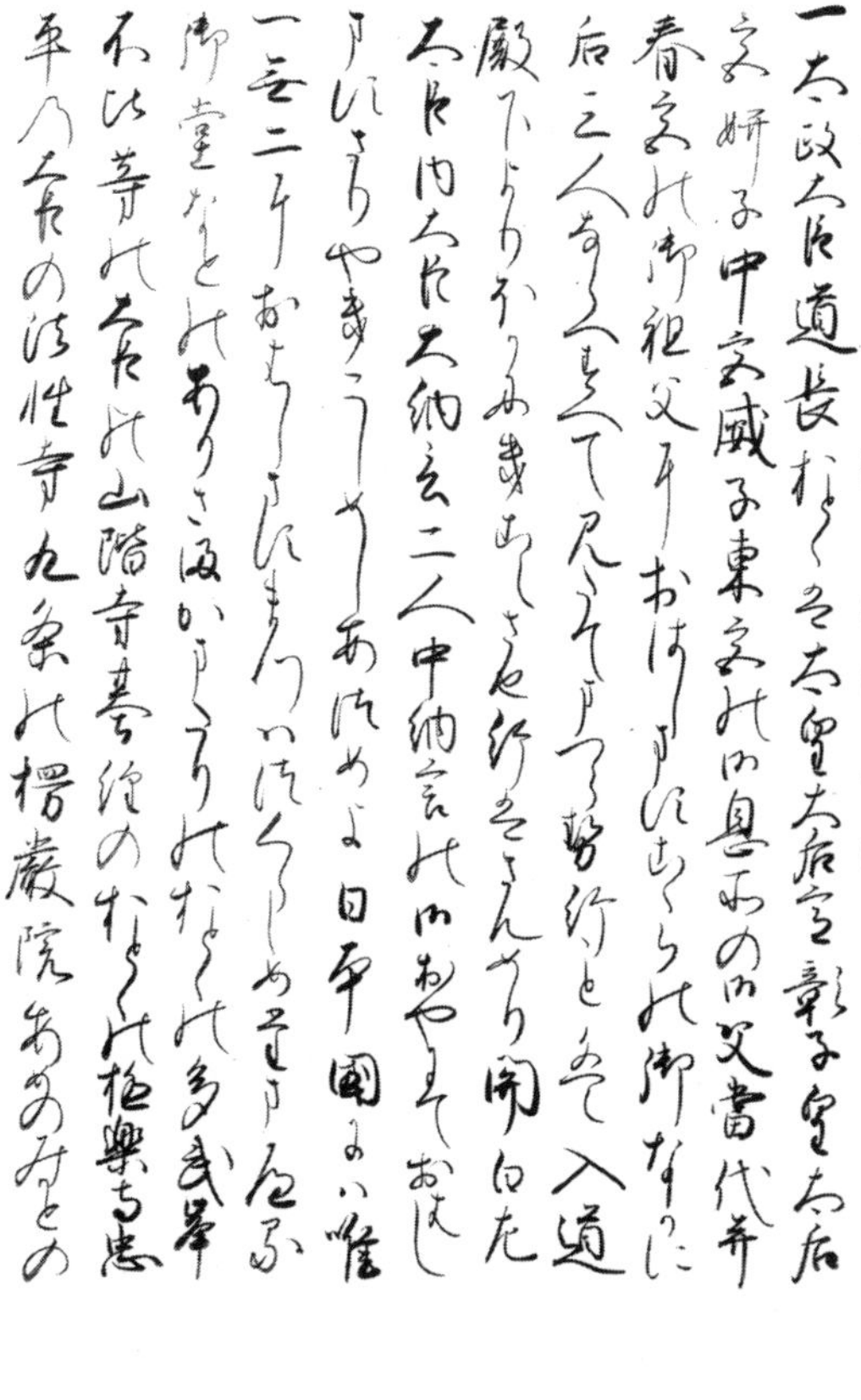

一 東宮は敦良親王（後朱雀天皇）、御息所は嬉子。二 頼通、教通、頼宗・能信、長家。三 連語。物事に思い当ったときに用いることば。本当にそうだよ。「さりや」は「然《さ》り」の終止形に、間投助詞「や」の接続したことば。四 まず第一にお造りになられた。「しめたまへる」の「しめ」は、尊敬と捉えたい。五 法成寺など。「など」は副助詞。多くの事物の中から例を挙げ、類似のものが、他にもあることを示す。六 多武峯の妙楽寺。現在の奈良県桜井市多武峯にある談山神社。七 下巻六七頁注一〇参照。八 底本「九条」、東松本・近衛本（甲）・平松本「九条殿」。師輔。九 法華三昧院。横川の中堂のこと。一〇 ここでは、聖武天皇の業績を称えての敬称。

つくりたまへる東大寺[一]も、ほとけはかりこそはおほきにおはすめれと、猶この無量寿院[二]にはならひたまはす、まして、こと御寺々はいふへきならす、[三]大安寺は、兜卒天[四]の一院を天竺[五]の祇園精舎に[六]移造、天竺の祇園精舎を唐の西明寺[七]にうつしつくり、唐の西明寺の一院を、此国のみかと[八]は、大安寺にうつさしめ給へるなり、しかあれとも、只今は、なをこの無量寿院まさり給へり、南京のそこはくのおほかる寺とも、猶あたり給なし[九]、恒徳公[一〇]の法住寺[一一]、いとまうなれ[一二]と、なをこの無量寿院すくれたまへり、難波の天王寺[一三]なと、聖徳太子の御心にいれつくり給へれと、猶この無量寿院まさり給へり、奈良は七[一四]

一 東大寺の大仏。創建当時は、銅蓮座・石座・仏体あわせて七丈一尺五寸（約二十二メートル）。二 法成寺の別名。道長が邸宅土御門殿の東に建立。三 南都七大寺の一つ。聖徳太子創建。四 六欲天の一つ。弥勒菩薩がその内院に住む。五 インド。わが国および中国でいう。六「移し造り」。ならって造り。七 長安にある寺。唐の高宗の創建。八 わが国の帝。九 匹敵なさるものはない。一〇 藤原為光。一一 賀茂川の東、八条北にあった寺。三十三間堂の付近。一二 壮麗であるが。一三 四天王寺の略。聖徳太子の建立と伝えられる。一四 東大寺・興福寺・元興寺・大安寺・薬師寺・西大寺・法隆寺。

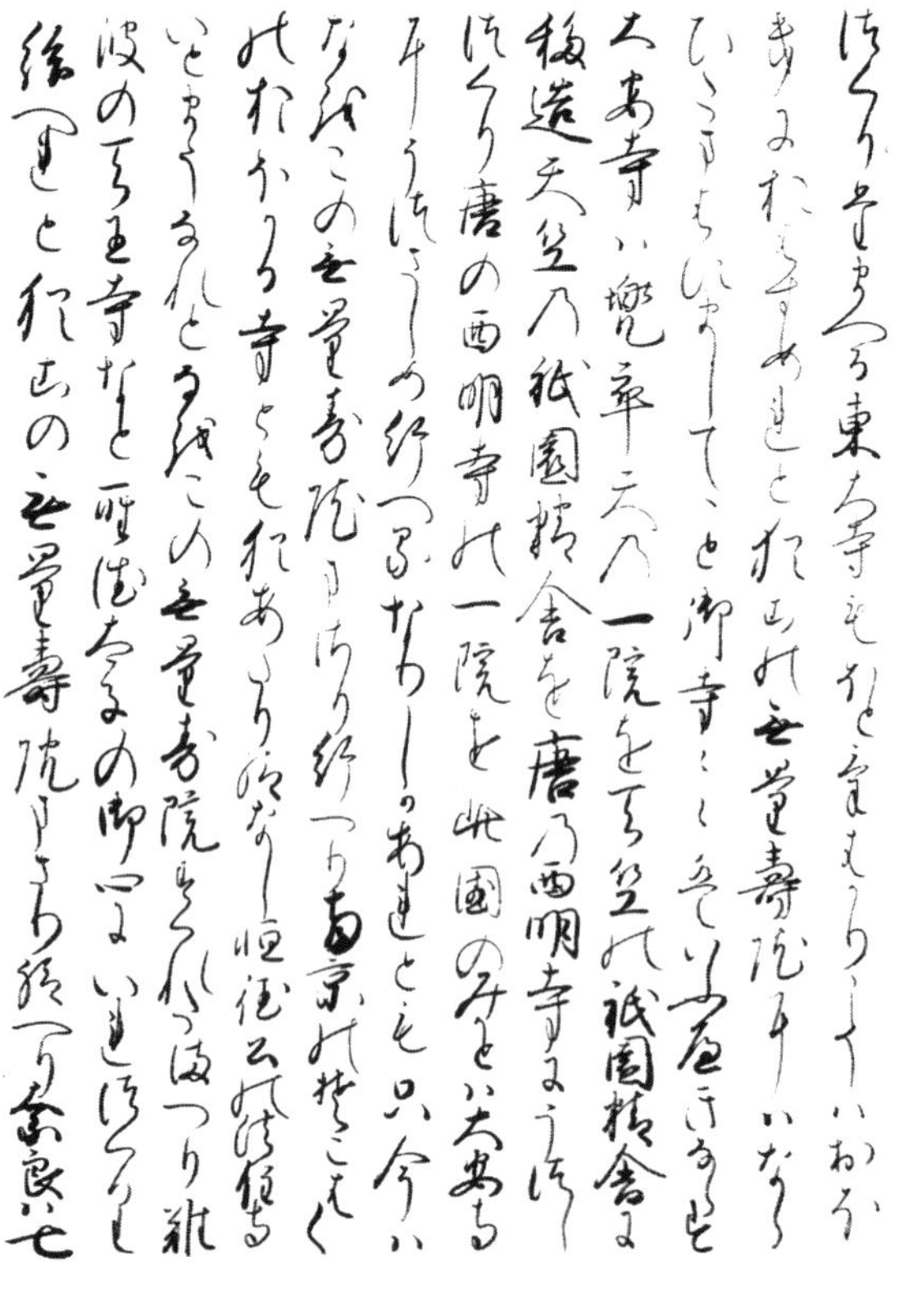

大寺、[一]十五大寺なと見くらふるに、なをこの無量寿院いとめてたく、極楽浄土のこのよにあらはれけると見えたり、[二]かるかゆへに、この無量寿院も、おもふに、おほしめし願すること侍りけむ、[三]浄妙寺は東三条のおとゝの大臣になり給て、御慶に、木幡にまいりたまへりし御共に、入道殿くしたてまつらせ給て、御らんするに、おほくの先祖の御骨おはするに、鐘のこゑきゝ給はぬ、いとうき事なり、わか身おもふさまになりたらは、[四]三昧堂たてんと、御心のうちにおほしめし[五]くにたてたりけるとこそ、うけ給はれ、むかしもかゝりける事おほく侍けるなかに、極楽寺法性寺そいみしく侍るや、御としなんともをとなひさせ

一 七大寺に、新薬師寺・大后寺・不退寺・京法華寺・超証寺・招提寺・宗鏡寺・弘福寺を加えた寺。**二** 接続詞。こういうわけで。それゆえ。「か（斯）あるがゆゑ（故）に」の変化した語。訓読語。『大鏡』には三例存在しているが、使用者は、何れも世次。下巻七一頁注一参照。**三** 京都府宇治市木幡の御蔵山の麓にあった菩提寺。**四** 法華三昧を修する堂。**五** 底本「くにたて」、東松本・近衛本（甲）・平松本「くわたて」。

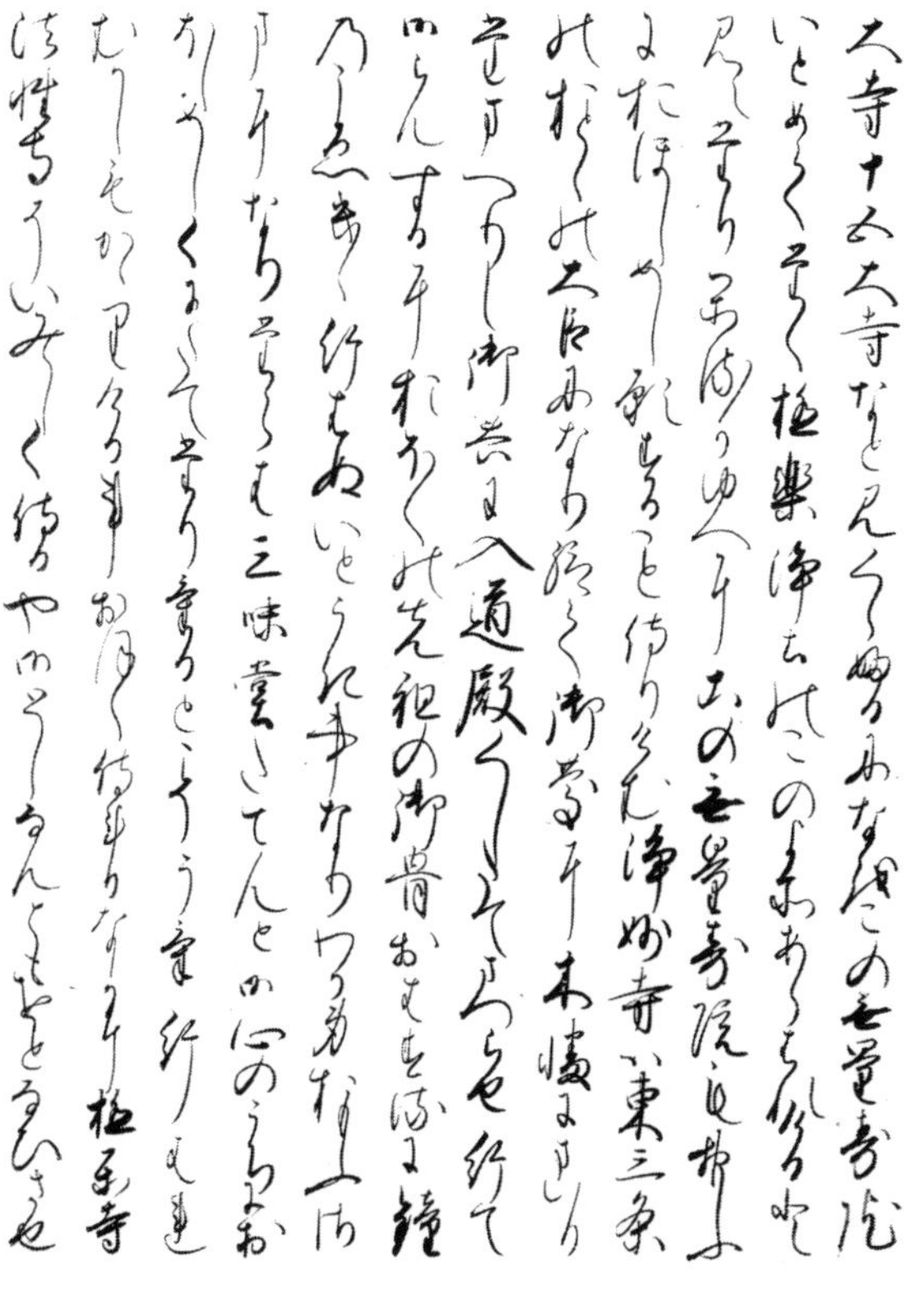

給はぬにたにも、[一]おほしめしよるらんほと、なへてなら
すおほえ侍に、いつれの御時とはたしかにえきゝ侍
らす、たゝ[二]ふかくさの御ほとにやなとそおもひやり侍る、
[三]芹河の行幸せしめ給けるに、[四]昭宣公、[五]童殿上にて
つかうまつらせ給へりけるに、みかと、琴をあそはし
ける、この[六]琴ひく人は、別の爪つくりて、ゆひにさし
いれてそひく事にて侍し、さてもたせ給たりける
を、おとしおはしまして、大事におほしめしけれと、
又つくらせ給へきやうもなかりけれは、さるへきにて
そおほしめしよりけむ、おとなしき人〳〵にもおほ
せられ[七]すて、おさなくおはしますきみにしも、ゝと
めてまいれとおほせ[八]られは、御馬をうちかへして

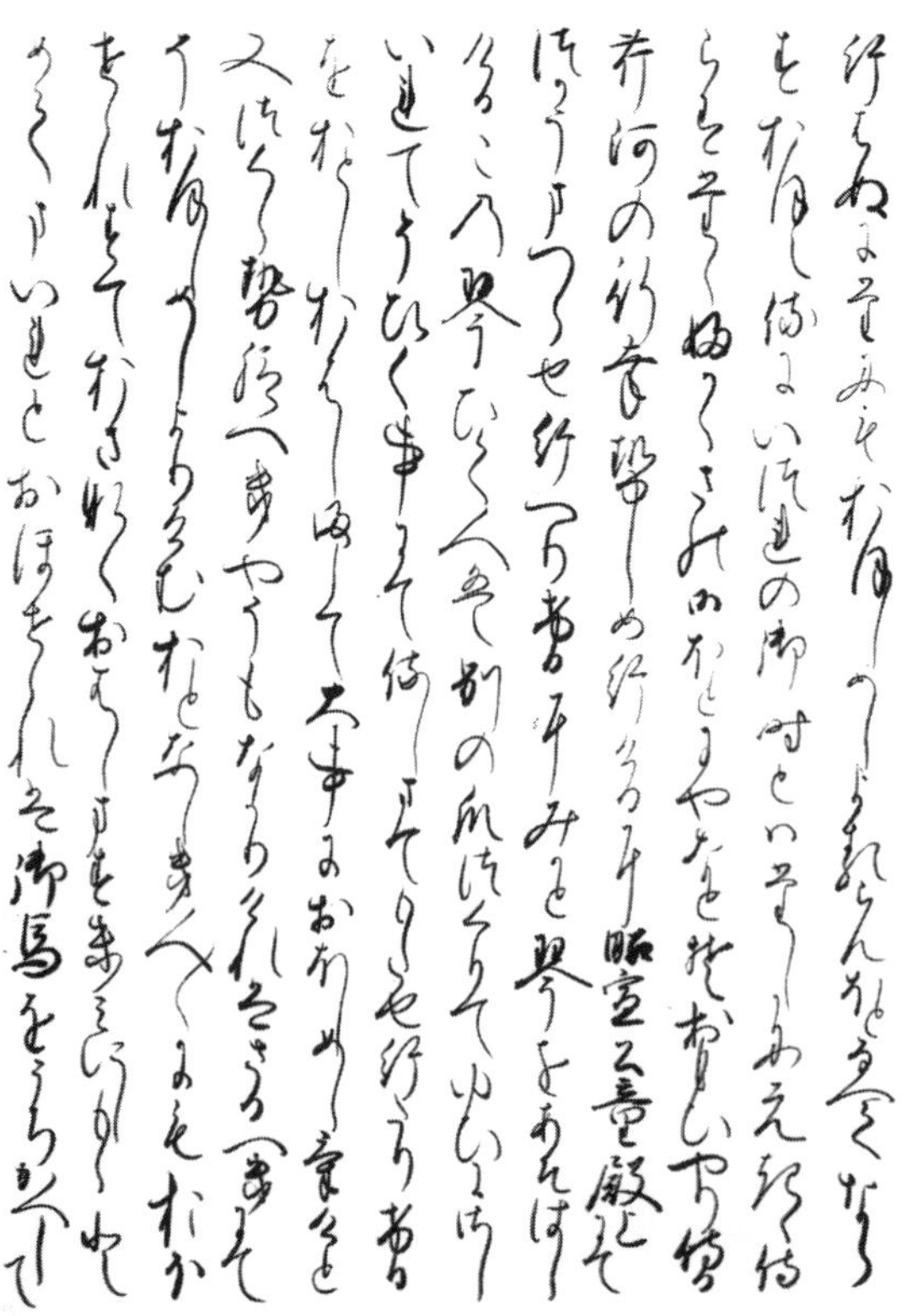

一「思ひ寄る」の尊敬語。ある気持になられる。考えおよばれる。二 仁明天皇の別称。三 山城国紀伊郡下鳥羽（京都市伏見区下鳥羽）あたり。承明十一年（八四四）のことか。承和十四、五年とも。四 基経。五 平安時代、元服前の貴族の子弟で、宮中の作法見習いのため、特に昇殿を許され、殿上に奉仕すること。また、その子供。殿上童とも。中巻一〇頁注六参照。六「きんのこと」とも。七絃の琴。七「すて」は、主として上代の和歌の語法で、平安時代においては、和歌に使用例があるが、和文では殆ど用いられていない。この「すて」という語法が、『大鏡』に一例ではあるが語り手世次の詞中に用いられている。『大鏡』の作者は、古老世次の詞中に、古風な言い回しとしてこの「ずて」を使用しているようである。八 底本「おほせられは」、東松本・近衛本（甲）・平松本「おほせられけれは」。

おはしましけれと、いつくをはかりともいかてかはたつねさせ給はん、見つけてまいらせさらん事のいといみしくおほしめしけれは、これもとめいてたらん所には、一伽藍をたてんと願しおほして、もとめたまひけるに、いてきたる所そかし、極楽寺は、おさなき御心に、いかてかおほしめしよらせ給けむ、さるへきにて、御爪もおち、おさなくおはします人にもおほせられけるにこそは侍りけめ、さてやむことなくならせたまひて、御堂たてさせにおはします御車に、貞信公はいとちゐさくしたてまつり給へりけるに、法性寺のまへわたり給とて、てゝこそたたこそよき堂所なんめれ、こゝにたてさせ給へかし

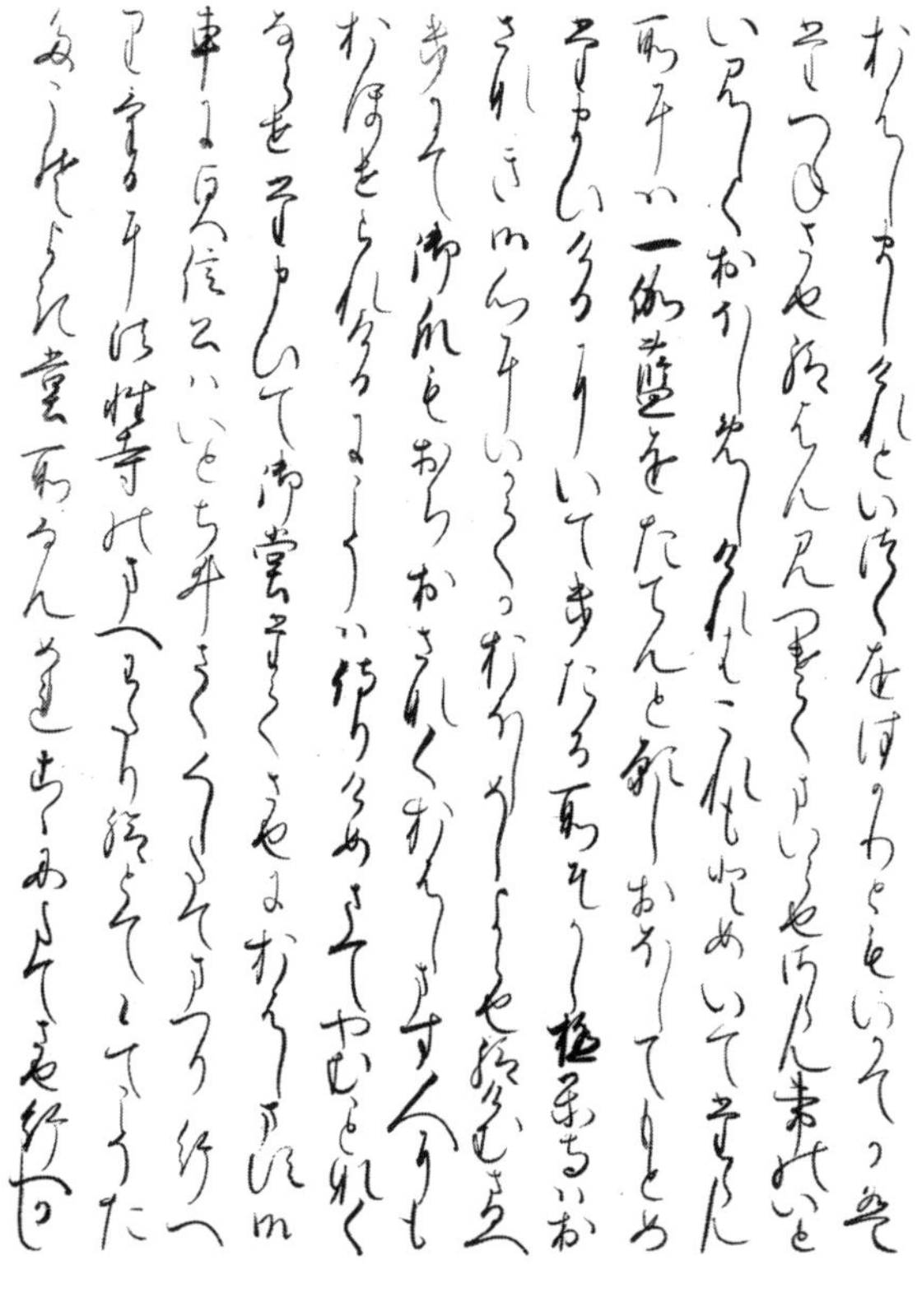

一 梵語「僧伽藍摩《そうがらんま》」の略。寺院の建物。寺。二 神仏に願を立てられて。三「おぼしめしよる」は「思ひ寄る」の尊敬語。考え及ばれる。お思いつきになる。四 そうなるはずの前世からの因縁で。五 藤原忠平。千葉本「貞信公」10オ6。六 底本「いとちゐさく」、東松本・近衛本（甲）・平松本「いとちゐさくて」。七 後に法性寺の造営された土地の前。まだ、その時は、法性寺は建立されていなかった。八 お父さま。「てて」は、平安時代に入ってから見える語で、幼児や女性の会話や女性の文章中で使用され、父親を親しみこめてよぶ語。「こそ」は、敬意や親愛の情を表す接尾語。九 底本「たたこそ」、東松本「こゝこそ」。一〇 堂を建てるのに適当な場所。

一 対称の代名詞。おまえ。『大鏡』に二例ある。何れも、親がその子供に対して使用している。親しみのある情がこめられている語のようである。中巻一〇三頁注九参照。二「ん（む）ず」は「むとす」の変化した助動詞。一説「み（「む」の連用形）す」の転じた語。ここでは、強い意志を表している。（するつもりだ。三 師輔。四 比叡山、横川《よかわ》の法華三昧堂。五 底本「いかてそ」、東松本・近衛本（甲）・平松本「いかにそ」。六 大僧正良源。延暦寺第十八代の座主。諡号、慈恵大師。師輔は良源を祈りの師とする。七 以下、世次のことば。八「このとのにこそは」の意。略された「に」は、断定の助動詞「なり」の連用形。

ときこえさせ給けるに、いかに見てかくいふらんとおほしてさしいてゝ御らんすれは、まことにいとよく見えけれは、おさなきめに、いかてかく見つらん、さるへきにこそあらめとおほしめして、けにいとよきところなめり[一]ましか堂をたてよ、われはしかくの事のありしかは、そこにたて[二]んするそと申させ給ひけるさて、法性寺はたてさせ給しなり、[三]又九条殿の[四]飯室のことなとは、[五]いかてそ、[六]横川の大僧正《慈恵》御房にのほらせ給ひし御共には、しけきまいりてはへりき、[七]かやうの事ともきゝ見たまふれと、なをこの入道殿よにすくれぬけいてさせ給へり、天地にうけられさせたまへるは、[八]このとのこそはおはしませ、なに事もをこな

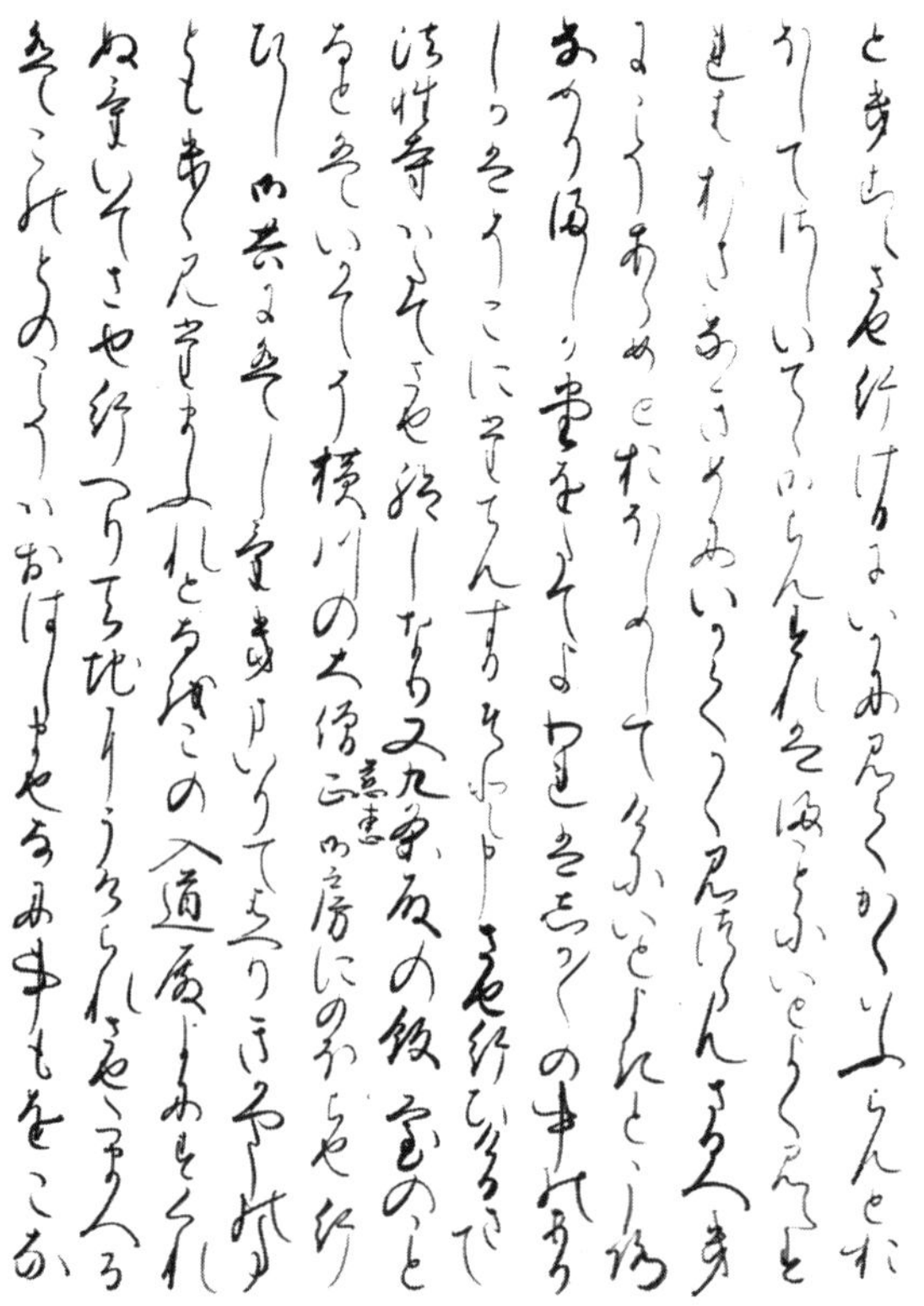

はせたまふおりに、いみしき大風ふきなか雨ふれとも、先二三日かねて[一]、そらはれ、つちかはくめりか〻れは[二]、或は聖徳太子のむまれ給へると申、或は[三]弘法大師の佛法興隆のためにむまれたまへるとも申めりけにそれは、おきならかさかなめ[四]にも、た〻人とは見えさせ給はさめりなを権者[五]にこそおはしますへかめれとなん、あふきみたてまつるかかれは、この御よのたのしきことかきりなし、その故はむかしは、殿はら宮はらの馬飼牛飼、なにの御霊会[六]祭[七]の料とて、銭帋こめなとこひの〻しりて、野山のくさをたにやはからせし、仕丁[八]お[九]ものもちいてきて、人のもの取奪事絶にたり、

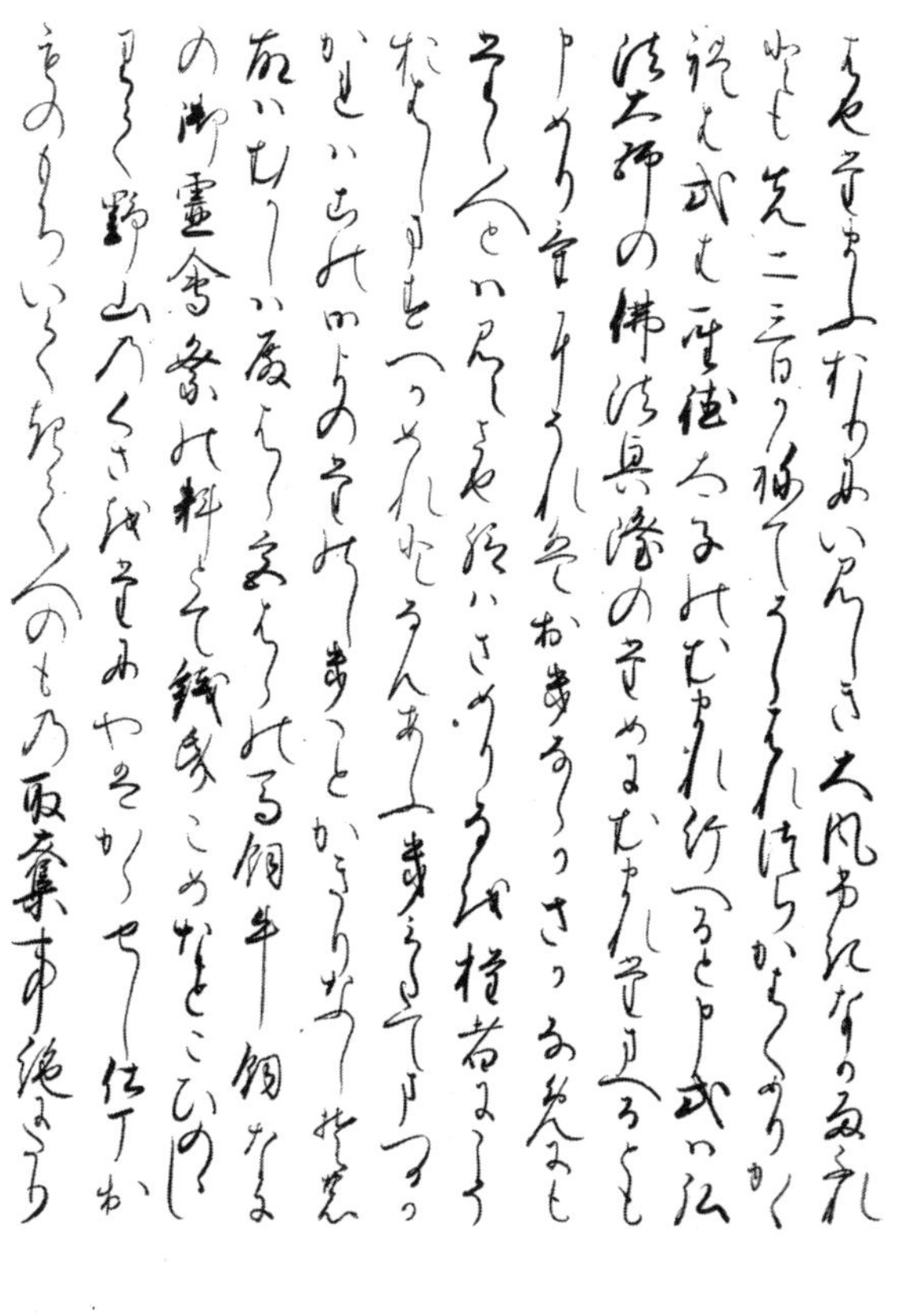

一 連語。多くは、日数を表す語について、まえから。二「あるいは」とよむ。ある者は。萩野本「あるひは」。「あるいは」は連語。ラ変動詞「あり」の連体形＋上代の副助詞（間投助詞とも）「い」＋係助詞「は」。三 東松本「あるいは」、八巻本「あるひは」。二に同じ。四 意地悪な目。「さがな」は形容詞「さがなし」の語幹。五 仏教語。神仏がかりに人の姿になって、この世に現れること。「権」は「仮《かり》」の意。八巻本「権者《ごんじや》」、『黒本本節用集』『伊京集』『天正本節用集』『易林本節用集』「権者《ゴンジヤ》」。六 たたりをする死者の魂や疫病の神を鎮める祭り。七 祭の費用。『色葉字類抄』「料《レウ》」。八 宮中・官庁・貴族の雑役に使われる男。千葉本「仕丁《シチヤウ》」22オ1。九「お物持」か。荷をかつぐ男の意。

又[一]、里の刀祢村の[二]行事いてきて、火祭[三]やなにや
と煩しくせめしことゝ、いまはきこえす、かはかり安
穏泰平なる時にはあひなんやとおもふは、お
きならかいやしきやとりも、帯ひもをとき、門
をたにさゝてやすらかに[四]のいふしたれは、としも[五]わか
え、[六]いのちのひたるそかし、先は、北野賀茂河原
につくりたるまめさゝけうりなすひといふもの、この
なかころは、さらに術なかりしものをや、このとし
ころはいとこそ[七]たのしけれ、人のとらぬをは[八]さる
ものにて、馬牛たにそはまぬ、されは、たゝまかせす
てつゝおきたるそかし、かくたのしき[九]祢勒のよ
にこそあひて侍れやといふめれは、いまひとりのお

一 奈良時代・平安時代、村や里の長《おさ》で、公事に関係する者。『色葉字類抄』「刀祢《トネ》」。二 ある物事を主に担当するもの。当事者。世話役。責任者。三 火災がおきないように祈る祭。四 「のきふす」のイ音便。あおむけになって寝る。『類聚名義抄』「偃《フス》 タフル ノイフス ノク ヤスム（略）」。五 ヤ行下二段動詞。若くなる。若返る。六 底本「いのち」、東松本・近衛本（甲）・平松本「いのちも」。七 物質的に豊かである。豊かに富む。八 もちろんのことで。九 菩薩の一つ。兜率天《とそつてん》に住み、釈迦入滅後、五十六億七千万年たってこの世に現れ、人々を救うといわれた仏。底本「祢勒」、東松本・近衛本（甲）・平松本「弥勒」。

一 「御堂」は、法成寺。二 底本など「人はたへかたけに申めれ」。東松本「人は

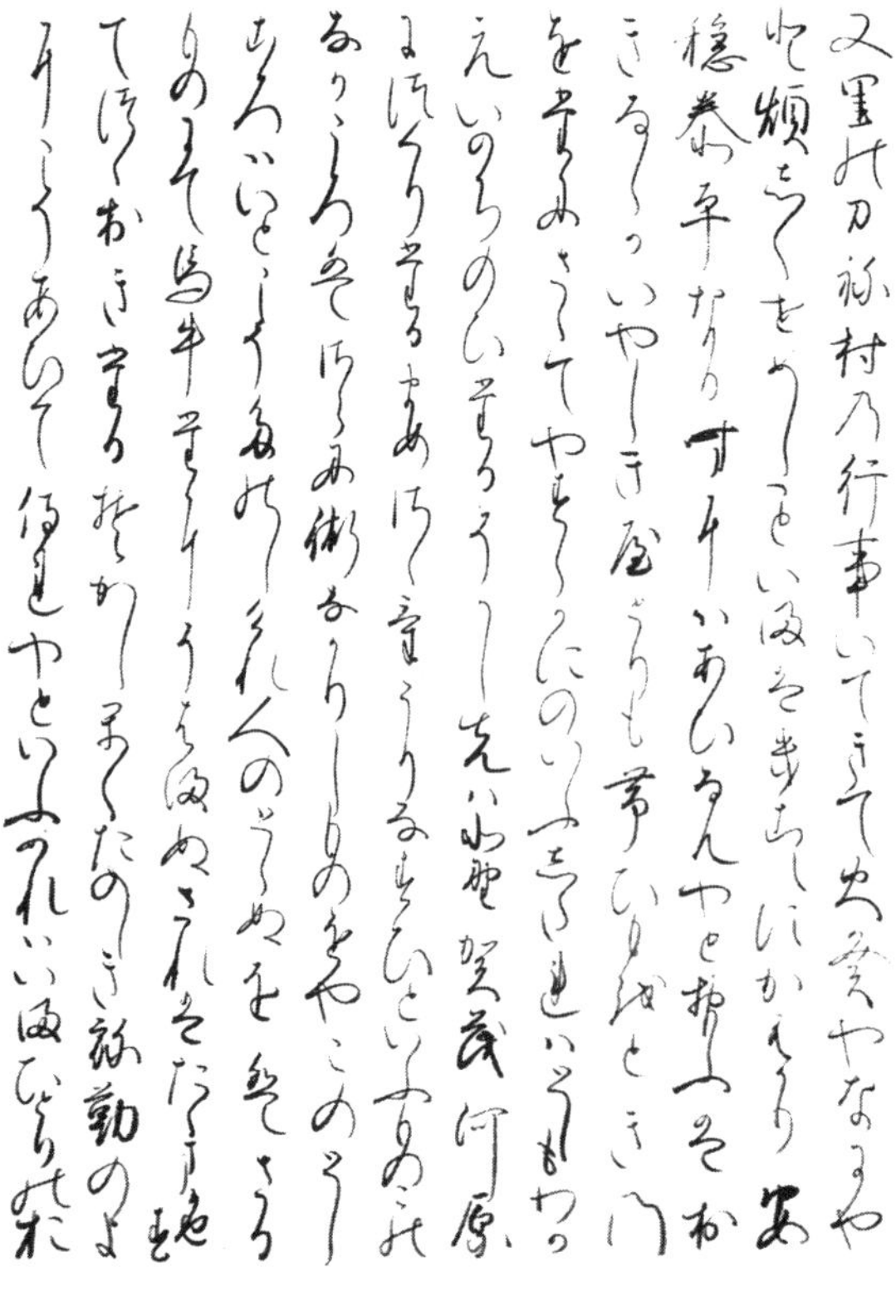

きなたゝいまはこの[一]御堂の夫を頻にめす事こそ
は、[二]人はたへかたけに申めれ、[三]それはさはきゝ給
はぬかといふめれは、世次しかく、そのことそある、二
三日ませにめすそかし、されと、[四]それいるにあしか
らす、ゆへは極楽浄土のあらたにあらはれいて
給へきためにめすなり、とおもひはへれは、[五]いか
て、ちからたへはまいりてつかうまつらん、行する
に、この御堂のくさきとなりにしかなとこそ思
侍れ、されはもの心しりたらん人は、のそみて
もまいるへきなり、されは、おきならまたあらし、
一度かゝ[六]すたてまつり侍なり、さてまいりたれは、
あしきことやはある、飯酒しけくたひもちてまいる[七]くた

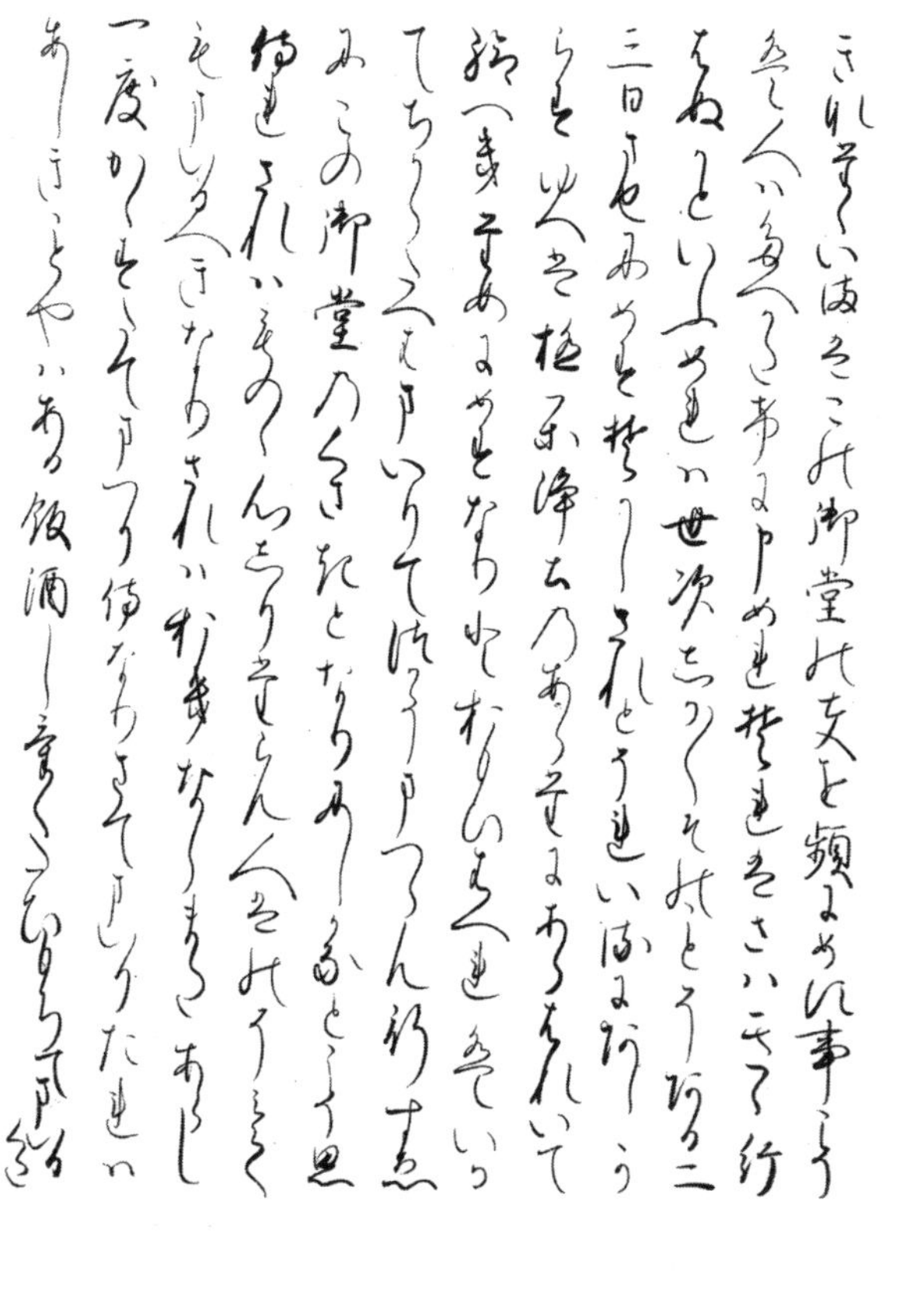

たへかたけに申めれと」とあるようにも見えるが、斜線で消している、いわゆる見せ消ちのようである。**三** 対称の代名詞。お前。あなた。重木の世次に対する詞中。**四** 底本「それいるに」、東松本・近衛本（甲）・平松本「それまいるに」。**五** 何とかして。「まいりてつかうまつらん」に掛かる。この「いかで」を、次の文の「なりにしがな」に掛かると捉える説（松尾聰『大鏡抄』笠間書院　一九六八年　一三七頁注(5)）もある。一般に、「いかで」が、「いかでかぐや姫を得てしがな」（『竹取物語』）のごとく、希望の語を伴うときは、終助詞「てしがな」などを伴うとされるが、「む」や「じ」を伴う例もある。『大鏡』から用例を挙げる。「いかてよの中の見きく事をもきこえあはせん」（序）「いかで啓せしめんと」（太政大臣　道長上）「いかてふ月なか月にしにせし」（太政大臣　道長下）。**六** 私（世次）が御堂に人々を献上しているのです。**七** 果物のほか、軽い食べ物や酒のさかな。

ものをさへめくみたひ、つねにつかうまつるものは、衣裳をさへこそあてをこなは一しめ給へ、されはまいる下人も、いみしう二いそかしかりてそ、すゝみつとふめるといへは、三しか、それ、さる事に侍り、四たゝし、おきならか思ひえて侍るやうは、いとたのもしきなり、おきないまた世に侍るに、衣裳やれ、むつかしきめみ侍らす、又飯酒ともしき目み侍らす、もし五この事とものなからん時は、六帋三枚をそもとむへきゆへは、入道殿下の御前に、申文をたてまつるへきなり、そのふみにつくるへきやうは、翁、故太政大臣七貞信公殿下の御時の八小舎人わらはなり、それおほくのとしつもりて、術なくなりて侍、九閣下のきみ、

一「しめ」は、尊敬の助動詞「しむ」の連用形。二「いそがしがる」は、いそいそと進んでする。「がる」は、接尾語。三 重木のことば。「しか」は、副詞。そのとおり。そう。相手の言う事を肯定して相づちを打つ意を表す。感動詞的に用いられる。四「ただし」は、接続詞。とはいうものの。しかしながら。五 底本「この事とものなからん」、東松本・近衛本（甲）・平松本「この事ともの術なからん」。なお、「術」、千葉本「術《シユツ》」25ウ7。六 紙。『類聚名義抄』「紙《カミ》・古帋」。

七 藤原忠平の諡《おくりな》。読みについては、千葉本10オ6参照。八 上巻八頁注三参照。九 高位・高官に対する尊称。ここでは、道長のこと。

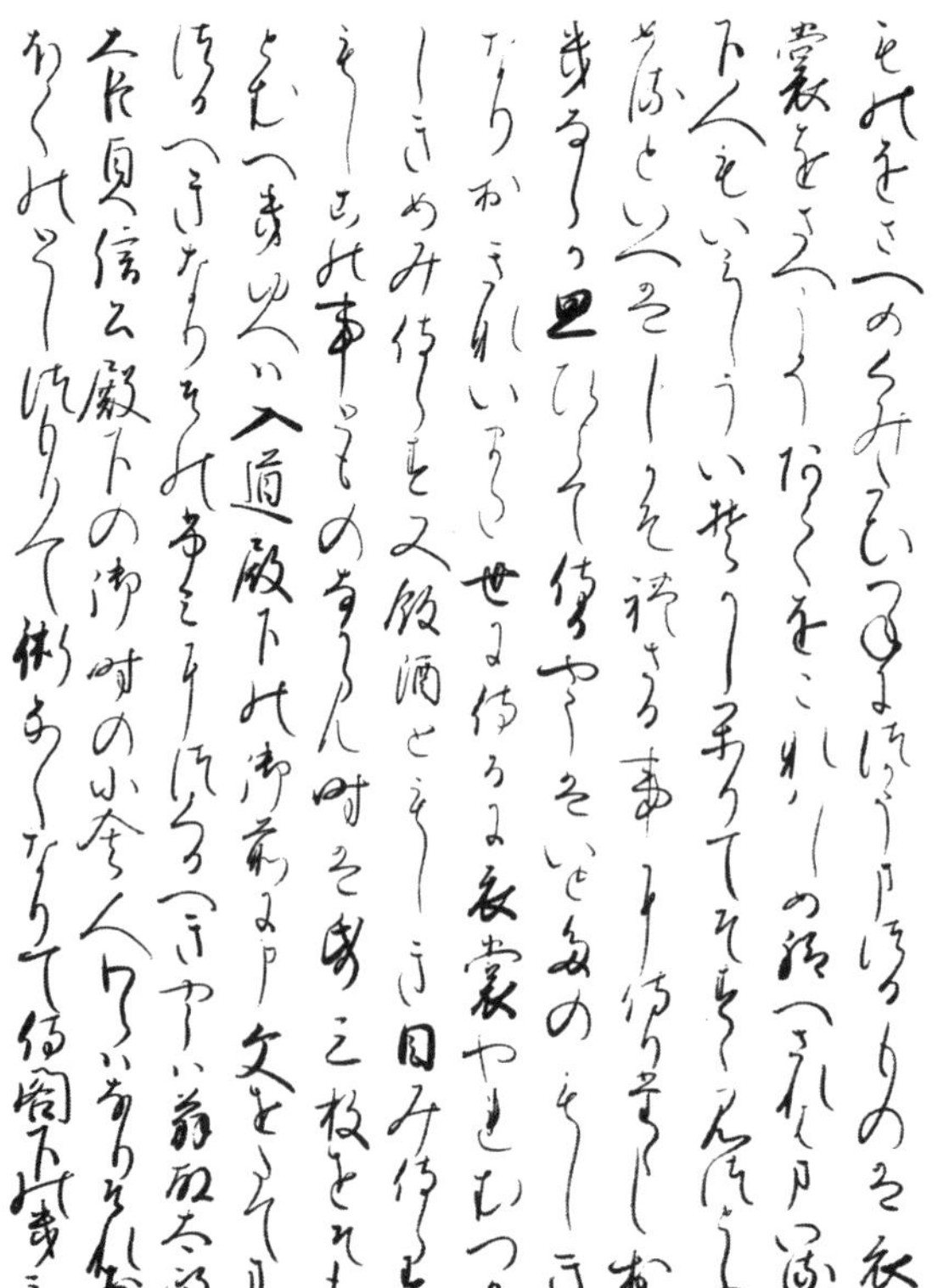

一するゐのいゐの子におはしませ、はおなしきみとたのみ
あふきたてまつるものすこしめくみ給らん
と申さむには、少々のものはたはしやはと思へ
は、それは二案のものにて、倉に置たることくになん
おもひ侍といへは、世次、それはけにさる事なり、
家貧ならんおりは、御寺に申文をたてまつら
三しめんとなむ、いやしき四童部とうちかたらひ侍
と、おなし心にいひかはす、五さても〳〵、うれしう対面し
たるかなとしころの袋のくちあけ、ほころひをた
ち侍りぬる事、六さても、このの〻しる無量寿院に
は、七いくたひまいりておかみたてまつりたまひつと
いへは、をのれは、八大御堂の供養の年の九会の

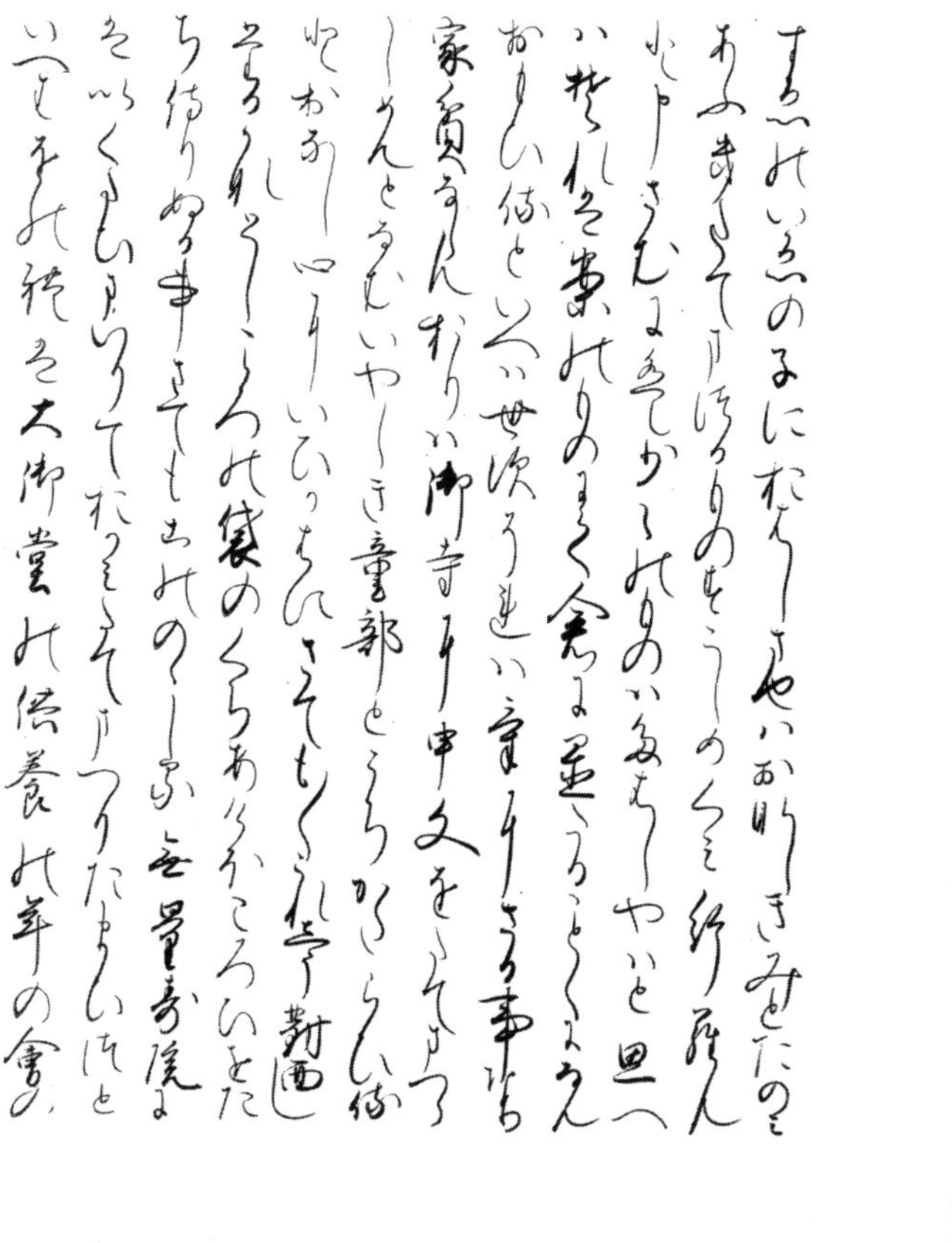

一 故殿下の子孫。二 机に載せてあるのも同然で。「案」は、机。三 「しめ」は謙譲。謙譲語「たてまつる」について、その謙譲を深めた表現。四 自分の妻を、謙遜していう語。五 世次のことば。「さても〳〵」は、感動詞「さても」を強めた言い方。なんてまあ。六 接続詞。ところで。それはそうと。七 「いくたび」は疑問の副詞。「たまひつ」と呼応している。「つ」は完了の助動詞終止形。この形で特に問題はない。『大鏡』における疑問詞に対する結びの問題については拙稿「大鏡注釈二題」（『言語変化の分析と理論』おうふう 二〇一一年）を参照。八 金堂。九 法会の日。治安二年（一〇二二）七月十四日。

日は、人いみしうはらふへかなりときゝしかは、[一]試楽といふこと、[二]三日かねてせしめ[三]たまひしになん、まいりて侍しといへは、世次、をのれは、たひ〱まいり侍り、供養の日のありさまのめてたさは、さらにもあらすや、[四]又の日、けふは、御ほとけなとちかうておかみたてまつらん、ものとも[五]とりをかれぬさきにとおもひて、まいりて侍しに、[六]みやたちの諸堂おかみたてまつらせたまひし、見まうし侍りしこそ、かゝる事に[七]あらんとて、いまゝていきたるなりけりと、おほえ侍しか、物おほえてのち、さる事をこそまた[八]見るらね、[九]御てくるまに、四所[一〇]たてまつりたりしそかし、くちに[一一]太宮《上東門》[一二]皇太后宮《枇杷》、御袖はかりを[一三]いさゝかさしい

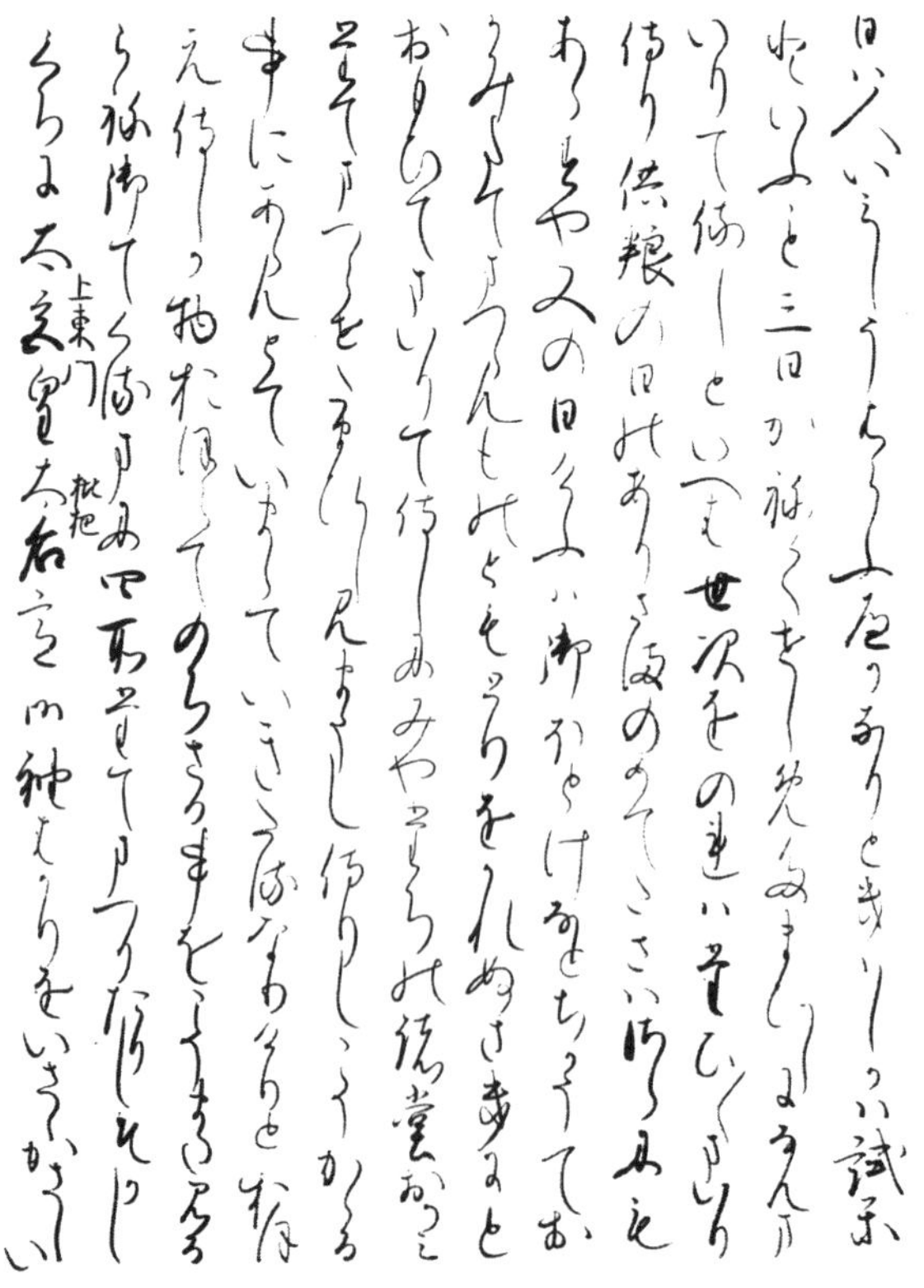

一 公式の行事として行われる、本番前の舞楽の予行演習。二 三日前に。三 「しめ」は尊敬語。四 会の翌十五日。「又の日」は連語で、次の日。翌日。五 取り片付けられない前に。六 彰子・妍子・威子・嬉子・一品の宮の宮様方。七 底本「あらんとて」、東松本・近衛本（甲）・平松本「あはんとて」。八 底本「見るらね」、東松本・近衛本（甲）・平松本「み侍らね」。九 輿《こし》に小さな車輪を付け、人の手で動かす車。「手車の宣旨」を受けた皇太子・親王・内親王・女御・大臣などの乗用。一〇 お乗りになったのですよ。一一 彰子。東松本・底本「太宮」。近衛本（甲）・平松本「大宮」。一二 妍子。東松本「皇大后宮」、底本・近衛本（甲）・平松本「皇太后宮」。一三 「出だし衣《ぎぬ》」のこと。

たさせ給て侍りしに、[一]枇杷殿の宮の[二]御くしの、つちにいとなかくひかれさせ給ていてさせ給へりしは、いとめつらかなりしことかなしりのかたには、[三]中宮《威子》[四]かむ《嬉子》の殿たてまつりて、たゝ御身はかり御くるまにおはしますやうにて、御そともはみなゝからいてゝ、それもつちまてこそひかれ侍しか、[五]一品宮《陽明門院》もなかにたてまつりたりけるにや、[六]御衣ともは、なにかしぬしのもちたうひ、御くるまのしりにそ候はれし、[七]ひとへの御そはかりをたてまつりておはしましけるなめり、御車には、[八]まうち君たちひかれて、しりには、[九]関白殿をはしめたてまつり、殿はら、[一〇]さらぬ上達部殿上人、御直衣にてあゆみ

一 妍子。二「ミグシ」。貴人の髪の尊敬語。『運歩色葉集』「御頭《ミクシ》」。三 威子。四 嬉子。五 禎子。六 千葉本15ウ7「御衣《オンゾ》」。七 単衣《ひとえぎぬ》。男女とも装束の下に肌着として着た、裏地のない衣。八「まへつきみ」の変化した語。本来は、天皇の御前に候う四、五位の臣をいうが、ここでは、道長に仕える四、五位の人をいうのであろう。九 関白頼通。一〇 それ以外の。そのほかの。

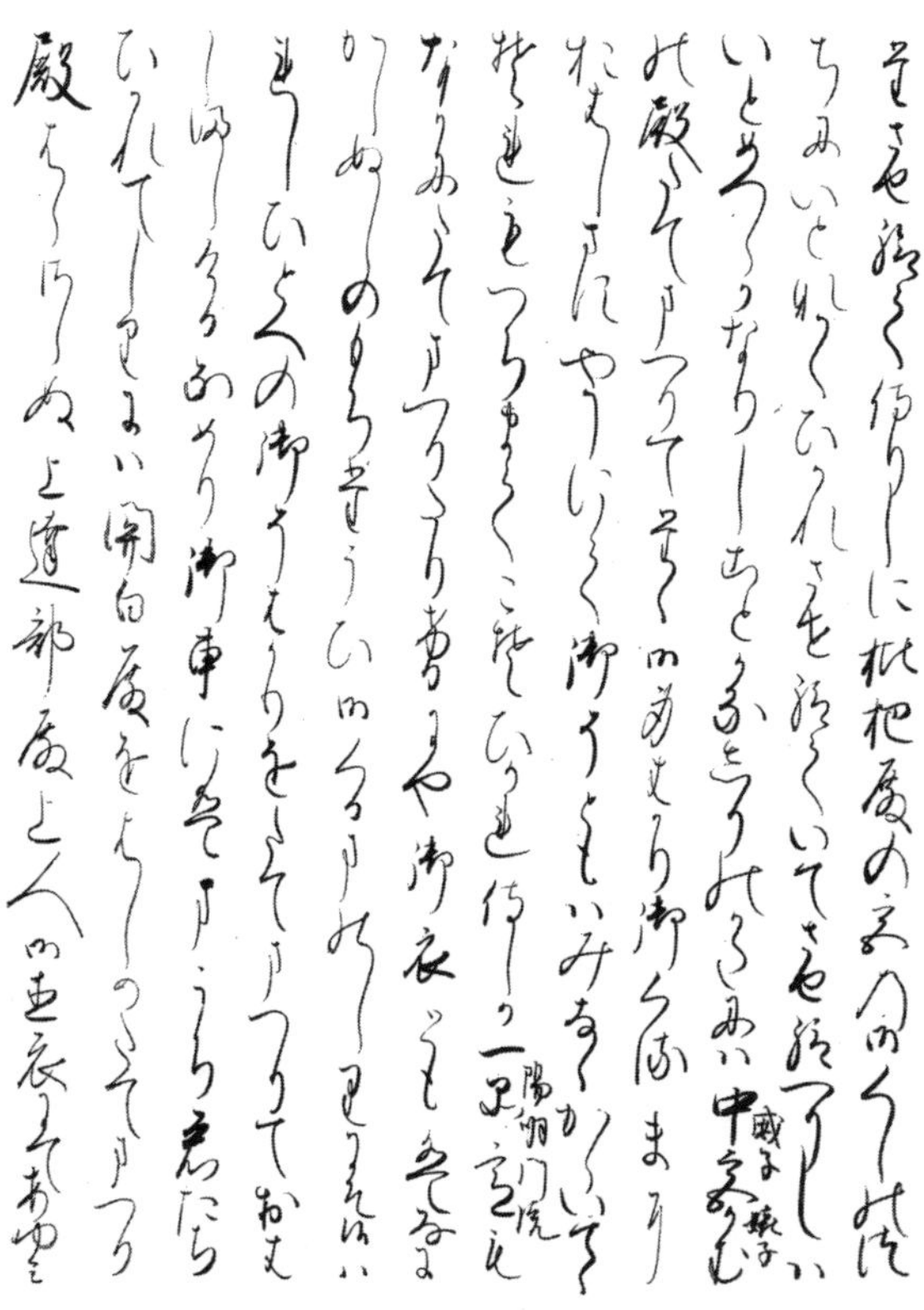

つゝかせ給へりしいてあないみしや、一中宮権大夫殿のみそ、二堅固御物忌にてまいらせ給はさりし、さて、いみしくゝちおしからせ給ける、中宮の御装束は、権大夫殿せさせ給へりし、いときよらにてこそ見え侍しか、三供養の日、啓すへき事ありて、おはします所にまいりて、四五所ゐならはせ給へりしを見たてまつりしかは、中宮の御衣の優に見えしは、我したれはにやとこそ、五大夫殿おほせられけれ、かくくちはかりさかしたち侍れと、下臈のつたなき事は、いつれの御衣も、ほとへぬれは、いろとも六のつふとわすれ侍にけるよ、ことにめてたくせさせ給へりけれはにや、したは紅薄物の御七単衣重にや、御うはき

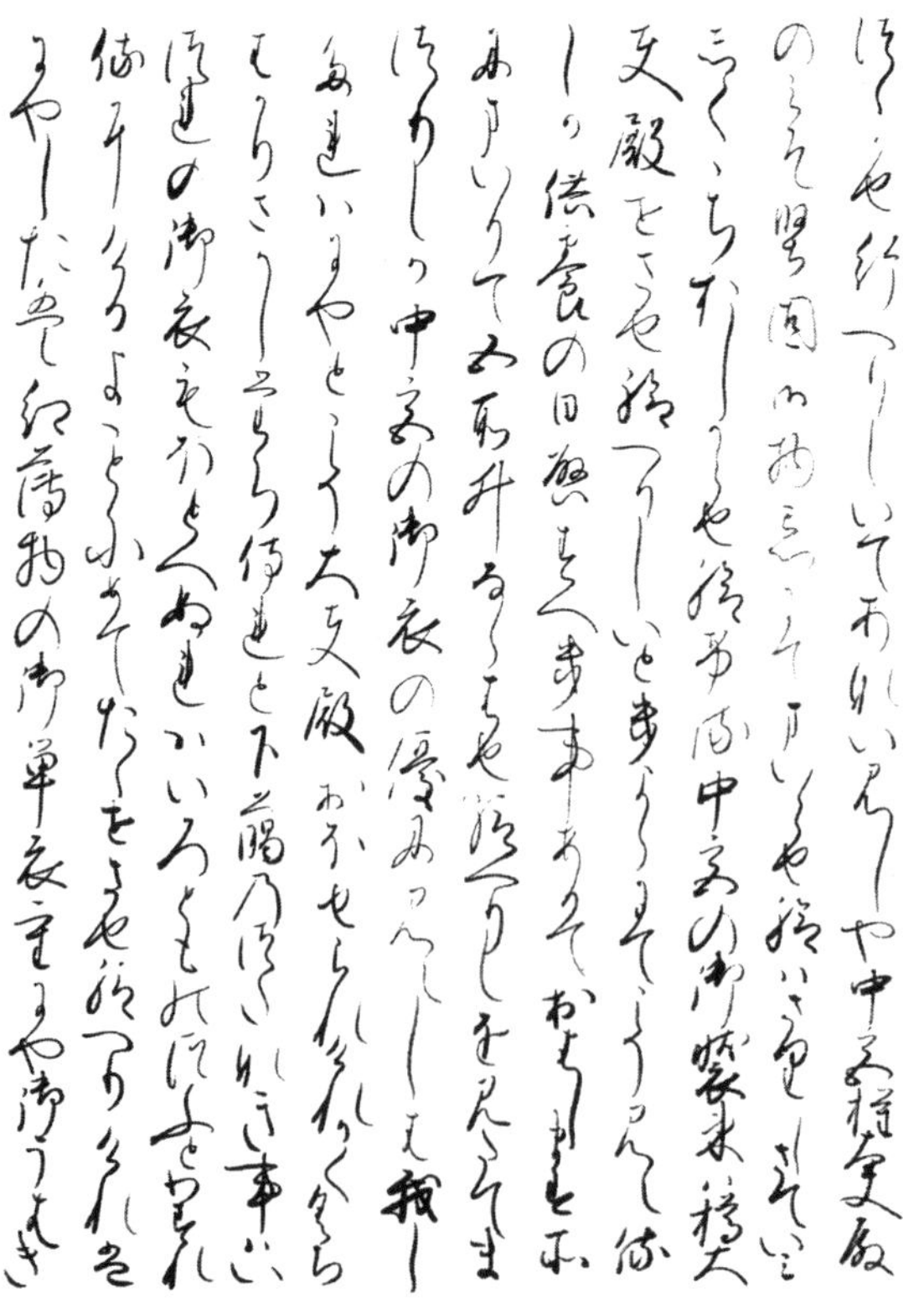

一 能信。「中宮」は、威子。二 底本「堅固御物忌」、千葉本系の諸本、徳川本系の蓬左本・桂宮本（乙）などに異同はないが、異本系の萩野本には、「堅固の御いみ」、八巻本には「堅固物忌《げんごのものいみ》」とある。「堅固」、『黒川本色葉字類抄』に「堅固《ケンコ》人情部」。三 金堂供養の日。供養の日は、物忌の日にかかっていなかった。四 彰子・妍子・威子・嬉子・禎子。五 能信のこと。「権」を略している表現。六 すっかり。七 単《ひとえ》二領を重ね、袖口・裾などを糊《のり》で捻り重ねたもの。

よくもおほえ侍らす、[一]萩のをりもの〻みへかさねの御唐衣に、[二]あきの〻をぬひものにし、ゑにもか〻れたるにやとそめもと〻ろきて見たまへしこと宮〳〵のも、殿はらの調してたてまつらせ給へりけるとそ、人まし〻、[三]大宮は、[四]二重織物をりかさねられて侍し、[五]皇大后宮は、[六]そうしてから装束かんのとの〻は、[七]殿こそせさせたまへりしか、こと御方〳〵のも、ゑかきなとせられたりときかせたまて、にはかに[八]薄をしなとせられたりけれは、入道殿御らんして、よき[九]咒師の装束かなとて、わらひ申させ給けりとのは先御堂々々あけつ〻まち申させ給、[一〇]南大門のほとにてみまし〻たに、[一一]ゑましくおほえ侍りしに、御

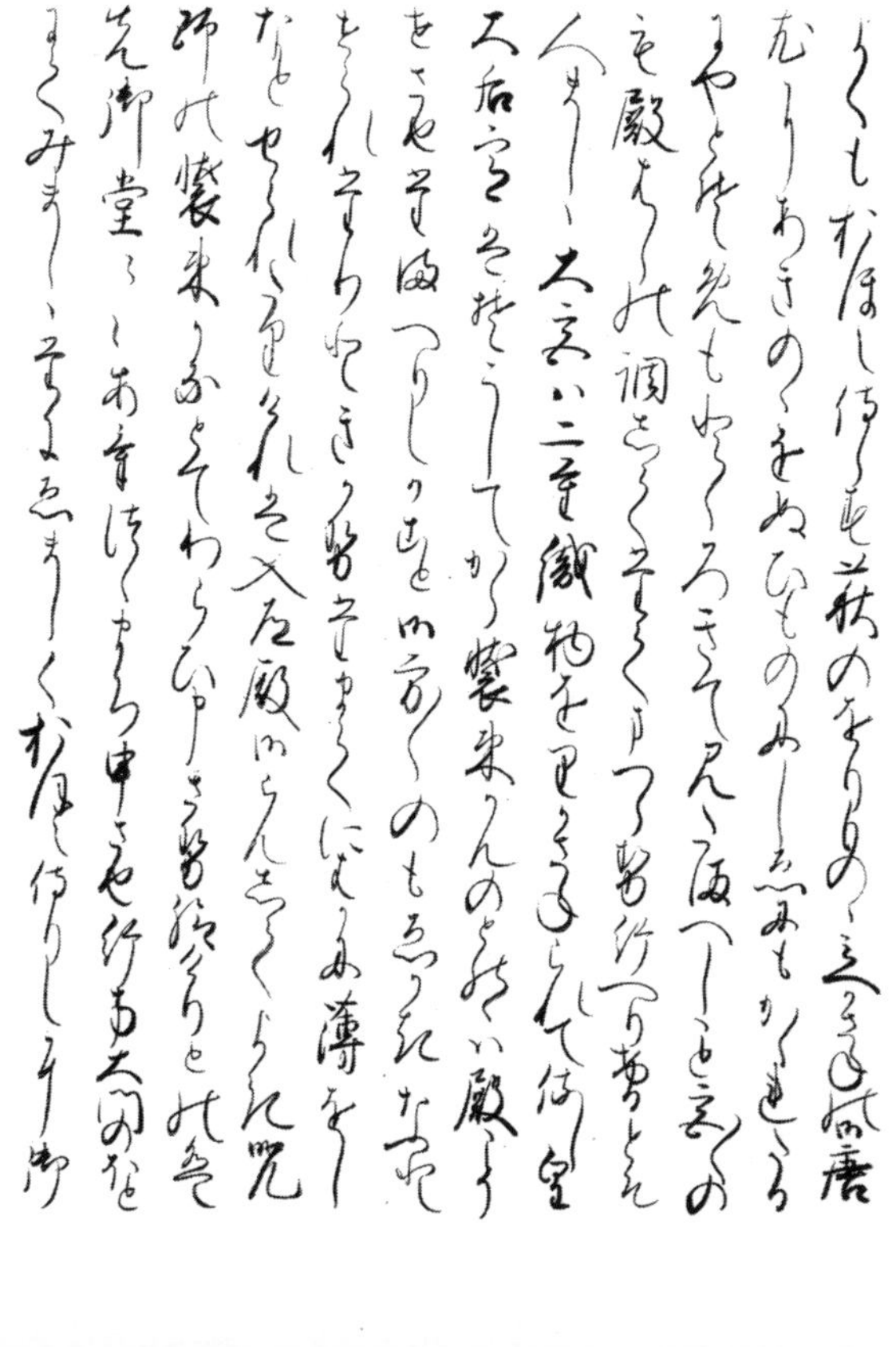

一 地紋に萩（表青、裏赤）の織物の三重襲の唐衣。二 秋の野の模様を刺繍にし。三 申しし。四 綾の地紋のある上に、更に別の色糸で紋様を織り出したもの。五 妍子。底本など「皇大后宮」、平松本「皇太后宮」。六 総じて。七 頼通。八 箔《はく》のこと。金銀などの箔。物に押し付けて飾りにする。九 猿楽の一種で、今の奇術師のようなものらしい。一〇 法成寺の南面に位置する総門。一一 「ゑむ」の形容詞。ほほえましい。

堂のわたとのゝ物のはさまより、一品宮の弁のめの[一]と、いま一人は、それも一品宮の大輔[二]のめのと、中[三]将のめのとゝかや、三人とそうけたまはりし、御くるまよりおりおりさせ給て、[四]ゐさりつゝかせ給へるを、見たてまつりたるそかし、おそろしさにわなゝかれしかとけふ、[五]さはかりのことはありなんやと思ひて、見まいらするに、[六]なとてかはとは申なから、いつれときこえさすへきにもなく、とり〳〵にめてたくおはし[七]まさふ、太宮[八]、御くし、御衣のすそにあまらせ給へり、中宮は、たけにすこしあまらせたまへり、[九]皇大后宮は、御衣に一尺はかりあまらせ給へる、御すそ、あふきのやうにそ、かんの殿、御たけに七八寸あまらせ給へり、御あふ

一 阿波守藤原順時のむすめ。二 源兼澄のむすめ。中務大輔周頼の妾。三 未詳。四 御堂内を膝行して歩かれるのを。五 今日は格別おめでたい日であるから、おとがめを受けることはありますまい。六 どうして、お美しくないことがあろうか。「かは」は、反語。七 「おはしまさふ」は、「おはしましあふ」の変化した語、「おはします」の主語の複数形。ここでは、補助動詞の用法。て（で）いらっしゃる。「おはさふ」より、敬意は高い。八 底本「太宮」、萩野本、八巻本など「大宮」。九 底本「皇大后宮」、萩野本「皇太后宮」。

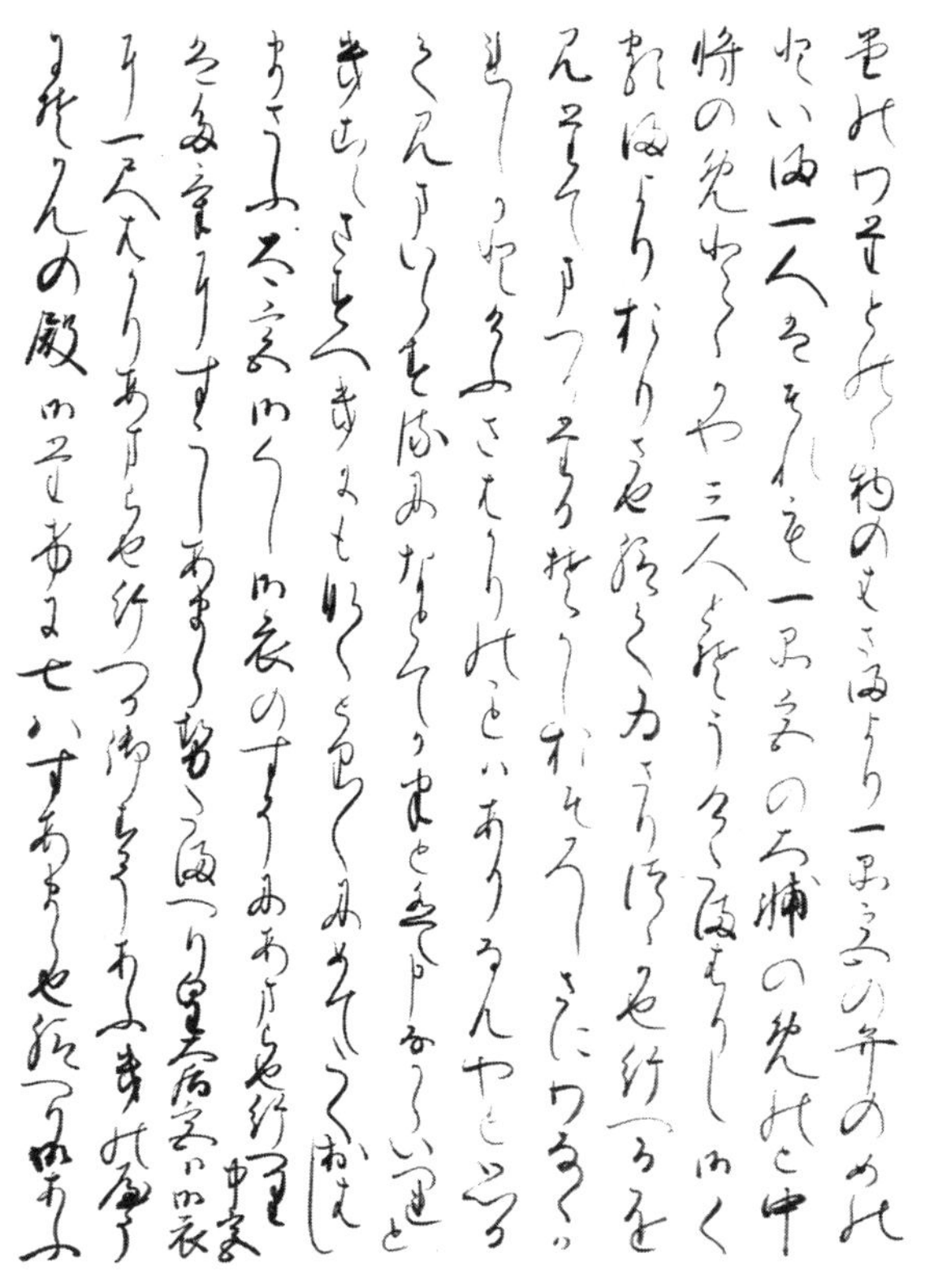

きすこしのけてさしかくさせ給ける、一品の宮は、一殿の御前、二なにかゐさせ給、たゝせ給へとて、三なけしおりのほらせ給御手をとらへつゝ、たすけ申させ給、あまりなることは、四目もことろく心ちなんし給ける、あらはならすひきふたきなと、五つくろはせたまひけるほとに、六御らんしつけられたるものかは、あないみし、宮つかへにすくせのつくる日なりけりと、いける心ちもせて、三人なからさふらひ給けるほとに、みやたち見たてまつりつるか、いかゝおはしましつる、七この老法師のむすめたちにはけしうはあらすおはしまさふな、八あなつられそよとうちゑみておほせられかけて、九いたうもふたかせ給はておはしまし

一 道長のこと。二 何だって、すわっていらっしゃるのですか。「ゐる」は、座る。三 下長押《しもなげし》。現在の敷居。四 底本など「目もことろく」、東松本「目ももとろく」。目もくらむような。「もどろく」は、まぎれみだれる。五 道長殿が取りつくろっていらっしゃったとき。六 自分たち三人が、のぞき見している姿が、道長の御目にとまっているではないか。「か」は係助詞。「は」は詠嘆の終助詞。七 道長の謙遜のことば。八 あなどりなさいますな。「な…そ」は、禁止の終助詞「な」に比し、あつらえ、懇願の意を含む。九 たいして宮たちのお姿をおかくしにならないで。

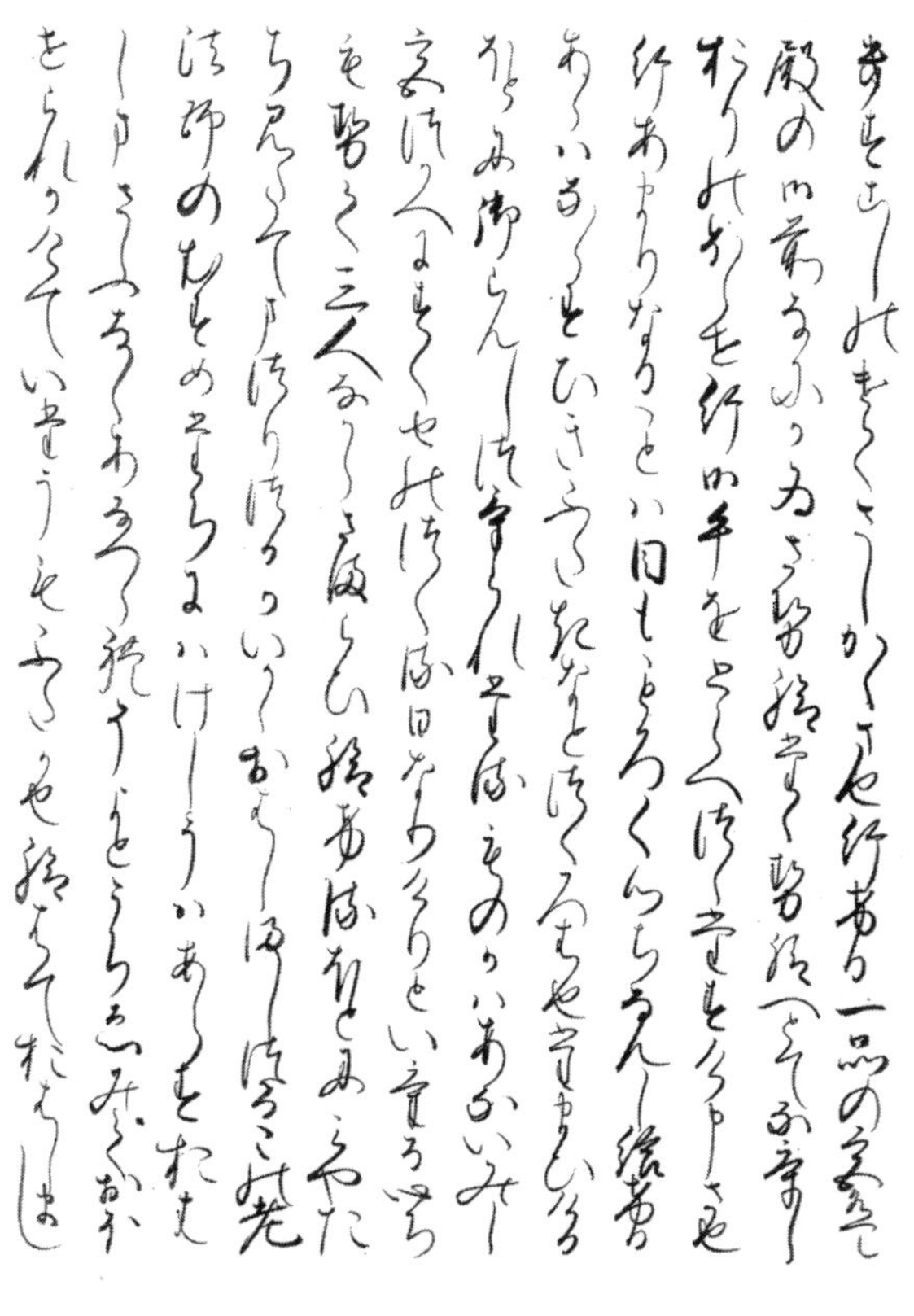

一 底本「さま〳〵あせ水になりて」、東松本「さま〳〵にあせ水になりて」。二 私たちのようなそれほどでもない人間でさえ。三 ふざけた。「あざる」は、自動詞下二段。四 副詞。とりわけ。切実に。五 「さはれ」は、「さはあれ」の変化

たりしなむ、いきいてたるこゝちして、うれしなとはいふへきやうもなく、かたみにみれは、かほはそこらけさうしたりつれと、[一]くさのはのいろのやうにて、又あかくなりなと、さま〴〵あせ水になりて、みかはしたり、[二]さらぬ人たに、[三]あされたるもののそきは、いと便なき事にするを、[四]せめてめてたうおほしめしけれは、御よろこひにたへて、[五]さはれとおほしめしつるにこそと思なすも、[六]心おこりなむすると[七]のたうひ[八]いまさうしける、かやうの事ともを[九]見たまふまゝには、いとゝもこのよの栄花の御さかえのみおほえて、[一〇]染着の心の[一一]いとゝますぐ〵におこりつゝ、道心つくへくも侍らぬに、河内国そこぐ〵に

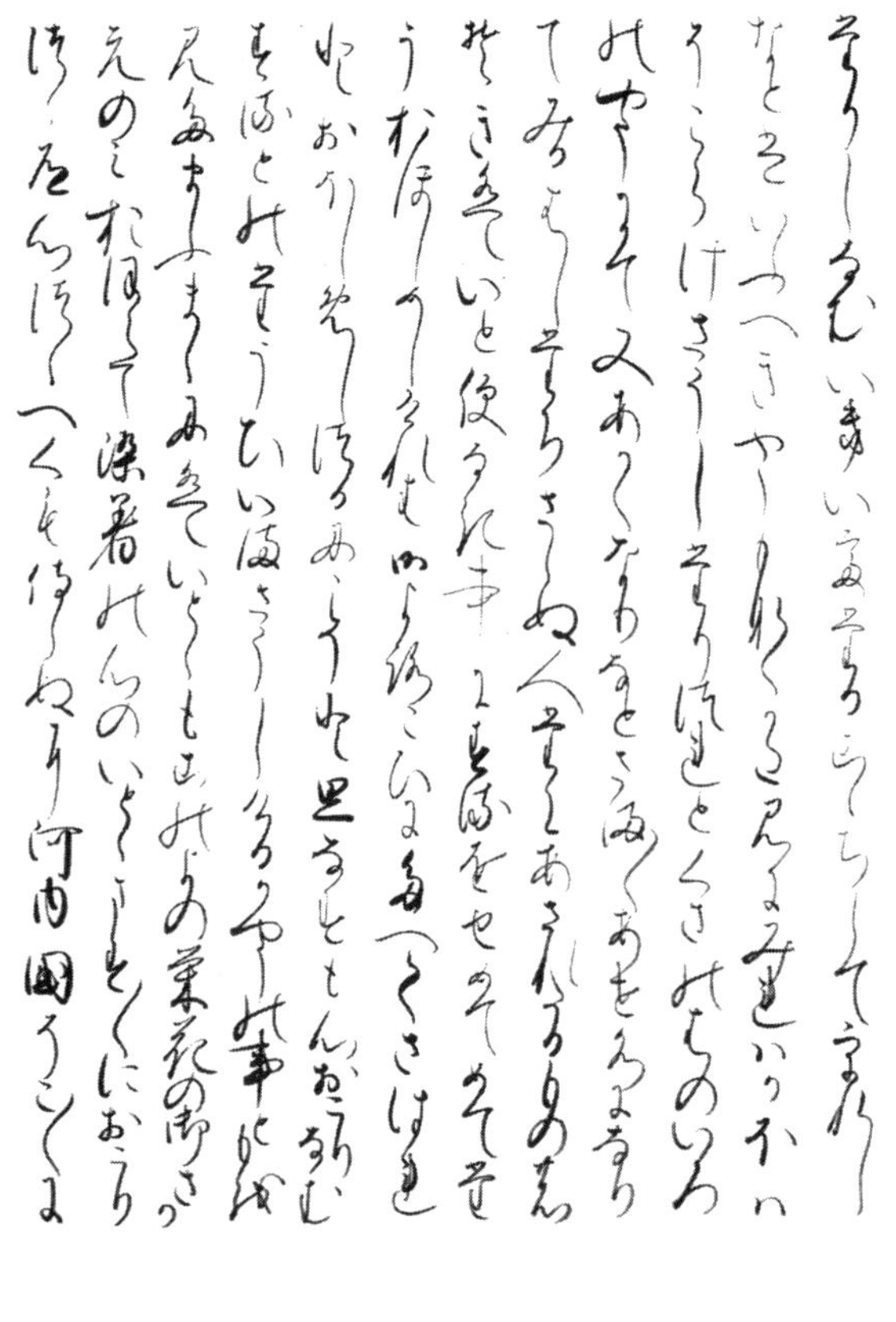

した語。ままよ。それくらいはまあよかろう。六 自分たち（乳母たち）は（道長のとりわけ可愛がっていらっしゃた外孫の）一品宮の乳母として自慢したい気がしますよ。七「のたうぶ」は「言ふ」の尊敬語。『大鏡』には使用例極めて少なく、敬意もかなり低い。八 補助動詞。「いまさうず」は「いまさふ」（「いましあふ」の約）の連用形「いまさひ」にサ変動詞「す」の承接した「いまさひす」の変化した語。従って、主語は複数。ここでは、乳母たちに対する尊称。『大鏡』には他に、本動詞の例で、「御房たちもいまさうじけり」（太政大臣 道長下）の一例がある。九 平安時代の語法としては「見たまふる」が正しい。萩野本「見給ふる」とある。謙譲の「給ふる」は、平安時代の後期頃から漸次衰退する傾向を示す。従って「給ふ」と「給ふる」との混乱が生ずる。その意味で、この例は、貴重な用例。一〇 仏語。せんぢやく。煩悩に心がとらわれること。一一 程度の副詞「いとど」（和文語）が、他の程度の副詞「マスマス」（訓読

すむなにかしの[一]聖人は、いほりよりいつることもせられねと、後世のせめをおもへはとて、[二]のほりまいらせたりけるに、[三]関白殿まいらせ給て、[四]雑人ともをはらひのゝしるに、これこそは[五]一の人におはすめれと見たてまつるに、入道殿の御まへに、[六]ゐさせ給へは、なをまさらせ給なりけりと見たてまつるほとに、又[七]行幸なりて、[八]乱声し、まちうけたてまつらせたまふさま、[九]御こしのいらせたまふほとなと、みたてまつりつる[一〇]とのたちの、かしこまり申させ給へは、なを国王こそ、日本第一の事なりけれと思に、おりおはしまして、阿祢陀堂の[一一]中尊の御まへについゐさせたまひて、おかみ申させ給しに、なを〱ほとけ

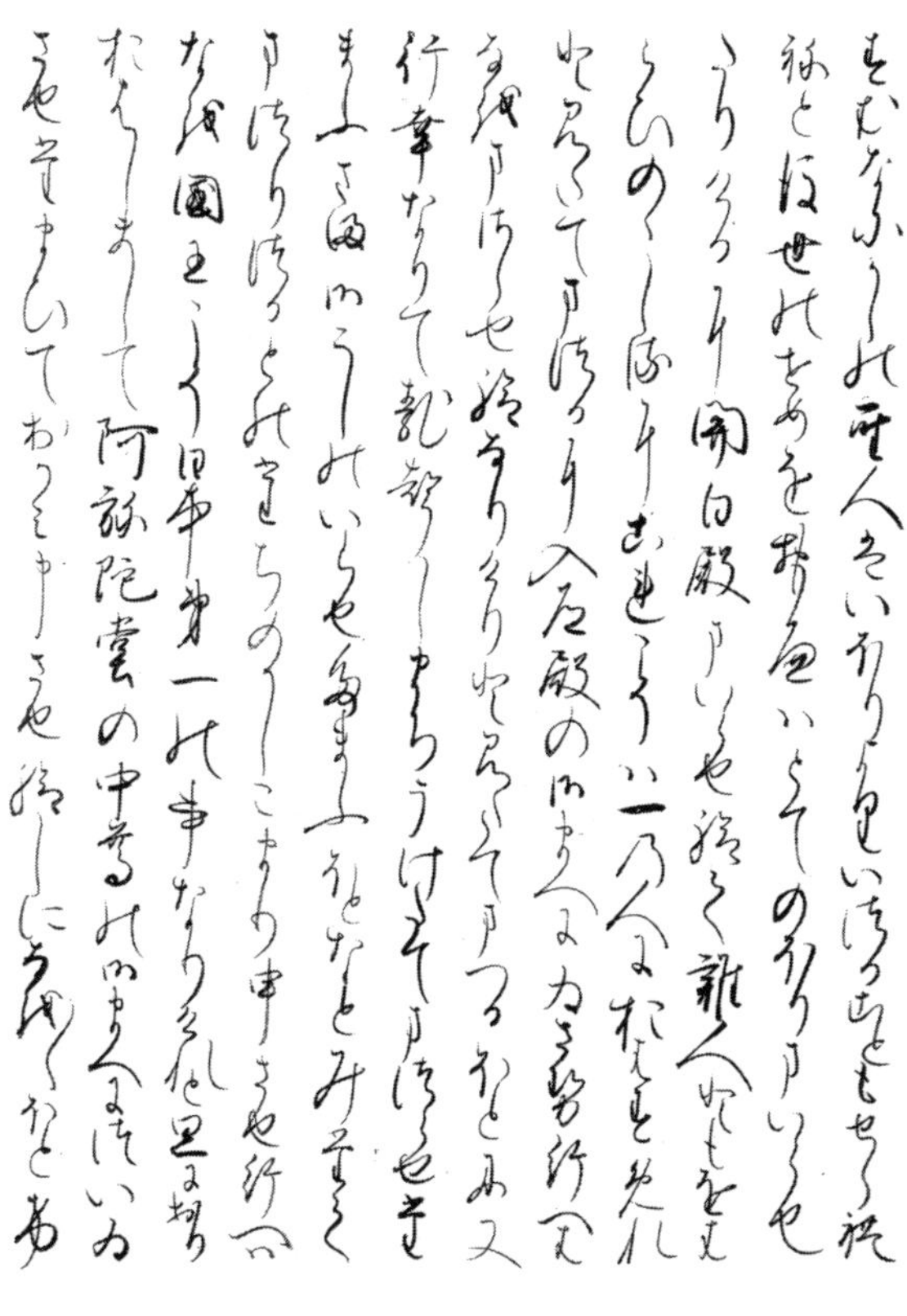

語）の属性を修飾している強調表現。この「いとどマスマス」は、平安時代・中世の主要な文芸作品には顕在しない。稀有な語法。

一 知徳を兼ねそなえたすぐれた僧。『色葉字類抄』「聖人《シャウニン》」。二 底本「のほりまいらせたりけるに」、東松本など「のほりまいられたりけるに」。三 頼通。四 下賤の人。召し使いや一般の庶民。五 現今の第一人者。六 「居《ゐ》る」は、ひざまづく。七 「なる」は、尊敬の意をもつ名詞について、全体で、きわめて高い敬意を表わす。通常前期鎌倉時代からの語法といわれるが、平安時代後期にもその用法がある。その意味で、「行幸なる」が『大鏡』に孤例ではあるが顕在しているのは注意してよい。八 行幸の車の到着を知らせる楽。笛や太鼓などで、急調子に奏でる。『黒川本色葉字抄』「乱声《ランシャウ》」。九 鳳輦《ほうれん》。行幸の際に用いた乗り物。屋形の上に金色の鳳凰《ほうおう》を飾り付けた輿。一〇 道長・頼通。一一 中央のご

本尊・阿弥陀如来。左右に脇侍として、観音・勢至の両菩薩が立つので、中尊という。

一 法会の庭。二 仏道に入る縁を結ぶこと。三 底本「太宮」、萩野本・八巻本「大宮」。彰子のこと。四 譲位後の天皇の尊敬語。上皇。五 皇太后もしくは内親王が出家して院号を受けられた方。六 僧に戒を授けるために設けた壇。七 仏門に入る者が戒律を受けること。正式に僧となること。八 世次の妻。「ども」は、身内を表す語について、謙遜を表す接尾語。九 髪の先端を削《そ》ぎ落として。「なん」の下に、「尼にならんと思ふ」などの省略とみる。底本「すゝきてんとなん」とあるが、東松本など、「すそゝきてんとなん」。

こそかみなくおはしましけれと、[一]この会のには
に かしこう[二]結縁し申て、道心なむいとゝ熟し
侍ぬるとこそ申され侍しか、かたはらにゐられ
たりしなりや、まことわすれ侍りにけり、よの中
の人の申やう、[三]太宮の入道せしめ給ひて、[四]太上天皇の
御位にならせ給て、[五]女院となむ申へきこの御寺に
[六]戒壇たてられて、[七]御受戒あるへかなれは、よの中のあま
ともまいりてうくへかんなりとてよろこひをこそ
なすなれ、この世次か[八]女ともかゝる事をつたへきゝて
申やう、をのれをそのおりにたにしらかの[九]すゝき
てんとなんなにかせいするとかたらひ侍れは、なに
せんにかせいせんたゝし、さらんのちにはわかゝらむ

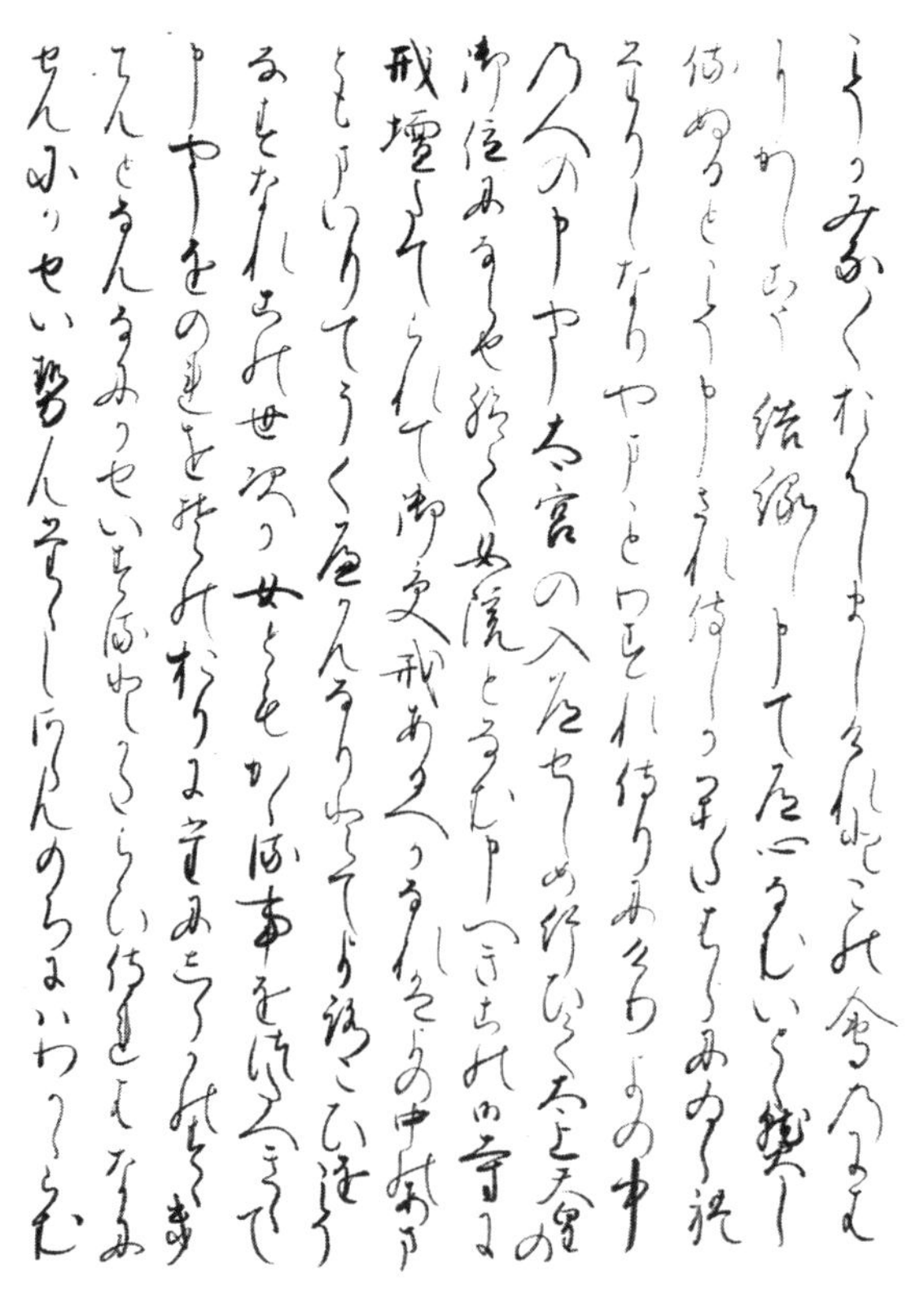

めのわらはへもとめてえさすはかりそといひ侍れは、わかめいなる女一人ありその[一]をいまよりいひかたらはんいとさしはなれたらんも、なさけなきこと[二]もそあると申せは、[三]それあるましきことなりちかくもとをくも、身のためにをろかならん人を、いまさらによすへきかはとなむかたらひ侍る、[四]やうく[五]もけさなとのまうけに、よきゝぬ一二疋[六]もとめまうけ侍るなといひて、さすかにいかにそや、ものあはれけなるけしきのいてきたるは、[七]女ともにそむかれんことの心ほそきにやとそ見え侍し、さてことし[八]こそ天変頻にし、よの妖言[九]なとよからすきこえ侍めれ、[一〇]かむのとのゝかく懐妊せしめたまふ、[一一]院の女御殿の、

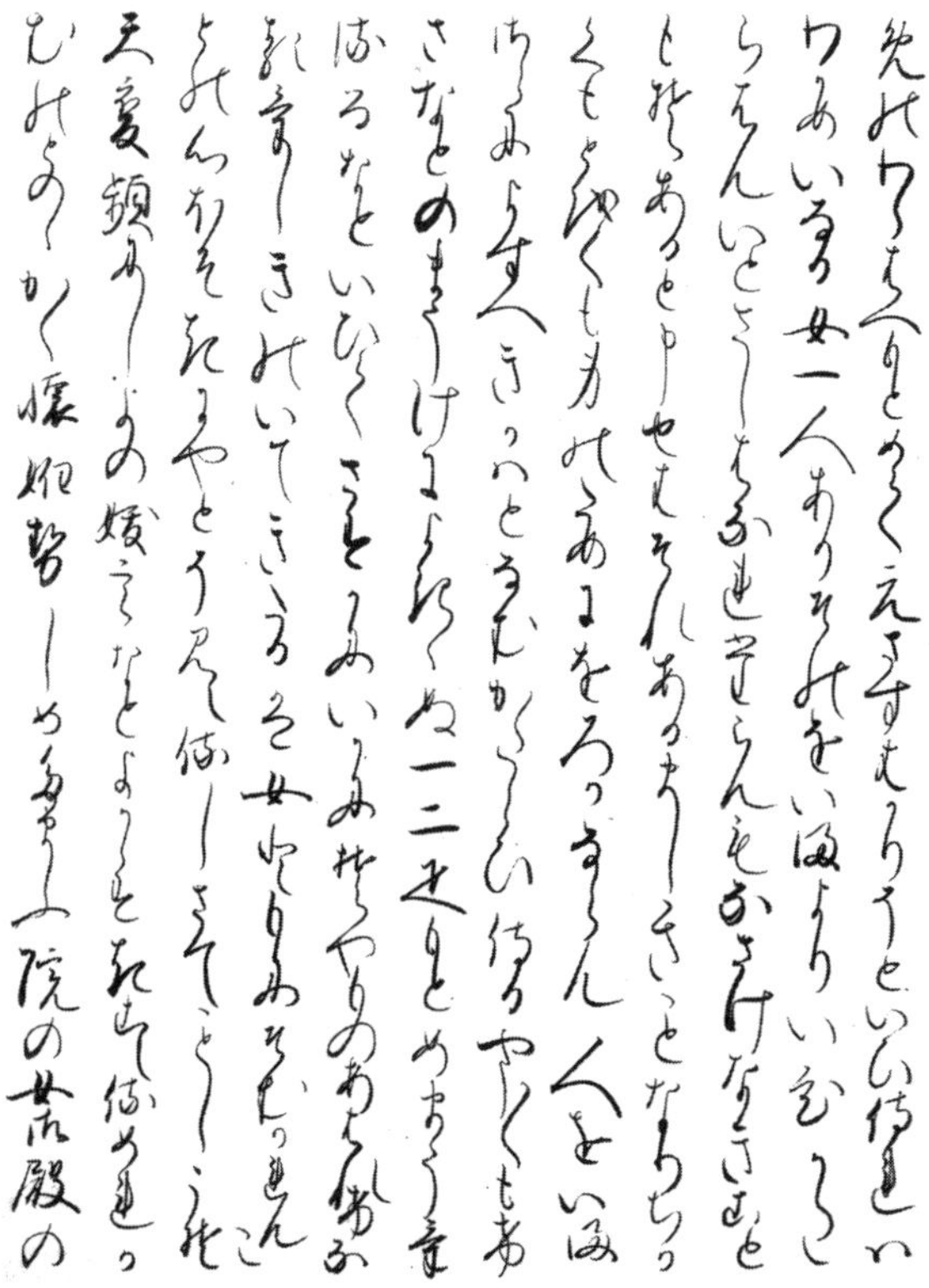

一 底本「そのを」、東松本・近衛本（甲）・平松本「それを」。二 連語。係助詞「も」＋係助詞「ぞ」。「もぞ」は好ましくないことが、起るのを予想し心配する気持を表す。…したら大変だ。…したら困る。三 もってのほかだ。冗談を真に受けている妻のことばを、真っ向から否定することば。四 やっと。かろうじて。五 法衣の裳・袈裟などの準備に。六「匹」とも。布地、特に絹織物の長さを数える単位。二反を一疋として数える語。古くは四丈（約一二メートル）、のち、鯨尺で五丈六尺（約二一メートル）。七 妻。「ども」は婉曲の接尾語。八 万寿二年（一〇二五）。九 気味の悪いデマ。『文明本節用集』「妖言《ヨウゲン》」。一〇 道長四女、嬉子。一一 道長五女、寛子。

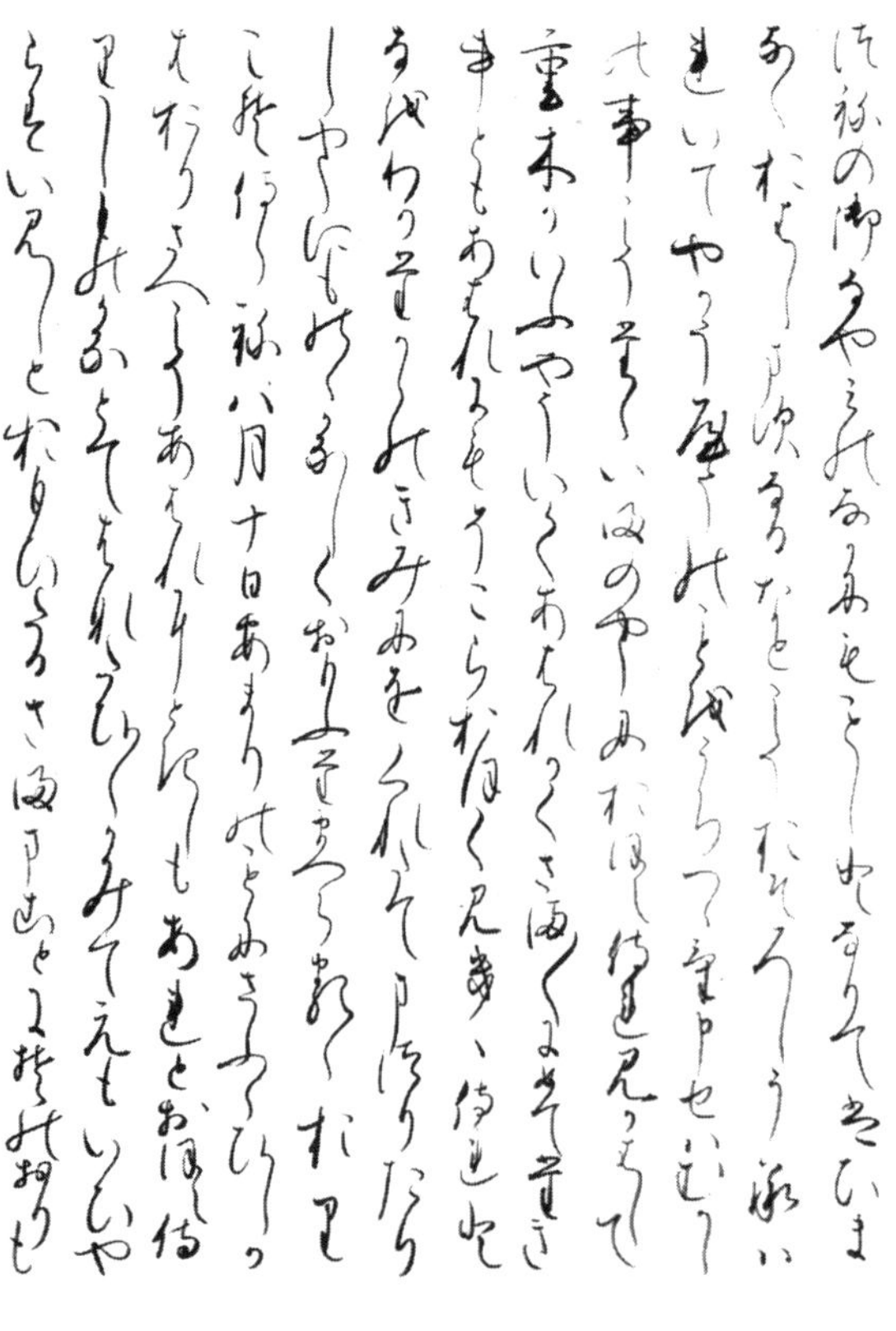

一 病に小康が得られないまま。「ひまなし」は、絶え間がない。寛子は、この年の七月に、嬉子は、八月五日に逝去。二 大切な主君。貞信公忠平（八八〇―九四九）。三 天暦三年八月十四日に薨ずる。四『古今和歌集』巻第十六 哀傷歌「時しもあれ秋やは人の別るべきあるを見るだに悲しきものを」の初句を引く。『大鏡』の引歌は、計十四例（うち、風俗歌・漢詩各一例）ある。その手法は、何れも、引歌であることが明示されており、その歌によらねば、文意が的確に理解できない場合に使用されている。引かれた歌が文中に完全に溶け込んでいて、そこに、古歌があるのに気付かなくても、文脈の理解に支障をきたさないような引歌は、存在していない。ここに、『源氏物語』などの引歌との大きな差異がある。

つねの御なやみのなかにも、ことしとなりては、一ひまなくおはしますなるなとこそ、おそろしう承はれ、いてや、かうやうのことをうちつゝけ申せは、むかしの事こそ、たゝいまのやうにおほえ侍れ、見かはして、重木かいふやう、いてあはれ、かくさまくにめてたき事とも、あはれにもそこらおほく見きゝ侍れと、なを、二わかたからのきみにをくれたてまつりたりしやうに、ものゝかなしくおもふたまへらるゝおりこそ侍らね、三八月十日あまりのことにさふらひしかは、おりさへこそあはれに、四ときしもあれとおほえ侍りしものかなとて、はなたひくかみて、えもいひやらす、いみしとおもひたるさま、まことに、そのおりもかくこそと見えたり、一一日かたときいきてよにめくらふへき心ちもし侍らさりしかと、二かくまて候は、三いよ〳〵ひろこりさかえおはしますを見たてまつりよろこひまうさせんとにはへめりさて、四又のとし五月廿四日こそは、冷泉院は誕生せし五めたまへりしか、それにつけていとこそ六くちおしく、おりの七うれしさははかりもおはしまさゝりしかなといへは、世次も八しか〳〵とこゝろよくおもへるさまをろかならす、朱雀院村上なとのうちつつきむまれおはしましゝは、又いかゝなといふほと、九あまりにおそろしくそ、又世次かおもふ事こそ侍れ、便なきことなれと、あすともしらぬ身にて侍れは、

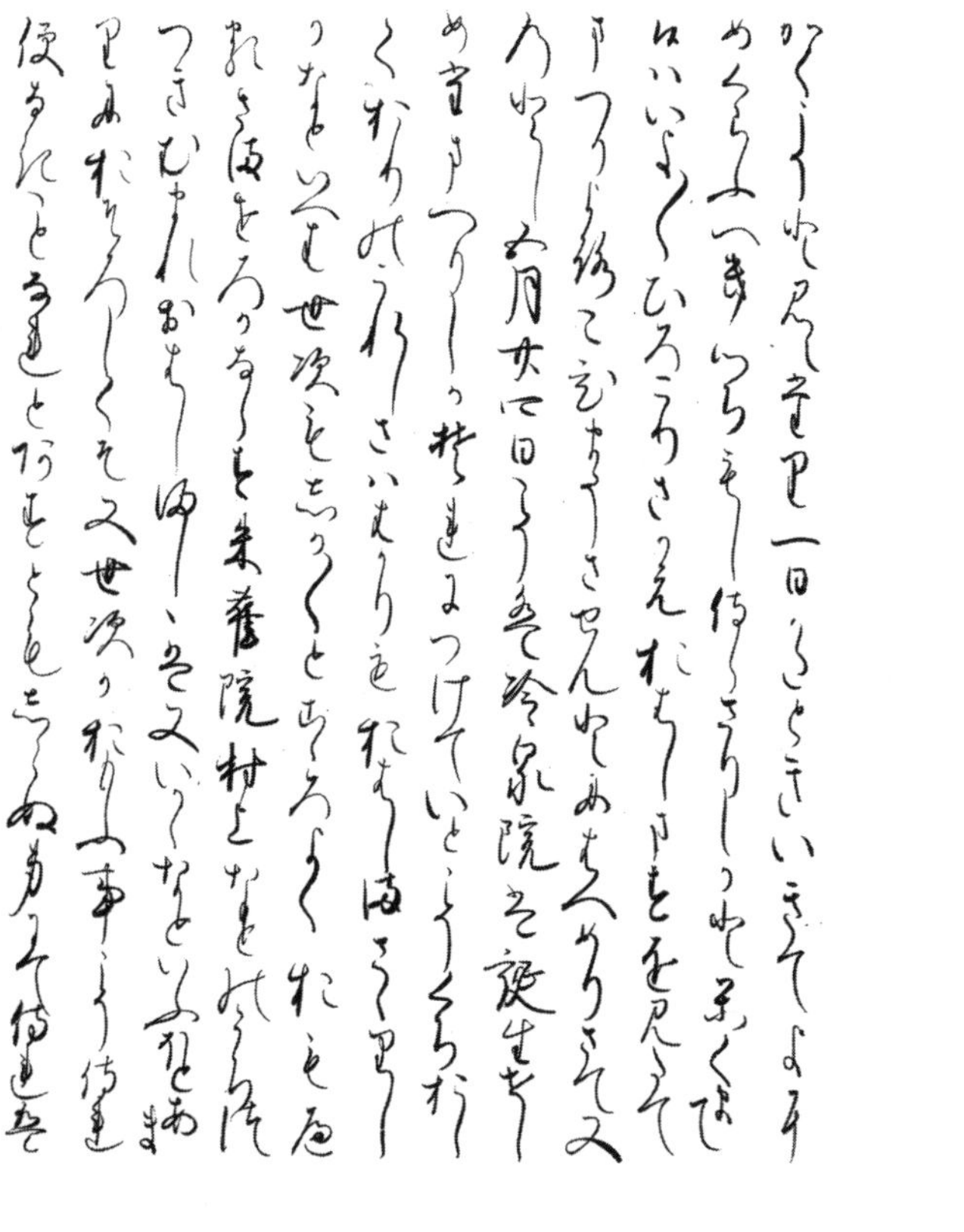

一 「一日」以下、重木のことば。（忠平薨去にあたって、その当時は）、一日、半時（今の約一時間）も。二 こうして今日まで長生きしておりますのは。三 主語は、貞信公忠平の子孫。四 翌年。天暦四年（九五〇）。五 二重尊敬語。「しめ給ふ」は、変体漢文訓読の語法。六 忠平の曾孫の皇子の降誕をご覧になれずに、前年他界されたことが残念至極で。七 師輔公やその子孫のお悦びは格別でいらっしゃいました。八 そうそう。あいずちを打つときに用いる語。九 あまりに昔の事柄を昨日今日のように語るので、恐ろしいほどに、聴き手である記者が感じたということをいう。

たゝ申てん、この一品宮の御ありさまのゆかしくおほえさせ給にこそ、又いのちおしくはへれ、そのゆへは、むまれおはしまさむとて、いとかしこき夢想みたまへしなり、さ覚侍しことは、故女院この太宮なとはらまれさせ給はんとて見えしたゝおなしさまなるゆめに侍りしなり、それにてよろつをしはかられさせ給御ありさまなり、皇太后宮にいかて啓せしめんとおもひ侍れと、そのみやの辺の人にえあひ侍ぬるくちおしさに、こゝらあつまり給へるなかに、もしおはしましやす覧と思ふたまへて、かつはかく申侍そ、行すゑにも、よくいひけるものかなと、おほしあはする事も侍りなん

一 禎子内親王。二 感じられあそばす。「させ給ふ」は、禎子内親王に対する尊敬表現。三 夢の中で、神仏がふしぎな力を現わすこと。『色葉字類抄』「夢想同《ムサウ》」。四 詮子。五 彰子。底本「太宮」、萩野本、八巻本「大宮」。六「れ」は受身。七 禎子の母、妍子。八「しめ」は謙譲語。謙譲語、「啓す」を一層強めた表現。九 皇太后宮（妍子）にお仕えのお方に。

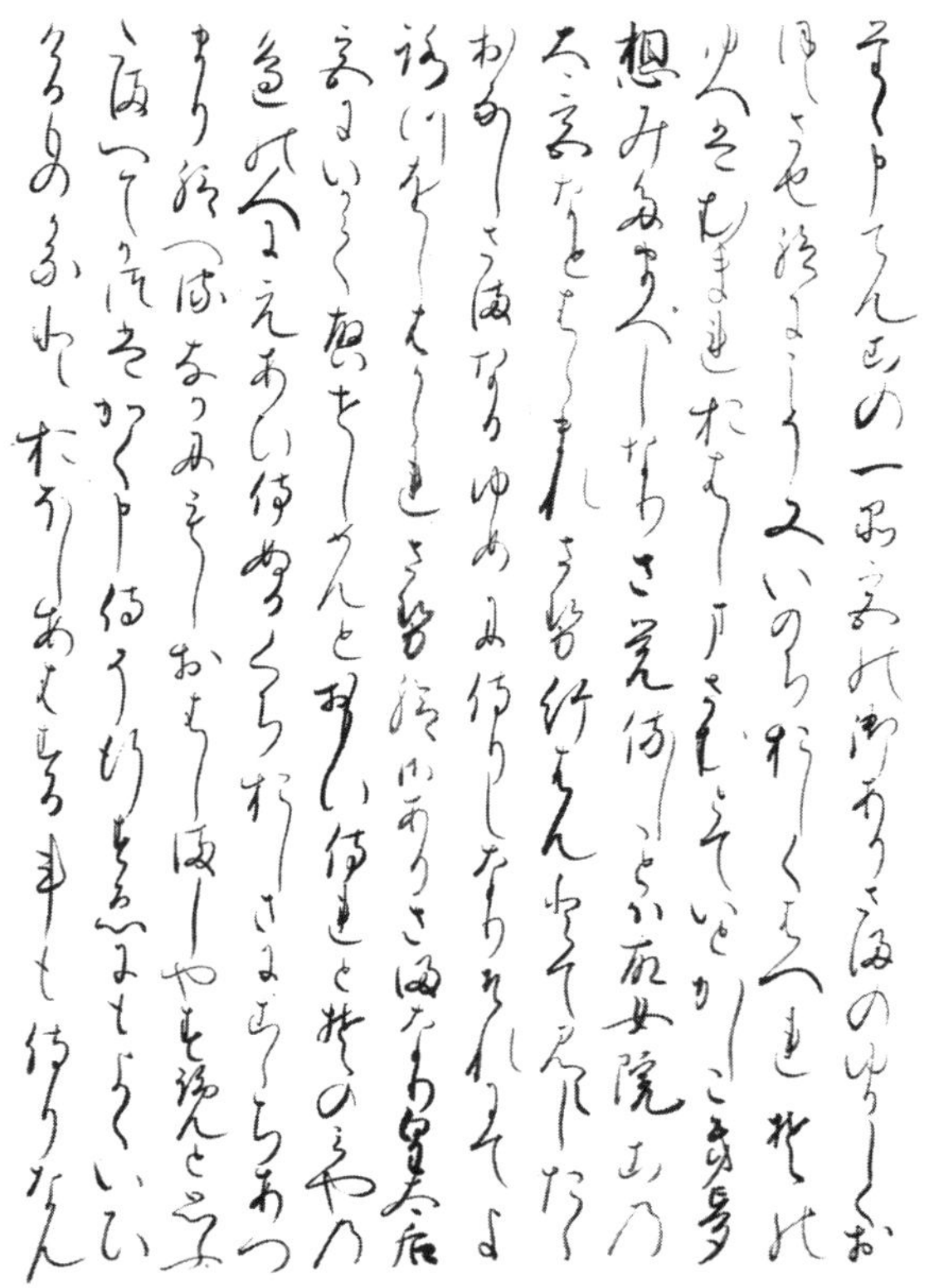

といひしおりこそ、[一]こゝにありとてさしいてまほしかりしか、

太政大臣道長

いとくあさましくめつらかに、つきもせす二人かたらひしに、この侍、いとく興あることをもうけ給はるかなさても、物のおほえはしめは何ことそや、それこそ、まつきかまほしけれ、かたられ[二]よといへは、世次六七歳より、見きゝ侍しことは、いとよくおほえ侍れと、そのことゝなきは、証[三]のなけれは、[四]もちゐる人も候はし、九に侍し時の大事を申侍らん、[五]小松のみかと《光孝天皇》の親王にておは

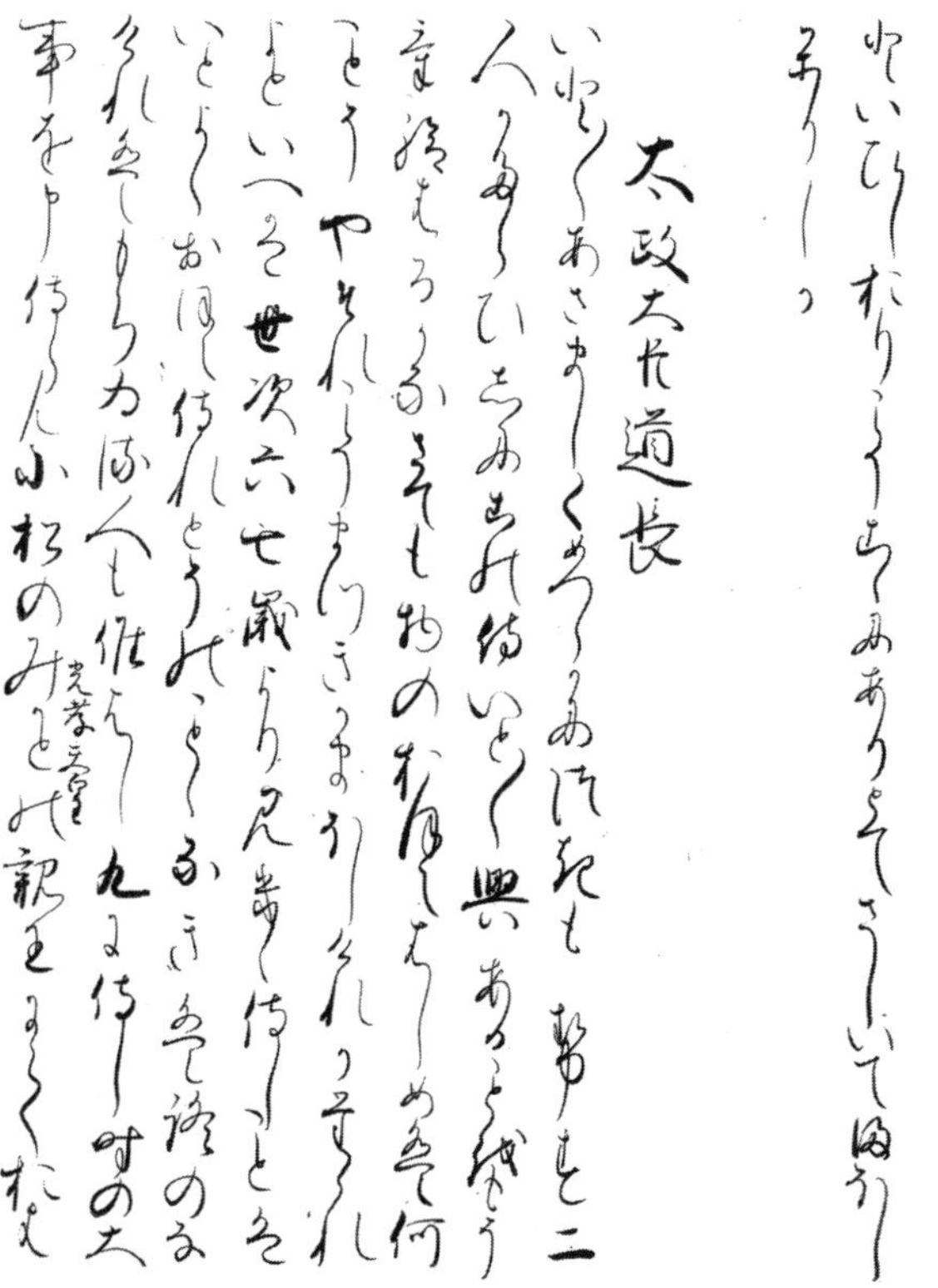

一 記者のことば。二「れよ」は、尊敬の助動詞命令形。侍が世次に対しての敬意。侍の世次（重木）に対する敬意は高くはない。しかしながら、世次（重木）の侍に対する敬意は高い。三 証拠。あかし。四 信用する人。五 光孝天皇。仁明天皇の第三皇子。京都市右京区御室の小松の山陵に奉葬したので、小松の帝と称された。

一 大炊の御門。二 底本「閑散」、東松本「閑散《カンサン》」。人の出入りもなく、静かでひっそりしていること。三 京都府伏見区の伏見稲荷。四 皆、こぞって出掛けたので。五「困じて」。「こうず」は、非常に疲れる。六 還向。社寺に参詣して帰ること。七「祢宜《ねぎ》」は、神官の位の一つ。宮司または神主の下。「大夫」は、一般に、五位の者。

しましゝ時の御所は、みな人しりて侍り、をのかおやの候し所、大ゐのみかと一よりは北、町尻よりは西にそ侍りし、されは、宮の傍にて、つねにまいりてあそひ侍りしかは、いと閑二散にてこそおはしましゝか、きさらきの三日、はつむまといへと、甲午、最吉日、つねよりもよこそりて稲荷詣三にのゝ四しりしかはちゝのまうてはへりしともにしたひまいりて、さは申せと、おさなきほとにて、さかのこはきをのほり侍しかは、五こうして、えその日のうちにけかう六つかまつらさりしかは、ちゝか、やかてその御社の祢宜七の大夫かうしろみつかうまつ

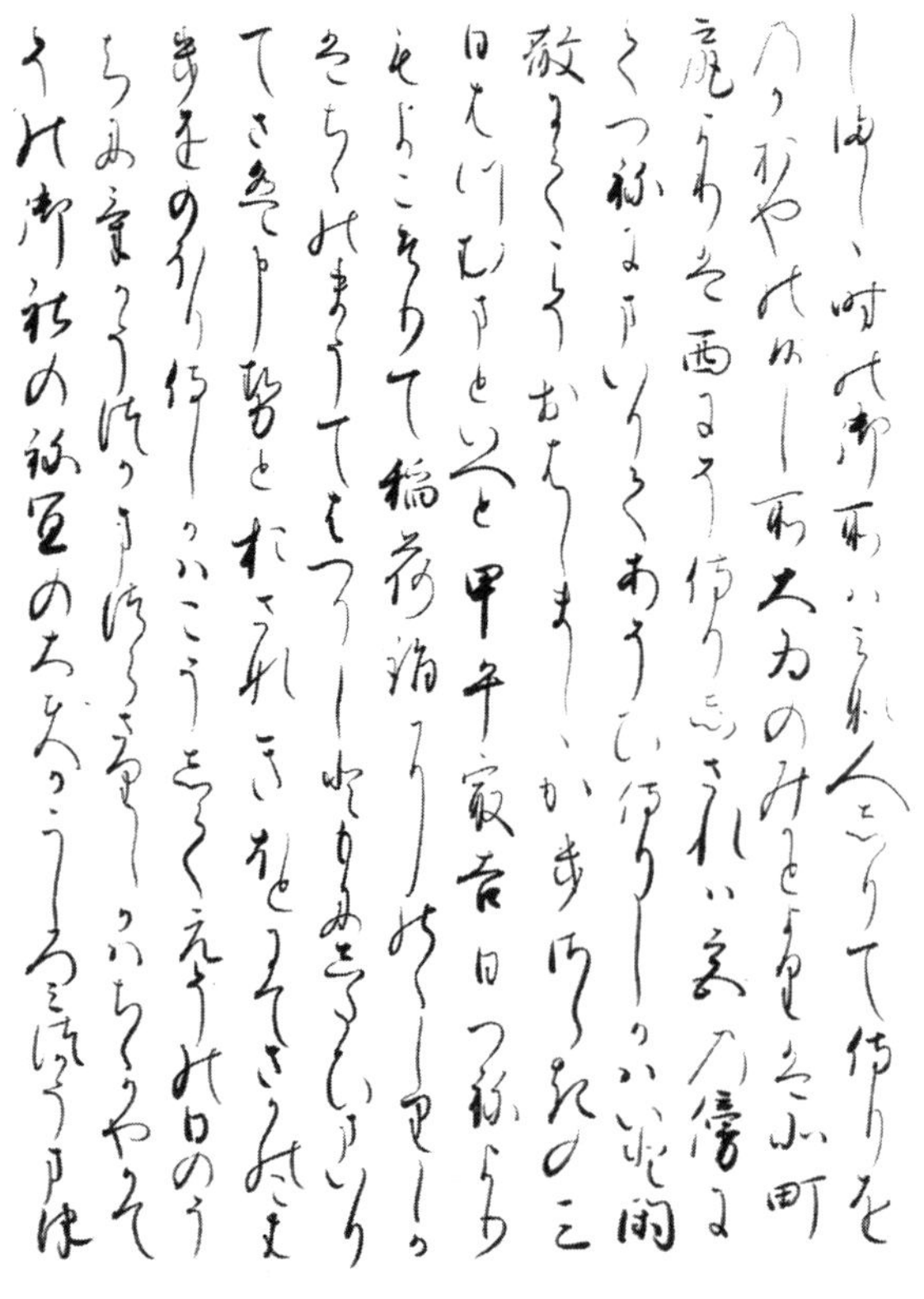

りて、いとうるさ[一]くて候しやとりにまかりて、一夜は宿してまたの日かへり侍しに、東洞院[二]よりのほりにまかるに、おほゐのみかとより西さまに、人々のさゝ[三]とはしれはあやしくて見候しかは、わかいゐのほとにしも、いとくらうなるまて人たちこみてみゆるに、いとゝをとろかれて、焼亡[四]かとおもひて、かみを見あくれは、けふりもたゝすさは、おほきなる追捕[五]かなとかたくに心もなきまてまとひまかりしかは、をのゝみやのほとにて、上達部の御車や、くらおきたる馬とも、[六]冠表衣《カウフリウヘノキヌ》きたる人々なとのみえ侍りしに心えすあやしくて、何ことそく

一「うるさし」は、ゆきとどいている。気くばりがされている。二「東洞院」は、南北に走る大路。「のほりにまかるに」は、北向きに向ってゆくと。三 擬態語。ざわざわと。四 家などが焼けてなくなること。火事。『黒本本節用集』「焼亡《ジヨウマウ》」「焼亡《ゼウマウ》」、『饅頭屋本節用集』「焼亡《ゼウマウ》」、『易林本節用集』「焼亡《(シヤウ)マウ》」。五 捕物。略奪。『色葉字類抄』「追捕《ツイフク・ツイフ》 法家部」、『文明本節用集』「追捕《(ツイ)フ》」。六 衣冠束帯を身につけた正装の人々。

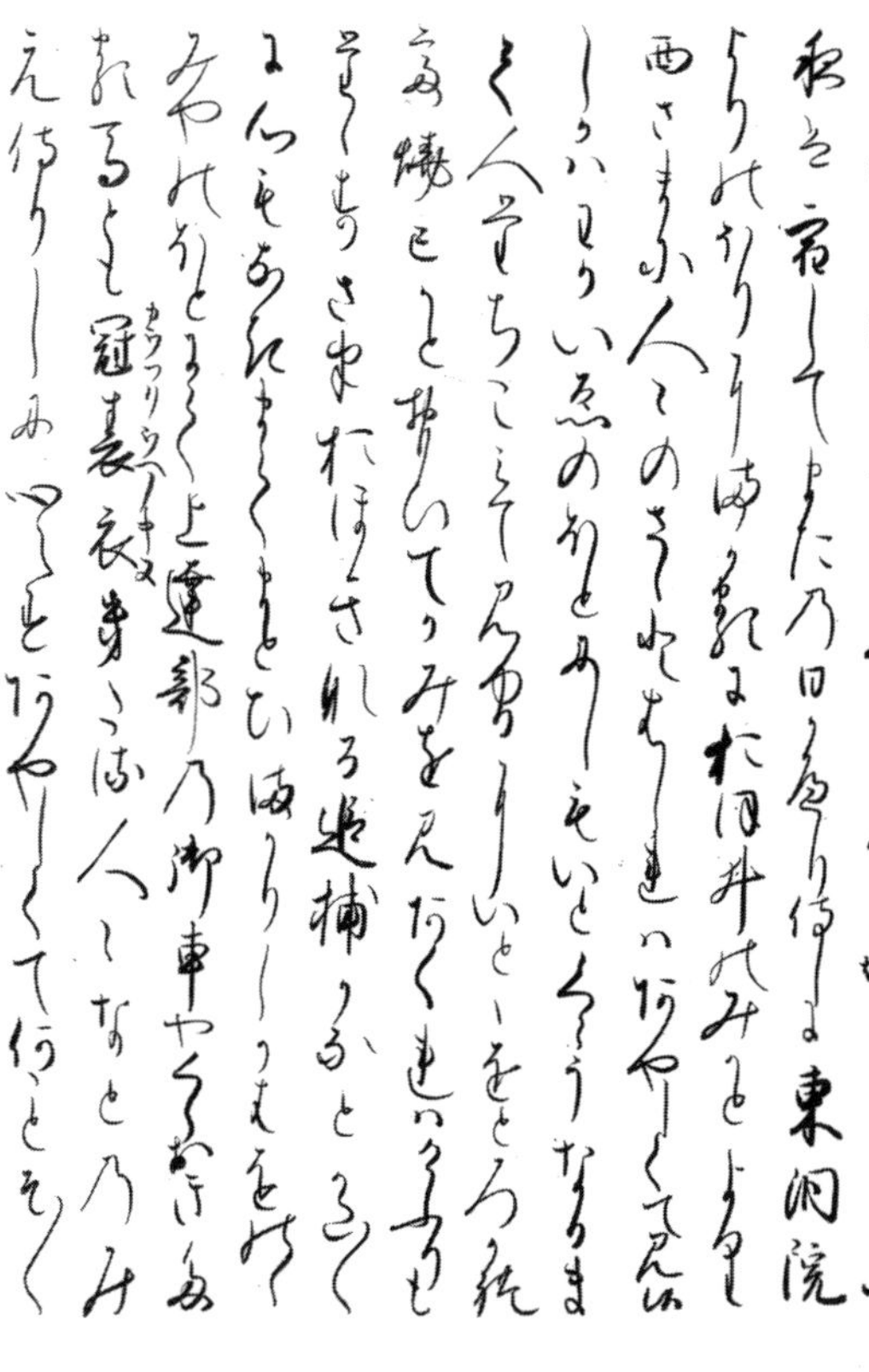

と、人ことにとひ候しかは、一式部卿宮《光孝》、みかとにゐさせ
給とて、二大殿《昭宣公》をはしめたてまつりて、みな人
まいり給なりとて、いそきまかりしなとそ、ものお
ほえたることにて見たまへし。また七はかり
にや、三元慶二年許にや侍けん、式部卿の宮の侍従《宇多》
と申しそ、四寛平天皇、つねに狩をこのませ
おはしまして、しも月の廿余日のほとにや、鷹
狩に、式部卿の宮よりいておはしまし〻御とも
にはしり五まいり侍し、賀茂の堤のそこ〱な
る所に、侍従殿、鷹つかはせ給て、いみしう興にい
らせ給へるほとに、俄に霧たち、世間もかいく
らかりて侍りしに、東西もおほえすくれのい

一 時康親王。後の五十八代光孝天皇。仁明天皇の第三皇子。母、藤原総継の女、沢子。二 大臣の尊称。この時の「大殿」は、藤原基経。三 底本及び同系の諸本、すべて「元慶二年」。古活字本・八巻本「元慶六年」（八八二）とする。後者が正しい。「元慶」、千葉本「元慶《クワンキヤウ》」5ウ7。四 宇多天皇のこと。「寛平」は、宇多天皇の年号。「寛平」、千葉本「寛平」6ウ1。五 底本「まいり侍し」、近衛本（甲）・平松本「まいりて侍し」、東松本「まいりて侍りし」。

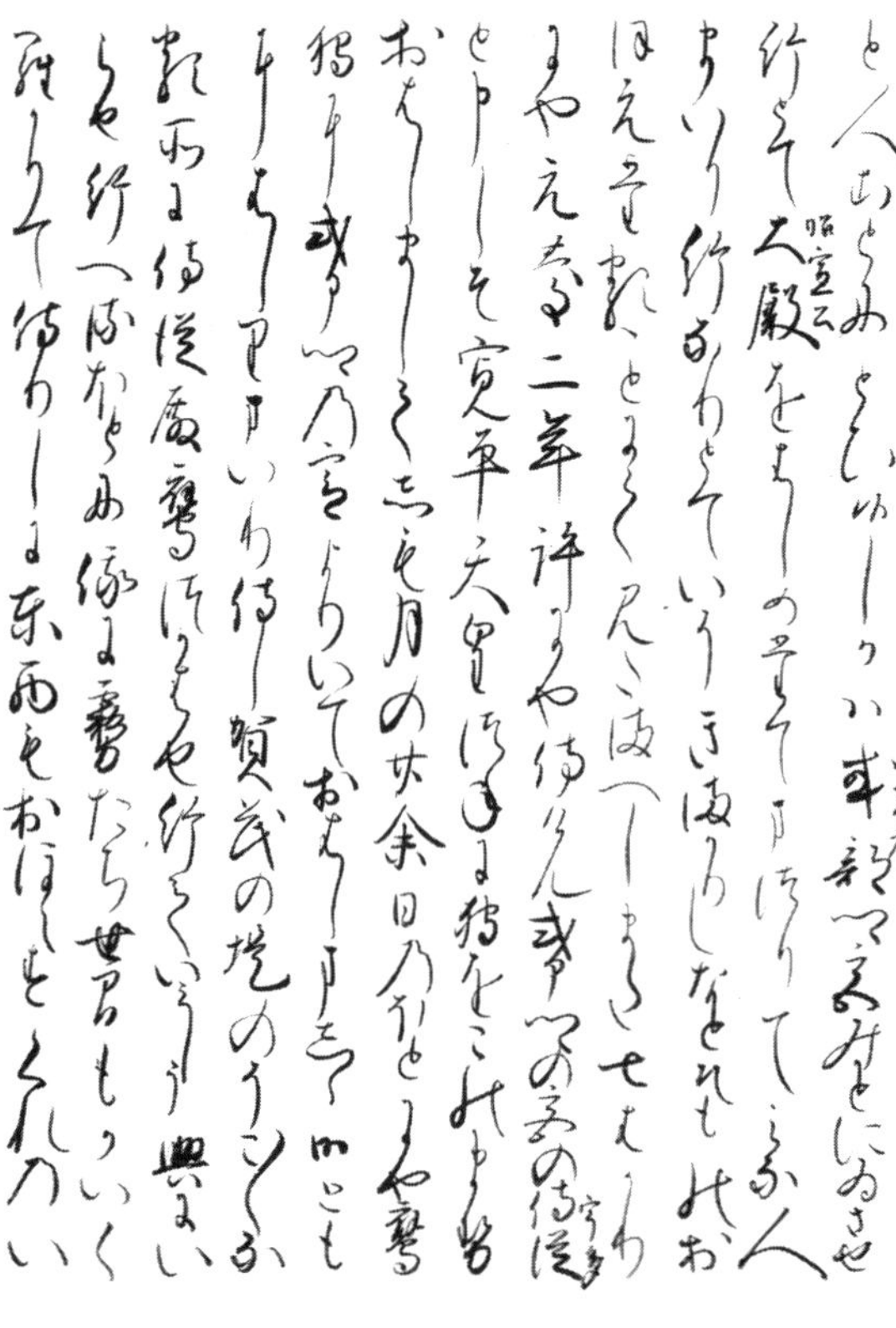

ぬるにやとおほえて[一]の藪[二]のなかにたふれふして、わなゝきまとひ候ほと、[三]時なかや侍りけむ後にうけ給はれは賀茂の明神のあらはれおはしまして、侍従殿にもの申させおはしますほとなりけり、その事はみな世に申をかれて侍なれは、[四]中く申さししろしめしたらん、[五]あはそかに申へきに侍らすさて後、六年はかりありてや、[六]賀茂臨時の祭はしまり侍りけんくらゐにつかせおはしましゝとしとそおほえ侍るその日酉日にて侍れはやかて霜月のはての酉日にては侍るそ、[七]はしめたる[八]あつまあそひの哥、[九]敏行中将そかし

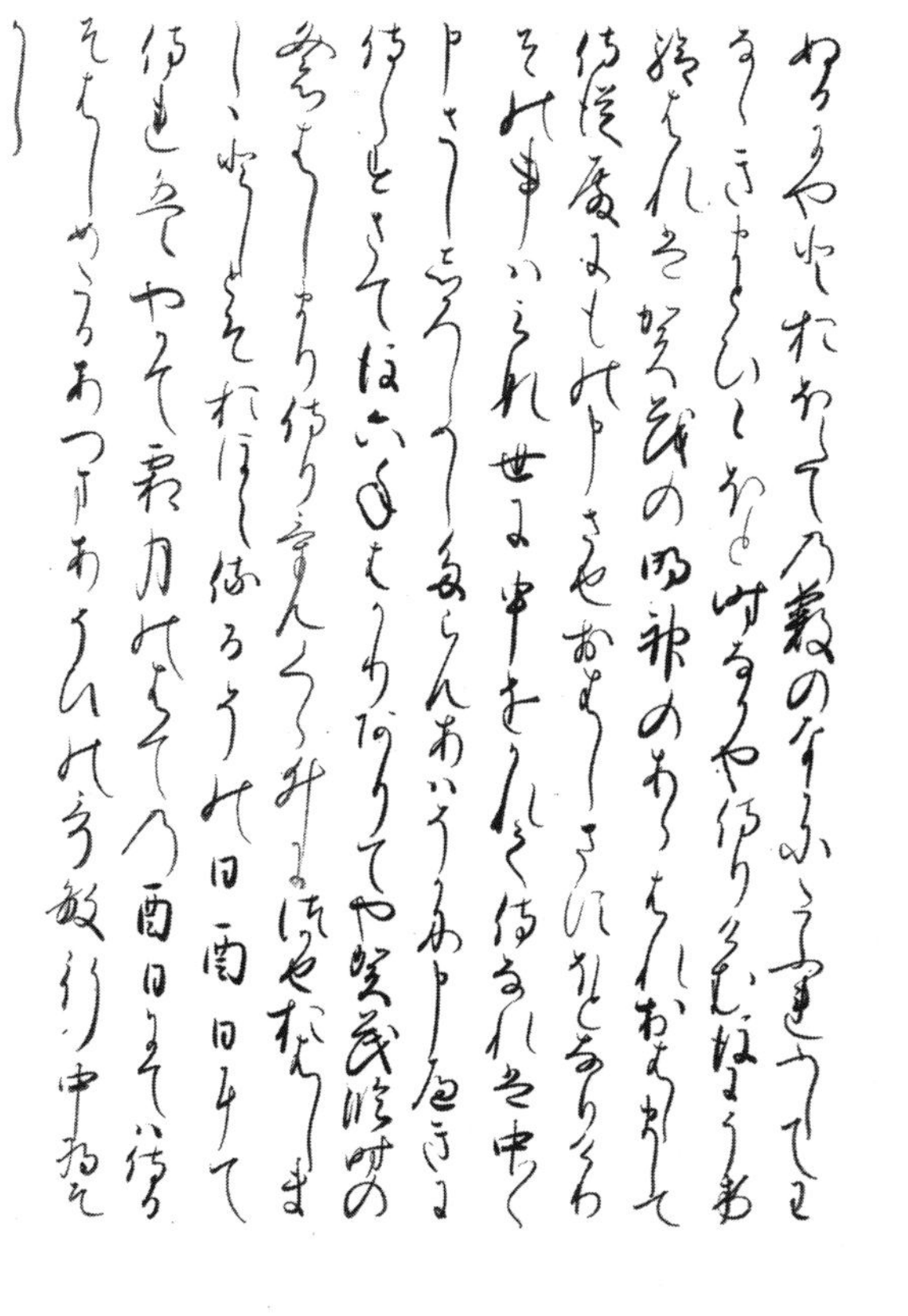

一 底本「おほえての」、東松本など「おほえて」。二 東松本「藪《ヤブ》」。三「時なか」は、半刻（時）。「一時」は、約二時間。従って、「時なか」は、約一時間。四 なまじっか。五 軽々に。軽率に。六 寛平元年（八八九）十一月二十一日に、賀茂の臨時の祭が初めて行われる。七「はじめたる」は、連体詞。はじめての。下二段動詞「はじむ」の連用形に、完了の助動詞「たり」の連体形が付いて一語化したもの。八 平安時代に行われた歌舞。はじめは、東国地方の舞踊の歌謡であったが、平安時代になると神社の祭儀や宮廷・貴族の宴遊に用いられるようになる。九 藤原氏。富士麿の長男。母は、紀名虎《なとら》の女。三十六歌仙の一人。『敏行朝臣集』がある。

一「ちはやぶる」は、「かものやしろ」にかかる枕詞。二『古今和歌集』巻第二十東歌の最後に、「冬の賀茂祭の歌　藤原敏行朝臣」として収録。ただし、第四句、「万代ふとも」。三 岩清水（男山）八幡宮。応神天皇・神功皇后・比売大神《ひめのおおかみ》を祭る神社。朝廷の信仰あつく、行幸もたびたびあった。陰暦三月に臨時の祭り、同八月に放生会《ほうじょうえ》が行われた。四 北野神社。道真の怨霊をさす。五「ずは」打消の順接仮定条件を表す。打消の助動詞「ず」の未然形に、接続助詞「は」が接続し、反実仮想の助動詞「まし」と呼応。拙稿「解釈上留意すべき語句」「ずは」（『古典文法必携』學燈社　一九九三年）参照。『大鏡』に「ずは…まし」は計二例。

一ちはやふる賀茂のやしろのひめこ松万つよまても色はかはらし

二古今に入りて侍みな人しろしめしたることなれと、いみしうよみたまへるぬしかないまにたえすひろこらせたまへる御すゑとかみかとと申せとかくしもやはおはします、三八幡の臨時の祭、朱雀院の御ときよりそかし、朱雀院むまれ給て、三年は、おはします殿の格子もまいらす、よるひる火をともして、御帳のうちにておほしたてくまいらせ給、四北野にをちまうさせ給て、天暦のみかとは、いとさもまもりたてまつらせ給はす、いみしきおりふしにむまれおはしましたりしそかし、朱雀院むまれおはしまさす五は、藤

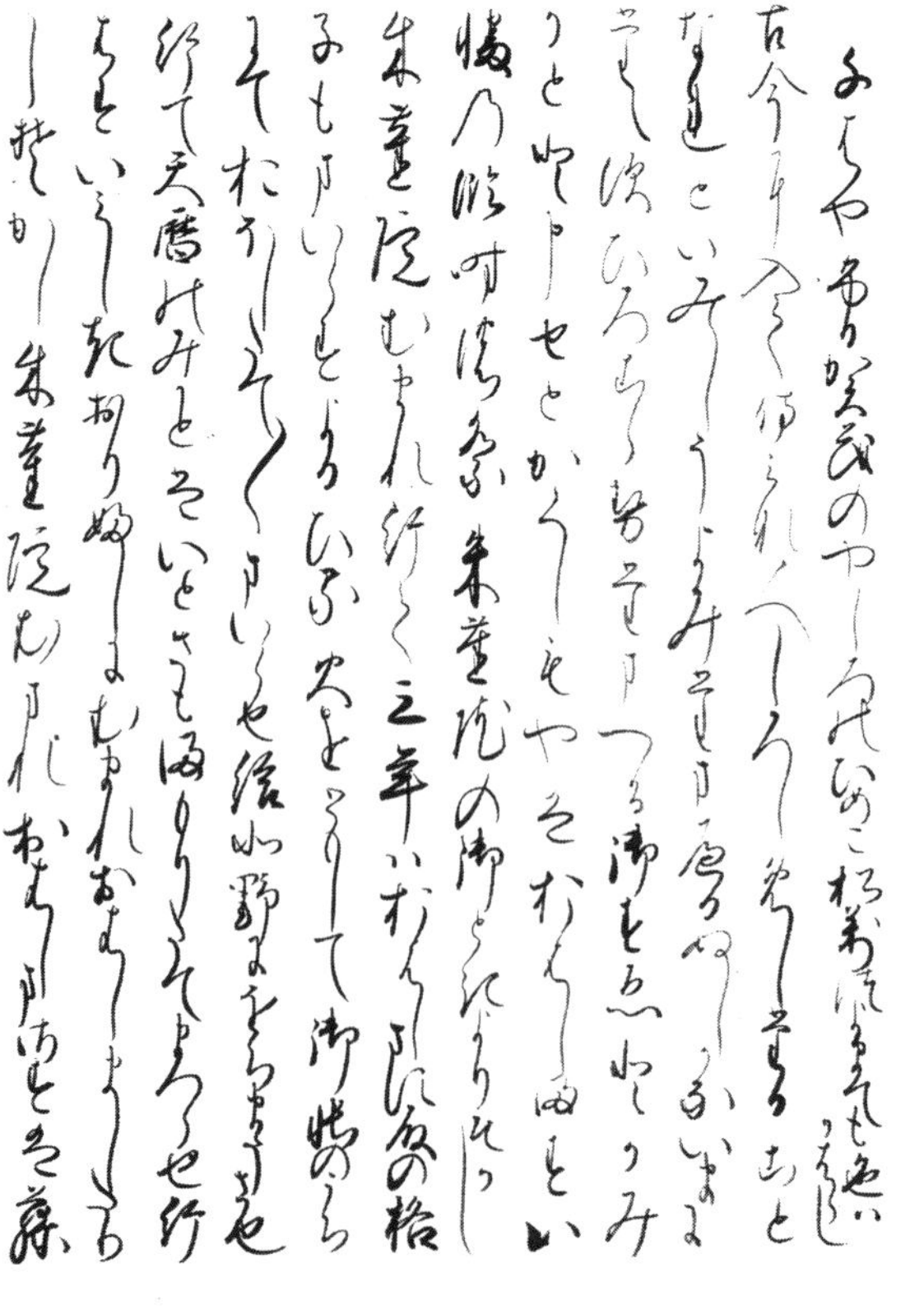

氏の御さかへ、いとかくしも侍らさらましさて、くらゐにつかせ給て、将門か亂いてきて、その御願にてとそうけ給はりし[一]。そのあつまあそひの哥、つらゆきのぬしそかし、

松もおひまたもこけむす岩清水行末遠くつかへまつらん

[二]集にもかきてはへるそかしといへは、しけ木、このおきなも[三]、あのぬしの申されつる[四]かことくたくしきことは申さし、おなしことのやうなれと[五]、寛平延喜なとの御譲位のほとのことなとは、いとかしこくわすれすおほえ侍るを[六]や、[七]伊勢の君の[八]、弘徽殿のかへに[九]かきつけたうひへりし哥こそは、そのかみに、あはれなることゝ人

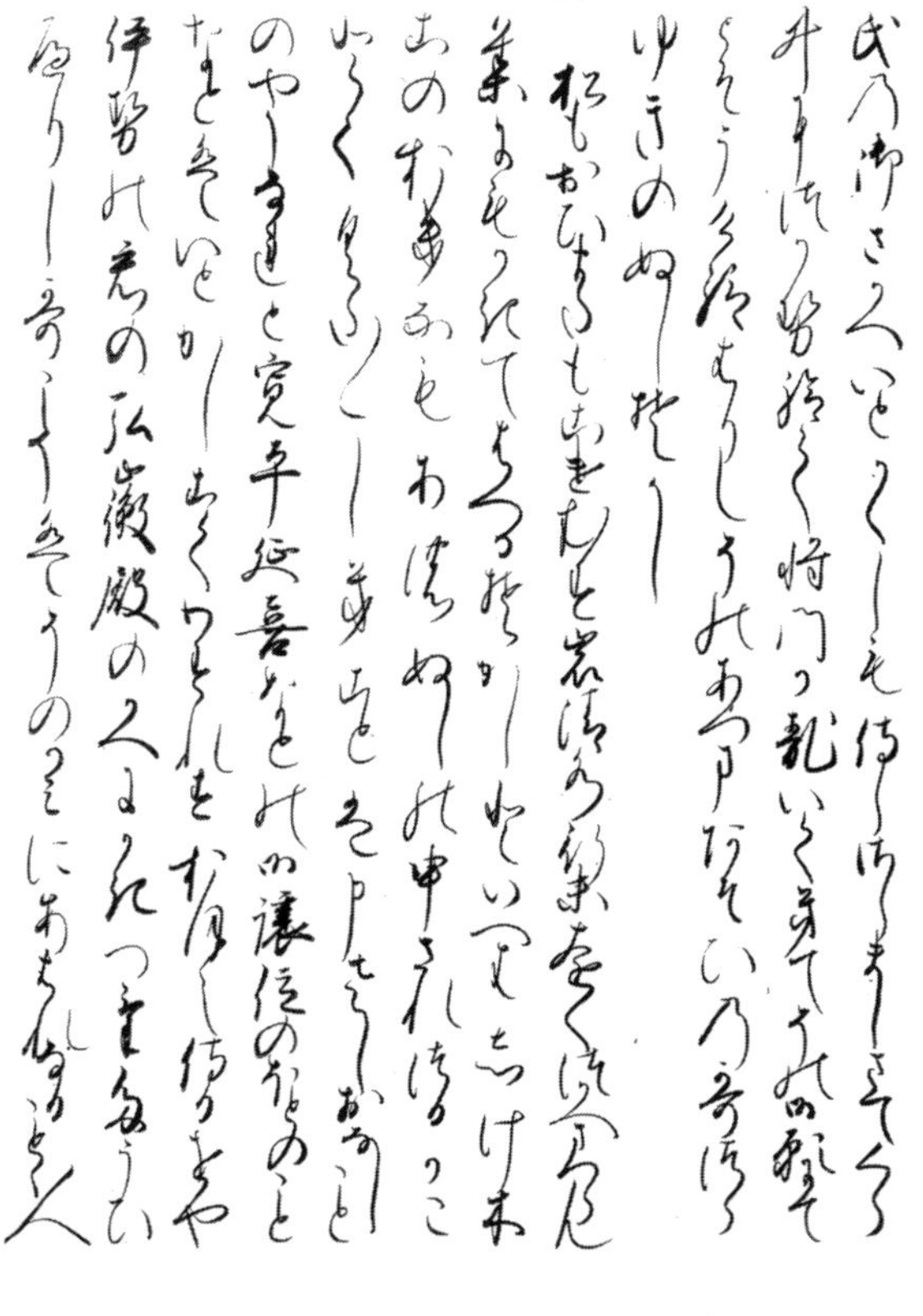

一 その石清水八幡宮の臨時の祭の東遊びの歌は。二 貫之集。三 世次をさす。四 「連体形＋が＋ごとし」の形態。漢文訓読の語法。同じく、同義で、漢文訓読の語法とされる「連体形＋ごとし」があるが、漢文訓読の世界で愛用されたのは、前者。『大鏡』には、前者が五例、後者が四例。四鏡の中で、前者の使用率が最も高いのは、『水鏡』（前者六例・後者二例）である。和文脈の強い擬古文の『今鏡』は、前者〇、後者一例、『増鏡』は、前者一例（ただし、「頌」の中）、後者一例である。五 宇多天皇・醍醐天皇。六 「をや」の「を」は、終助詞（一般に間投助詞）、「や」は間投助詞で強い感動を表す。七 伊勢守藤原継蔭の女。宇多天皇の中宮温子に仕える。「伊勢の御」と呼ばれる。三十六歌仙の一人。『伊勢集』がある。八 清涼殿の北にあった後宮の一つ。中宮温子の御局。伊勢は、ここに出入りし、内裏を去るにあたり、壁に書き付けたと思われる。九 底本「かきつけたうひへりし」、東松本「かきつけたうへりし」。

申しゝか、

在後撰 わか[一]るれとあひもおもはぬ百敷を見さらんことや何かかなしき

[二]法皇御かへし、

同[三] 身ひとつのあらぬはかりを〻しなへて行かへりてもなとかみさらん

といへは、[四]かたはらなる人、[五]法皇のかゝせ給へりけるを、延喜の〻ちに御らんしつけて、かたはらにかきつけさせたまへるともうけ給はるは、いつれかまことならん、おなしみかとと申せと、その御時にむまれあひて候けるは、あやしの民のかまとまて、やむことなくこそ、大小寒の比ほひ、いみしう雪ふりさえたる夜は、諸國民百姓いかにさむからんとて、[六]御衣をこそ、夜御

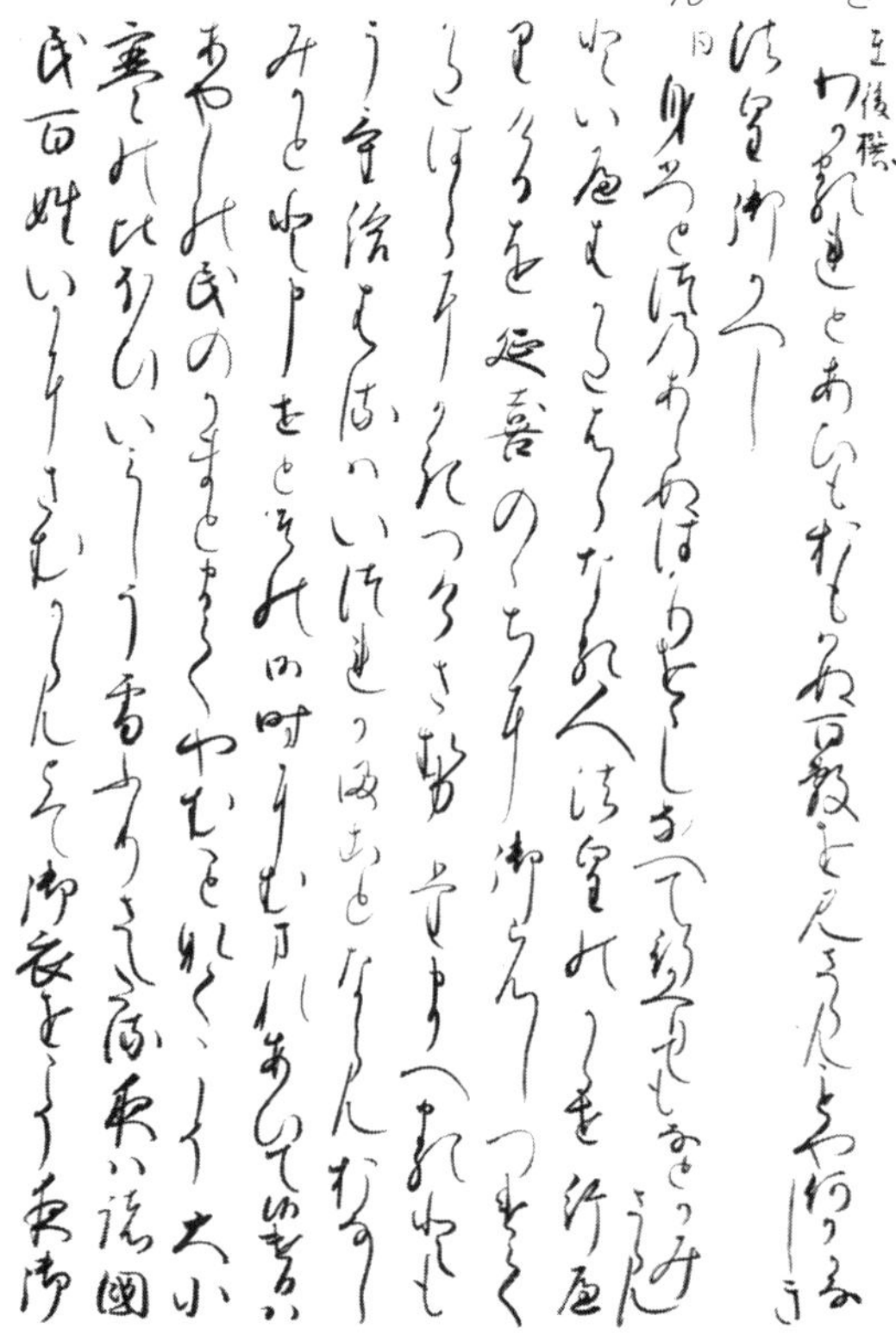

一『後撰和歌集』巻第十九離別・羇旅、詞書「亭子のみかどおりゐたまうける秋、弘徽殿のかべにかきつけける　伊勢」とある。ただし、第二句「あひもをしまぬ」。二 底本「法皇御かへし」、東松本・近衛本（甲）・平松本「法皇の御かへし」とある。三『後撰和歌集』巻第十九離別・羇旅、詞書に「みかど御覧じて御返し」とある。四 不明。例の侍か。五 宇多法皇が「わかるれど」の和歌を詠まれ、それに醍醐天皇が、返歌として「身ひとつの」の歌を唱和されたという異説があった。しかしながら、『後撰和歌集』や、『大和物語』の一に、「亭子の帝いまはおりゐたまひなんとするころ、弘徽殿のかべに、伊勢の御かきつけける、／わかるれどあひもをしまぬ百敷を見ざらむことのなにか悲しき／とありければ、みかど御覧じて、そのかたはらにかきつけさせたまうける、／身ひとつにあらぬばかりをおしなべてゆきかへりてもなどか見ざらむ／となんありける」（『大和物語』）とある。六 千葉本「御衣《オンソ》」15ウ7。

殿よりなけいたしおはしましけれは、[一]をのれまても、めくみあはれひられたてまつりて侍る身と、おもたゝしくこそは、されはそのよに見たまへしことは、なをするゑまてもいみしきことゝおほえ侍そ、人々きこしめせ、この座にて申は、はゝかりあることなれと、[二]かつは、わかく候しほと、[三]いみしと身にしみておもふ給へし[四]罪も、いまにうせ侍らし、今日、この[五]伽藍にて、[六]懺悔つかうまつりてんとなり、[七]六条の式部卿《敦実親王》の宮と申ゝは、延喜のみかとのひとつはらの御兄弟におはします、野行幸供奉せさせ給しにこの宮供奉せしめたまへりけれと、[八]京のほと遅参せさせ給て桂の里に

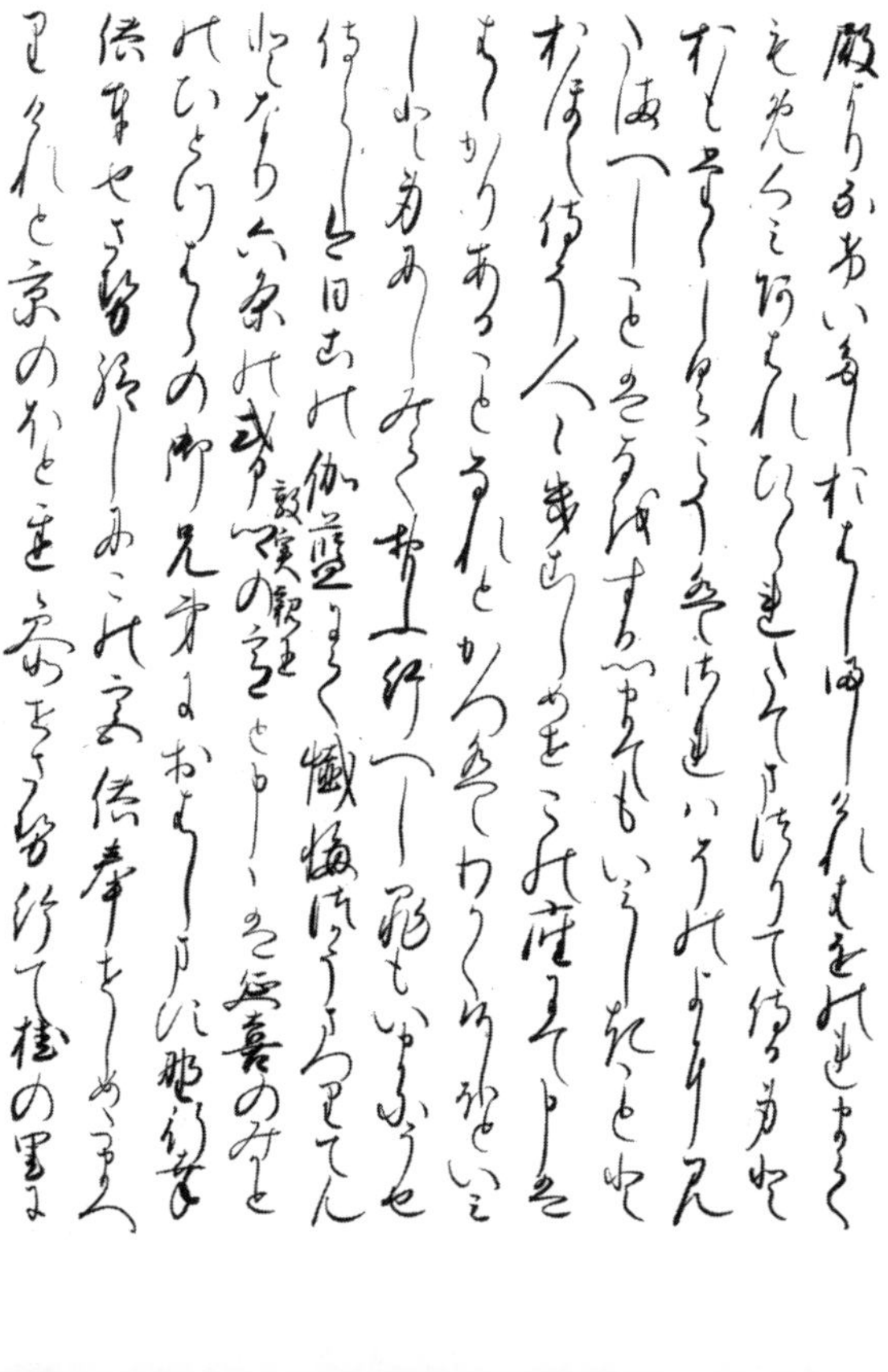

一 自称の代名詞。謙譲の気持を含む。ここでは、複数の「私たち」の意識で使用している。千葉本系の諸本、徳川本系の蓬左本・桂宮本（乙）・久原本には異同がないが、異本系の萩野本、流布本系の古活字本・八巻本「をのれら」とある。二 ひとつには。一方では。三 すばらしい。仏語でいう、執着の罪。四 仏教で、悪い果報を生む因。ここでは、執着の罪障。仏教でいう「罪」には、執着・執心・愛執・妄執がある。五 出家した人が、修行する建物。寺院。六 仏教語。以前、犯した罪を悔い、仏前で告白、その許しを得ること。七 敦実親王。宇多天皇の第八皇子。八 山城国葛野郡桂の里。今の京都市右京区上桂・下桂の総称。

一 犬飼い人。鷹狩の時、鳥を追わせる猟犬を飼いならす人。二 誰も彼もみな。誰一人として。三「労あり」は、熟練している。経験をつんで巧者である。千葉本「労《ラウ》」115オ4。四 底本「やまくら」、東松本など「やまくち」。やまの入口。狩場への入口。五 鷹の名前。六「とり」、ここでは、雉。七 とまっていて。八 鮮やかな藍色。コバルトブルー。『黒本本節用集』『伊京集』『天正本節用集』『饅頭屋本節用集』「紺青《コンジヤウ》」、『文明本節用集』「紺青《コンジヤウ》」。

そまいりあはせ給へりしかは、御輿とゝめてさき
たて〳〵まつらせ給しに、なにかしといひし一いぬかひの、
犬の前足をふたつなから肩にひきこして、ふかき
かはの瀬わたりしこそ、行幸につかうまつり給へ
る二人々さなから興したまはぬなくみかとも
三労ありけにおほしめしたる御氣色にてこそ、
見えおはしましゝか、さて、四山くらいらせ給しほとに
五しらせうといひし御鷹の、六とりをとりなから、御
輿の鳳の上にとひまいりて七ゐて候し、やう〳〵日は
山のはに入かたに、ひかりのいみしうさして、山の
もみちにしきをはりたるやうに鷹のいろはいと
しろく、雉は八紺青のやうにて、はねうちひろけて

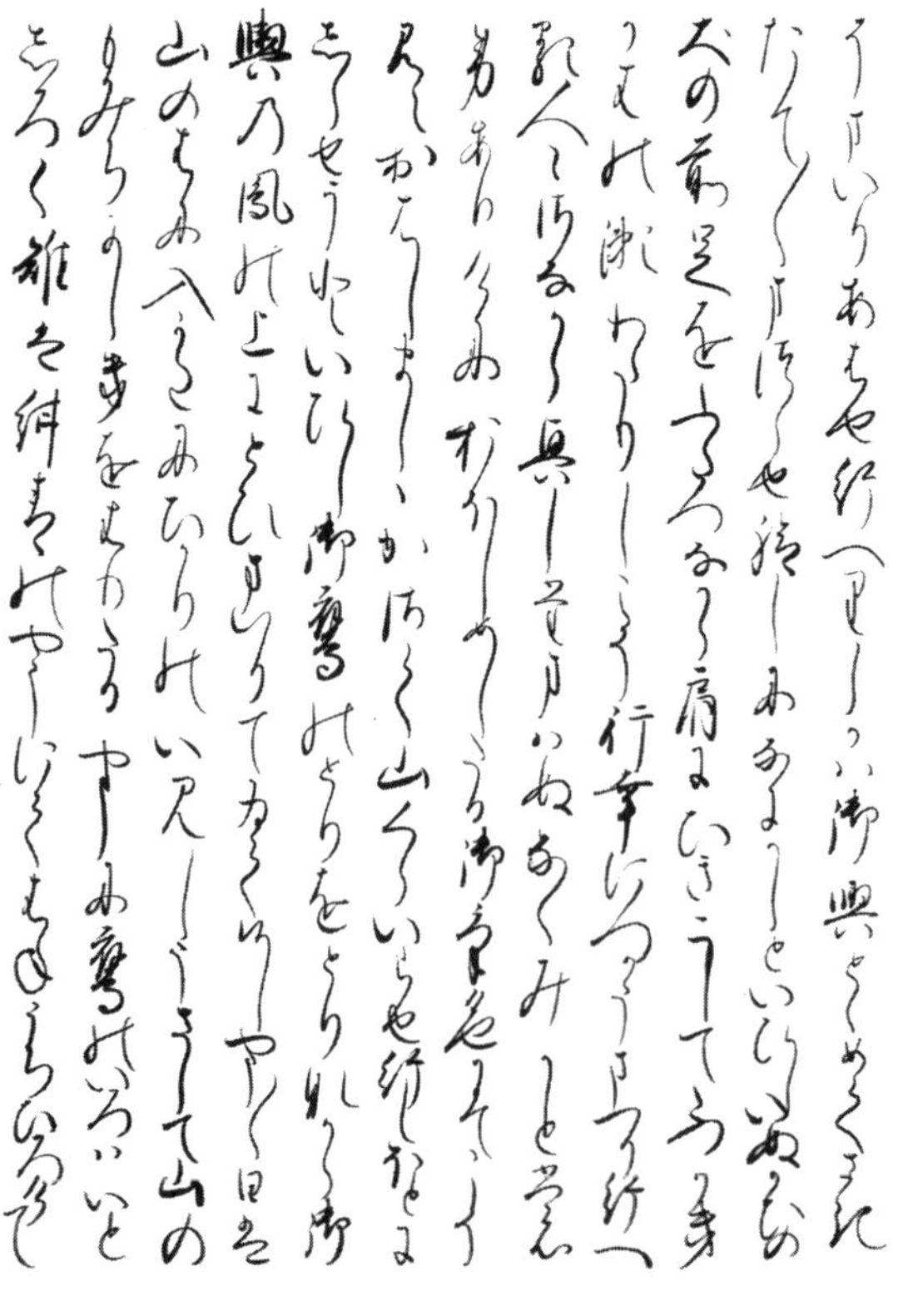

ゐて候しほとは、まことに、雪すこしうちちりて、おりふしとりあつめて、[一]さることやは候しとよ、身にしむはかり思給へしかは、いかに罪[二]え侍りけんとて、[三]弾指はた〳〵とす、おほかた延喜のみかと、つねにゑみてそおはしましける、そのゆへは、まめたちたる人には、ものいひにくし、うちとけたるけしきにつきてなむ、人はものはいひよき、されは、大小事きかんかためなりとそおほせ事ありける、それ、さることなりけにくきかほには、ものいひふれにくきものなり、さて、われいかてふ月なか月にしにせし、[四]相撲節[五]九日節のとまらんかくちおしきに[六]とおほせられと、[七]九月にうせさせ

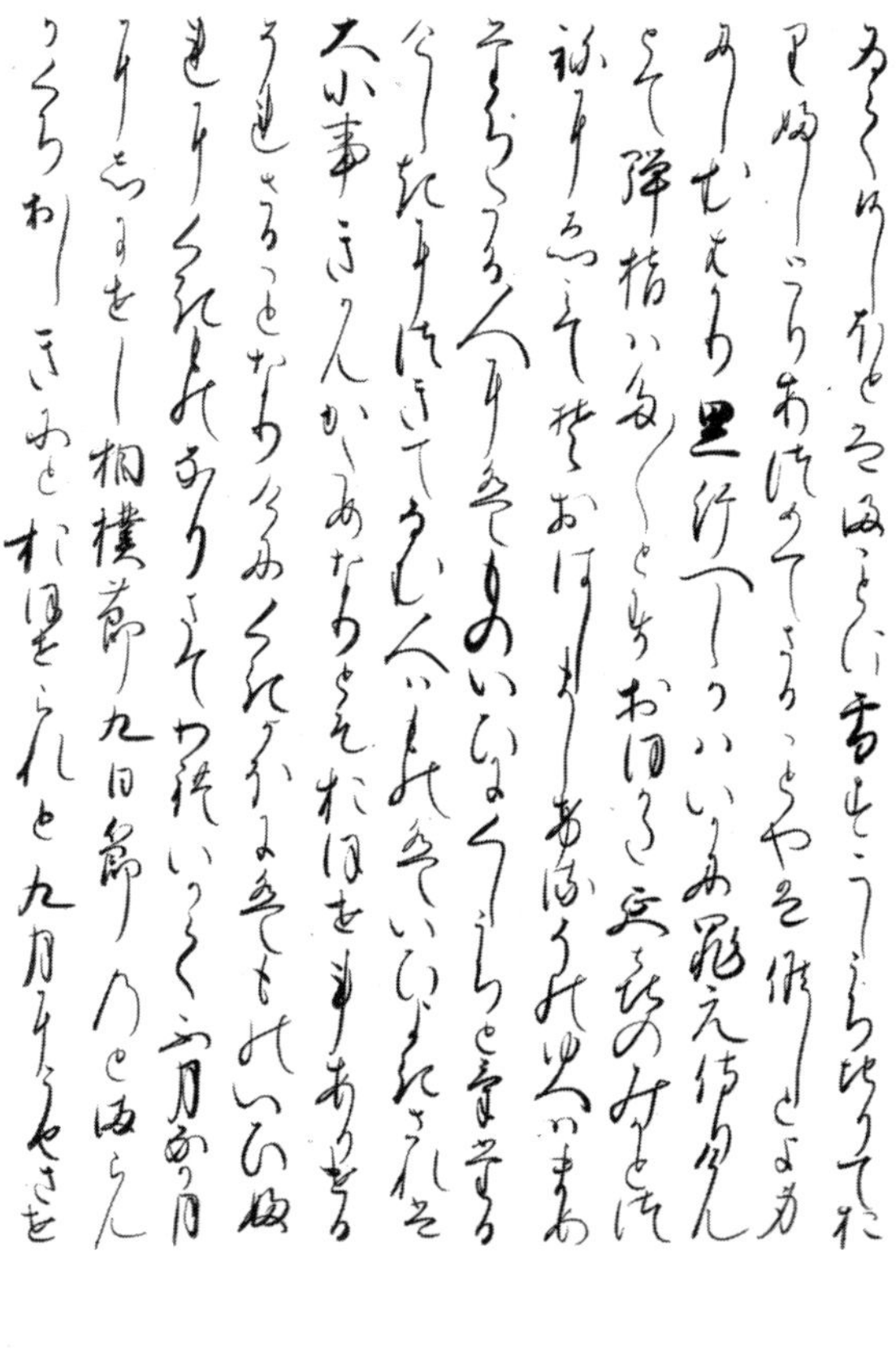

一 こんなにすばらしい光景がございましたでしょうか。「かは」は、反語の係助詞。二 執着の罪。三 爪はじき。真言宗・天台宗などで、悪魔を払う所作。鷹狩に感動して得た罪を払おうとするのである。『落窪物語』『夜の寝覚』『今昔物語集』に、「爪はじき（を）はた〳〵と（す）」の形で、各一例存在。『色葉字類抄』「弾指タンシ」、『文明本節用集』「弾指《タンシ》」。四 陰暦の七月、宮中で行われた年中行事の一つ。諸国から「相撲人《すまひびと》」が召され、相撲をとった。五 菊の節句。九月九日の節句。宮中で菊の宴が催され、天皇が紫宸殿で群臣に詩をつくらせ、菊酒をたまわるのが慣例。六 底本「おほせられと」、東松本・近衛本（甲）・平松本「おほせられけれと」。七 延長八年（九三〇）九月二十九日崩御。

給て、九日の節は、それよりとゝまりたるなり、その日、[一]左衛門陣の前にて、御鷹ともはなたれしは、あはれなりしものかな、とみにこそ、とひのかさりしか、[二]公忠の弁をは、おほかたのよにとりてもやむことなきものにおほしめしたりし中にも、鷹のかたさまには、いみしうけうせさせ給しなり、日々に政を勤たまひて、むまをいつこにそやたてたまうて、事はつるまゝにこそ、[三]中山へ[四]はいませしか、[五]官のつかさの弁曹司の壁には、その殿の[六]たかのものはいまたつきて侍らん[七]くせのとり[八]かたのゝとりのあちはひ、まいりしりたりき、かたへはそらことをのたまふぞ、こゝろみたいま

一 左衛門府の役人の詰所。二 右大弁源公忠。光孝天皇の孫。醍醐天皇に親しく召し使われる。『公忠集』がある。三 狩場。京都府右京区黒谷附近。四 漢文訓読語。サ変。『大鏡』では、本動詞四例（「存在」「行く・来」各二例）、補助動詞五例の計九例顕在。平安時代後期では、神仏に用いるほかは用例が少ないと言われているが、そのような現象は見出せない。敬度は、和文語「おはす」より、少々低いようである。五 太政官庁の弁官の部屋の壁。六 飼鷹の糞のこと。

七 京都府乙訓郡久世村（京都府南区）。狩場の一つ。八 今の大阪府枚方市。鷹狩の名所。

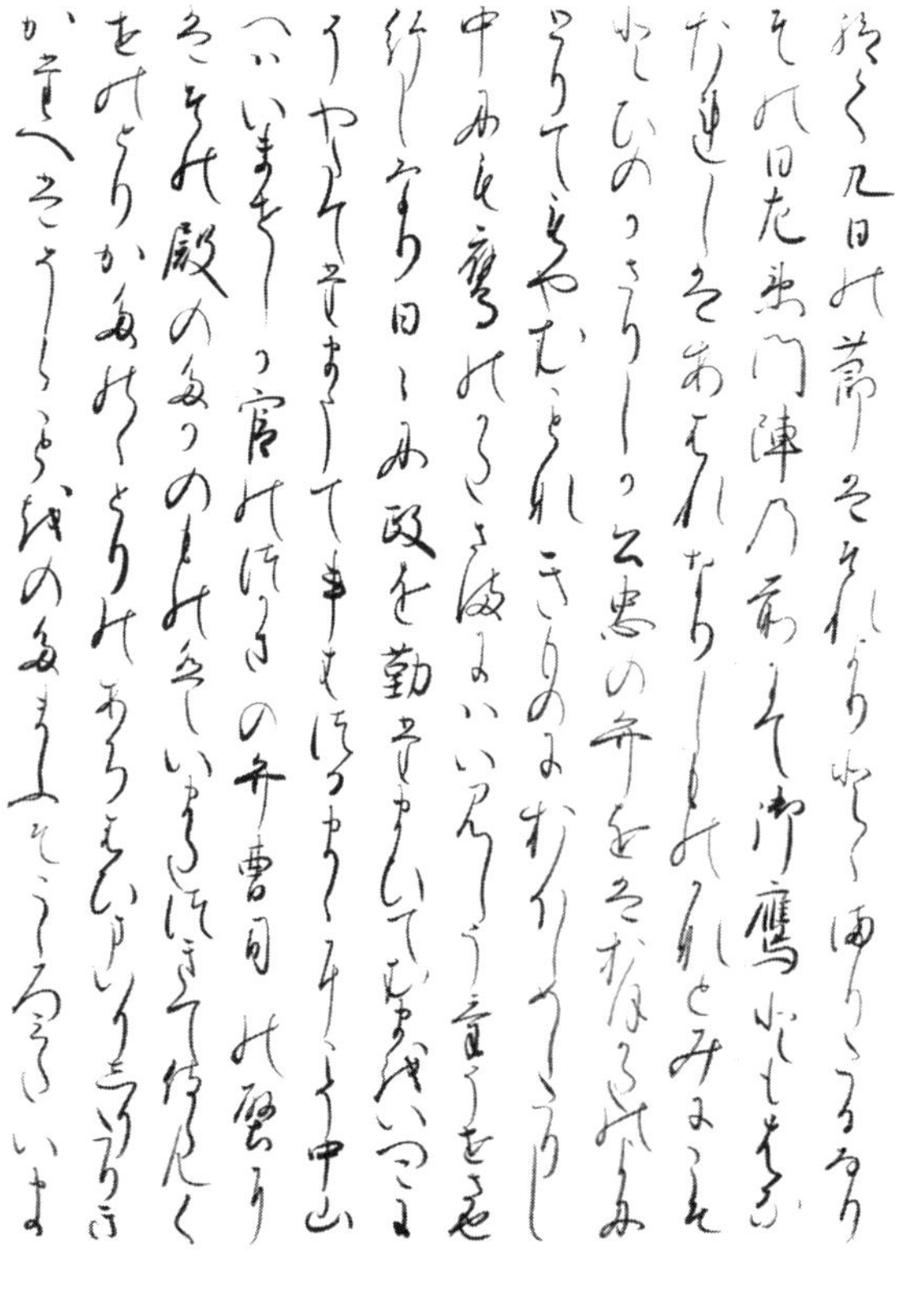

つらんとて、みそかに、二ところのとりをつくりませて、しるしをつけて、人のまいりたりけれは、いさゝかとりたかへす、これはくせの、これはかたのゝなりとこそ、まいりしりたりけれ、[一]かゝれは、ひたふるのたかゝいにて候ものゝ、殿上に候こそ見苦けれと、延喜に[二]奏し申す人のおはしけれは、公事をゝろかにし、狩をのみせはこそは、罪はあらめ、一度政をもかゝて、公事をよろつとめてのちに、[三]ともかくもあらんは、[四]なんてうことかあらむとこそおほせられけれ、いて、また、いみしく侍りしことは、やかておなしきみの[五]おほゐ河の行幸に、[六]冨小路のみやすところ《褒子》の御はらの親王《雅明》七歳にて舞せさせ給

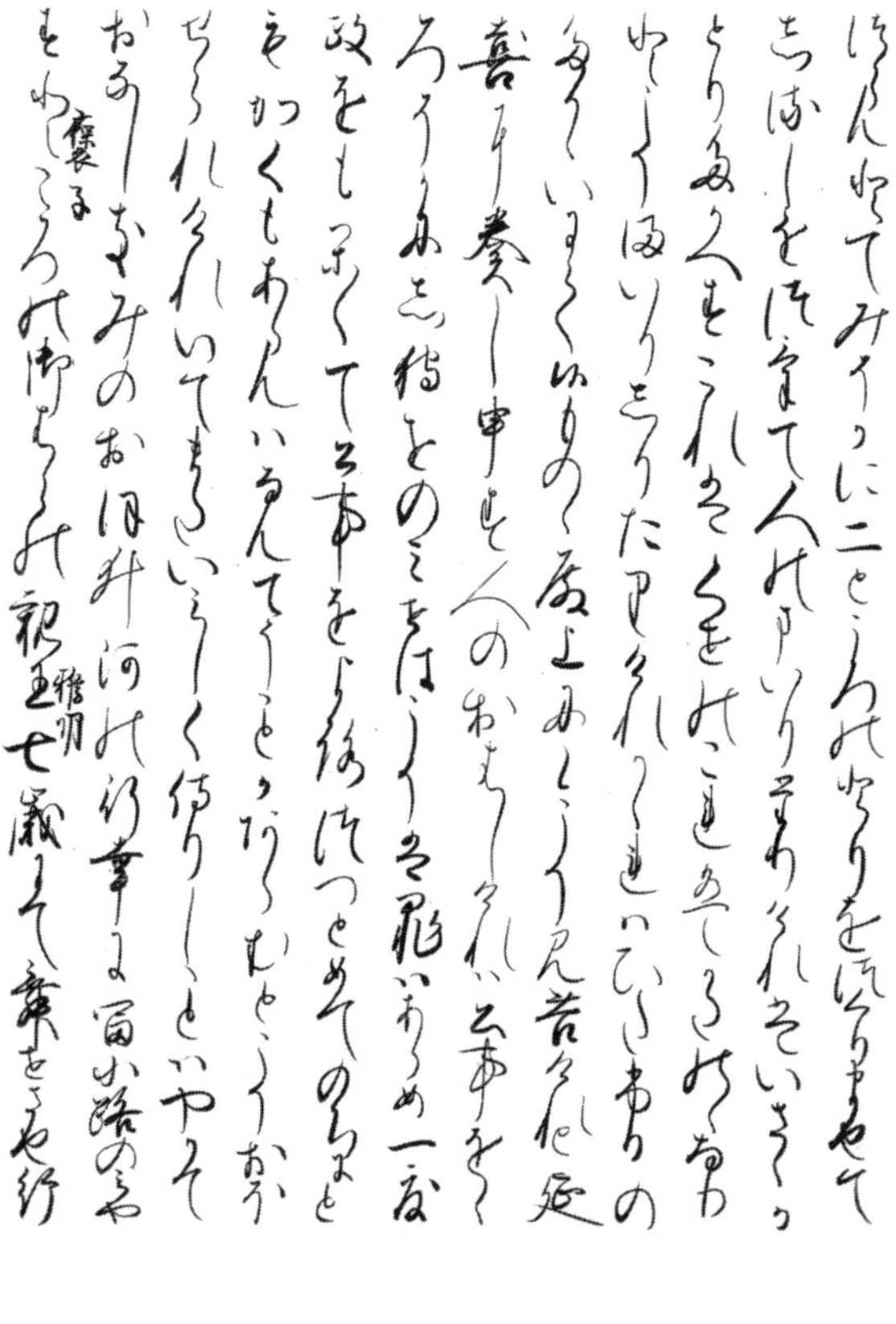

一 公忠さまがこんなふうに、鷹に深い知識を持っておられたので。二 「奏し申す」については、拙著『水鏡とその周辺の語彙・語法』（笠間書院　二〇〇七年）参照。三 どのような事をしようとも。四 何の差し支えがあろうか。「なんでふ」は「なにといふ」の変化した語。連体詞。「か」は反語の係助詞。五 延長四年（九二六）十月十九日。「大堰河」は、上流を保津川、下流を桂川と呼ぶ。六 雅明親王。宇多法皇の皇子で、醍醐天皇猶子。母は、時平の女褒子。

一 雅明皇子の御身を奪い申し上げなさったのですよ。皇子が延長七年（九二九）十歳で他界したこと。二 副詞。（下に、打消の語を伴って）まったく。一向に。三 宇多法皇。四 奈良県吉野郡、吉野川の上流の景勝地。御幸は、昌泰元年（八九八）十月二十五日。五 菅原道真。六 麻を水に浸し、皮をはいで、糸にすること。また、その麻糸。七 延喜七年（九〇七）、九月十日、宇多法皇の御幸。底本「おほゐの御幸」、東松本「おほ井の行幸《御幸》」とある。「行幸」は天皇、「御幸」は上皇・法皇・女院のおでまし。

へりしはかりの事こそ侍らさりしか、万人しほたれぬ人侍らさりき、あまり御かたちのひかるやうにしたまひしかは、山の神めてゝ、一とりたてまつり給てしそかし、その御時に、いとおもしろき事ともおほくはへりきや、二おほかた申つくすへきならす、まつ申へきことをも、たゝおほゆる事にしたかひて、しとけなくまうさむ、三法皇のところ〳〵の修行しあそはせたまふて、四みやたき御らんせしほとこそ、いといみしう侍しか、そのおり、五菅原《菅贈太政大》おとゝのあそはしたりし和哥、

六みつひきのしらいとはへてをるはたはたひの衣にたちやかさねん

七おほゐの御幸も侍りしそかし、さて又みゆき

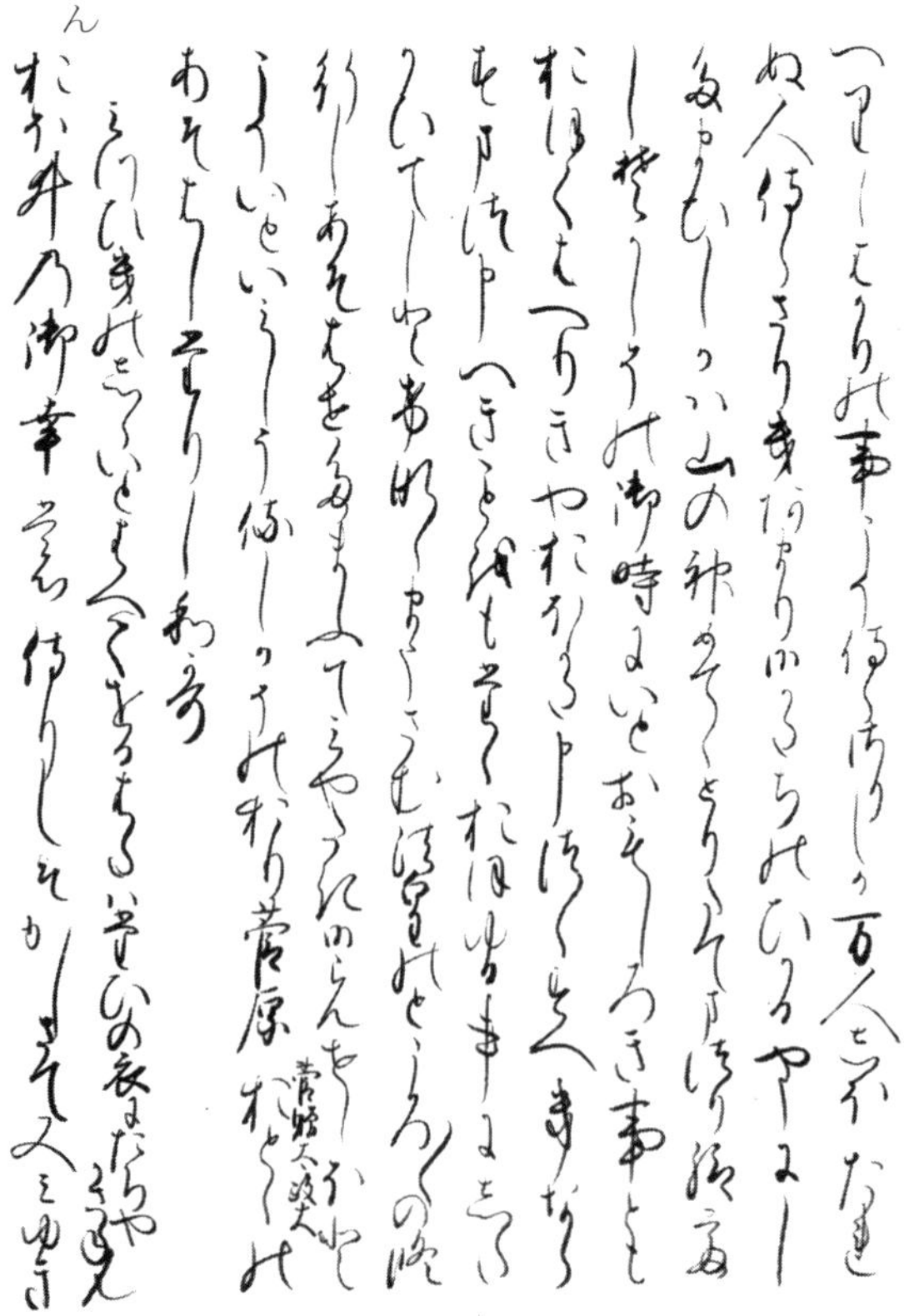

一も侍りしそかしさて又みゆきありぬへき所と申させ給、ことのよし奏せむとて、二一条のおほい貞信公まうちきみそかし、

在拾遺三大原山紅葉の色も心あらはいま一たひのみゆきまたなむ

あはれ、優にも侯しかな、さて、行幸に、あまたの題ありて、やまとうたつかうまつりしなかに、

四猿叫峡躬恒、

在古今侘しらにましらなゝきそ足引の山のかひあるけふにやはあらぬ

その日の五序代は、やかて貫之のぬしこそはつかうまつりたまひしか、さて又、朱雀院も優におはしますとこそはいはれさせたまひしかとも、六将門か乱なといてきて、おそ

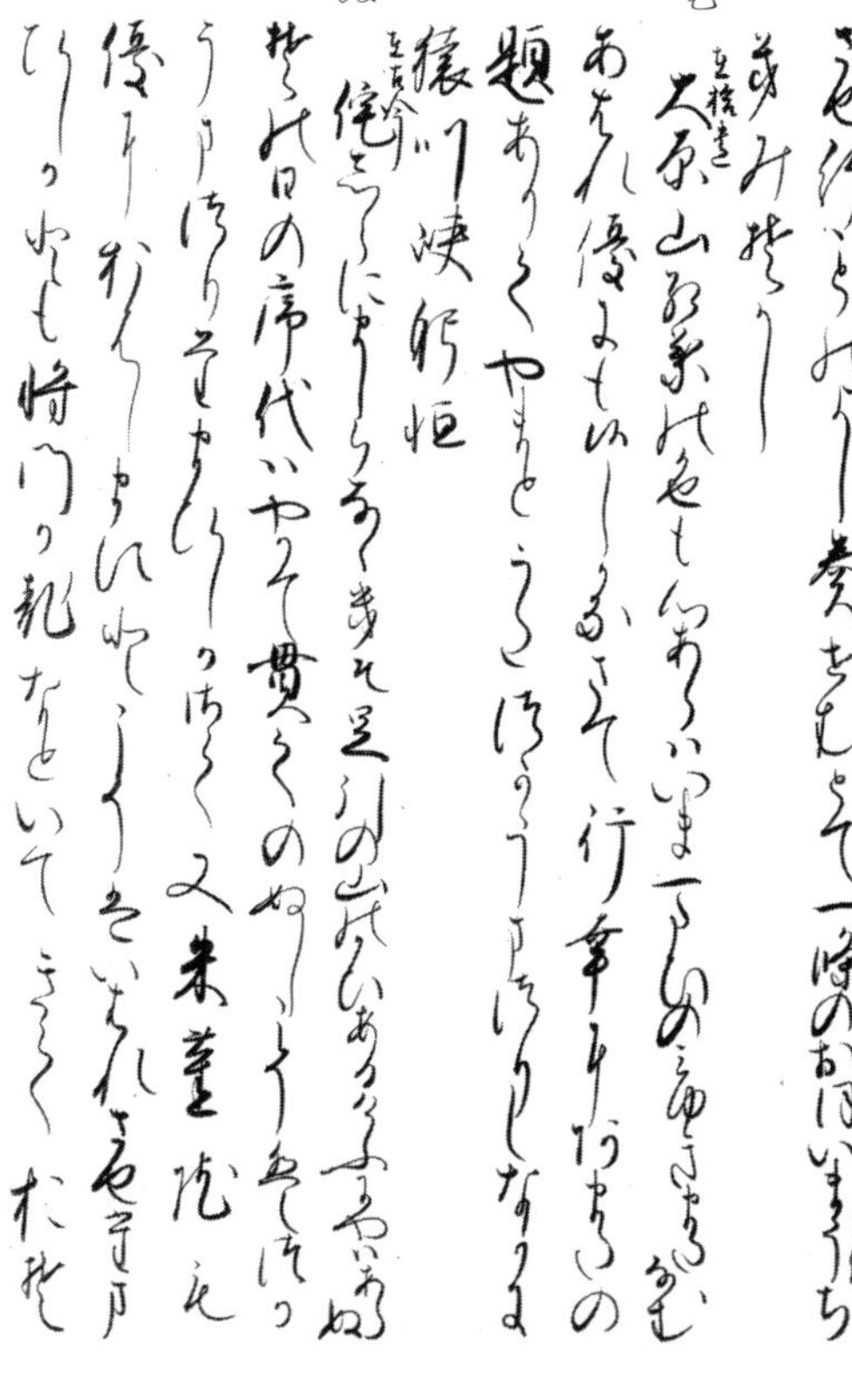

一 底本「も侍りしそかしさて又みゆき」、東松本などになし。二「一条のおほいまうちきみ」。底本「小一条…」の「小」脱落。古活字本・八巻本「小一条…」とある。三 初句「大原山」、蓬左本、古活字本・八巻本「をくら山」。『拾遺和歌集』巻第十七雑秋に、小一条太政大臣貞信公の詠として、「小倉山峯のもみちは心あらは今ひとたひのみゆきまたなん」とある。四 東松本「猿叫レ峡《サルサケフカフニ》」と傍訓。五 序題。和歌の序。六 天慶の乱。承平・天慶年間に起った平将門《まさかど》と藤原純友《すみとも》の反乱。中巻、一五四頁参照。

一 そのまま御位を成明親王にお譲りなさってしまわれたのですよ。二 藤原基経の女、穏子。傍注、底本「隠子」。東松本など「穏子」。三 成明親王。後の村上天皇。穏子腹。朱雀天皇の三歳年下。四 弟成明親王の即位を待ち遠しく。五 そう思って申し上げたのでもないことを。「さも」の「さ」は「心もとなくいそぎ」をさす。

れすこさせおはしましゝほとに、一やかてかはらせ給にしそかし、そのほとの事こそいとあやしう侍りけれ、二母きさき（皇太后宮隠子）の御もとに行幸せさせ給へりしをかゝる御ありさまの思やうにめてたくうれしき事なと奏せさせ給て、いまは東宮（三村上）そかくて見きこえまほしきと申させ給けるを、四心もとなくいそきおほしめしける事にこそありけれとて、ほともなくゆつりきこえさせたまひけるにきさいのみやは、五さもおもひても申さゝりしことをたゝゆくすゑの事をこそおもひしかとて、いみしうなけかせ給ひけりさて、おりさせたまひてのち、人々のなけきけるを御らんして院（朱雀）よりきさいのみやにきこえ

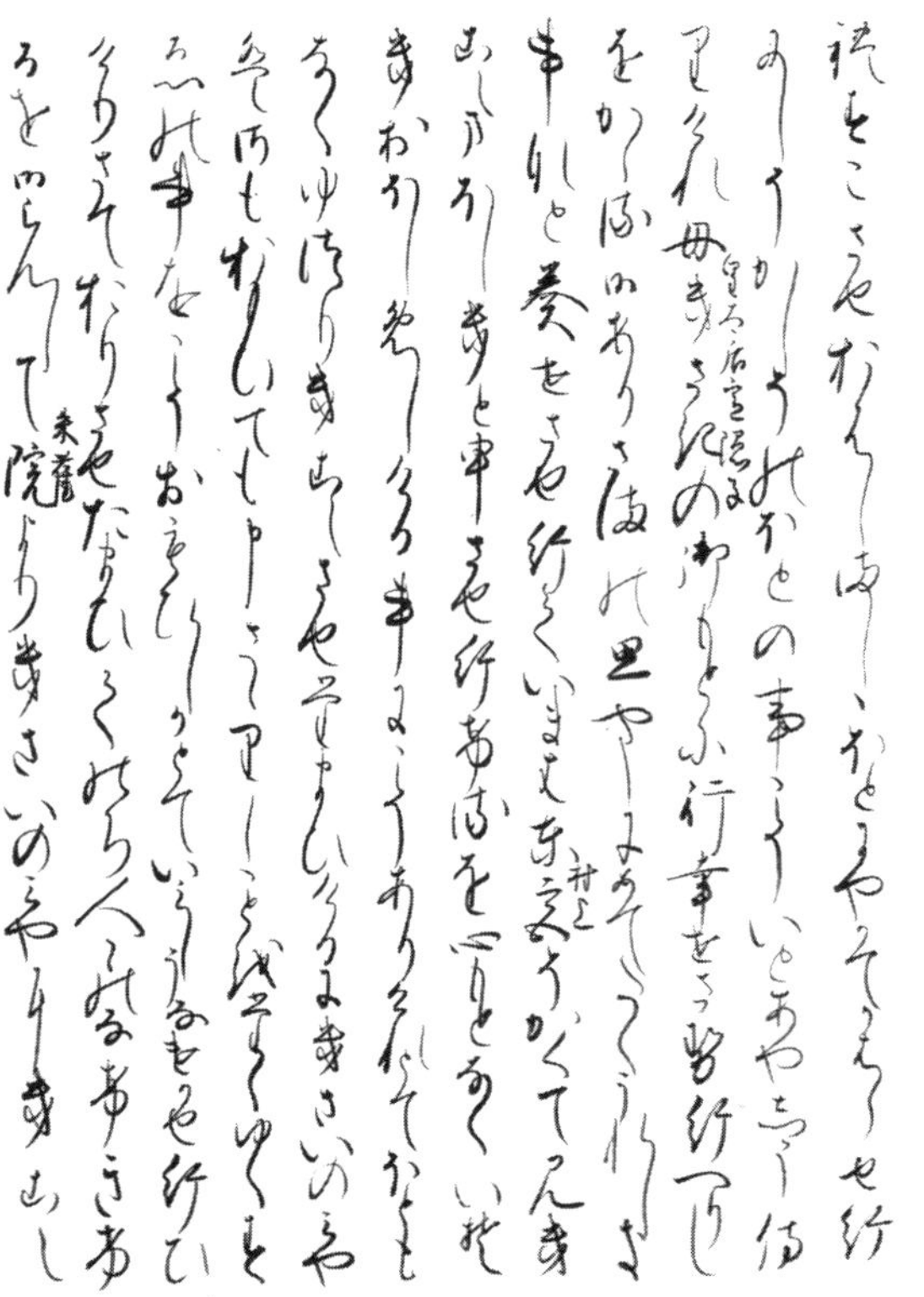

させ給へりしくにゆつりの日、一

日のひかりいてそふ今日のしくるゝはいつれのかたのやまへなるらん

きさいのみやの御かへし、

白雲のおりゐるかたやしくるらんおなし深山二ゆかりなからに

三なときこえ侍りし、院は数月四、綾綺殿五にこそおはしましゝか、のちはすこし悔おほしめす事ありて、位にかへりつかせ給へき御いのりなとせさせ給けりとあるは、まことにや、御こゝろいと六なまめかしうもおはしましゝ、御こゝちおもくならせたまひて、七太皇大后宮《昌子内親王》のをさなくおはしますを見たてまつらせ給て、いみしうしほたれおはしましけり、

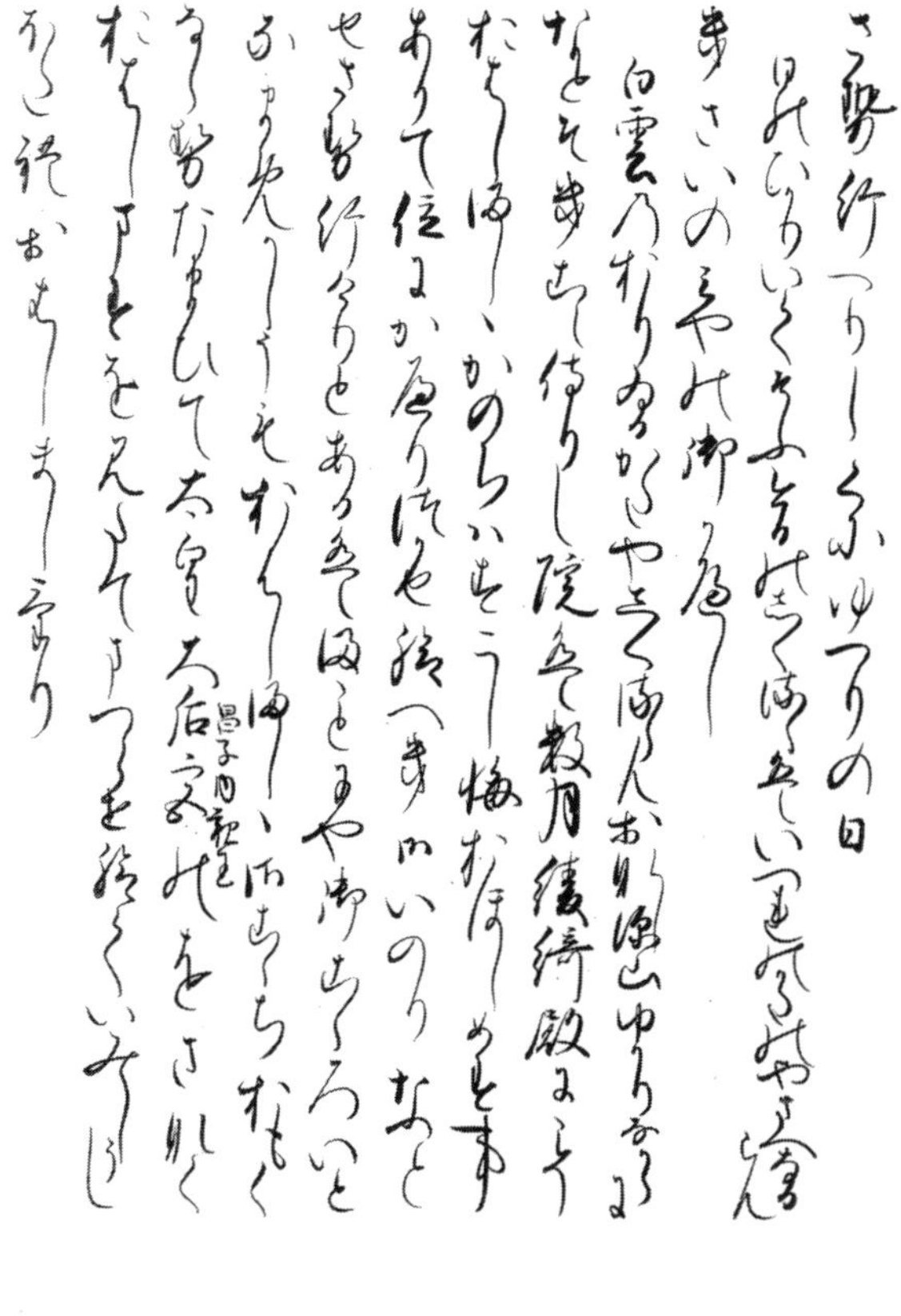

一 ご譲位したその日。二 底本「深山」、東松本・近衛本（甲）・平松本「みやまの」。三 などお詠みになったと漏れ聞こえました。四「数月」は「ツキゴロ」と訓むか。この数か月の間。数か月この方。『類聚名義抄』「月比《ツキコロ》」、『色葉字類抄』「月来《ツキコロ》」、八巻本「数月《すげつ》」。五 平安京の内裏の殿舎の一つ。天皇が入浴したり、斎服を着たりした所。仁寿殿の東、宣陽殿の北にある。六 優雅で。優美で。七 朱雀院皇女昌子内親王。底本「太皇大后宮」、近衛本（甲）・平松本「太皇太后宮」。

一『拾遺和歌集』巻第二十哀傷に、「朱雀院うせさせ給けるほとちかくなりて太皇太后宮のおさなくおはしましけるを見たてまつらせたまひて　御製　くれ竹のわか世はことに成ぬともねはたえせすもなかるへきかな」とある。二「なかる」は、「泣かる」と「流る」（血筋は、流れる）の掛詞。三 とはいえ、やはり。しかしながら、やはり。四 底本「申はせ」、東松本など「とはせ」。五「ゆるに」は形容動詞「ゆるなり」の連用形。ゆったりとしている。寛大である。

一在拾遺
呉竹のわかよはことになりぬともねは絶せすそな二をなかるへき

まことにこそかなしくあはれにうけ給はりしか、村上のみかと、三はた申へきならす、なつかしうなまめきたるかたは、延喜にはまさり申させ給へりとこそ人申すめりしか、われをは人はいかゝいふなと人に申四はせ給けるに、五ゆるになんおはしますとよには申すとそうしけれは、さてはほむるなんなり、王のきひしうなりなは、よの人いかゝたへんとこそおほせられけれ、いとをかしうあはれにはへりしことは、この天暦の御時に、清涼殿の御前のむめの木のかれたりしかは、もとめさせ給しに、なにかしぬしの蔵人

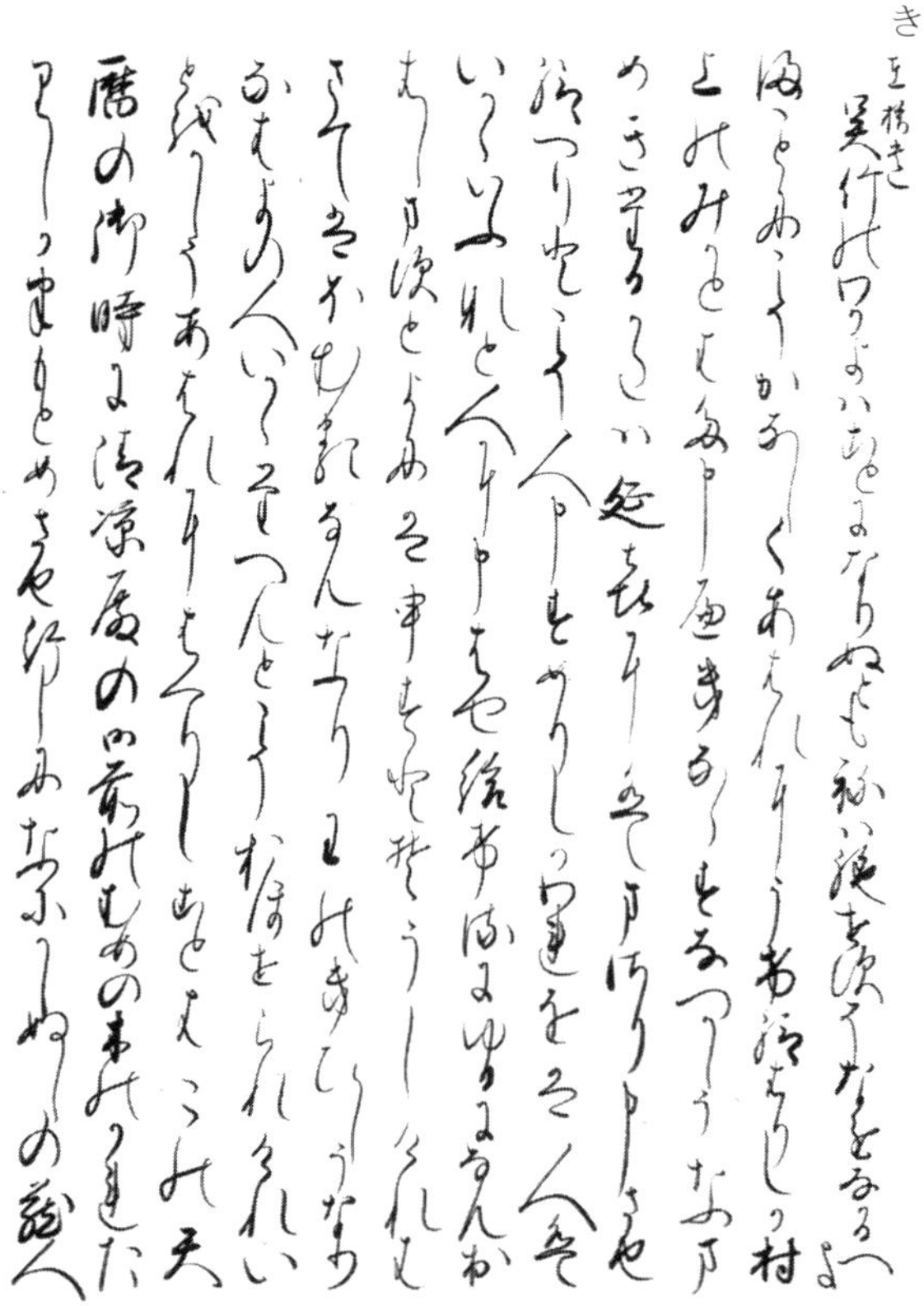

一にていますかりし時うけ給はりて、わかきものとも
は、え見しらし二きむちもとめよとのたまひしか
は、ひと京まかりありきしかとも、侍らさりしに、
三西京のそこ〲なるいゑに、いろこくさきたる木の
やうたいうつくしきか侍りしを、ほりとりしかは、
いゑあるしの、木にこれゆひつけてもてまいれと
四いはせ給しかは、五あるやうこそとて、もてまいりて
さふらひしを、なにそとて六御らんへけれは、女の手にて
かきて侍ける、

在拾遺
勅なれはいともかしこし鶯の宿はとゝはゝいかゝこたへん

とありけるに、あやしくおほしめして、なに
ものゝいゑそとたつねさせたまひけれは、

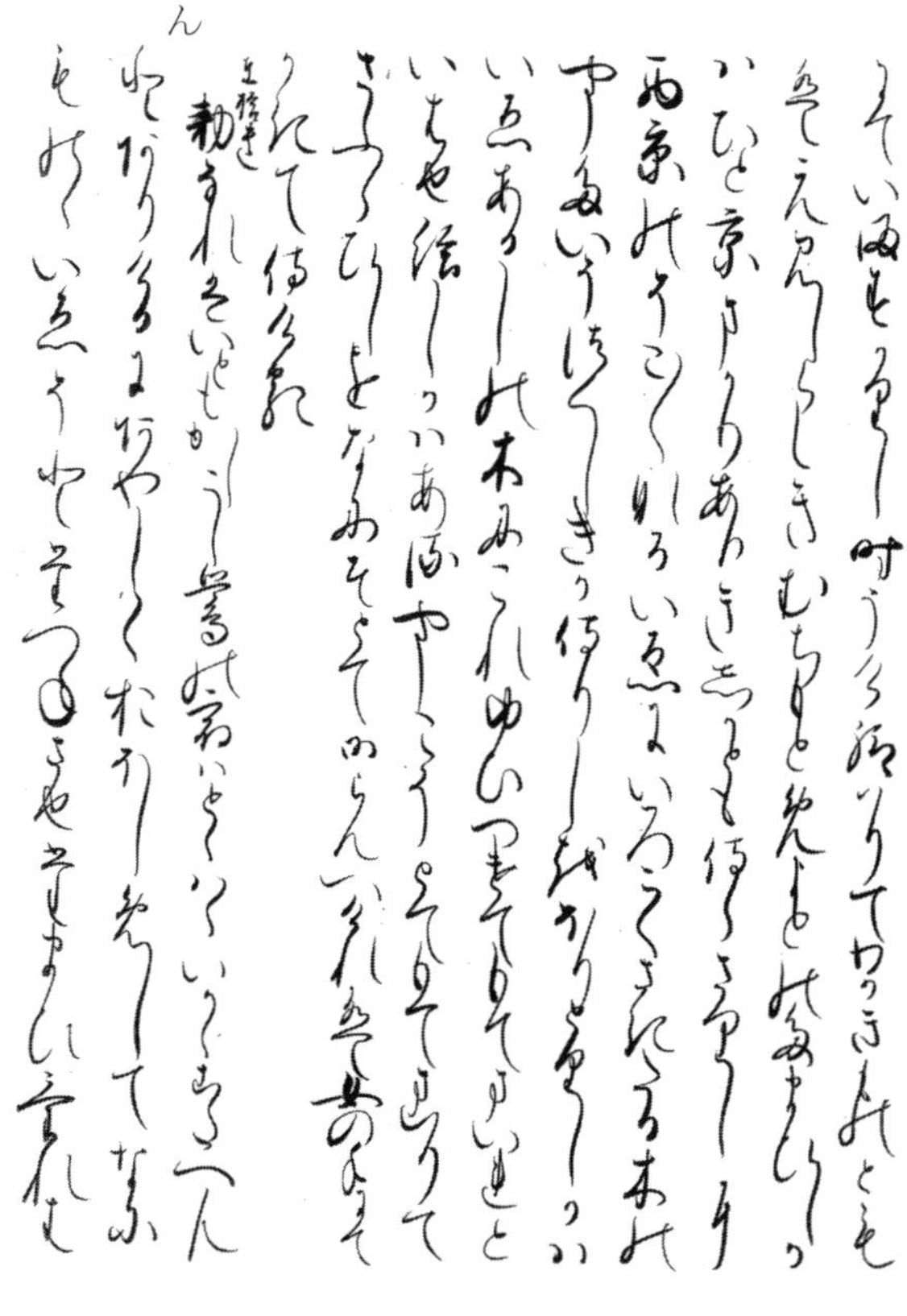

一 補助動詞「あり」の尊敬語。『大鏡』には、「いますがり」四例、転じた「いましがり」一例がある。何れも、敬意は低い。二 二人称代名詞。敬意はない。俗にいう、貴様。ここは重木。拙稿「「きんちが姓はなにそ」小考」(『国文学論考』第四号　一九六七年十二月)参照。三 八巻本「西の京」。平安京の、朱雀大路の西の地。四 その家の召使いに言わせなさったので。「せ」は、使役の助動詞。五 何かわけがあるのであろう。「あるやうこそ」、東松本・近衛本(甲)・平松本「あるやうこそは」。六 底本「御らんへければ」、千葉本系の他の諸本、徳川本系の蓬左本・桂宮本(乙)には、異同がない。ただし、改造文庫(底本、徳川本系の久原本)では「御覧ずれば」とあり、異本系の萩野本、流布本系の八巻本「御覧しければ」とある。

一 紀内侍《きのないし》。二 遺憾なこと。『色葉字類抄』「遺恨《キコン》」。三 恥ずかしげに。四 この世。『易林本節用集』「(今《コン》)生《シヤウ》」、『文明本節用集』「今生《コンジヤウ》」。五 辰号。恥辱。はずかしめ。恥。六 そうはいうものの。とはいえ。七 (褒美として) いただいた衣服を肩にかける。貴人が衣服などを与えた。八 醍醐天皇皇子重明親王の御女、徽子《きし》。八歳で斎宮に卜定《ぼくじょう》。母、忠平の女。九 底本「みこと」、東松本「みかと」。

つらゆきのぬしのみむすめ一のすむ所なりけり、二遺恨のわさをもしたりけるかなとて、三あまえおはしましける、重木、四今生の五そくかうは、これや侍けん、さるは、六思やうなる木もてまいりたりとて、七きぬかつけられたりしも、からくなりにきとてこまやかにわらふ、重木、又、いとせちにやさしく思給へし事は、このおなし御時の事なり、承香殿の女御と申しゝは、八斉宮の女御《徽子女王》よ九みことひさしくわたらせ給はさりける秋のゆふくれに、ことをいとめてたくひきたまひけれは、いそきわたらせ給て、御かたはらにおはしましけれと、人やあるともおほしたらて、せめてひきたまふをきこしめせは、

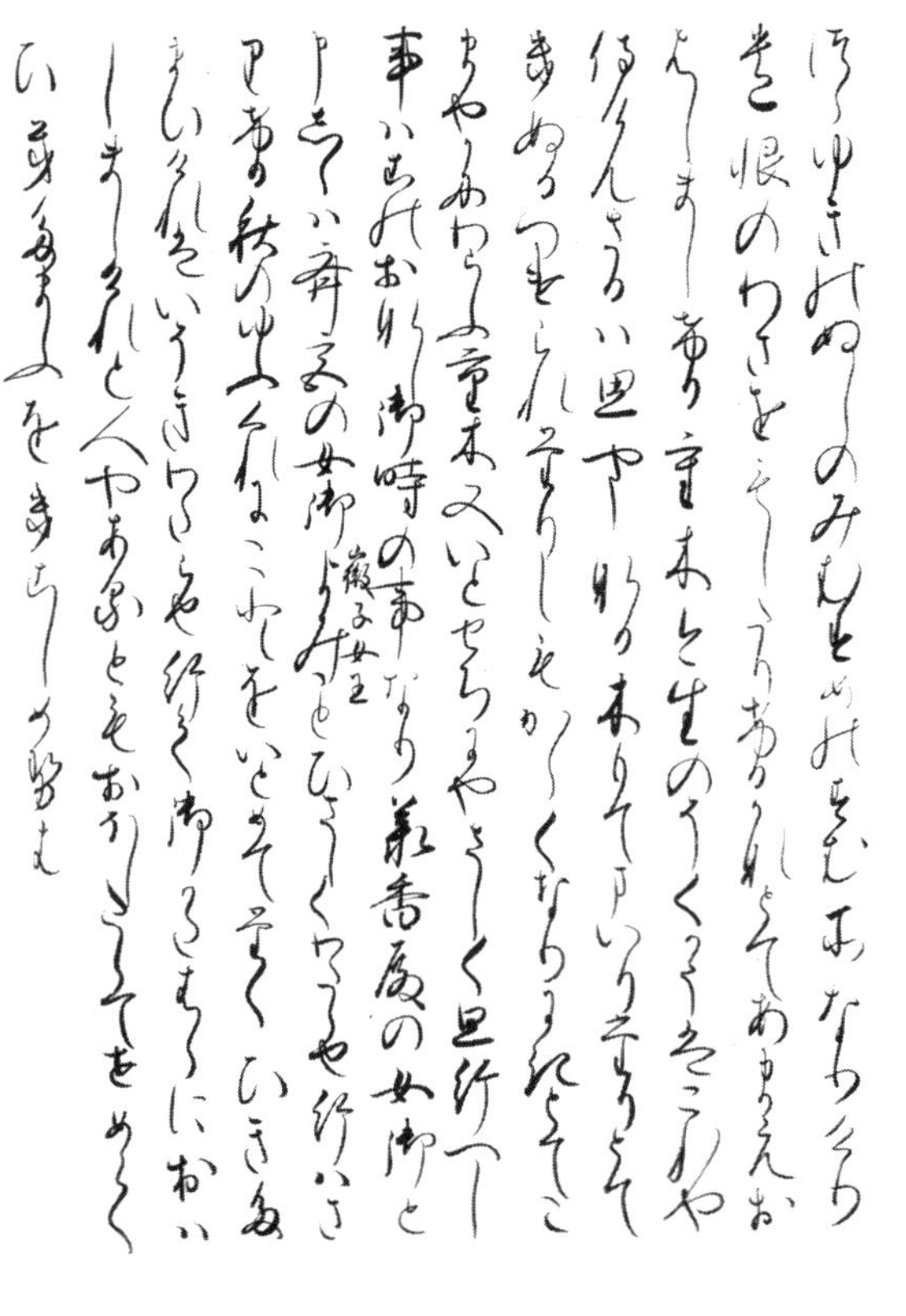

一秋の日のあやしきほとの夕暮におき吹風のをとそきこゆる
とひきたりしほとこそせちなりしか、二と御集
に侍こそいみしう候へといふは、あまりかたし
けなしやなある人、三城外やしたまへりしと
いへは、遠国にはまからす、四いつみの国にこそ、
つらゆきのぬしの五御任にくたりて侍しか、六ありと
ほしをはおもふへしやはとよまれしたひの
ともにも候き、あめのふりしさまなとかたりし
こそ、ふるさうしにあるをみるは、ほとへたるこゝちし
侍りしに、むかしにあひにたるこゝちして、お
かしかりしか、此侍も、いみしうけうして、七重木
か女ともこそ、いますこしこまやかなる事ともは

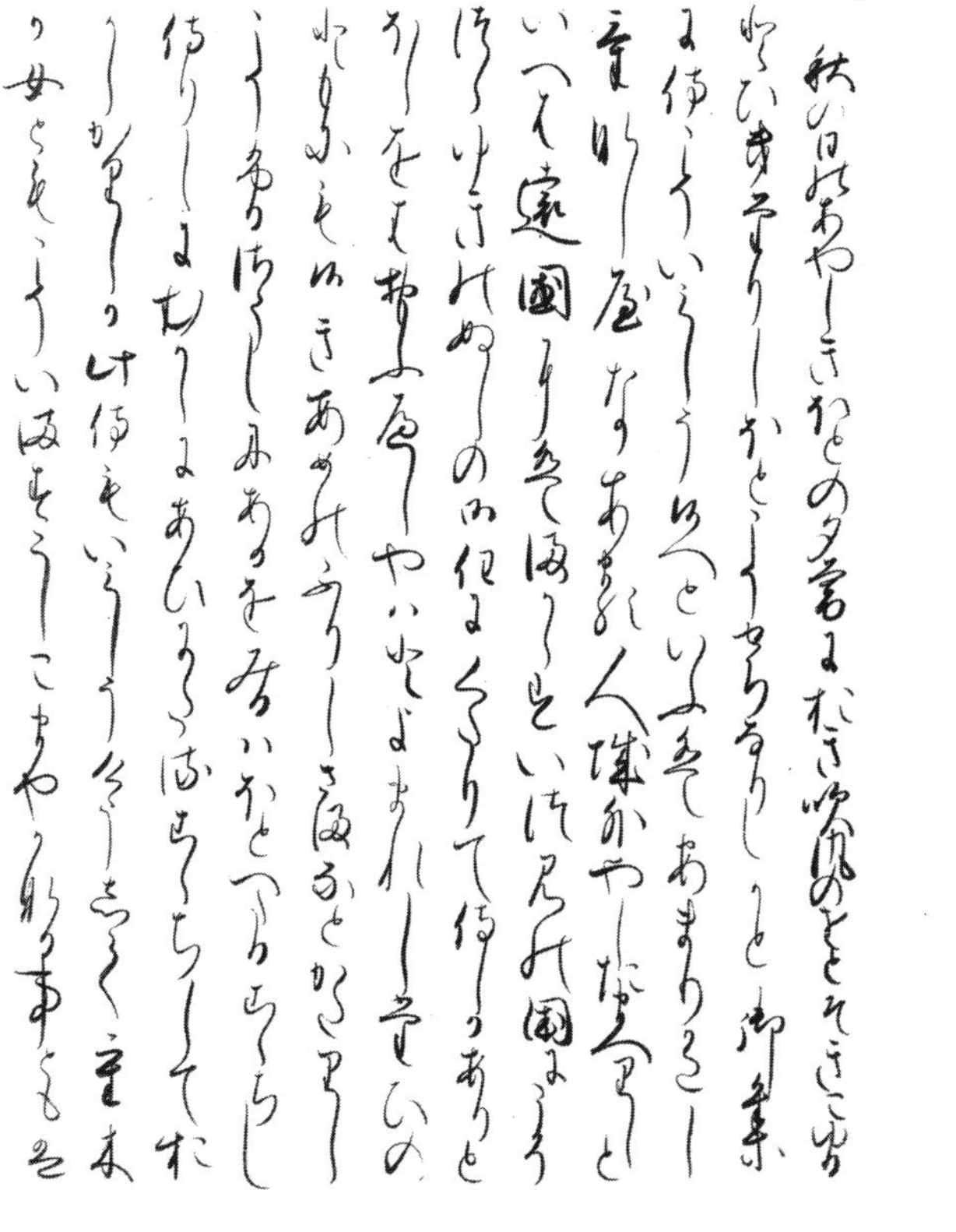

一『古今和歌集』巻第十一恋「読人しらず　いっとても恋しからずはあらねども秋の夕はあやしかりけり」を本歌としている。二『天暦御集』か。現存しない。三 地方に出かけられましたか。「城外す」は、内裏を中心とした地域の外へ出て行く。四 畿内五か国の一つ。今の、大阪南部。泉州。五 ご赴任。六『貫之集』第九「かきくもりあやめもしらぬおほ空にありとほしをば思ふべしやは」とある。四、五句の引歌。「ありとほし」は、地名「蟻通し」に、「在り」と「星」を掛ける。七「女ども」は重木の妻。「ども」は接尾語で、婉曲。

かたられめといへは、我は京人にも侍らす、たかき
みやつかへなともし侍らす、わかくよりこのおきな
にそひ候にしかは、はか〳〵しきことをも見たまへぬも
のをはと[一]いらふれは、いつれのくにの人そとゝふ、[二]みち
のくにあさかのぬまにそ侍りしといへは、いかて京に
はこしそとゝへは、その人とはえしりたてまつ
らすうたよみたまひしきたのかたおはせし
[三]守の御任にそ、[四]そのほりしといふに、[五]中つかさのきみに
こそときくもおかしくなりぬ、いといたきことかなき
たのかたをはたれとかきこえし、よみ給けん哥
はおほゆやといへは、そのかたに心もえて、おほえ
侍らす、たゝのほり給ひしに、[六]相坂のせきにおはし

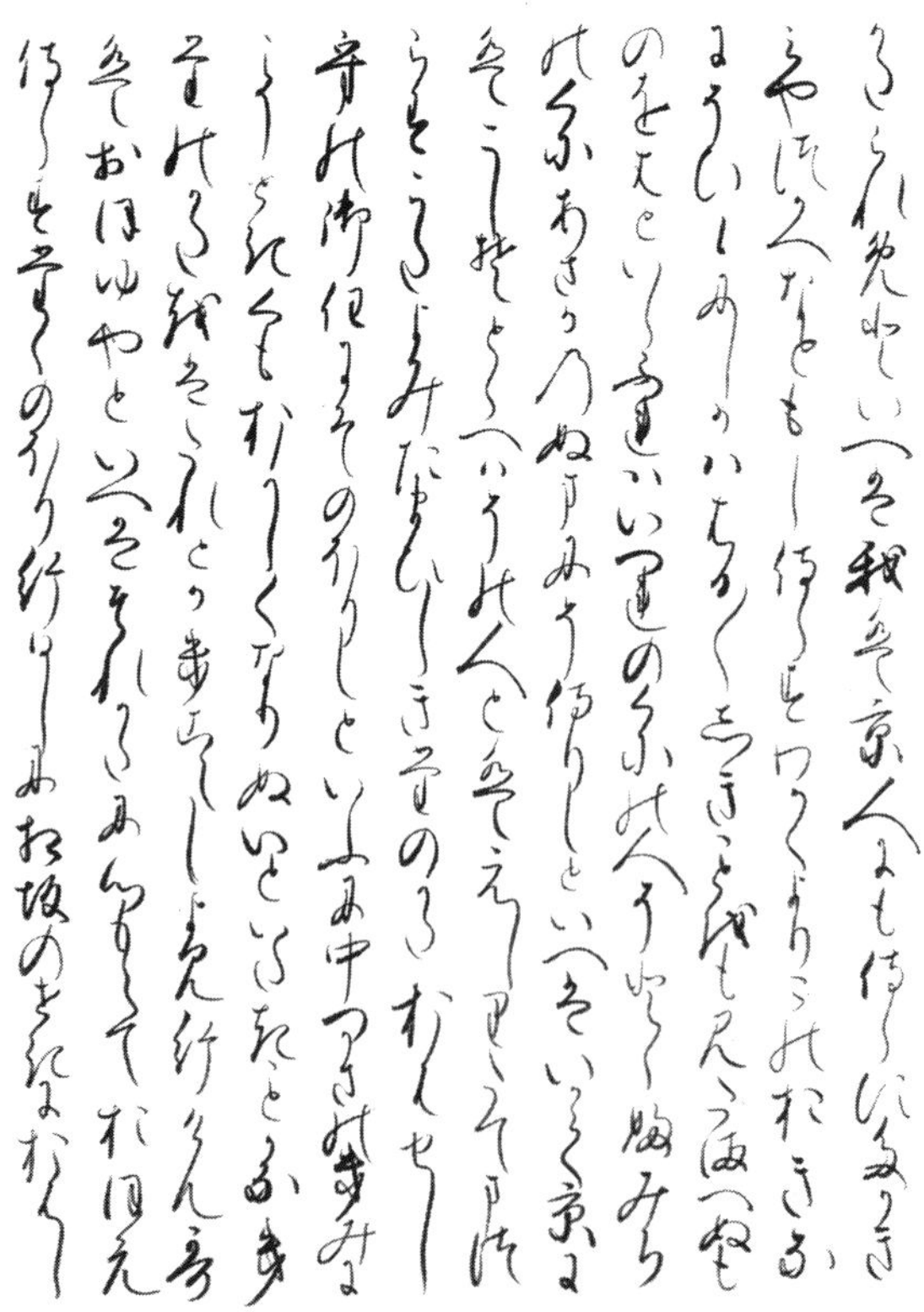

一「いらふ」の同義語に「こたふ」がある。「こたふ」が相手の問にまともに答えるのに対し、「いらふ」は、適当に返事をする場合に用いられている傾向があるようである。漢文訓読や、和歌では「こたふ」が用いられている。 二 岩代国安積郡山野井村（福島県郡山市安積町）の安積山の麓にあった沼。歌枕。 三 陸奥守。源信明。右大弁源公忠男。光孝天皇子孫。 四 京へ上りました。 五 父、敦慶親王（宇多天皇皇子）が、中務卿であられたため。母、歌人伊勢。三十六歌仙の一人。歌集に『中務集』がある。 六 歌枕。今の大津市の北西にあった関所。京都から東国への出口にあたる要所。三関の一つ。和歌では、多く「逢ふ」にかけて用いられる。

てよみたまへりし哥こそ、ところ〴〵おほえ侍れ
とて、
一都にはまつらんものを相坂の関まてきぬとつけやゝらまし
なと、たとくしけにかたるさま、くことにをとこにたとしへなし、
重木、二この人をは、三人とおほえすかとよ、四さやうのかた
はおほゆらんものそ、五世間たましひはしも、いとかしこく
侍るをとり所にて、えさりかたく思給ふるなりと
いふに、世次、いて、このおきなの六をんな人こそ、いとかし
こく物はおほえ侍れ、いま七ひとめくりかこのかみに
候へは、見たまへぬほとのことなとも、八あれはしりては
へめり九染殿の一〇きさい《太皇太后明子》のみやのすましに侍けり、母も
一一上の刀自《トシ》にてつかうまつりけれは、おさなくより

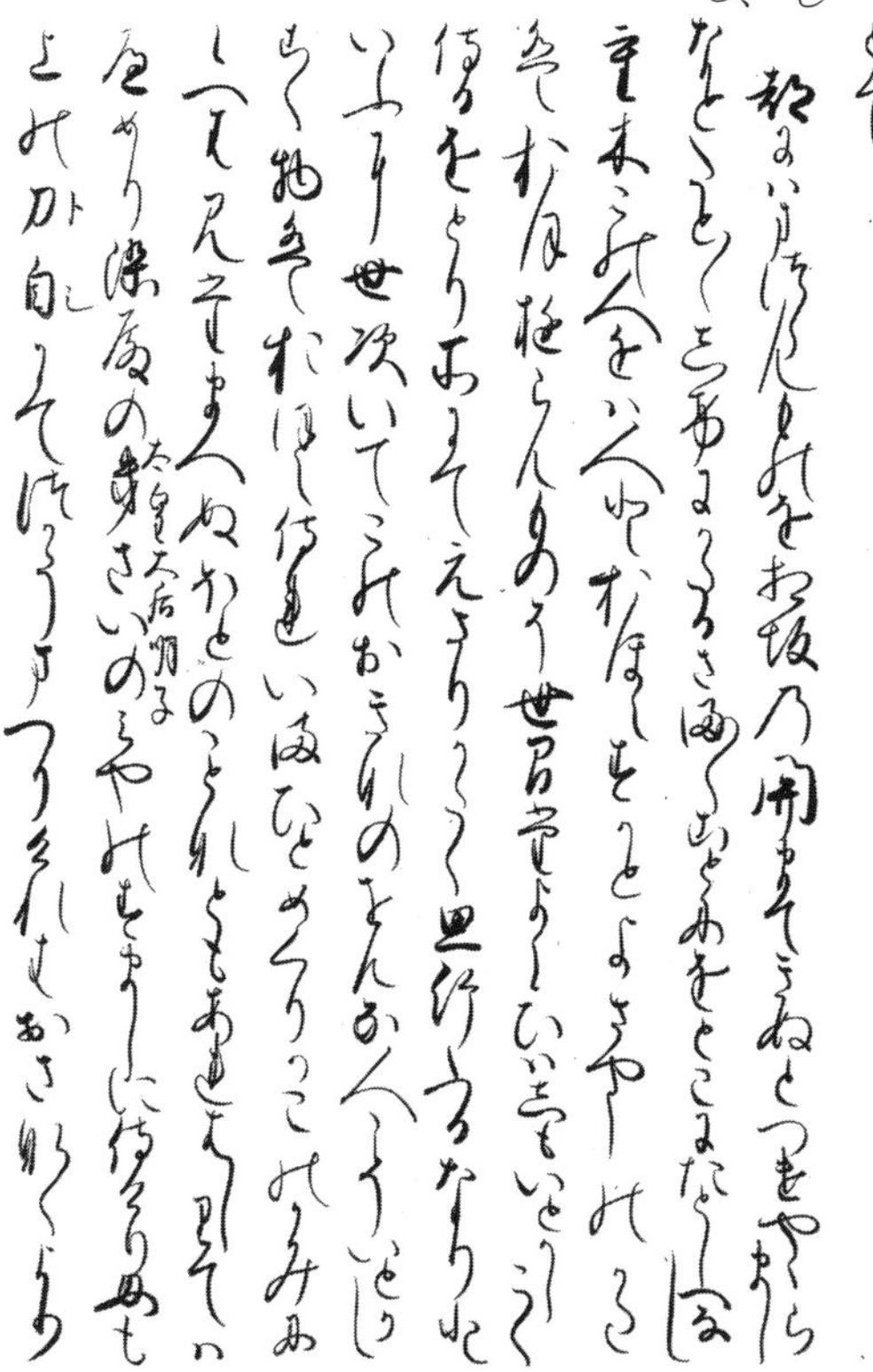

一『玉葉和歌集』巻第八旅歌には、「源信明朝臣陸奥守にてまかりけるに伴ひて任果てゝのぼり侍るとて逢坂の関にてよみ侍りける　中務　都人まつらむものを逢坂の関まできぬとつげや遣らまし」とある。二 中務の君。三 どなたって思い出せないって。夫として、妻を叱った表現。四 さような和歌に関することは、自然と思い浮かぶだろうに。「おぼゆ」は、思い出される。思い起される。五 世渡りの才能。六 自分（世次）の妻。七 十二支なら十二歳。十干なら十歳。八 人称代名詞。遠称の他称。あいつ。平安時代以後の語。九 藤原良房の女明子。文徳天皇女御。一〇 宮中で、便器などの清掃をする身分の低い人。一一「上」は、女官の筆頭。「刀自」は、「内侍所《ないしどころ》」「御厨子所《みづしどころ》」「台盤所《だいばんどころ》」などで雑役に従事する女官。

まいりかよひて、一忠仁公をも見たてまつりけり、二童部かたちのほとの、いとものきたなうも候はさりけるにや、ゝんことなき君達も御覧しいれて、三兼輔中納言四良峯泉《衆カ》樹《モロキ》宰相の御ふみなともちて侍めり、中納言は五みちのくに帋にかゝれ、宰相のは六くるみいろにてそ侍める、この宰相そかし、五十まてさせる事なく、おほやけにすてられたるやうにていますかりけるか、七八幡にまいりたうひたるに、あめいみしうふるいはし水のさかのほりわつらひつゝ八まいりたうへるに、御前のたちはなの木のすこしかれてはへりけるにたちよりて、

一 藤原良房の諡。二 童女姿。三 藤原兼輔。冬嗣の曾孫。賀茂川堤に住み、堤中納言とも称せられる。四 良峯安世の孫。遍昭の甥。五 陸奥紙。厚手で白く、表面に細かなしわがある。六 胡桃色。胡桃《くるみ》の核に似た色。淡褐色。七 石清水八幡宮。京都府八幡市男八幡に鎮座。八 底本「まいりたうへるに」、東松本・近衛本（甲）・平松本「まいりたまへるに」。

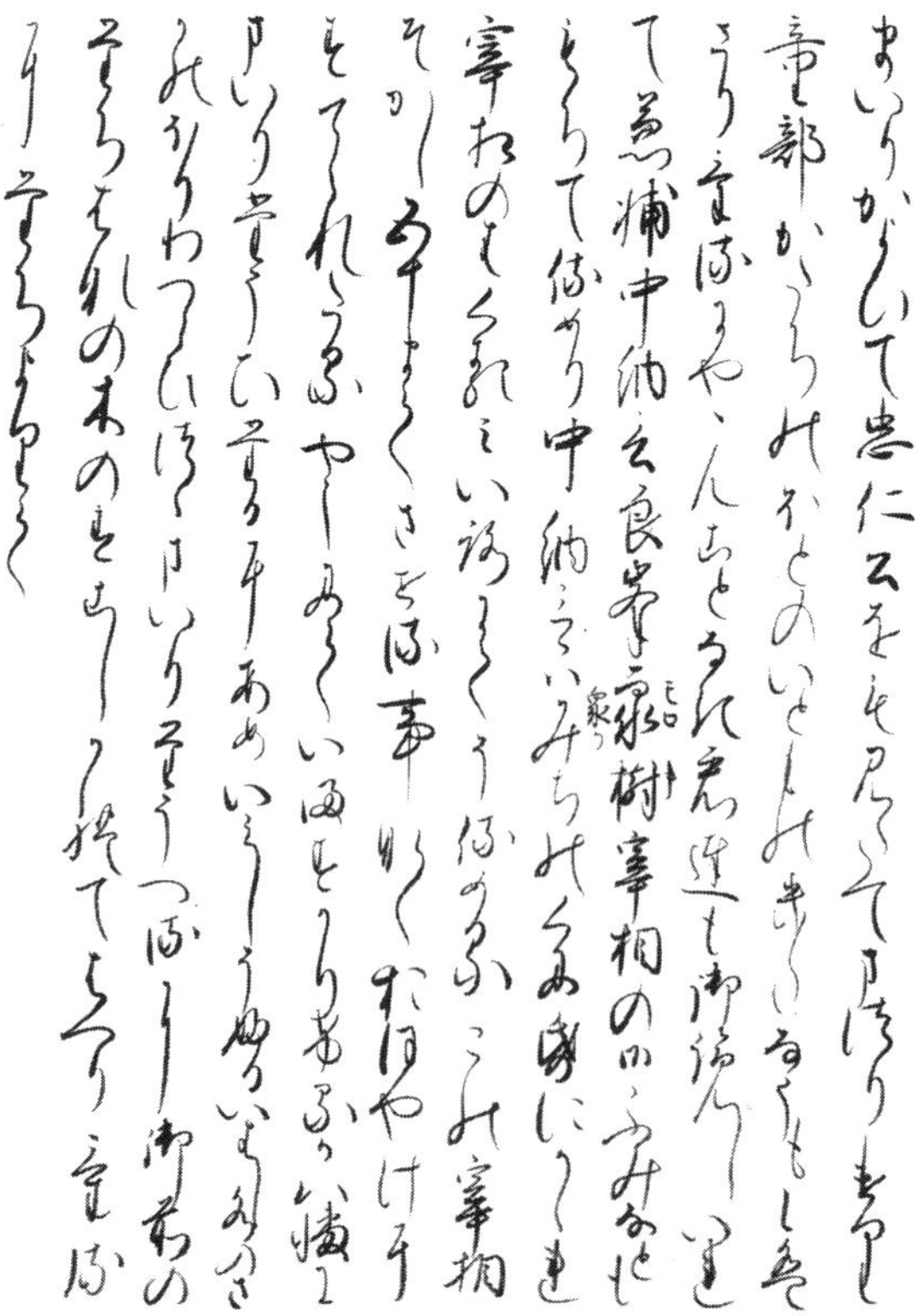

一 ちはやふる神のみまへの橘ももろきもともにおひにけるかな
とよみ給は、神きゝあはれひさせたまひて、たち
はなもさかへ、宰相もおもひかけす頭二になり
たまふとこそはうけ給はりしかといへは、三侍
賀茂の御前にとかやはるかのよのものかたり
に、四童部申侍めるはといらふれは、五さもや
侍りけむほとへて、六ひか事も申侍らん、宰相
をは見たいまつりしかと、七人となりてこそ
八たつねうけたまはれといらふ侍、そはさなりそ
の宰相は、五十六にて宰相になり左近中将か
けていませしかそのおりは、なにともおほえ侍
らさりしかと、このころおもひいて侍れは、九みくるし

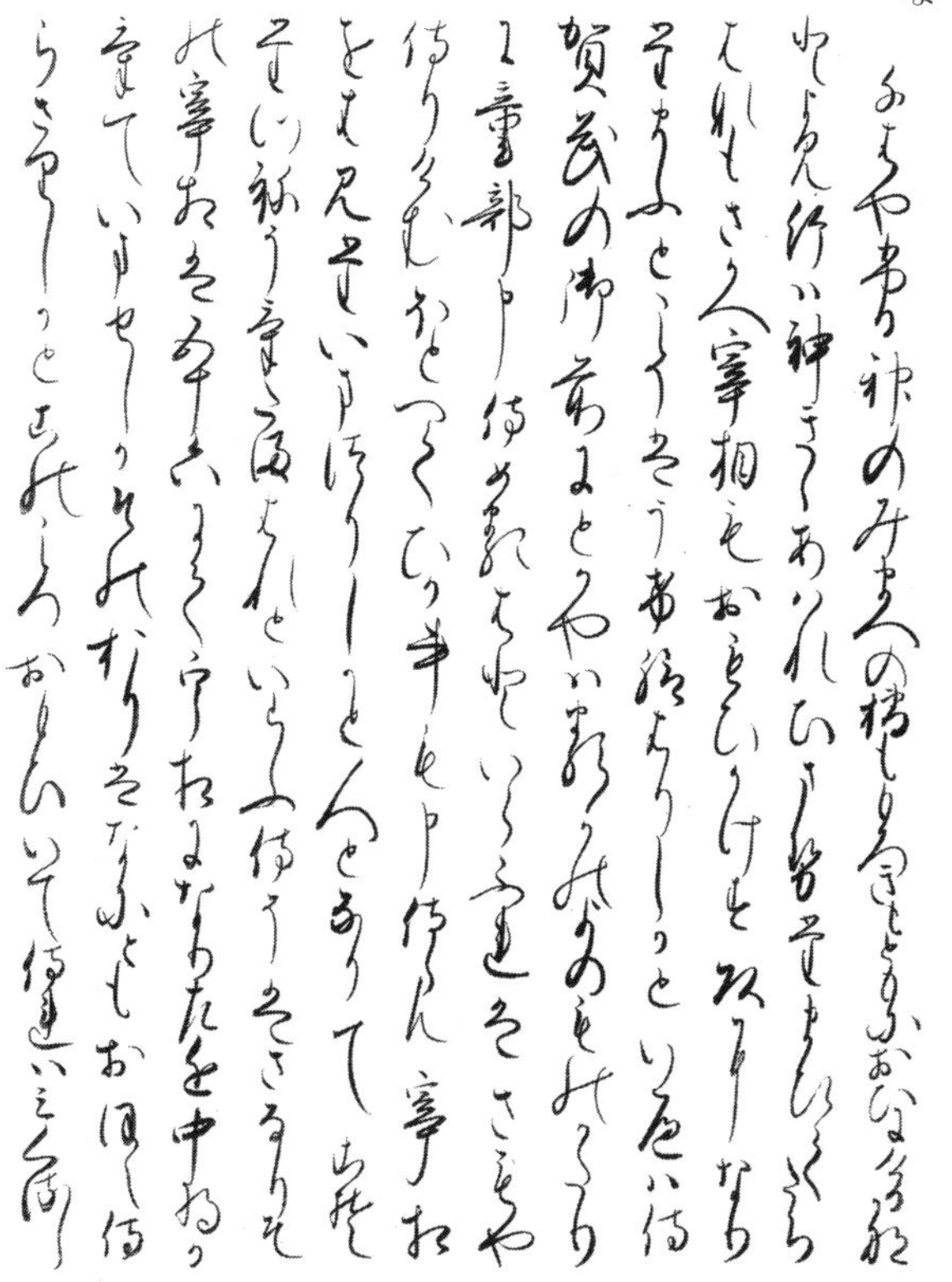

一「ちはやぶる」は、「神」の枕詞。「もろき」には、「衆樹」と「諸木」が掛けられている。**二**「蔵人の頭」の略。**三** 侍、『ちはやぶる』の第二句を『神のみまへの』と言ったが、『賀茂神社の御前』でのことだとか。」**四** 愚妻。自分の妻をへりくだっていう語。ここでは、侍が自分の妻に対しての使用。**五** そうだったかも知れません。**六** 間違い。誤り。**七** 自分（世次）が一人前の大人になった後に。**八** 人から尋ねお聞きしたものです。**九**「みぐるし」の内容は、衆樹の宰相や兼輔のような人から、思いを寄せられたことや、一回りも年上の女を妻にしたということをいっていると思われる。

[一]「有職」とも。物知り。千葉本「有職《イウショク》」43オ4。『色葉字類抄』「有職人情部又人事部《イウショク》」。[二] それはそうですよ。[三] 恋愛三昧をしておりました者が。「好《す》き惚《ほ》く」は、恋愛ざたに夢中になる。[四] つまらぬ夫（私）を恥に思って。[五] それほどに手をかけ始めたからには。[六] よそに目を移すこと。よそ目。[七] わきめ。[八] ばからしい。みっともない。[九]「をむなども」は、世次の妻をいう。「ども」は、謙譲の接尾語。[一〇] 前世からの因縁であったに違いありませんよ。[一一] 血筋をひく人。子孫。

かりける事かなと思侍、この侍いかて、さる[一]有識をは、ものけなきわか人にてはとりこめられしそととへは、[二]されはこそ、さやうに[三]すきほき候しものゝ、心にもあらす世次かいゑにはまうてきよりては、[四]はちにしていかはかりのいさかひはへりしかと[五]さはかりにこかけそめて[六]あからめせさせ侍りなんや、さるほとにゐつき候ては、おきなをまたひとよも[七]ほかめせさせ侍らぬをやとほゝえみたるくちつき、いと[八]をこかまし、又この[九]をむなともゝ、世次も[一〇]しかるへきにて侍けるそかのをんな二百歳はかりになりにてはへりかね、すけの中納言もろきの宰相も、いまゝて[一一]あとかはねたにいませす、いかゝし

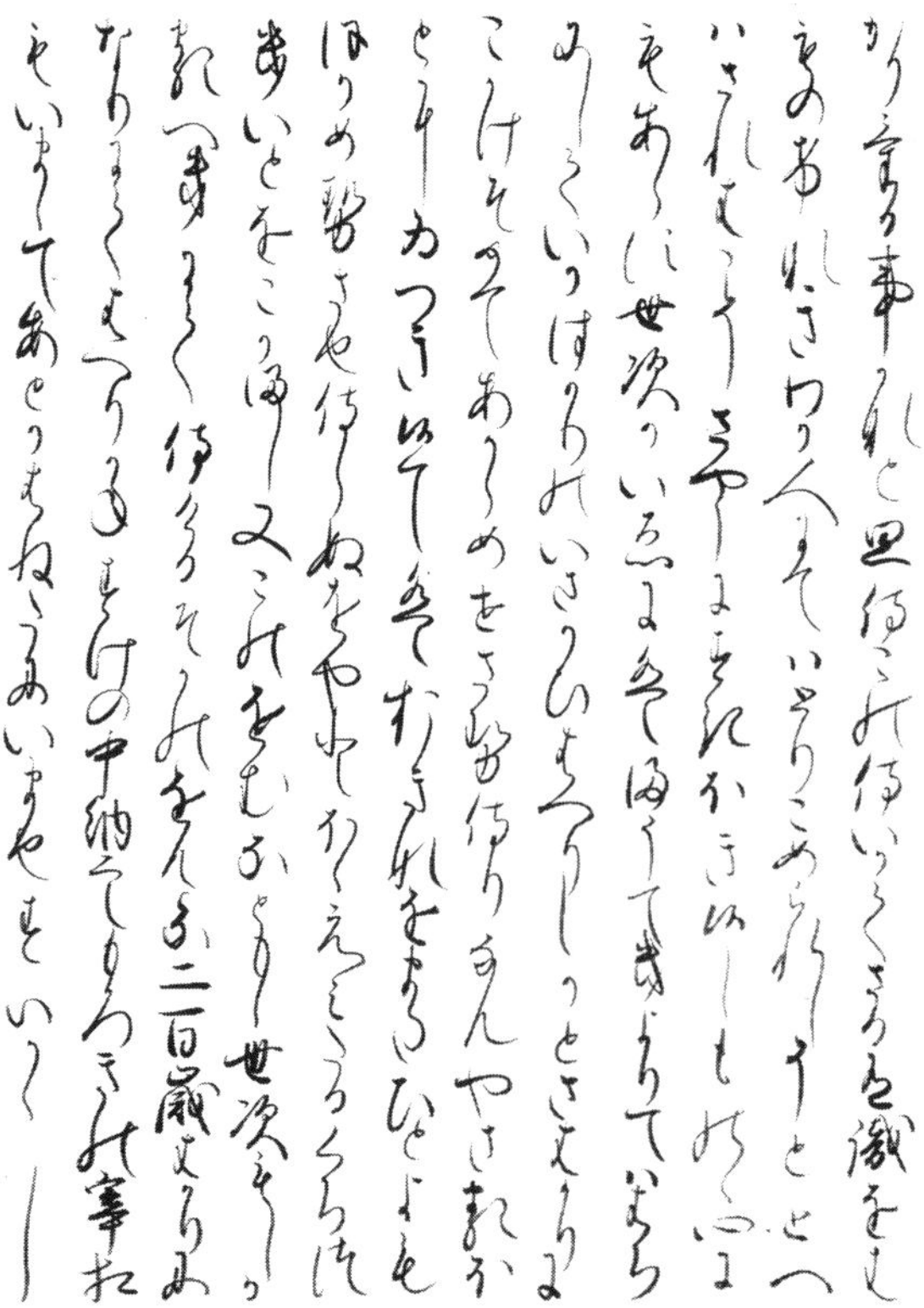

侍らまし、世次もいまやうのわかき女ともさらに一
かたらはれ侍らしといへは、かゝる二いのちなかのいき
あはす侍らましかは、いとあしく侍らましとて、
心よくわらふけにときこえておかしくもありか
たるもうつゝのことゝもおほえす、あはれ、けふく
して侍らましかは、三女房たちの御みゝに、いますこ
しとゝまることゝもは、きかせ給てまし、四わたく
しのたのむ人にては、兵衛の内侍の御おやをそ
し侍りしかは、内侍のもとへは、時々まかるめりき
といふに、とはたれにかといふありけれは、いてこの
高名の琵琶ひき相撲節に、五玄上六給て、御前に
て、七青海波つかうまつられたりしは、いみしかりし

一 決して、誘惑されることはございますまい。「さらに」は、(下に打消の語を伴って)、決して(…ない)。少しも(…ない)。「かたらふ」は(男女が)親しく交際する。「れ」は、受身の助動詞「る」の連用形。二 寿命の長い者同士。三 (ここにおいでの)女性たち。四 (妻は)私的な主人として。五 「玄象」とも。琵琶の名器の一つ。逸話に富む。六 「給て」は「たまはりて」。『色葉字類抄』「給《タマハリ》預《アツカル》」。「たまはる」は、古くは、謙譲語。尊敬語は、中世以後の用法と解かれている。七 舞楽の曲名。唐楽で、盤渉調《ばんしき》。二人の舞人が波と千鳥の模様のある袍《ほう》を着け、鳥甲《とりかぶと》をかぶり、剣を帯びた姿で舞う。

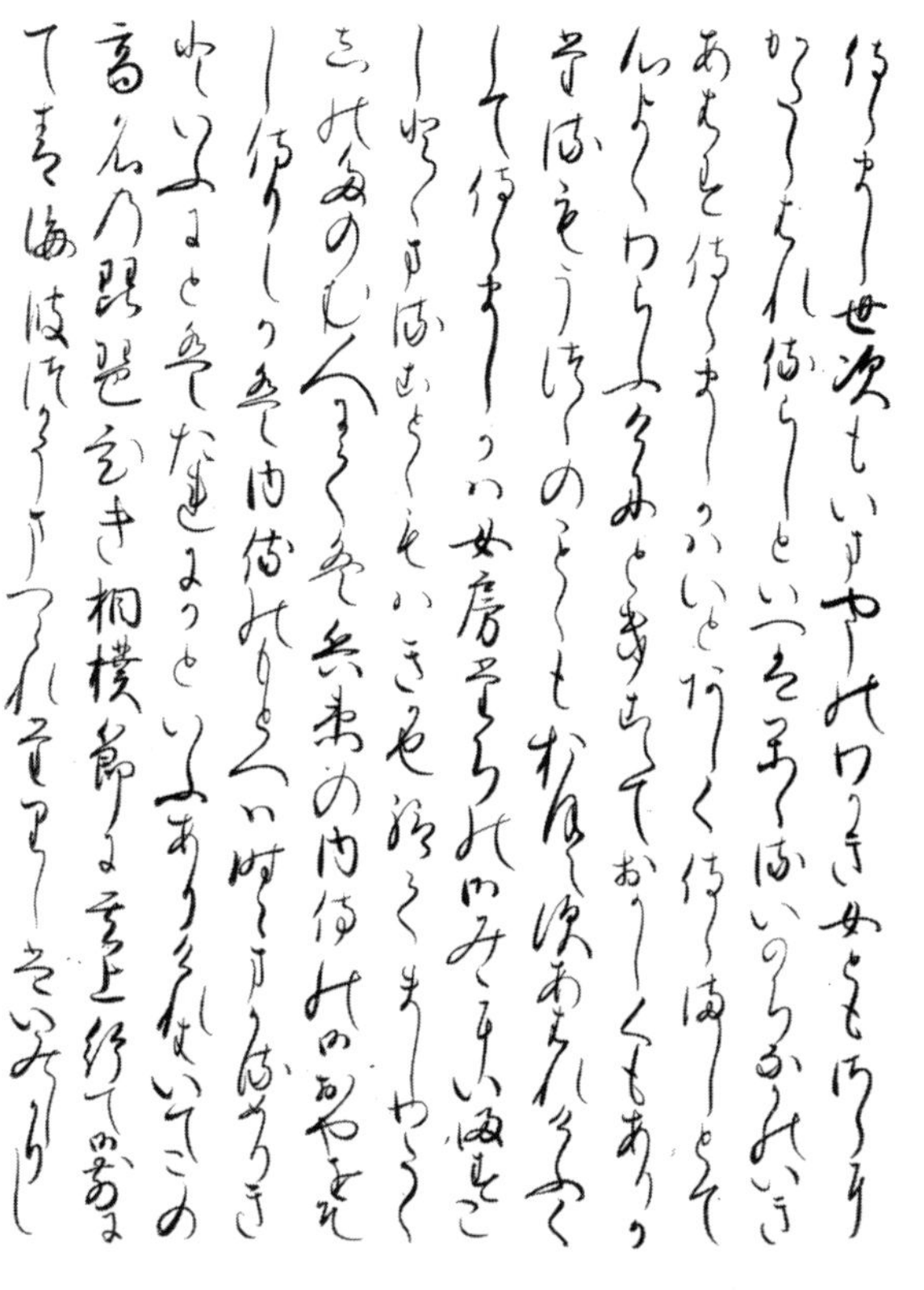

ものかな、[一]博雅三位なとたに、[二]おほろけにはえなら
し給はさりけるに、これは[三]承明門まてきこえ侍
りしかは、[四]左の楽屋にまかりてうけたまはりし
そかし、かやうに、[五]ものゝはえうへくしきことゝも、
[六]天暦の御時まてなり、冷泉院の御世になりてこそ、
さはいへともよはくれふたかりたる心ちせしもの
かなよのおとろふることも、その御時よりなり[七]をのゝ
みや殿《清慎公》も、[八]一の人と申せと、[九]よそ人にならせ給て、わかく
はなやかなる[一〇]御舅達《謙徳公忠義公》にまかせたてまつらせ給ひ、
また[一一]みかとは申へきならす、あはれに候けることは、
[一二]村上うせおはしましてまたのとし、をのゝみやに
人々まいり給て、いと臨時客なとはなけれと、[一三]嘉辰

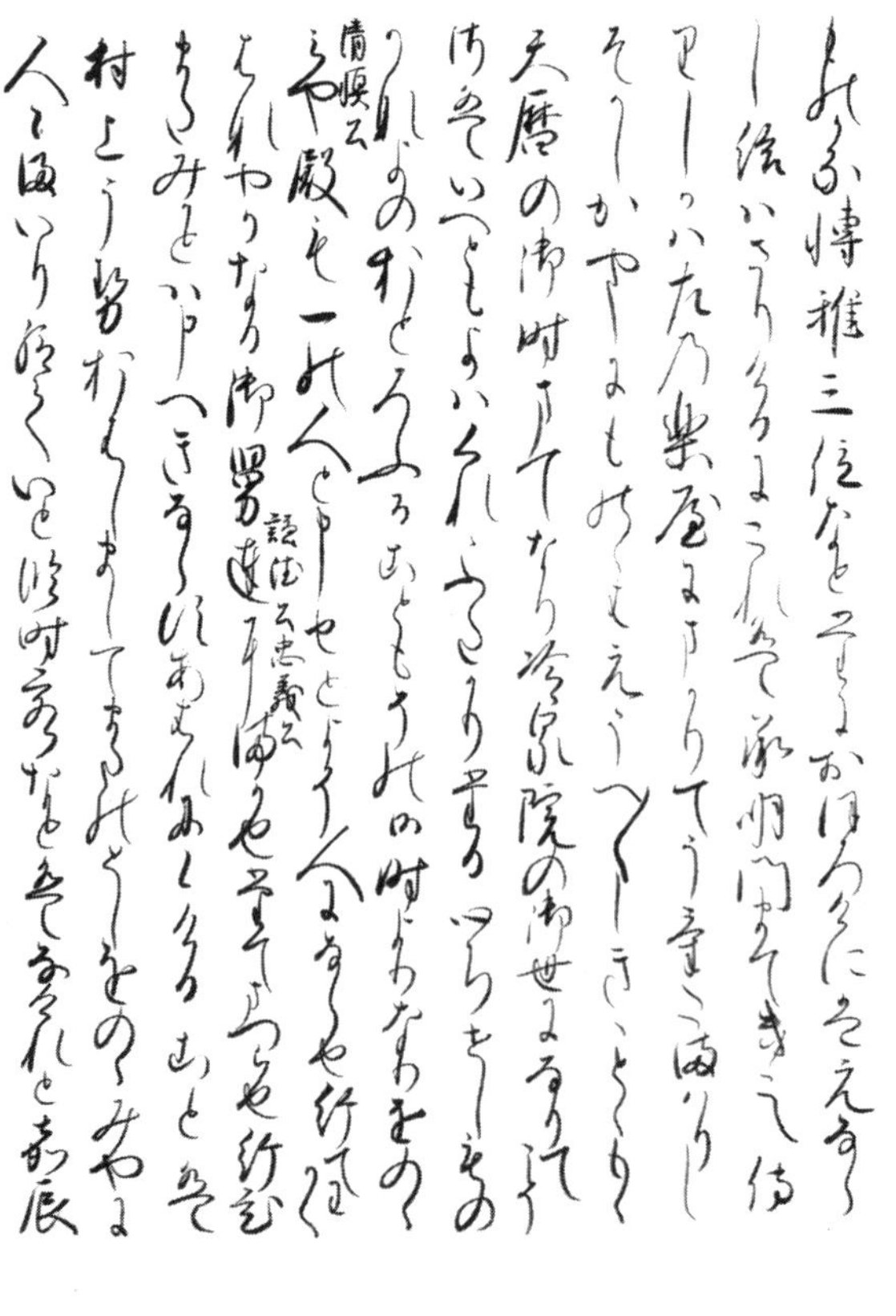

一 源博雅。醍醐天皇皇子克明親王の子。笛・琴・琵琶の名手。二 簡単には。「おほろけ」の「け」は清音。三 承明門は、内裏の南正面の門。四 舞楽のとき、楽人らが列座する所。五 物事が見ばえし、格式があったというのも。「うべうべし」は、もったいぶる。もっともらしい。六 村上天皇のご治世。七 藤原実頼。八 摂政関白の別名。九 （天皇の）血縁でない人。一〇 ここは、冷泉院の叔父たち。伊尹・兼通・兼家。一一 冷泉天皇はいうまでもない。帝は、ご病気で政治をお執りになられなかった。一二 康保四年（九六七）五月二十五日。四十二歳。「死ぬ」の婉曲表現「失す」（「隠る」）に、尊敬の補助動詞が承接するときは、古くは、「（させ）給ふ」であったが、院政期以後「（させ）おはします」が承接する語法が誕生した。一三 「めでたくよろこばしい時節」という意。『和漢朗詠集』巻下祝「嘉辰令月、歓無極　万歳千秋楽未央　謝偃」。

令月なとうち誦せさせ給次[一]に、一条の左大臣[二]《雅信》六条[三]殿《重信》なと拍子とりて、席田《ムシロタ》[四]うちいてさせ給けるに、あはれ先帝のおはしまさましかはとて、御笏[五]もうちをきつゝ、あるしとの[六]《清慎公》をはしめたてまつりて、事忌もせさせたまはすうへ[七]の御衣とものそてぬれさせ給にけりさることなりや、なに事もきゝしり見わく人のあるはかひあり、なきはいとくちおしきわさなりけふかゝる事とも申もわ殿[八]のきゝわかせ給へは、いとゝ[九]いますこしも申さまほしき、[一〇]といへは侍もあまえたりき藤氏の御ことをのみ申侍に、源氏の御事もめつらしう申侍らん、この一条殿[一一]六条の左大臣殿[一二]たちは、六条の一品[一三]

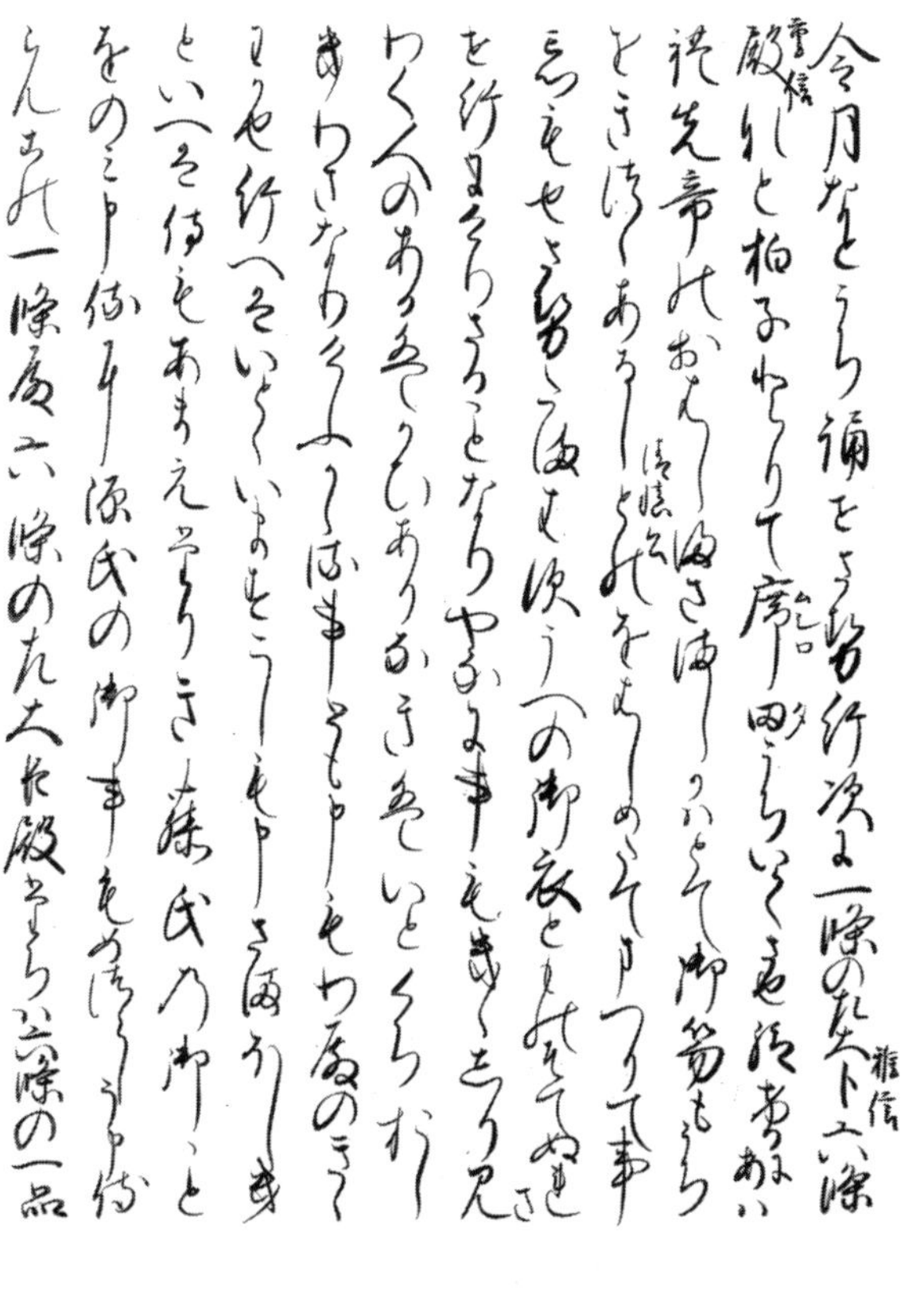

一『観智院本類聚名義抄』「次《ツイテ》」。二 源雅信。三 源重信。四 催馬楽の呂歌《りよ》。「席田の　席田の　伊津貫川にや　住む鶴の　住む鶴の　千歳をかねてぞ　遊びあへる　千歳をかねてぞ　遊びあへる」。五『色葉字類抄』「笏《コツ・シヤク》一名手板也」、『文明本節用集』「笏《シヤク》」。礼服を着けるとき、右手に持つ細長い板。六 実頼。七 袍。八 親しみをこめ、敬ったいい方。世次が侍に対して使用。『日本国語大辞典』など、「親愛感をもって対等以下の相手に用いる」とあるが、いかが。拙著『「大鏡」の語彙・語法の研究』(翰林書房　一九九五年)参照。九 いよいよ。ますます。一〇 底本「申さまほしきと」、東松本・近衛本(甲)・平松本「申さまほしきなりと」。一一 源雅信。一二 源重信。一三 宇多天皇の第八皇子敦実親王。

一 補助動詞「おはします」の複数形。主語は、一条殿（雅信）、六条の左大臣（重信）たち。二 千葉本「寛平」6ウ1。三 もう少し。もうちょっと。四 多分。数（量）の多いこと。五 ゆるやかなところ。六 男女間の隠し事。七 才能のないこと。また、そのさま。『易林本節用集』「無才《ムサイ》」。八 心がひかれる点は。九 底本「なのめなりとそ」、東松本「なめりとそ」。一〇 京都市右京区御室《おむろ》にある真言宗の寺。一一 修理職の長官。皇居の修理造営にあたる。『饅頭屋本節用集』「修理大夫《シュリノダイブ》」。一二 往路は。

式部卿の宮の御子ともに[一]おはしまさふ、[二]寛平の御孫なりとはかりは申なから、人の御ありさま、有識におはしまして、いつれをもむらかみのみかと時めかし申させ給しに、[三]いますこし六条殿をはあいし申させ給へりけり、あにとのは、いとあまりうるはしく、公事よりほかのこと、[四]他分には申させ給はて、[五]ゆるきたる所のおはしまさゝりしなり、弟殿は、[六]みそか事は無才[七]にそおはしましゝかと、わからかに愛敬つき[八]なつかしきかたはまさらせ給しかは、[九]なのめなりとそ、人申しゝ、ちゝ宮は出家せさせ給て、[一〇]仁和寺におはしましゝかは、六条殿、[一一]修理大夫にておはしましゝほとなれは、仁和寺へまいらせ給ゆきかへりのみちを、[一二]一

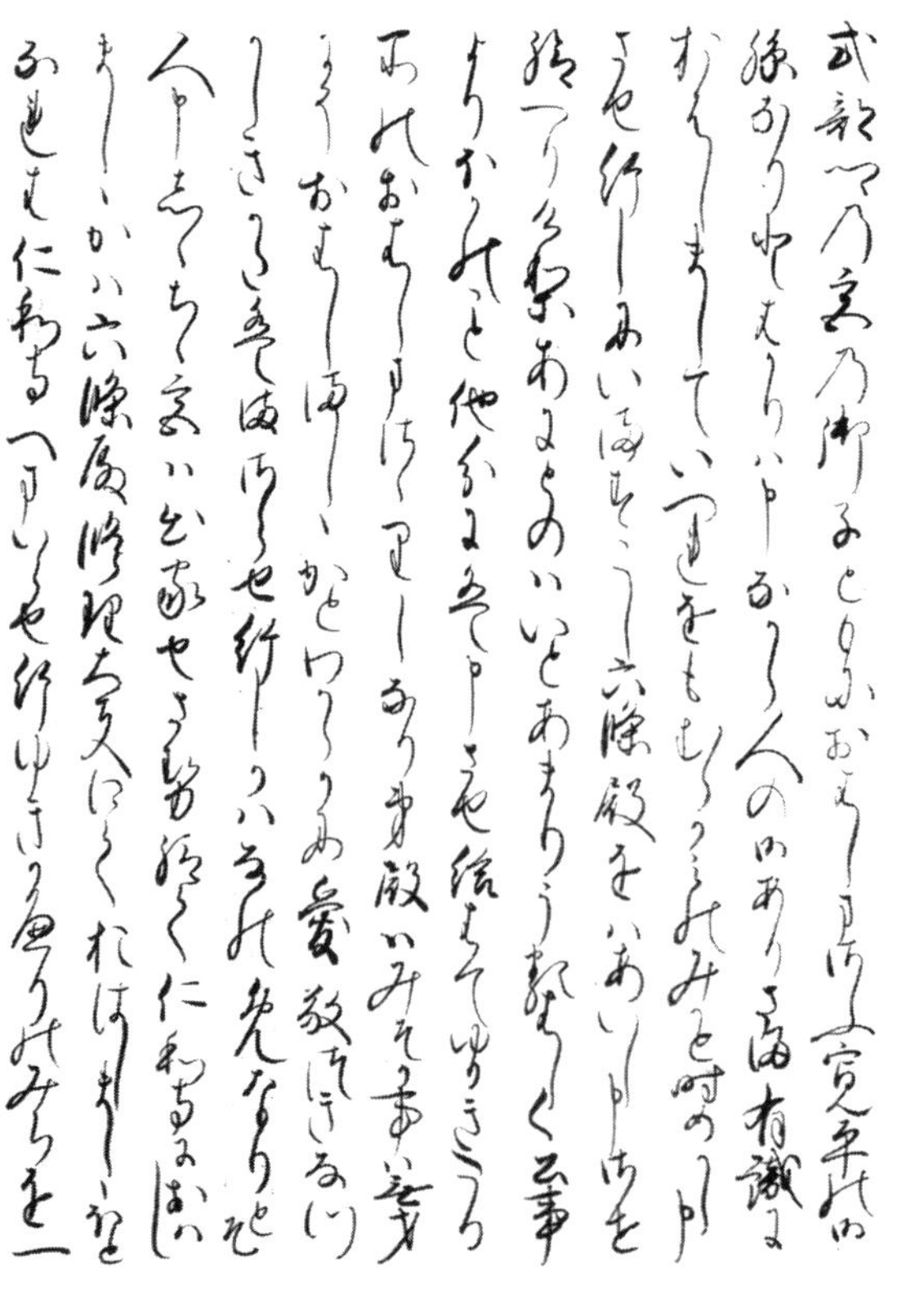

度は、ひんかしの大宮よりのほらせ給て、一条よりにしさまにおはしましまた[一]一度は、にしの大宮よりくたらせ給て、二条よりひんかしさまなとにすきさせ給つゝ、内裏を御らんして、やふれたる所あれは、[二]條理せさせ給けり、いと[三]てきゝたる御こゝろはへなりな、また、[四]一条殿のおほせられけるは、みこたちのなかにて、[五]世の案内もしらす、[六]たつきなかりしかは、さるへき公事のおりは、人よりさきにまいり事はてゝも、[七]寂末にまかり[八]いてなとして、[九]見ならひしなりとてのたまはせける、[一〇]八幡の放生会には、御馬たてまつらせ給しを、御つかひなとにも浄衣をたまはせ、御身つからもきよまらせ

一 帰路。二 底本「條理」、東松本・近衛本（甲）・平松本「修理」。底本「修理」の誤字。三 行き届いた。「手きく」は、行き届く。腕がすぐれる。器用だ。四 雅信。五 世間の事情知らず。六 誰も頼る所がなかったので。七「寂」、『観智院本類聚名義抄』「寂ｲﾄ:ﾐ」。八 退出したりして。「まかりいづ」は、謙譲語。（貴人の許から）退出する。おいとまする。九 底本「見ならひしなりとて」、東松本・近衛本（甲）・平松本「見ならひしなりとそ」。一〇 石清水八幡宮の例祭。毎年八月十五日に行われる。放生会は、その折の法会。殺生戒を守るため、捕えた生き物（魚鳥など）を放つ。

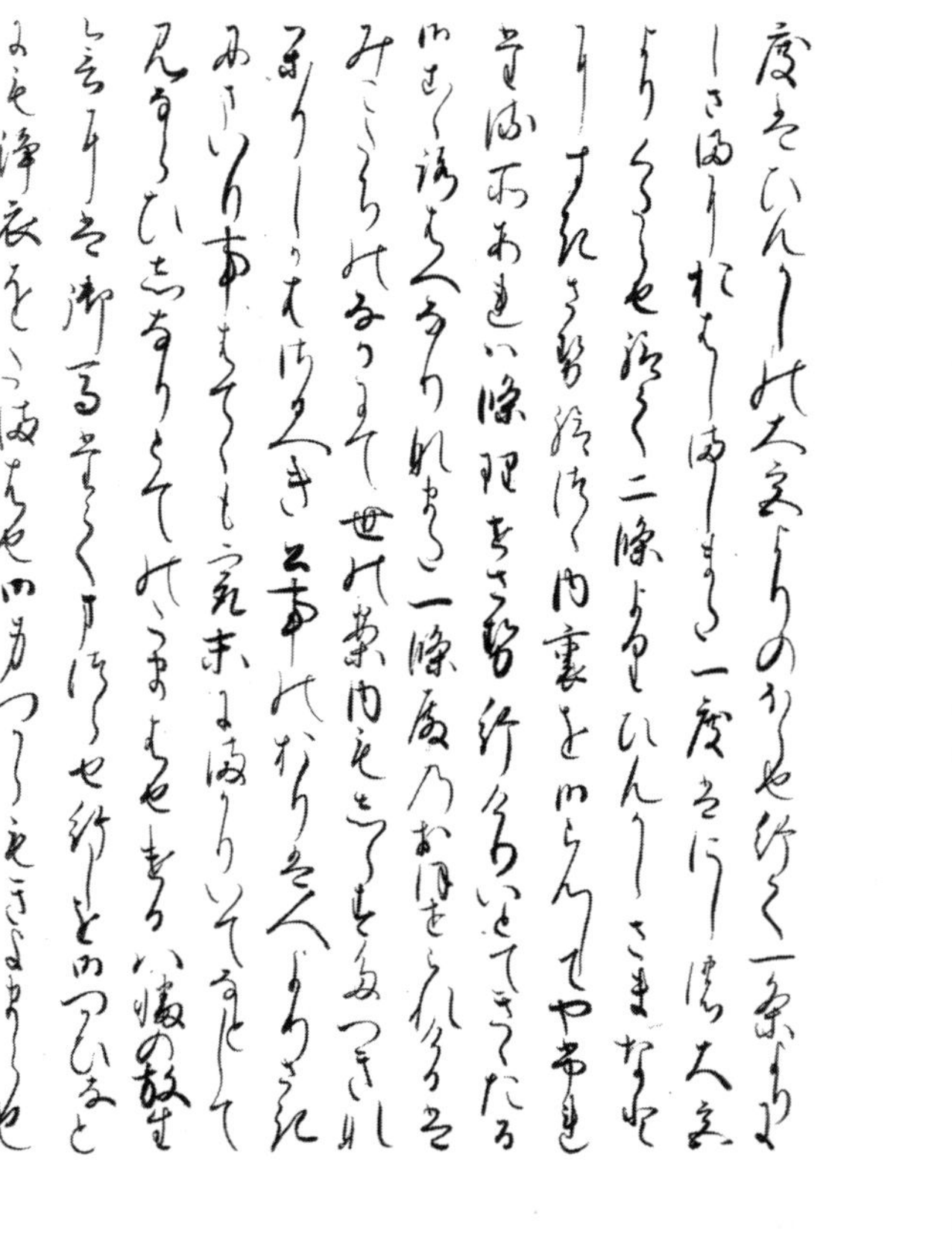

一「鳩」は、八幡大菩薩の第一の使者。二 ご奉納の馬を、社頭に引き出すときに。三 信仰をしなさったことですから。四 八幡大菩薩。五 先年。ある年。しかし、ここでは、永延元年（九八七）。この年降雨がなく、諸所で祈祷がなされ、やっと六月二日に大雨に恵まれた。六「旱」、『観智院本類聚名義抄』「旱《ヒデリ》」、『色葉字類抄』「旱《ヒデリ》」、『文明本節用集』「旱《ヒデリ》」。七 藤原兼家。師輔三男。関白。八 摂政関白に随行する例。九 雨乞の祈祷によって降雨が成就したそのお礼詣でである。一〇 梵語。仏・菩薩などの上に付けて、それらに心から帰依《きえ》する気持を表す語。

給しかはにや、御前ちかき木に一山鳩のかならすゐて、二ひきいつるおりにとひたちけれは、かひありとよろこひ興せさせ給けり、御心いとうるはしくおはします人の、三信をいたさせ給ひしかは、四大菩薩のうけ申させ給へりけるにこそ、五ひとゝせの六旱の御祈にこそ、七東三条殿《兼家》の御賀茂まうてせさせ給しには、この一条殿もまいらせ給き、大臣にならせ給ぬれは、八さる例なけれとも、天下の大事なりとて御いてたちの九所にはおはしまさて、我御殿の前わたらせたまひしほとに、引出てくしまうさせ給しなり、此生には御すゝとらせ給事はなくて、たゝ毎日、一〇南無八幡大菩

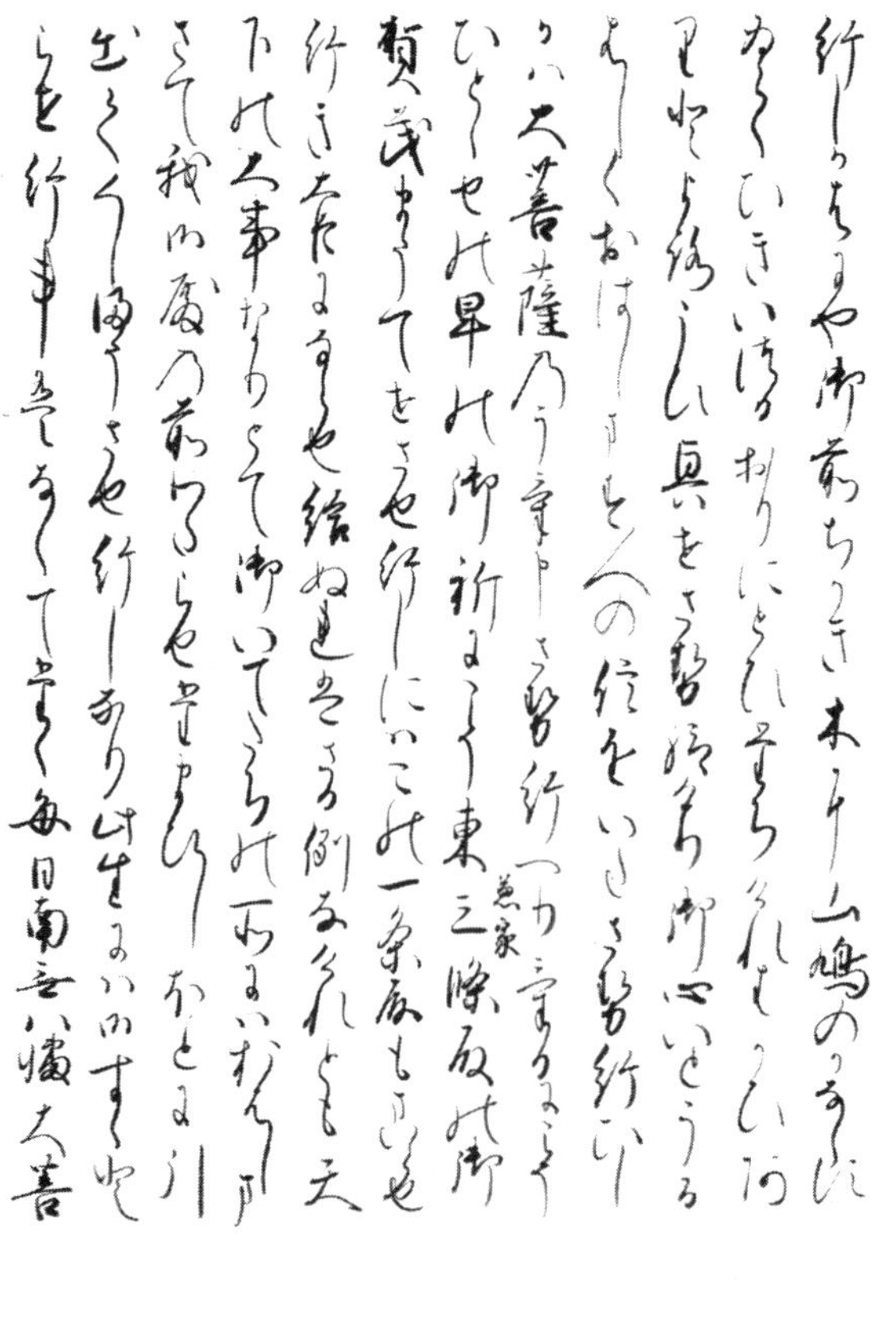

薩、南無金峯山金剛蔵王、南無大般若波羅密多心経と冬の御扇をかすにとりて、一百遍つゝそ念し申させ給ける、それよりほかの御つとめせさせたまはす、四条の大后宮《遵子》に、かくなんと申人のありけれは、きかせ給て、なつかしからぬ御本尊かなとそおほせられける、このとのこそ、あらたにをふるをは、なへてのやうにはうけひかへさせたまひけれ、一条の院の御時、臨時の祭の御前のことはてゝ、上達部達のものみにいて給しに、外記のすみのほとすきさせ給とて、わさとはなくくちすきみのやうにうたはせ給し、なかく、優におほえ侍りし、冨《トミ》草のはなてにつみいれて、宮

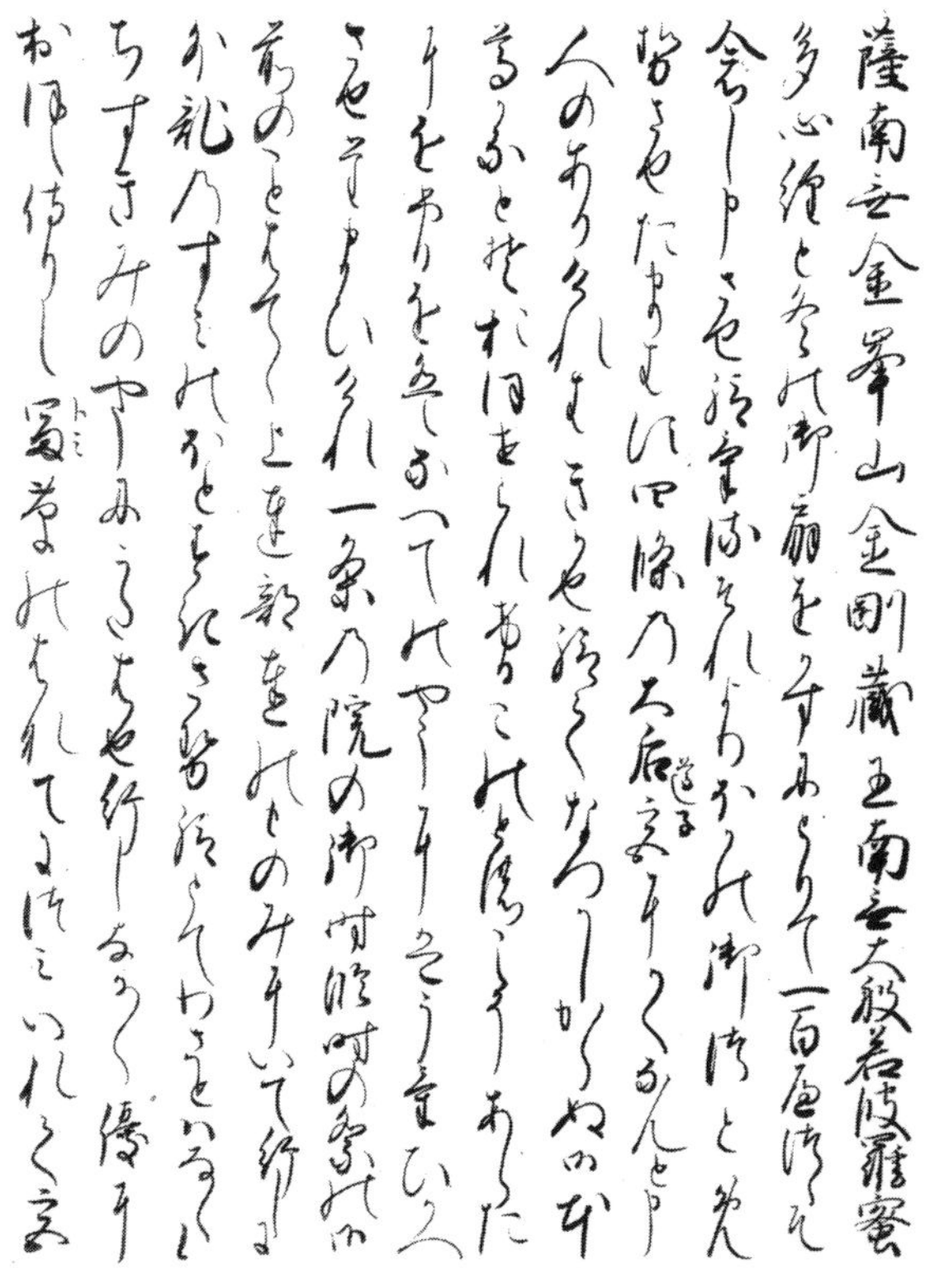

一「金峯山」は、「金峯山寺」の事。奈良県吉野山の最高峰金峯山にある寺。二 六百巻もある『大般若波羅蜜多経』の要点を一巻にまとめたもの。三 涼をとる扇ではなく、笏《しゃく》の代りに持つ檜扇《ひおうぎ》。四 檜扇の骨板を数えて、回数の心覚えにする。五 百遍。「百遍」とせず、「一百遍」としたのは、強調表現。しかし、平安時代中期の女流文芸には「一百」「一千」といった用例は見出せないようである。拙著『水鏡とその周辺の語彙・語法』(笠間書院 二〇〇七年)参照。六 藤原頼忠の女。遵子。円融院皇后。後、皇太后。七 親しみのもてないご本尊ですこと。八 普通の謡い方とは、曲調を変えてお謡いになったのですよ。底本「うけひかへさせ」、東松本「うたひかへさせ」。九 底本「くちすきみのやうに」、東松本・近衛本(甲)・平松本「くちすさみのやうに」。一〇 底本「うたはせ給し」、東松本・近衛本(甲)・平松本「うたはせ給しか」。一一 稲の別名。

一 藤原公任。二 底本「きかほしかりしかとも」、東松本・近衛本（甲）・平松本「きかまほしかりしかとも」。三 聞く機会もなくて、そのままになってしまったのが。四 底本「こののおほいとの」、東松本・近衛本（甲）・平松本「このおほいとのたちの」。五 雅信・重信の御弟の大納言。しかし、弟に大納言はいない。作者の勘違いで、あるいは、雅信の長子時中か。六 敦実親王。七 ご立派でいらっしゃったのです。「おはしまさひ」は、尊敬の補助動詞「おはしまさふ」の連用形。「おはしまさふ」は「おはしましあふ」の変化した語。従って、主語は複数。

へまいらむのほとを、例にはかはりたるやうにうけたまはりしかは、とをきほとに、おいのひかみゝにこそはと思給へしを、[一]此按察《公任》大納言殿もしかのたまはせける、殿上人にてありしかは、とをくて、よくもきかさりき、かはりたりしやうのめつらしうさまかはりておほえしは、あの殿の御ことなりしかはにや、またも[二]きかほしかりしかとも[三]さもなくてやみにしこそ、いまにくちおしくおほゆれとこそのたまふなれ、[四]このののおほいとの[五]御おとゝの大納言、優におはしましき、おほかた、[六]六条のみやの御子共の、みな[七]めてたくおはしまさひしなり、御法師子は、広沢の僧正《寛朝》勧

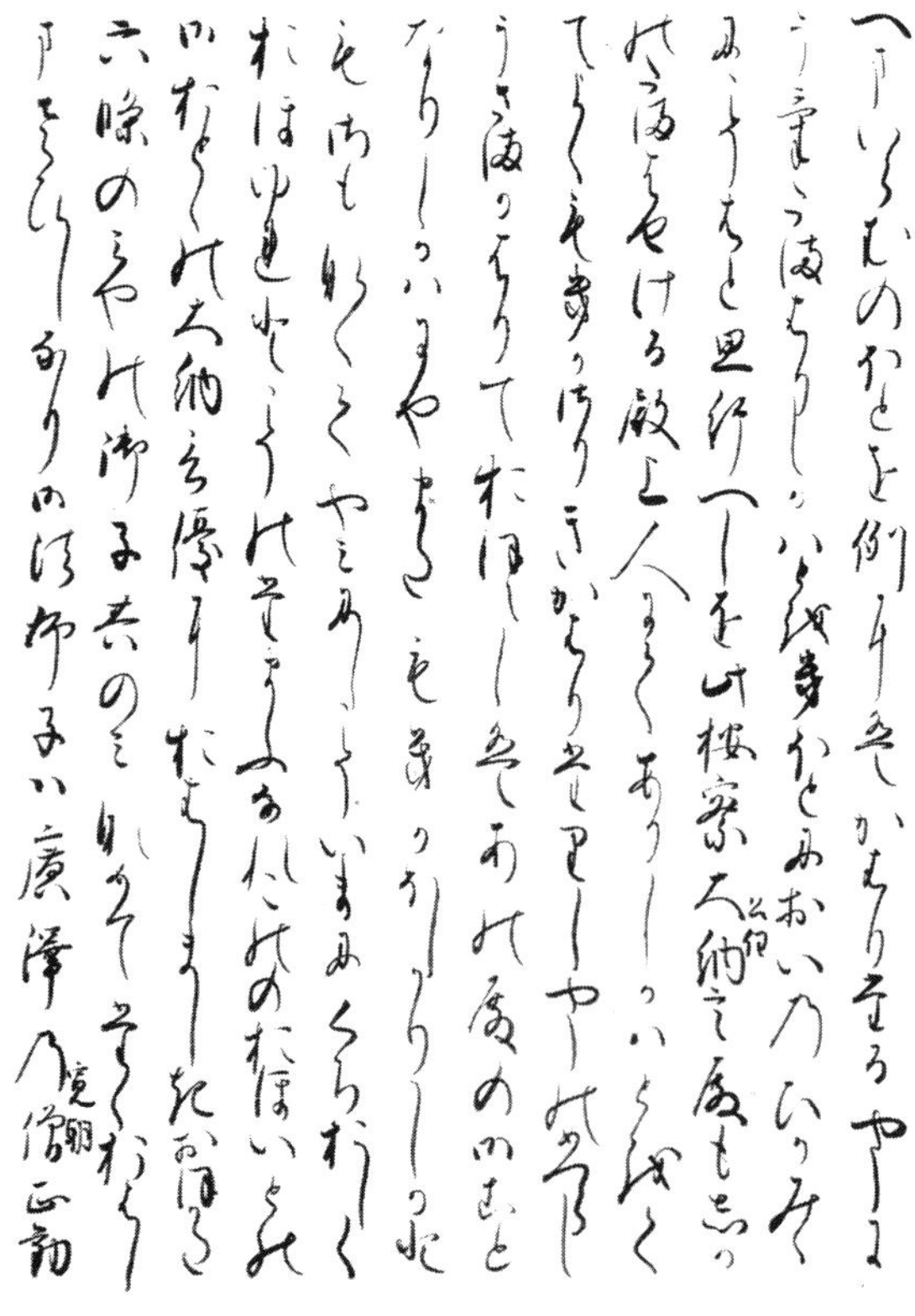

修寺僧正《雅慶》二所こそはおはしましゝか、おほかた、そのほとにはかたくにつけつゝ、いみしき人々のおはしましゝものをやといへはこのころも、さやうの人はおはしまさすやはあるとさふらひのいへは、一この四人の大納言たちよな、斉信公任行成俊賢なと申君たちは、またさらなり、さて又、おほくの見物し侍し中にも、花山院の御時の二石清水の臨時祭円融院の御覧せしはかり、興ある事候はさりきそのおりの蔵人の頭にては、いまの三小野宮の右大臣殿《実資》そおはしましゝ、四御前の事はてけるまゝに、院はつれ〳〵におはしますらむかしとおほしめしてまいらせ給へりけれは、さる

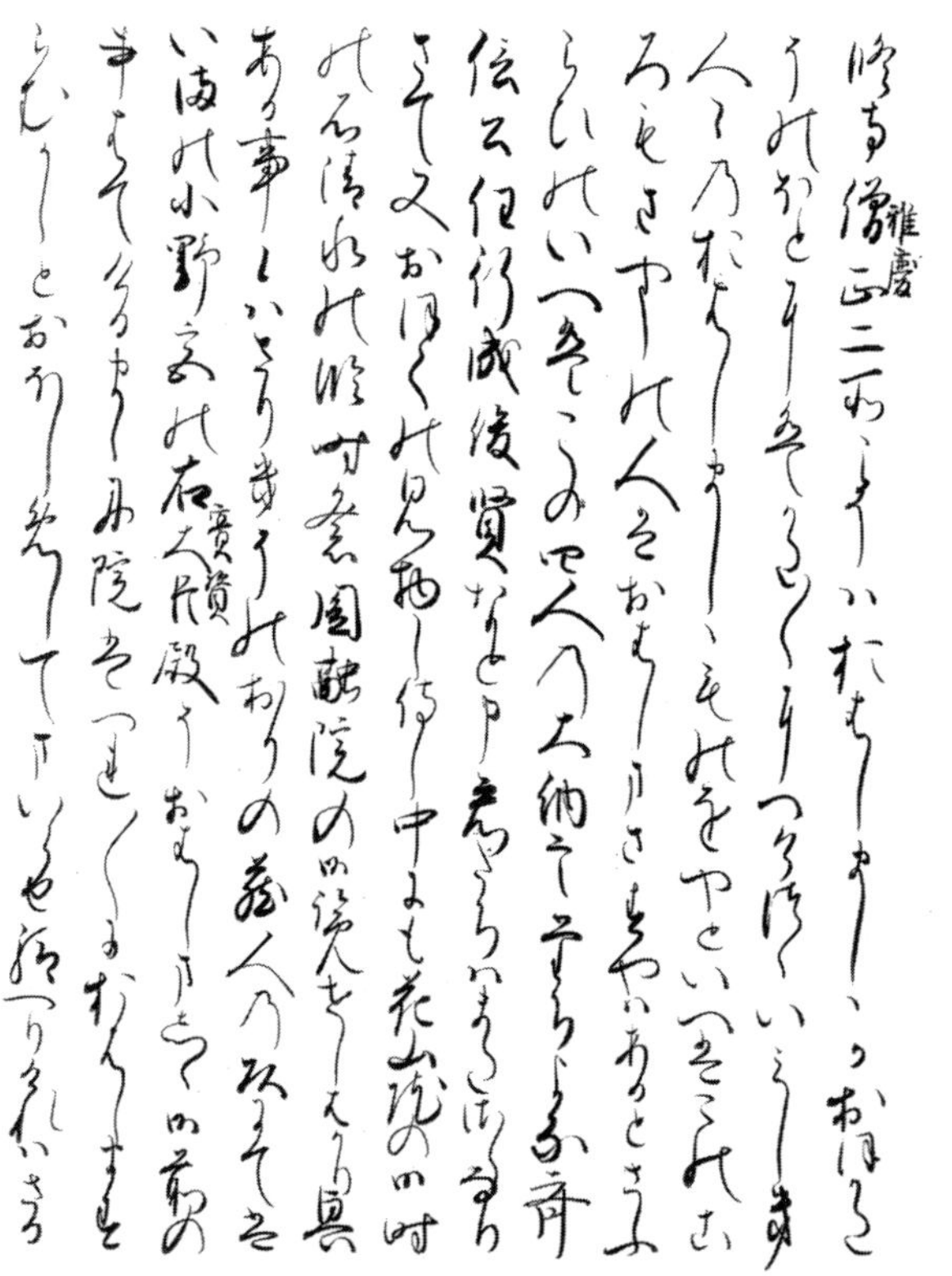

一 今の四人の大納言たちのことですね。『十訓抄』上 第一に「才臣・智僧ヨリハシメテ、道々ノタクヒニイタルマテ、皆其名ヲ得タリ。中ニモ四納言ト聞エシハ、斉信・公任・俊賢・行成ナリ。漢ノ四皓ノ世ニツカヘタランモ、此人々ニハイカヽ、マサラムトソ見ヱケル。」「よな」は、間投助詞。強くとりたてて「だな」ほどの意。『大鏡全評釈 下巻』(学燈社 一九七九年)は、「よな」は、この物語に頻出する話しことば」(五三〇頁)とする。頻出してはいない。計七例である。なお、他の三鏡に「よな」の例をみない。 二 石清水八幡宮の臨時祭。
三 藤原実資。 四 天皇の御前における勅使派遣の儀式。

へき人もさふらひたまはさりけり、[一]蔵人判官代[二]許して、いとくさうくしけにておはしますかく[三]まいらせたまへるを、いと時ようおほしめしたる御けしきを、いとあはれに心くるしうみまいらせさせたまても[四]の御らむせよなと[五]御気しきたまはらせ給へは、[六]にはかに、いかゝあるへからんとおほせられけるを、[七]かくて実資候へは、又殿上に候おのこともはかりにてあへ侍りなんとそゝのかし申させたまふ御厩の御馬ともめして候ひしかきり、[八]御前つかまつり、頭中将は、[一〇]束帯なからまいり給ふ、[九]ほりかはの院なれは、ほかくいてさせたまふにものみくるまとも、[一一]二条大宮の辻にたちかたま

一 院のお側に仕え、雑事にあたる者。二 院庁に仕える事務官。三 実資がこうして参上なさったのを。四 祭見物をご覧なさいませ。五 ご意向を伺われますと。六 底本「にはかに」、東松本・近衛本（甲）・平松本「にはかには」。七 こうして、実資がお側にお仕えしておりますからには、そのほかに、殿上にお仕えする者たちだけでよろしゅうございましょう。「また」は、副詞。そのほかに。それとは別に。八 ご前駆。行列の先に立ち、馬に乗り先導すること。また、その人。九 仙洞御所は、堀河院ですから。一〇 底本「ほかく」、東松本・近衛本（甲）・平松本「ほとちかく」。一一 二条大路と大宮通りとの交差点。

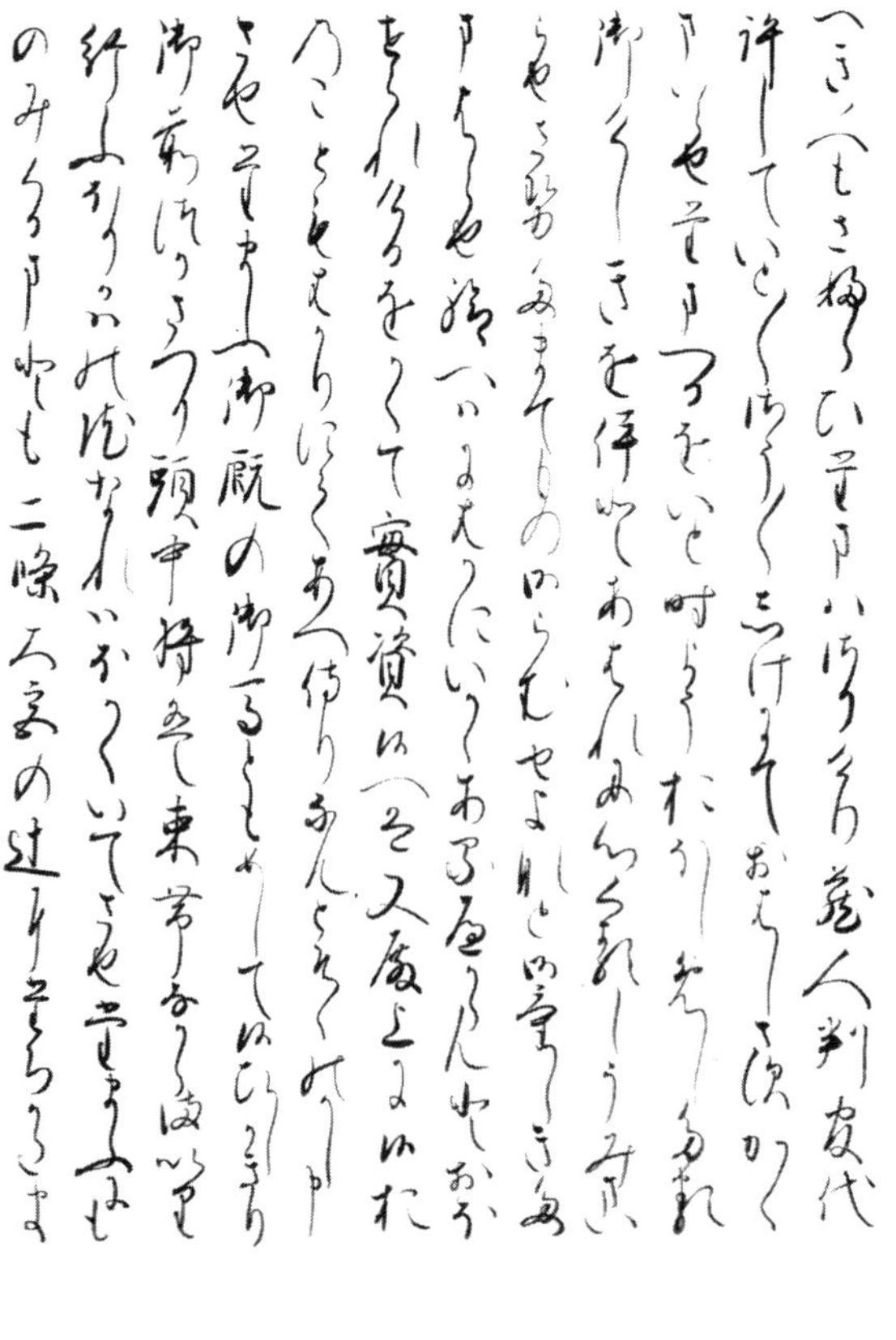

りて見るに、一布二衣々冠なる御前したるくるまのいみしく人はらひ、なへてならぬ三いきほひたるくれはたれはかりならんとあやしく思あへるに、頭中将、四下襲のしりはさみて、五移をきたる馬にのりておはするに、院のおはしますなりけりと見て、くるまともゝかち人も、六手とひしたちさはきて、いとものさはかし、二条よりはすこしきたによりて、七冷泉院の八ついひちつらに、九御くるまたてつ、御前ともおりて、候ひなみたまふほとに、内より見物しに、ひきつゝきいてたまふかむたちめたちの見給に、大路のいみしうのゝしれは、あやしくて、なに事そとゝはせ給に、院のおはしますなり

一 無紋の狩衣。六位以下の者が着る。二 束帯の略装。三 底本「いきほひたる」、東松本「いきほひなる」。四 束帯のとき「半臂《はんぴ》」の下に着用する衣服。後ろに、「裾《きよ》」または「尻《しり》」と呼ばれる長い裾《すそ》を引きずって歩く。東松本「シタカサネ」と傍訓。五 移し鞍。蔵人などの廷臣が公務に使用する鞍。六 あわてまどい騒いで。底本「手とひしたちさはきて」、東松本「手まとひしたちさはきて」。七 大炊の御門通りの南。堀川通りの西。八 土塀のほとり。「ついひぢ」は「つきひぢ」の音便。「ついぢ」とも。九 円融院の乗っていらっしゃる牛車。

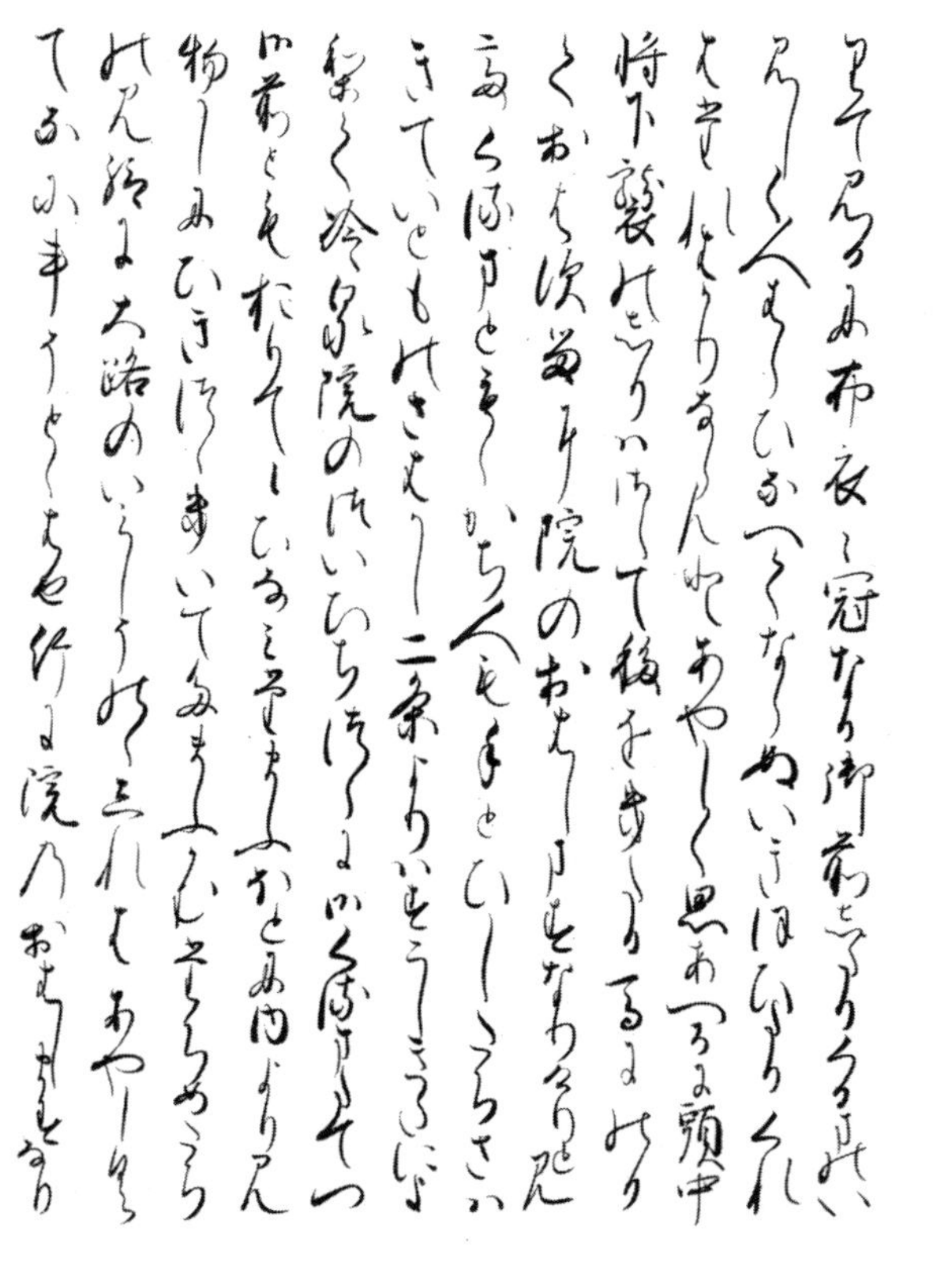

と申けるを、よにあらしとおほすに、頭中将もおはしますといふにそ、まことなりけりとおほえつゝ、御くるまよりいそきおりつゝ、みなまいり給ひし、大臣[一]（左大臣雅信右大臣兼家）二人は、左右の御くるまのとう[二]ゝちをさへてたゝせ給へり。東三条殿、一条左大臣殿よ、さて納言以下は、なかえのこなたかなたに候たまふ、中[三]くうるはしからん事の作法よりも、めてたく侍りしものかな。舞人[四]陪従[五]はみなのりてわたるに、時中源[六]大納言の、いまた大蔵卿と申しおりそ、使[七]にておはせし、御くるまのまへちかくたちとゝまりて、求子[八]を、そての氣色はかりつかまつり給て、つゐたま[九]しまゝに、[一〇]御はたそてをかほにをしあてゝ

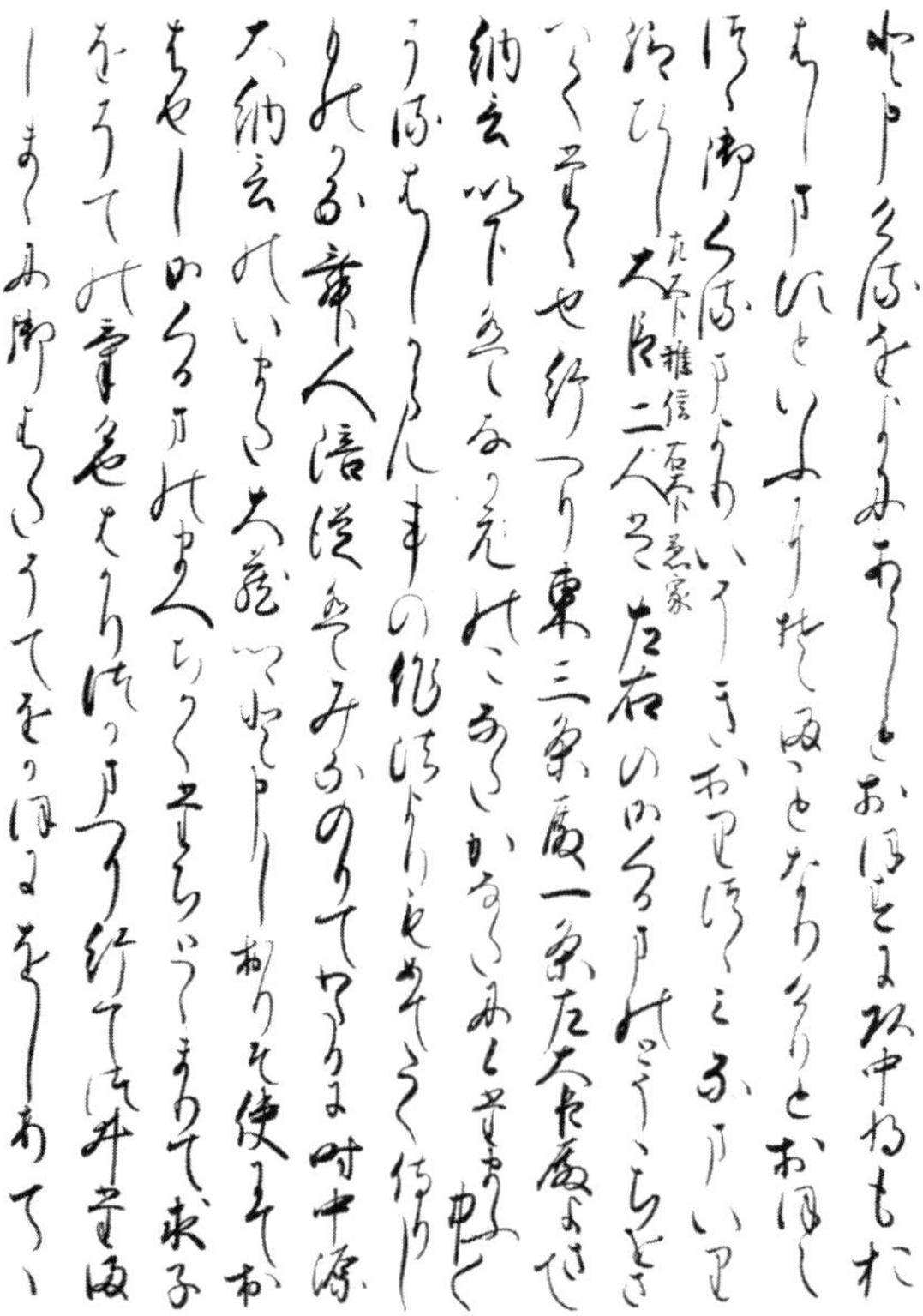

一 左大臣源雅信・右大臣藤原兼家。二 筒。「轂《こしき》」の俗称。車の心棒。『倭名類聚抄』巻十一「車乃古之岐俗言筒（ヤノアツマル所ナリ）輻所湊也」。三 かえって正式の儀式の折にくらべて。四 近衛府の官人（将監・将曹）などが、この祭の舞人を勤める。五 東《あずま》遊《あそび》で、舞人に付き随って、歌を謡ったり楽を奏した楽人。『色葉字類抄』「陪従〈ヘイジウ〉」。六 源雅信の男、大納言源時中。七 石清水八幡宮への勅使の役。八 東遊びの曲名の一つ。九 底本「つゐたましまゝに」、東松本・近衛本（甲）・平松本「ついゐたましまゝに」。「ついゐる」は、かしこまって座る。一〇 袍《ほう》・直衣《なおし》・直垂《ひたたれ》などで、袖を広くするため、裾口の部分にさらに一幅《ひとの》あるいは半幅をつけたした袖。

候ひたまひしかは、香なる御あふきをさしいたさせたまて、はやうとかゝせ給しかはこそ、すこしをしのこひてたち給しか、すへて、さはかり優なる事、また候なんや、けにあはれなることのさまなれは、人々も御けしきかはり、[一]院の御前にもすこしなみたくみおはしましけりとそ、のちに[二]うけ給し、[三]神泉の丑寅の角の垣の内にて[四]み給ひしなりまた、わかく侍りしおりも、仏法うとくて、世のゝしる大法会ならぬには、[五]まかりあふこともなかりしにましてとしつもりては、うこきかたく候しかとも、[六]参河入道の[七]入唐の[八]馬のはなむけの講師、[九]清照法橋のせられし日こそ、まかりたり

一 円融院におかせられても。二 「うけたまはりし」。「給」は「たまはる」。『色葉字類抄』「給《タマハリ》預《アツカル》」。三 神泉苑の東北の隅の垣根の内。四 「みたまひし」、平安時代の語法としては、「みたまへし」。しかしながら、院政期ごろから、尊敬の補助動詞「給ふ」（四段）と謙譲の補助動詞「給ふ」（下二段）とが混乱。他にも用例がある。五 「まかりあふ」は、「会ふ」の謙譲語。参会する。六 大江定基。三河守など経て出家。七 正しくは、入宋。八 餞別。『黒川本色葉字類抄』「餞《ウマノハナムケ》」。九 高階成忠の男。「法橋」は僧位で、法眼《ほうげん》の次に位し、律師に相当する。

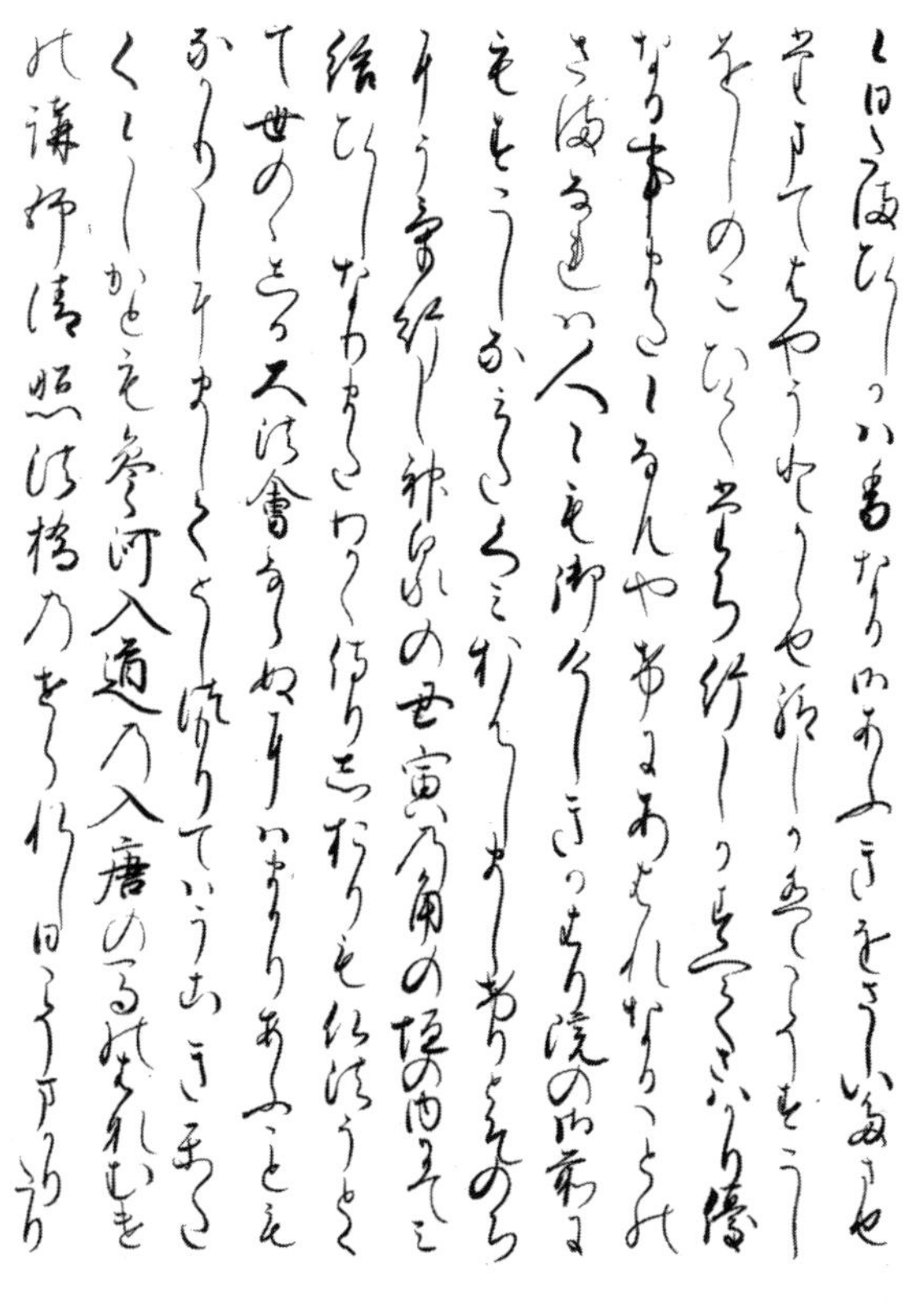

しか、さはかり道心なきものゝ、[一]はしめて心をこること
こそ候はさりしか、先は、[二]神分の[三]心経、[四]表白の[五]たう
ひて、かねうち給へりしに、そこはくあつまりた
りし万人さとこそなきて侍りしか、それは道理
の事なり、又[六]清範律師の、いぬのために法事し
ける人の、講師に請せられていくを、清照法橋、同
ほとの説法者なれは、いかゝするときゝに、[七]かしら
つゝみて誰ともなくて聴聞しけれは、たゝいま
や、[八]過去聖霊は、[九]蓮台の台上にて[一〇]ひよとほえ給らん
とのたまひけれは、されはよ、こと人かくおもひよりなまし
や、なを、かやうの[一一]たましひある事は、すくれたる御房
そかしとこそほめたまひけれ、実に[一二]うけ給は

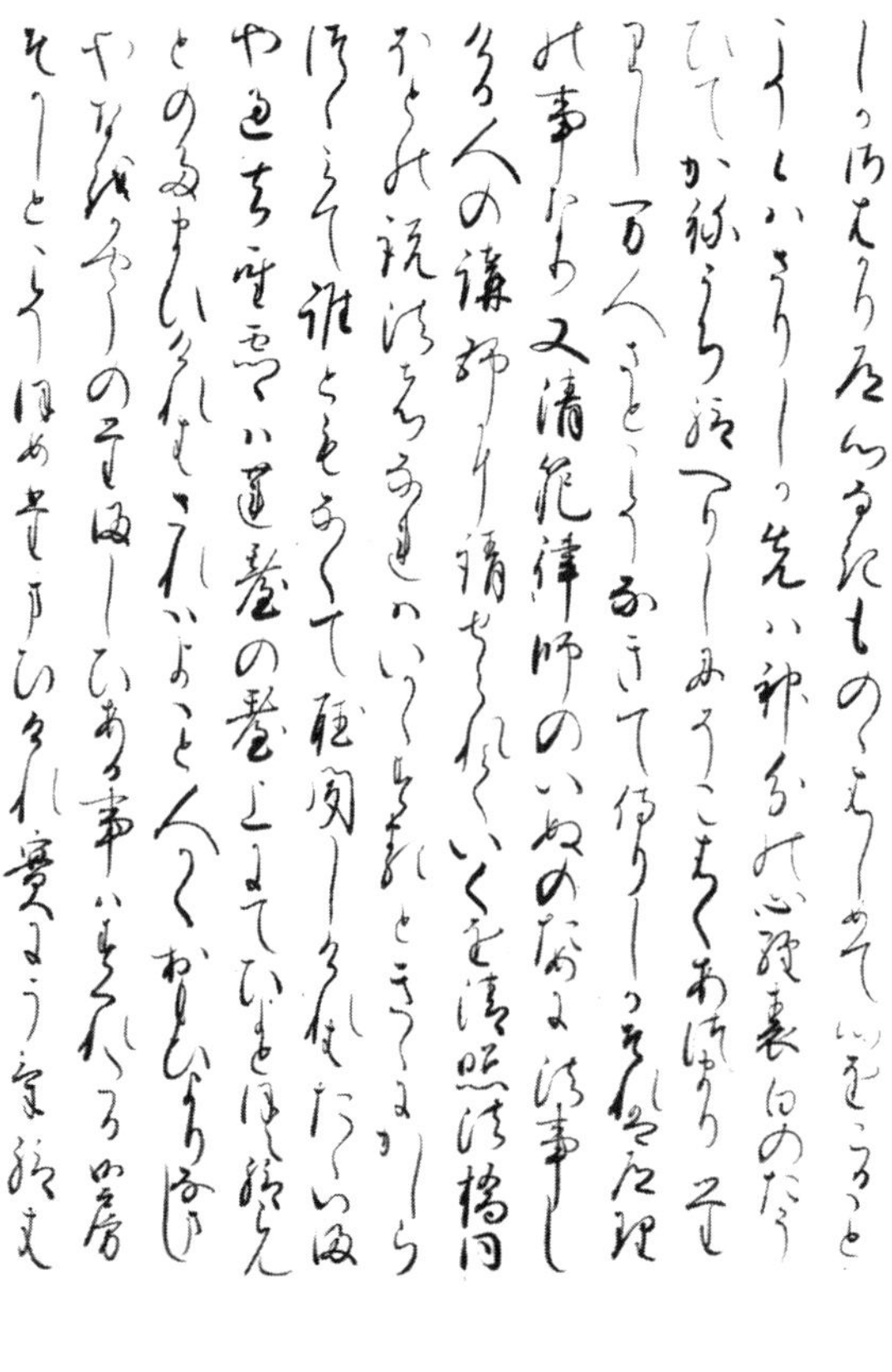

一 はじめて発心したのですが、それまで、こんな経験はないことでした。二 神々の来臨を祈って、神に捧げる経文。三『般若心経』。四 法会や仏事のとき、その趣旨を仏や参会者に告げ知らせること。また、それを記した文。『色葉字類抄』「表白《ヘウヒヤク》」。五 仰せられて。「のたうぶ」は、「言ふ」の尊敬語であるが、敬意は低い。語り手世次の清照法橋に使用。『大鏡』には、計二例ある。他の一例は、世次の童殿上（師輔伝・中巻一一頁）に対して用いている。六 平安中期の興福寺の僧。七 頭を頭巾《ずきん》で包み。八 亡くなった犬の霊魂。九 成仏して極楽へ行くと蓮の花の台座にすわるという。底本「蓮台の台上にて」、東松本・近衛本（甲）・平松本「蓮台の上にて」。一〇 犬の鳴き声。山口仲美は、江戸中期頃までは、「びよ」「びょう」が使われていた（『犬は「びよ」と鳴いていた』光文社二〇〇二年）と説き、竹林一志は、「ひよ（びよ）」は、単に犬の声の模写ではなく、犬の声「ひよ（びよ）」と「(涙) 干よ」との重複表現とする（『日本古典

りしに、おかしうこそさふらひしか、これはまた、聴聞衆共さゝとわらひて、まかりにきいと一軽々なる往生人なりや、又、無下のよしなしことに侍と人の二かとくしくたましひある事の、けふありて、優におほえ侍りしかはなり、三法成寺の五大堂供養はしはすにははへらすやなきはめてさむかりしころ、四百僧なりしかは、御堂の北の庇にこそは、五題名僧の座はせられたりしか、其料に、その御堂の庇はいれられたるなりわさとの僧膳はせさせ給はて、湯漬《ユツケ》はかり給ふ、六行事二人に、五十人つゝわかたせ給て、僧座せられたる御堂の南面に、七かなえをたてゝ、湯をたきらかしつゝ

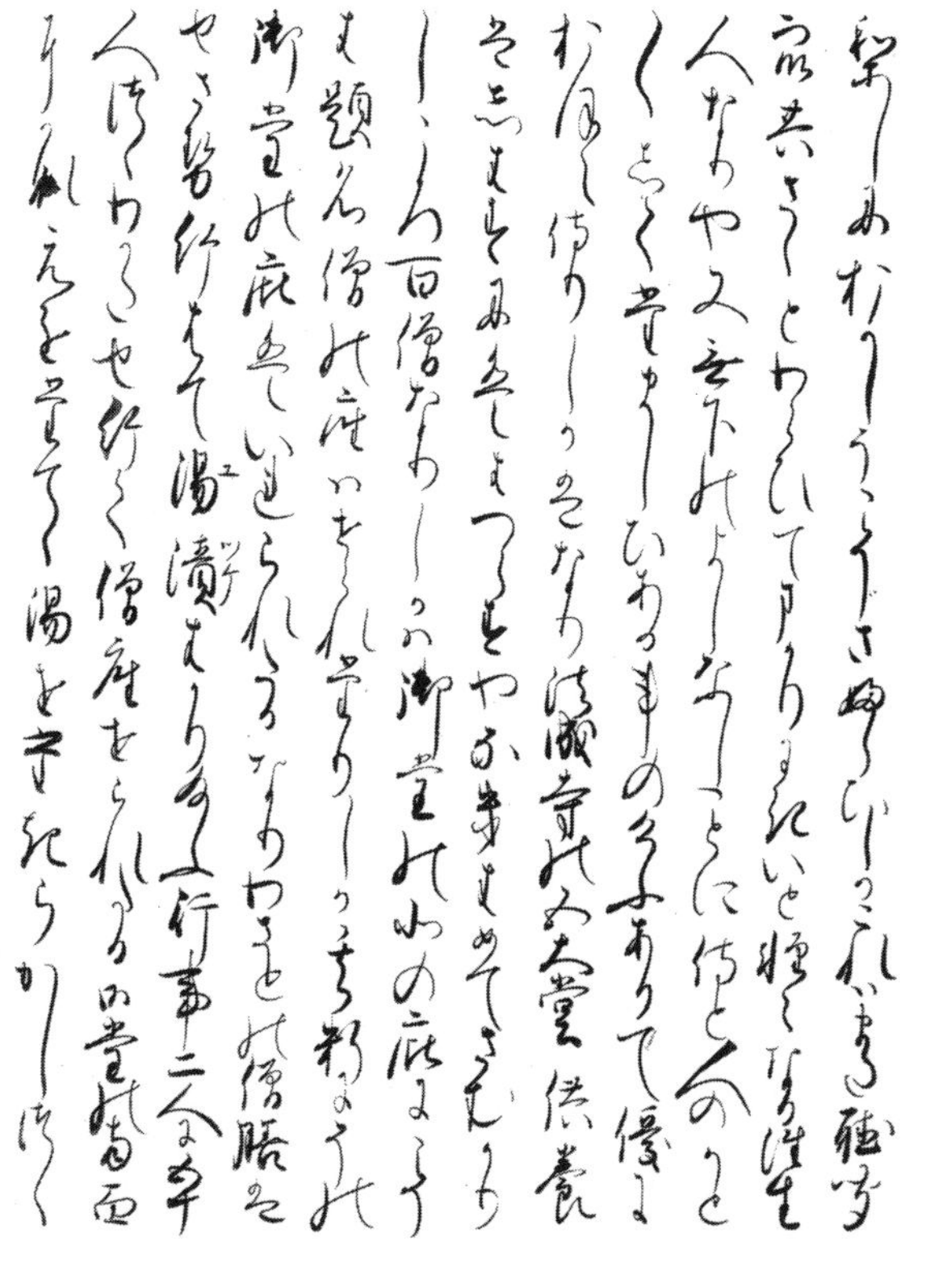

文学の表現をどう解析するか』笠間書院　二〇〇九年）。**一** 大和魂。機智才能が働くこと。**二**『黒川本色葉字類抄』「実《マコト》」。

一 たいへん剽軽《ひょうきん》な往生人（犬をさす）ですね。『色葉字類抄』「軽々《キャウく》」。**二** 清範律師の賢く機知に富んでいることが。**三** 法性寺の五大尊を安置しての供養は、十二月（寛弘三年（一〇〇六））ではございませんでしたかな。「法成寺」は、「法性寺」の誤りであろう。**四** 供養に招いたのは、百人の僧侶。**五** 経文の題名を読みあげる役の僧。**六** 世話人。世話役。**七** 食物を煮たり湯をわかしたりするのに用いる金属製の器。ここは、足鼎。

御ものをいれて、いみしうあつくてまいらせわたし一たるを、思にぬるくこそはあらめと、そうたち思て、二さふ〳〵とまいりたるに、はしたなきゝはにあつかりけれは、きたかせはいとつめたきに、三さはかりにはあらて、いとよくまいりたる御房たちも四いまさうしけり、後にきたむきの座にて、いかに寒かりけむなと五殿《御堂》のとはせ給けれは、しか〳〵候しかはこよなくあたゝまりて、さむさもわすれ侍にきと申されけれは、行事達を、いとよしとおほしめされたりけり、ぬるくてまいりたりとも、六別の勘当なとあるへきにはあらねと、殿をはしめたてまつりて、人にほめられ、ゆくするゑにもさ

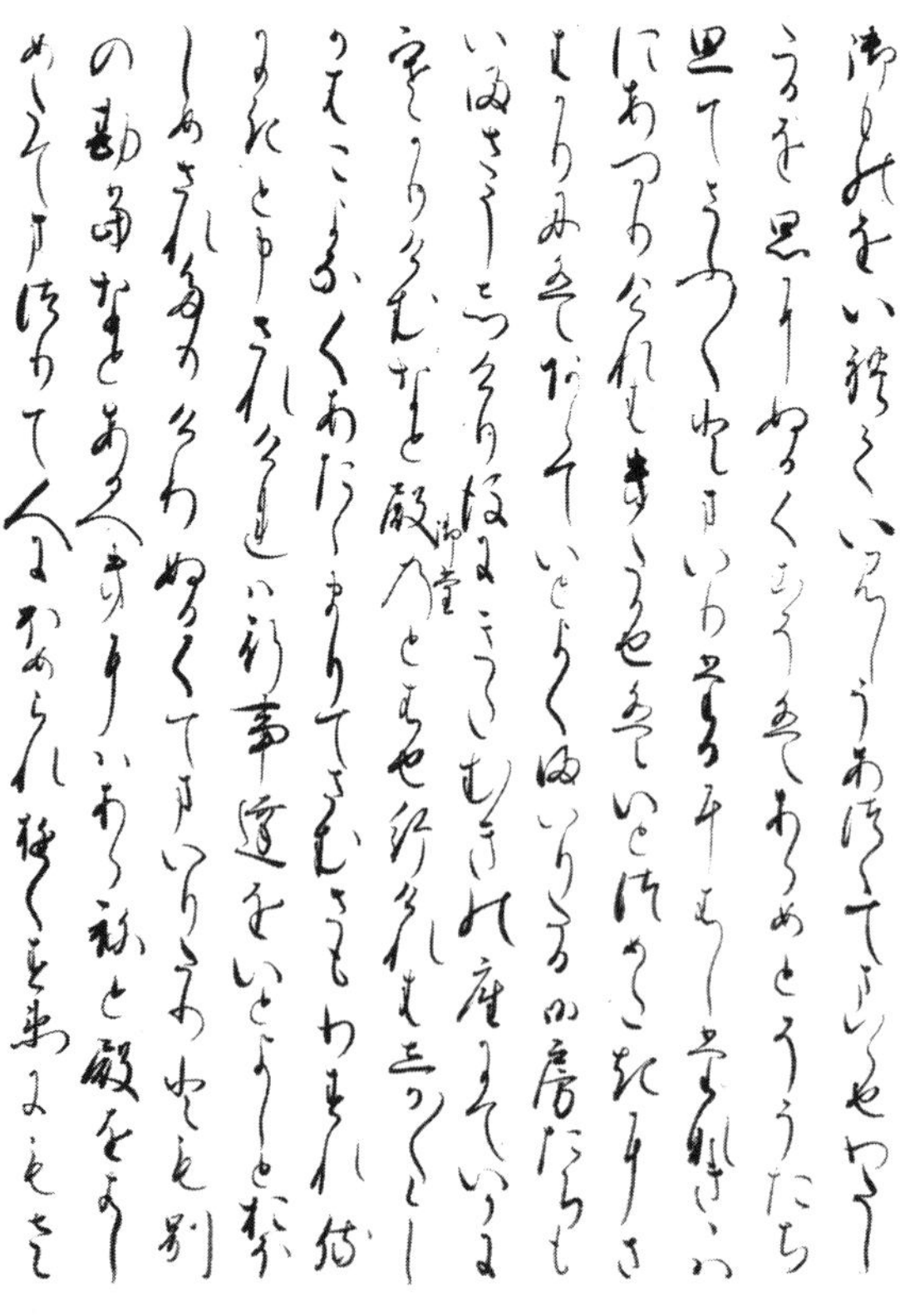

一 底本「まいらせわたしたる」、近衛本（甲）・平松本「まいらせわけしたる」。
二 ざぶざふと召し上がりましたところ。「ざぶざふ」は、湯漬けの飯などを流し込む擬声語。あるいは、「さらさら」の意の擬態語か。『今昔物語集』に「主ノ器乍《ナガ》ラサフ〳〵ト掻含《カキフフミ》ケルヲ」（二八・三四）とあり、『日仏辞典』に「ミヅガ　ザブ〳〵ト　ナル」とある。近代の作品であるが、高浜虚子の『三畳と四畳半』に「即《やが》てさぶざぶといふ音がし始めた。茶漬を掻き込む音らしかった。」『日本語オノマトペ辞典』（小野正弘　小学館　二〇〇七年）。「まい《ゐ》る」は、「食ふ」「飲む」の尊敬語。三 それほどではなくて。それほど熱いとは思っていないで。四「いまさうじ」は、「いまさうず」の連用形。「いまさうず」は「いまさひす」のウ音便。尊敬語。主語は複数。ここでは、御房たち。五 道長。六 特別のお叱りなどあるはずもないが。

こそありけれといはれたうはん[一]は、たゝなるよりは、あしからすよき事そかし、いて又、故女院《東三条》[二]の御[三]賀にこの関白殿《宇治》[四]、陵王[五]、春宮大夫[六]、納蘇利[七]まはせたまへりしめてたさは、いかにそ、陵王はいとけたかくあてにまはせたまひて、御禄たまはらせ給て、まひすてゝ、しらぬさまにていらせ給ひぬる御うつくしさめてたさに、ならふ事あらし、と見まいらするに、納蘇利のいとかしこくまたかくこそはありけめと見えてまはせ給に、御禄を、これはいとしたゝかにおほんかたにひきかけさせ給ひて、いまひとかへりえもいはすまはせ給へりし興は、またかゝるへかりけるわさかなと

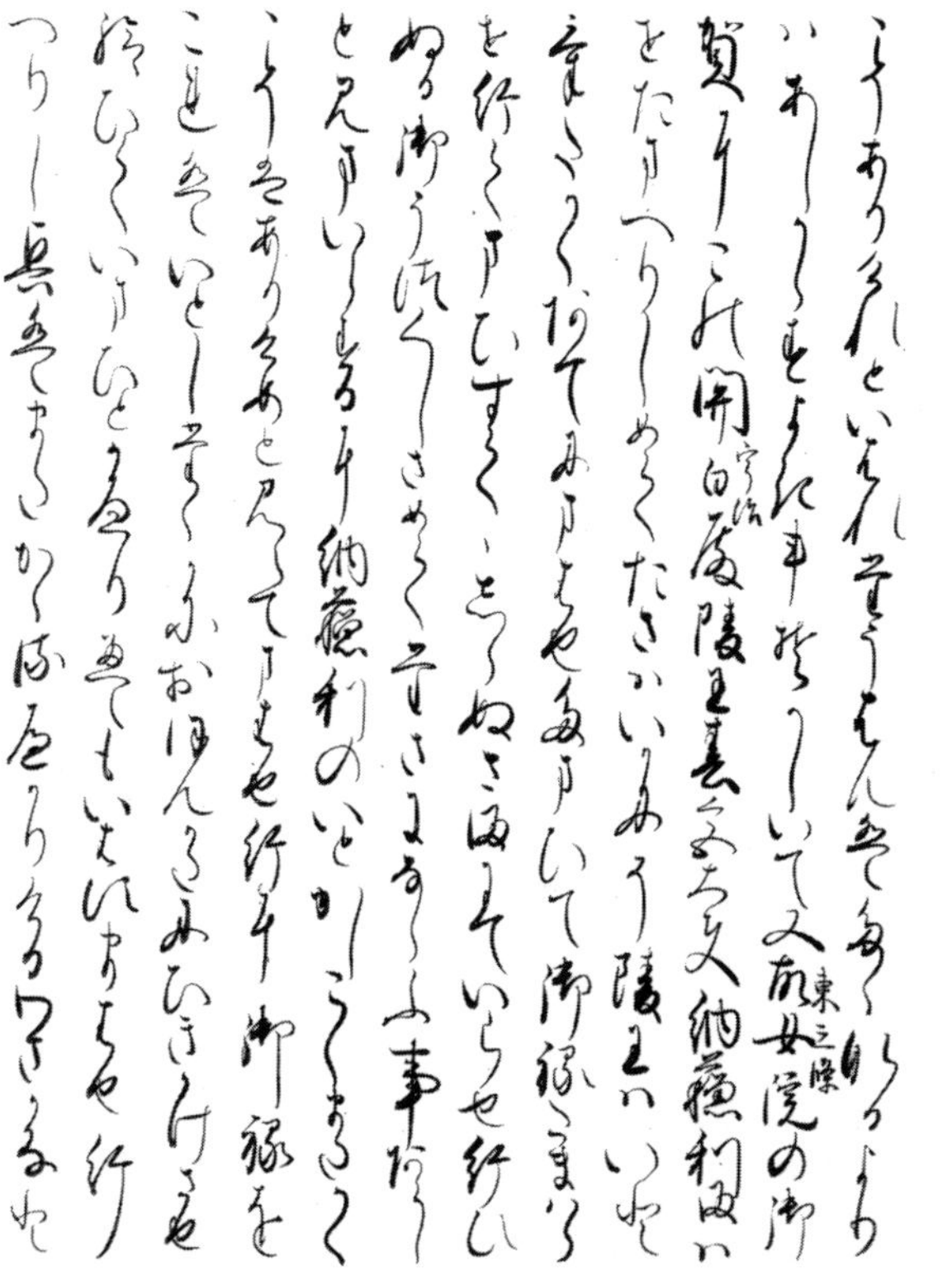

一 言われなさるということは。「れ」は、受身。「たうばん」は、尊敬の補助動詞「たまふ」（四段）の音便「たうぶ」の未然形に、助動詞「む」が付いたもの。「たうぶ」、『大鏡』には、計十例ある。語り手世次の詞中に九例、重木の詞中に一例。佐藤喜代治は、この語「平安時代ではすでに古風の言い方で、若い人は用いなかったようである。」『日本文法要説　古語編下巻』（日本書院　一九六二年）と記述している。 二 東三条詮子。兼家の女。円融天皇に入内。御子、一条天皇即位後皇太后。 三 四十の御賀。長保三年（一〇〇一）十月九日に行われた。 四 頼通。年齢ときに十歳。 五 雅楽の一つ。蘭陵王とも。一人で舞う。 六 頼宗。ときに九歳。 七 雅楽の一つ。高麗《こま》伝来の舞楽。壱越《いちこつ》調の曲。二人または、一人で舞う。一人で舞う場合を落蹲《らくそん》といい、緑青色の仮面をつける。

一 頼宗公に納蘇利を教えた師匠が。二 底本「おなしさませさせ給はん」、東松本・近衛本（甲）・平松本「おなしさまにせさせ給はん」。三 趣向を変えさせ申し上げたのでした。四 納蘇利の師匠の方が心配りが行き届いている。五 詮子さまは、頼宗の舞の師匠に従五位をくださいましたが、それは。六 女院（詮子）が大夫殿（頼宗）をたいそうかわいがり申していらっしゃったからだということだ。頼宗の母明子は、女院（詮子）の養女格で、特別のかかわりがあった。

七 頼通公の母、倫子さまは、少しご機嫌を悪くなさいました。

こそおほえ侍りしか、一御師の、陵王はかならす御禄はすてさせたまひてんそ、二おなしさませさせ給はんめなれたるへけれは、三さまかへさせたてまつりたるなりけり、四こゝろはせまされりとこそはいはれ侍りしか、五女院、かうふりたまはせは、六大夫殿をいみしくかなしかりまさせ給へはとそ、陵王の御師はたまはらて、いとからかりけり、それにこそ七北政所《鷹司殿》すこしむつからせたまひけれ、さて、のちにこそ給はすめりしか、かたのやうにまはせたまふとも、あしかるへき御としのほとにもおはしまさす、わろしと人の申へきにも侍らさりしに、まことにこそ、ふたところなから、このよの人とは

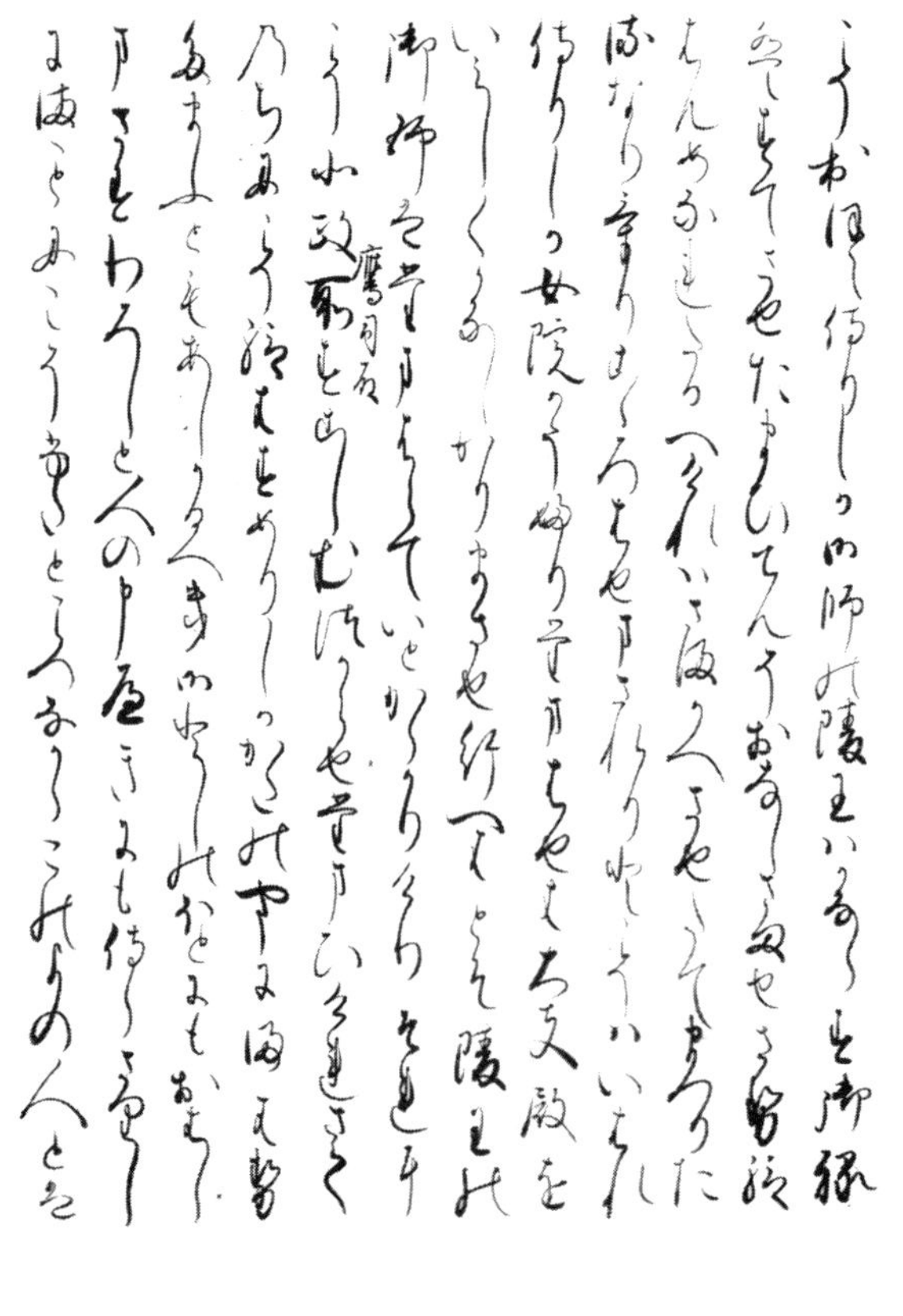

見えさせ給はて、[一]天童なとのをりきたるとこそ見えさせ給ひしか、又この[二]太宮《上東門院》の[三]大原野の行啓は、いみしう侍りし、[四]ことに、雨のふりしこそ、いとくちおしく侍りし事よ、舞人には、たれ〳〵、それ〳〵のきみたちなとかそへて、[五]一舞に、[六]関白殿君とこそはせさせたまひしか、[七]試楽の[八]日、かいねりかさねの御下襲に、[九]黒半臂たてまつりたりしは、めつらしくさふらひしものかな、[一〇]闕腋《カキアケ》に人のきたまへりしを、いまた見侍らさりし[一一]かは、行啓には、[一二]入道殿、それかしといふ御馬にたてまつりて、御随身四人と、[一三]らんもむにあけさせたまへりしは、かろ〳〵しかりしわさかな、[一四]公忠か

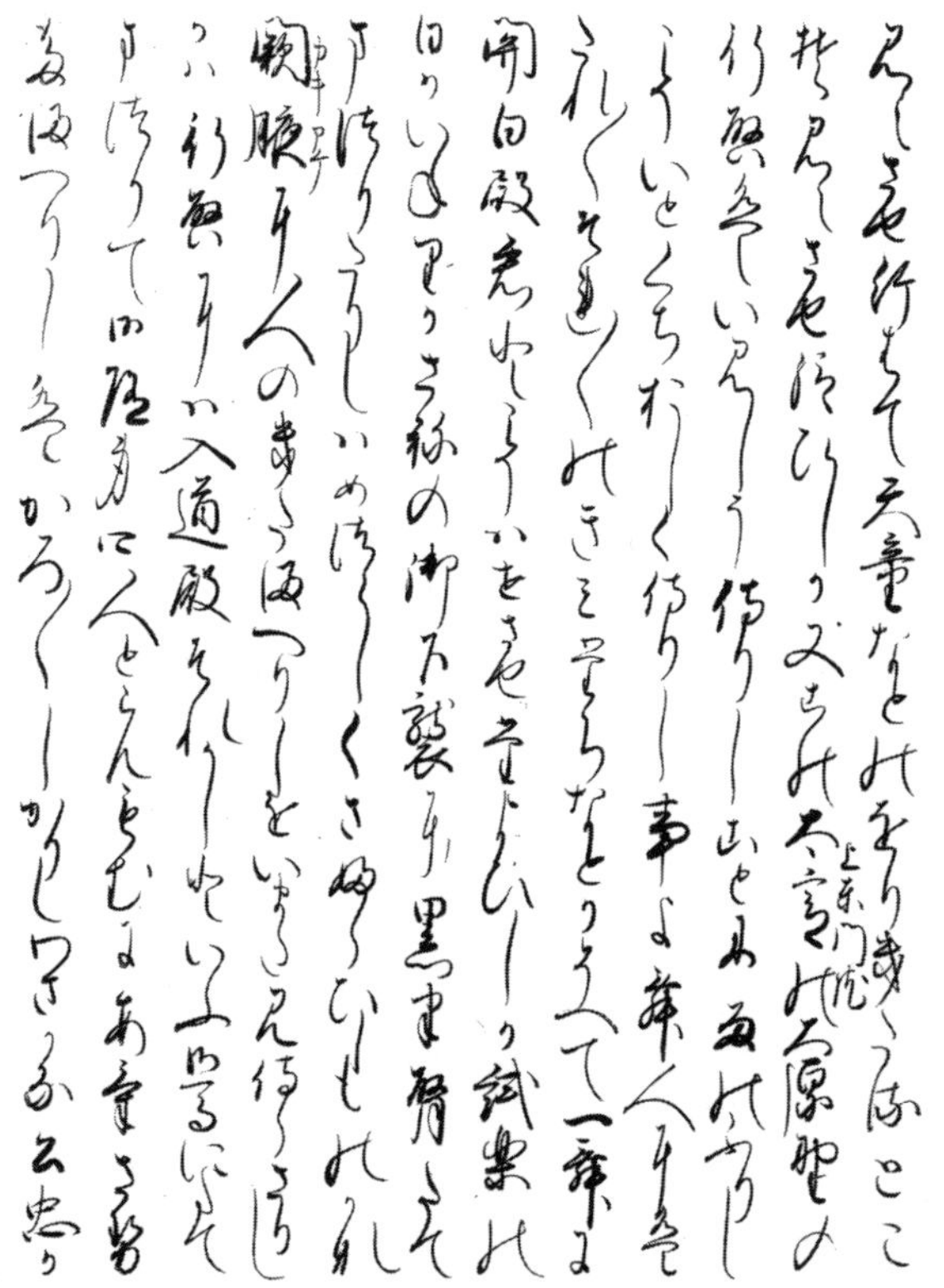

一 仏法守護のため、童姿に変身して、人間界に現れた天人。二 底本・東松本など「太宮」、「大宮」がよい。太皇太后彰子。三 大原野神社への行啓。寛弘二年(一〇〇五)三月八日。四 「ことに」不審。「殊に」ととる説があるが、いかが。名詞「こと」に、格助詞「に」が接続した形か。(その)儀式に。(その)行啓の折に。流布本系の八巻本「いみじく侍りし事ぞや」と、「ことに」が、「事ぞや」とある。これなら問題はない。五 底本「一舞に」、東松本・近衛本(甲)・平松本「一舞には」。六 関白殿である頼通。頼通は彰子の弟。七 舞楽の予行演習の日。八 襲の色目の一つ。表裏とも、つやのある紅。冬・春に着用。九 束帯のとき、袍《ほう》と下襲《したがさね》との間に着る、短くて袖のない黒の衣。一〇 わきの下にあたる部分を、縫わないままにした衣服。底本「闕腋《カキアケ》」と傍訓、不可。東松本の「闕腋《ワキアケ》」がよい。一一 感動を表す助詞「か」に、詠嘆の助詞「は」の承接したもの。強い感動を示す。一二 道長。一三 「らんもむ」不明。一四 随身の一人。

[一] 藤原公季。道長の叔父。当時内大臣。[二] 西の京の七条通りから。[三] 藤原顕光。当時右大臣。[四] 道長からの引出物として、馬二頭を贈られた。[五] 妍子。道長の次女。[六] 威子。道長の三女。[七]『類聚名義抄』「金:・:《コカネ》」、『色葉字類抄』「金《コム(コン)コカネ》去声俗居吟反」。[八] 廷臣たちの中から。「まうちきみ」は「まへつきみ」の転。天皇の御前に伺候する人を敬っていう語。[九] 御前駆を付け申しなさいました。[一〇] 妍子。[一一] 藤原惟経。[一二] 底本「中宮御乳母」、東松本・近衛本(甲)・平松本「中宮の御乳母」。[一三] 藤原兼安。[一四] 藤原実任。[一五] 道長公のお子様方。

すこしひかへつゝ所をき申しゝを、制せさせ給ひしかは、なをすこしをそりましてこそありしか、かしこく京のほとは、雨もふらさりしそかし、[一]閑院太政大臣殿《仁義公》の、[二]にしの七条よりかへらせ給しをこそ、入道殿いみしう恨申させ給けれ、[三]ほりかはの左大臣殿《顕光》は、御社まてつかまつらせ給て、[四]御ひきいてもの、御馬あり、[五]枇杷殿の宮《妍子》中宮《六威子》とは、[七]金造の御車にて、[八]まうちきみたちの、やむことなきかきりえらせ給へる[九]御前くし申させ給へりき、御車のしりには、[一〇]皇后宮の御めのと、[一一]惟経のぬしの御母、[一二]中宮御乳母、[一三]兼安実[一四]任のぬしの御母、各こそさふらはれけれ、[一五]殿のき

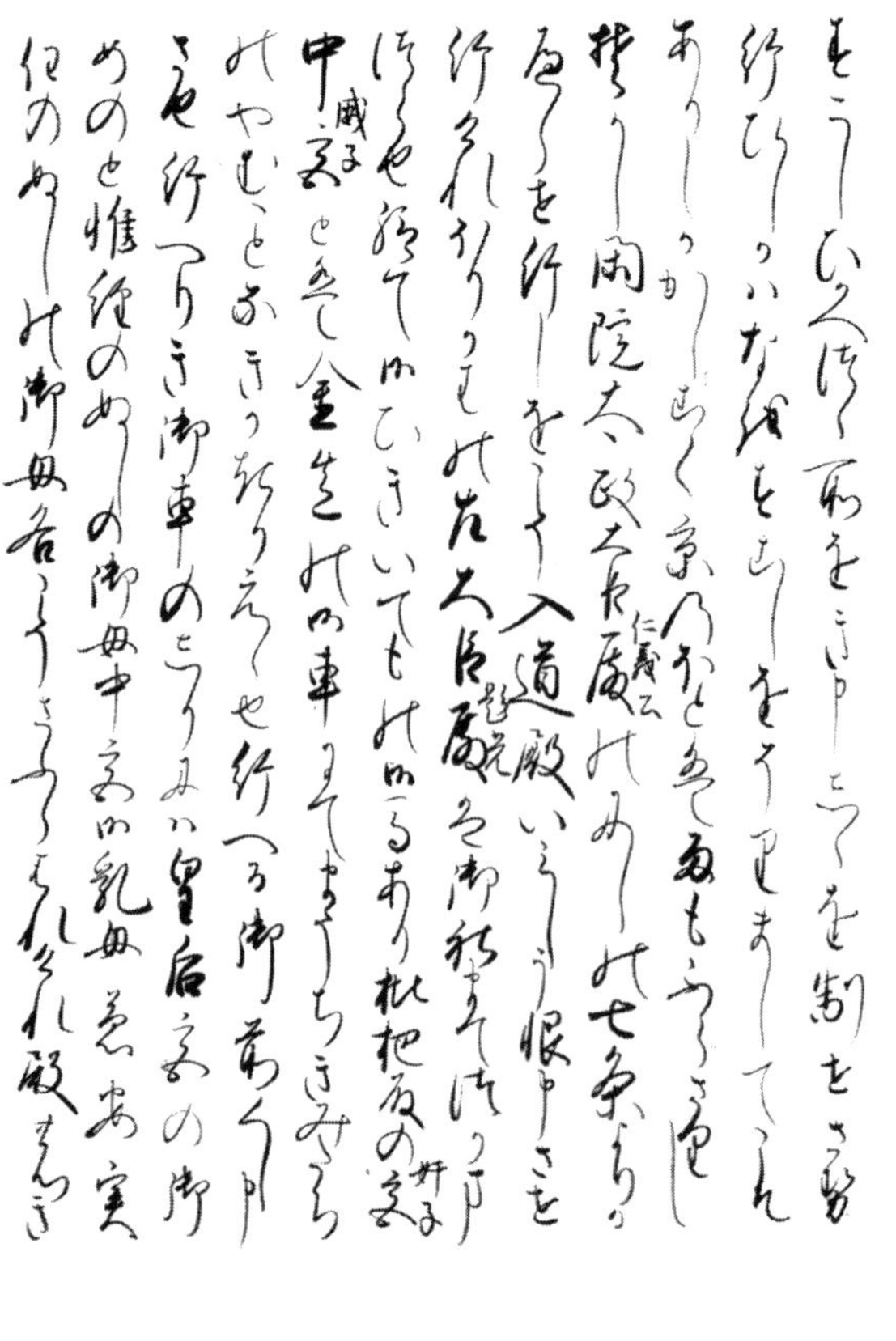

むたちのまた[一]おとこにならせ給はぬ、わらはにてみなつかうまつらせ給へりき、又[二]ついてなき事には侍れと、[三]恠と人の申すことゝものさせることなくてやみにしは、前一条院の[四]御即位日、大極殿の[五]御装束すとて、人々あつまりたるに、[六]高御座《タカミクラ》の内に、髪つきたるものゝ頭の血うちつきたるを見付たりけるあさましくいかゝすへきと[七]行事思あつかひて、かはかりのことをかくすへきかとて、大入道殿《兼家》にかゝることなん候と、なにかしのぬしゝて申させけるを、いとねふたけなる御けしきにもてなさせたまひて、ものもおほせられねは、もしきこしめ

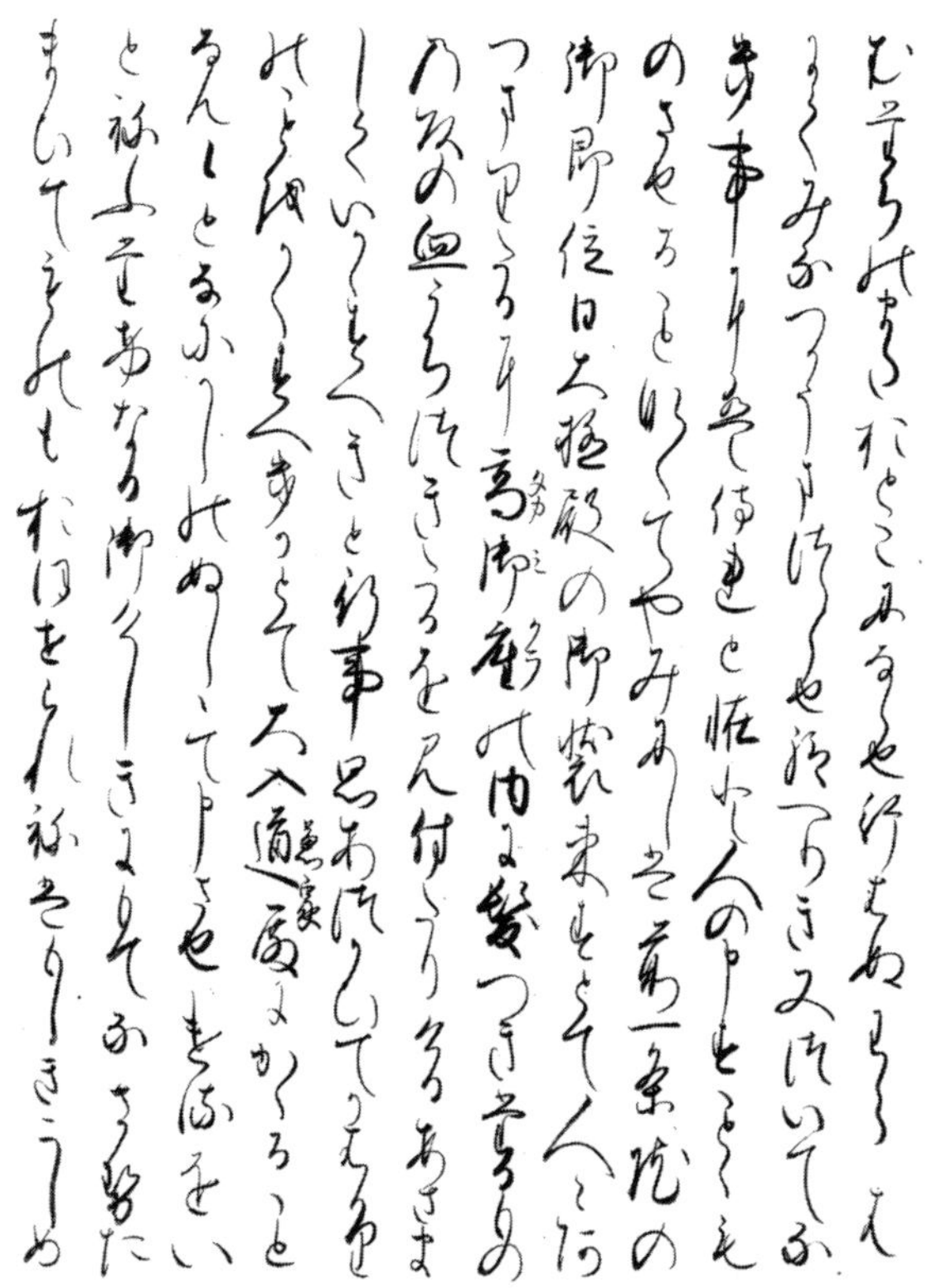

一 元服がすんでいらっしゃらない方々は。二 話はちがいますが。「ついでなし」は、きっかけもない。突然ですが。三 怪異。東松本「恠《クヱ》」と傍訓を付す。四 「させる」は、連体詞。(下に打消の語を伴って)これといった。たいした。五 御飾りつけをするというので。六 即位の折、天皇がつかれる、壇上の御座。七 朝廷の諸儀式をつかさどる役。また、その人。

一 ご意向をうかがったが。「たまはる」は謙譲語。二「大殿ごもる」ならぬ「御とのごもる」については、拙著『水鏡とその周辺の語彙・語法』(笠間書院 二〇〇七年)参照。三 ふと目をさまされた様子で。「うち」は接頭語。ちょっと。ふと。「おとろく」は、はっと目をさます。四 不吉なことだから。縁起が悪いので。五 思慮分別もなく。「こころぎも」は、名詞「心肝」で、考え。思慮。六「何某の主」を指す。某殿上人。

さぬにやとて、また[一]御氣色たまはれと、うちねふらせ給て、なを御いらへなし、いとあやしく、さまて[二]御とのこもりいりたりとは見えさせ給はぬに、いかなれはかくてはおはしますそとおもひて、とはかり御前にさふらふにそ、[三]うちおとろかせたまふさまにて、御装束ははてぬるにやとおほせらるゝにきかせ給はぬやうにてあらんと、おほしめしけるにこそと心えて、たちたうひける、けにかはかりのいはひの御事、又今日になりてとまらんも、[四]いまくしきに、やをらひきかくしてあるへかりけることを、[五]心きもなく申かなと、いかにおほしめしつらむと、のちにそ[六]かのとのもいみしう悔給ける、

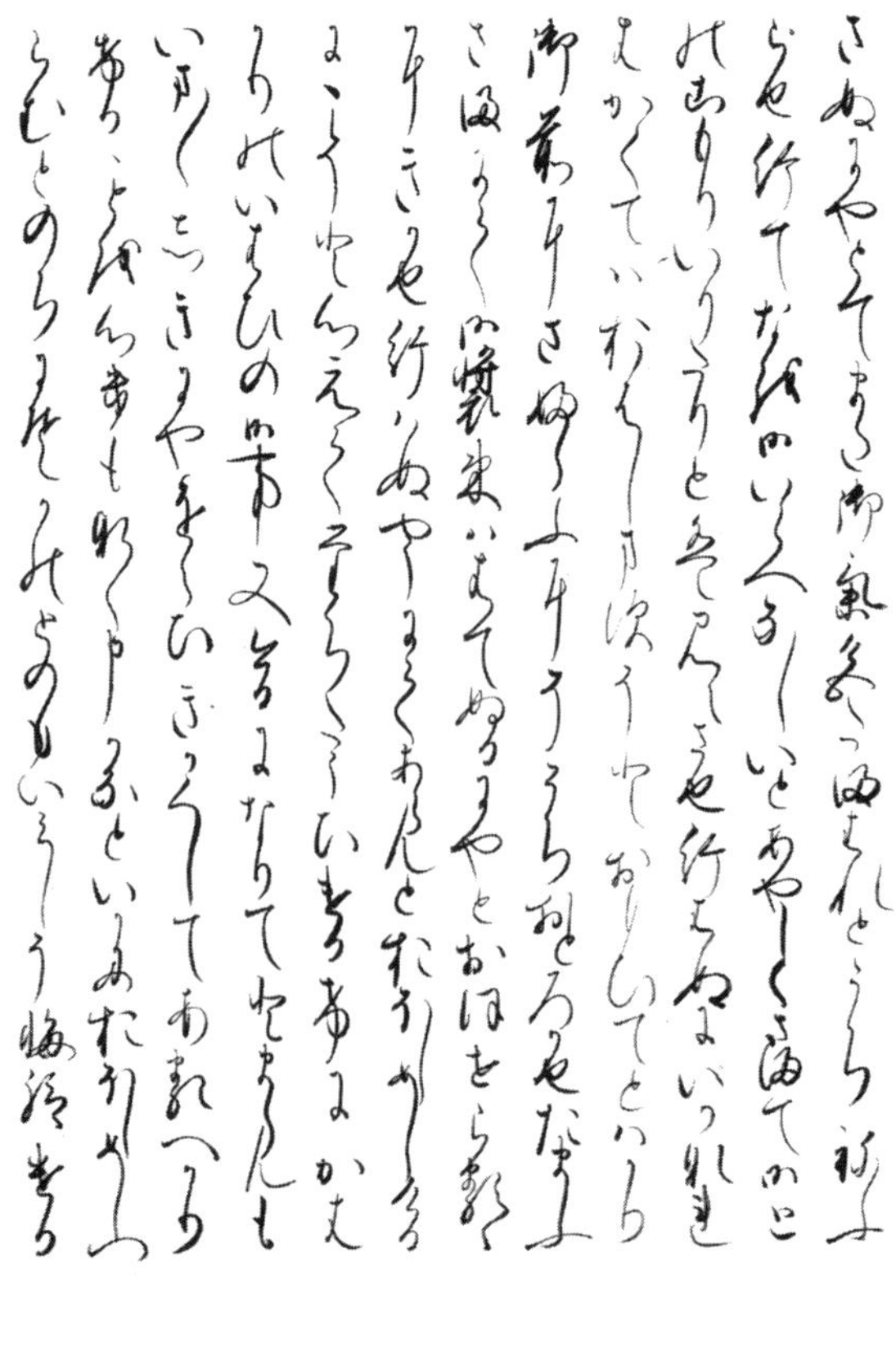

さる事なりかしなされは、なてう事かはおはしますよきことにこそありけれ、又太宮[一]のいまたおさなくおはしましけるとき[二]、北政所[三]くしたてまつらせたまて[四]、かすかにまいらせたまひけるに、[五]おまへのものとものまいらせ[六]すへたりけるを、俄につしかせ[七]のふきまつて[八]、東大寺の大仏殿の御前におとしたりけるを、かすかの御まへなる物の、源氏の氏寺にとられたるは、よからぬことにや、これをも、そのおり世人[九]申しゝかと、なかく御するつかせ給は、吉相[一〇]にこそはありけれとそおほえ侍な、ゆめもうつゝも、これはよきことゝ人申せとさせる事なくてやむやう侍り、又かやうに、㤿

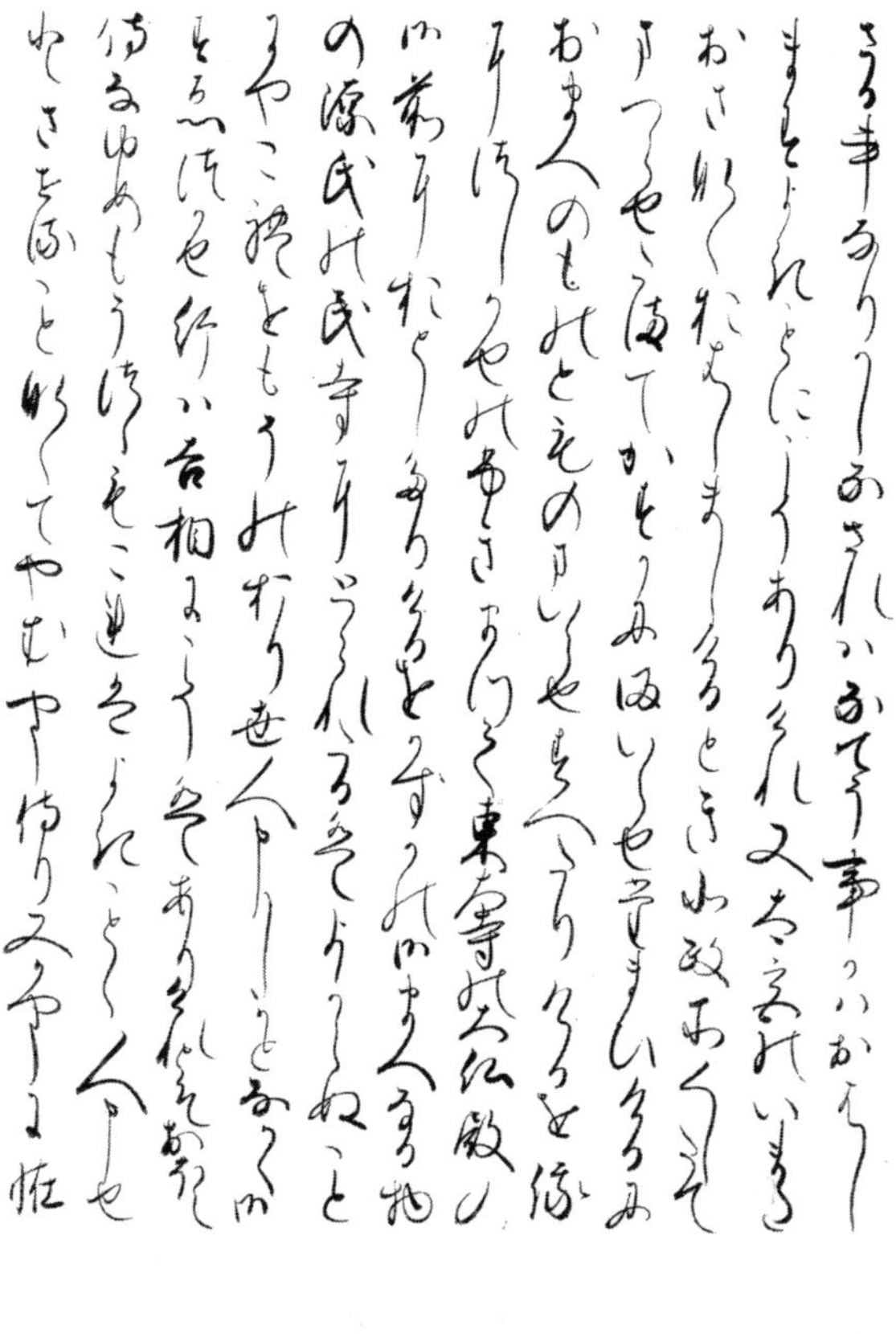

一 底本・東松本など「太宮」。「大宮」がよい。彰子。二（御母）倫子。三 お連れ申し上げなさって。「たまて」は「給《たま》ひて」と同意。この尊敬の補助動詞「たま」については、拙著『大鏡の語法の研究』（さるびあ出版 一九六七年）を参照。四 奈良の春日神社。藤原氏の氏神。五 神前の供物。六（神前に）差しあげお供えしたものを。七 つむじかぜ。八 底本「ふきまつて」、東松本・近衛本（甲）・平松本「ふきまつひて」。「ふきまつひ」は、複合動詞「ふきまつふ」の連用形。風が吹いて、物を吹き上げる。九「世人」は、「よひと」と訓む。『大鏡』には「よ人」という形で、計五例、「世人」が四例（うち一例、千葉本「世人《ヨ》」4ウ4）ある。「世《よ》の人《ひと》」という確かな使用例を見ない。一〇 よい知らせ。吉報。

一 どれくらい数多く。どれほどたくさん。二 高貴な方も、また、低い階層の人も。三 間近い御簾や簾の内、すなわち奥向きの婦人方の生活といったような範囲は、はっきりしない点が残っておりましょう。四『色葉字類抄』「各ヲノく」。五 侍女とか使われる少女どもが申し伝えないはずがありません。係助詞「やは」は反語。六 そうした奥向きの方面の事。七 思いかけずに。ひょっとした折に。八 世間の出来事として。世間について。

たちてみたまへきこゆることも、かくよき事も候な実はよのなかに[一]いくそはく、あはれにもめてたくも興ありてうけ給はり、見たまへあつめたることの、かすしらすつもりて侍翁共とか、人々おほしめすや、[二]むことなくも又くたりても、[三]まちかき御簾すたれの内はかりや、おほつかなさのこりて侍らん、それなりとも、[四]各宮殿原次々の人の御あたりに、人のうちきくはかりのことは、[五]女房わらはへ申つたへぬやうやは侍るされは、[六]それも、[七]不意につたへうけたまはらすしもさふらはす、されと、それをは、なにとかはかたり申さむする、たゝ[八]よにとりて、人の御みゝとゝめさせ給ぬへかりしむ

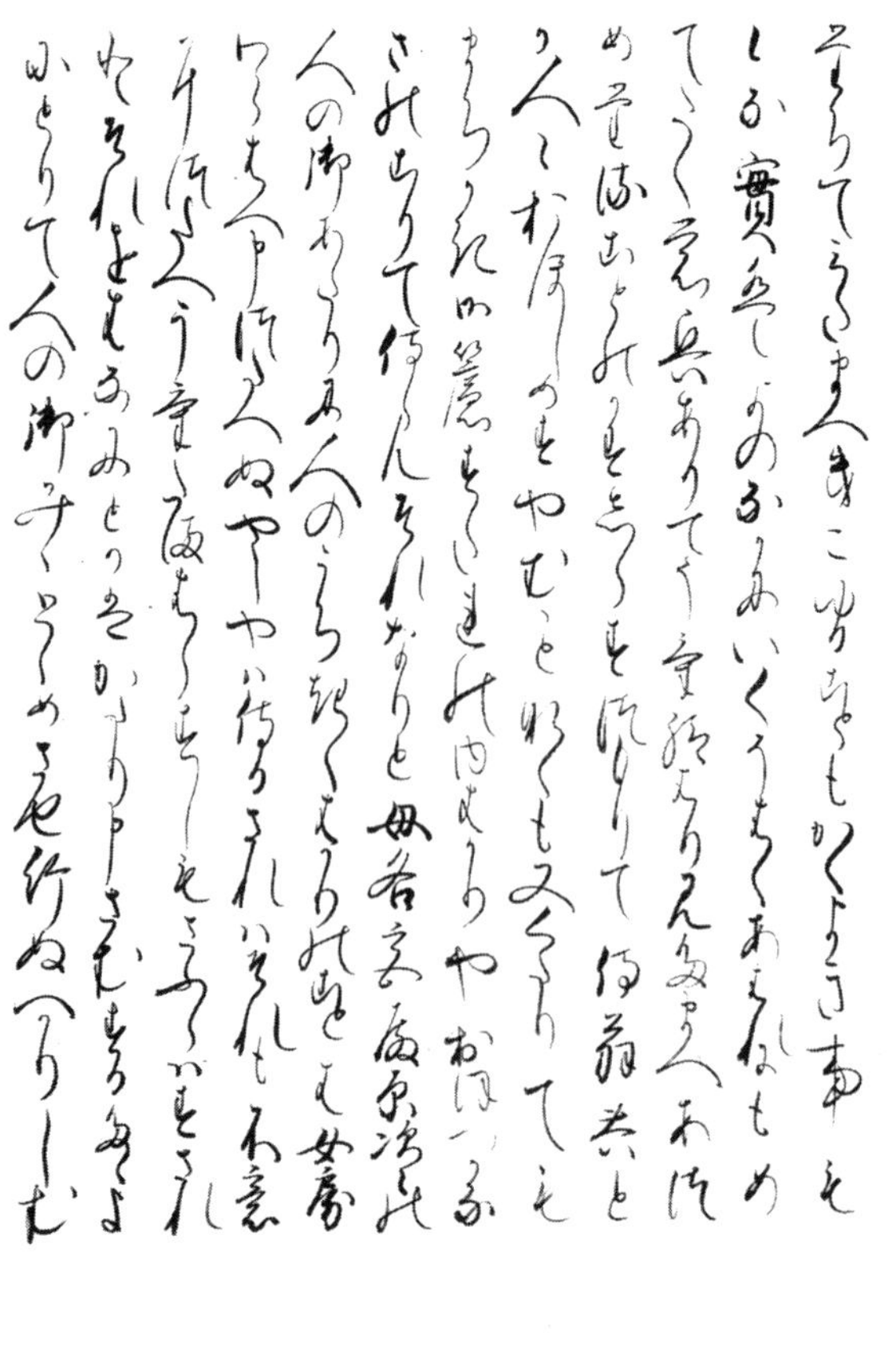

かしのことはかりを、[一]かくかたり申たゝ、いと[二]をこか
ましけに御らんしをこする人もおはすめり、
けふは、たゝ[三]殿のめつらしう興ありけにおほ
して、[四]あとをよくうたせ給ふにはやされたて
まつりて、かはかりも[五]くちあけそめて侍れは、
なかくのこりおほく又く申へきことは、[六]こもなく
侍をもしまことにきこしめしはてまほしくは、
[七]駄一疋をたまはせよ、はひのりてまいり侍らん、
且又[八]御宿にまいり、殿の御才学のほともうけ
たまはらまほしう思たまふるやうは、いまたと
しころ、[九]かはりも[一〇]さしらへしたまふ人にたい
めたまはらぬに、時々くはへさせたまふ御詞の

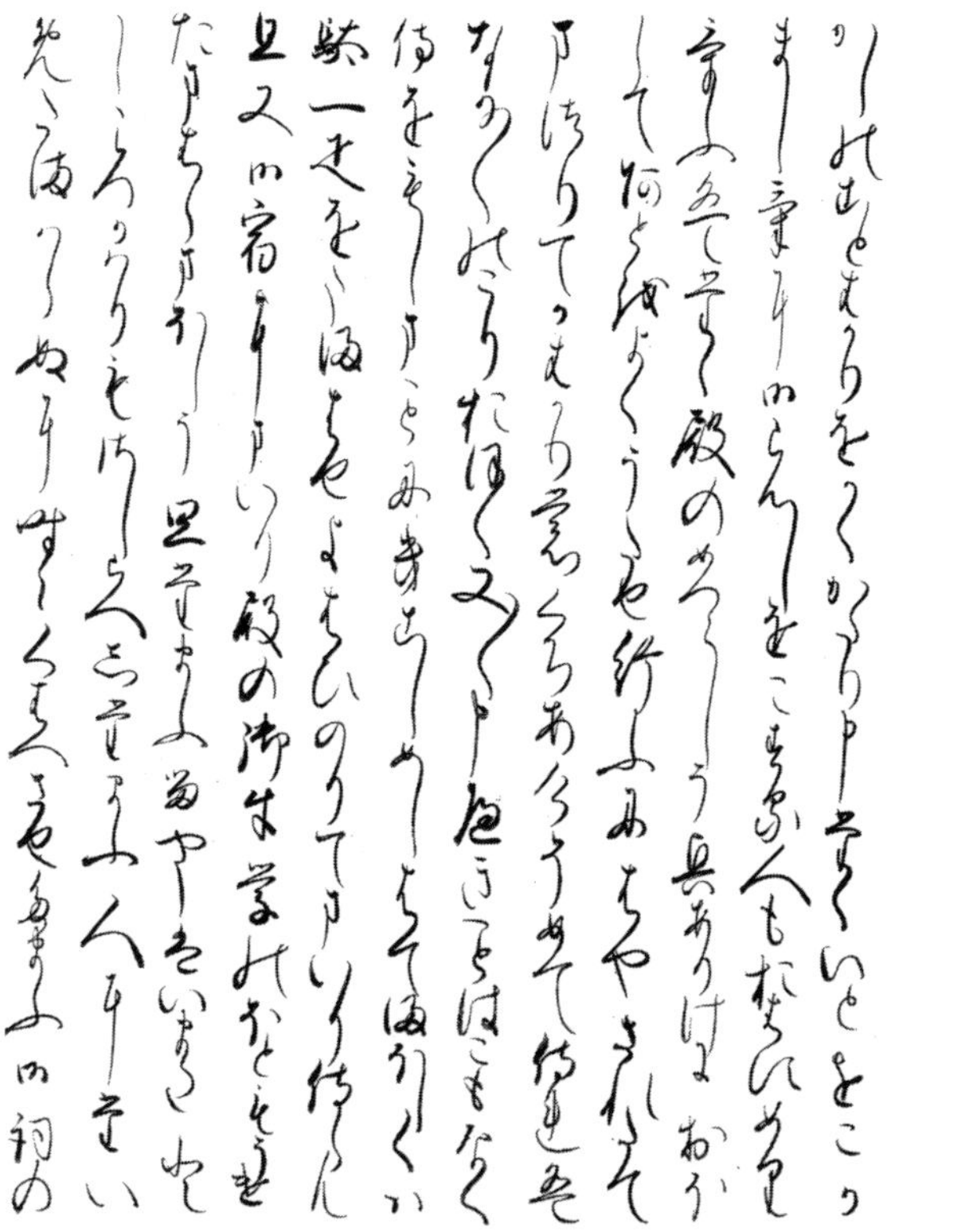

一 底本「かたり申たゝ」、東松本・近衛本（甲）・平松本「かたり申たに」。二 ばかげているといったそぶりで、私に目をお向けになる人もおいでのようです。三 世次の話を聞いている侍をさす。あなた様。四 上手にあいづちをお打ちになるのに、調子づけられ申して。「あど（を）うつ」は、あいづち打つ。五 話の切り口。六 きりもなく。『色葉字類抄』「期ᵗ」。七 馬に荷をつけて運ばせること。また、その馬。駄馬。八 底本「御宿にまいり」、東松本・近衛本（甲）・平松本「御宿にまいりて」。九 底本「かはりも」、東松本・近衛本（甲）・平松本「かはりも」。一〇「さしいらへ（差答）」の変化した語。「つねよりもおほんさしらへなけれはすさましくしゐてきこゆへきことにもあらねは」（『源氏物語』若菜上）。

一見たてまつるは翁等かやしはこのほとにこそはとおほえさせ給ふに、このしろしめしけなることとも、思ふに、ふるき御日記なとを御覧するならんかしと、二心にく〻、下﨟はさはかりのさへはいかてか侍らん、た〻見き〻たまへし事を心に思おきて、かくさかしかり申にこそあれ、三まことに人にあひたてまつりては、四おほしとかせ給事も侍らんと、五はつかしうおはしませは、六をいの学問にもうけ給はりあかさまほしうこそ侍れといへは、重木もた〻、かうなり〳〵、さ覧おりは、かならすつけ給ふへきなり、杖にかゝりてもかならすまいりあひ申侍らんとうなつきあはす。七た〻し、さまてのわき

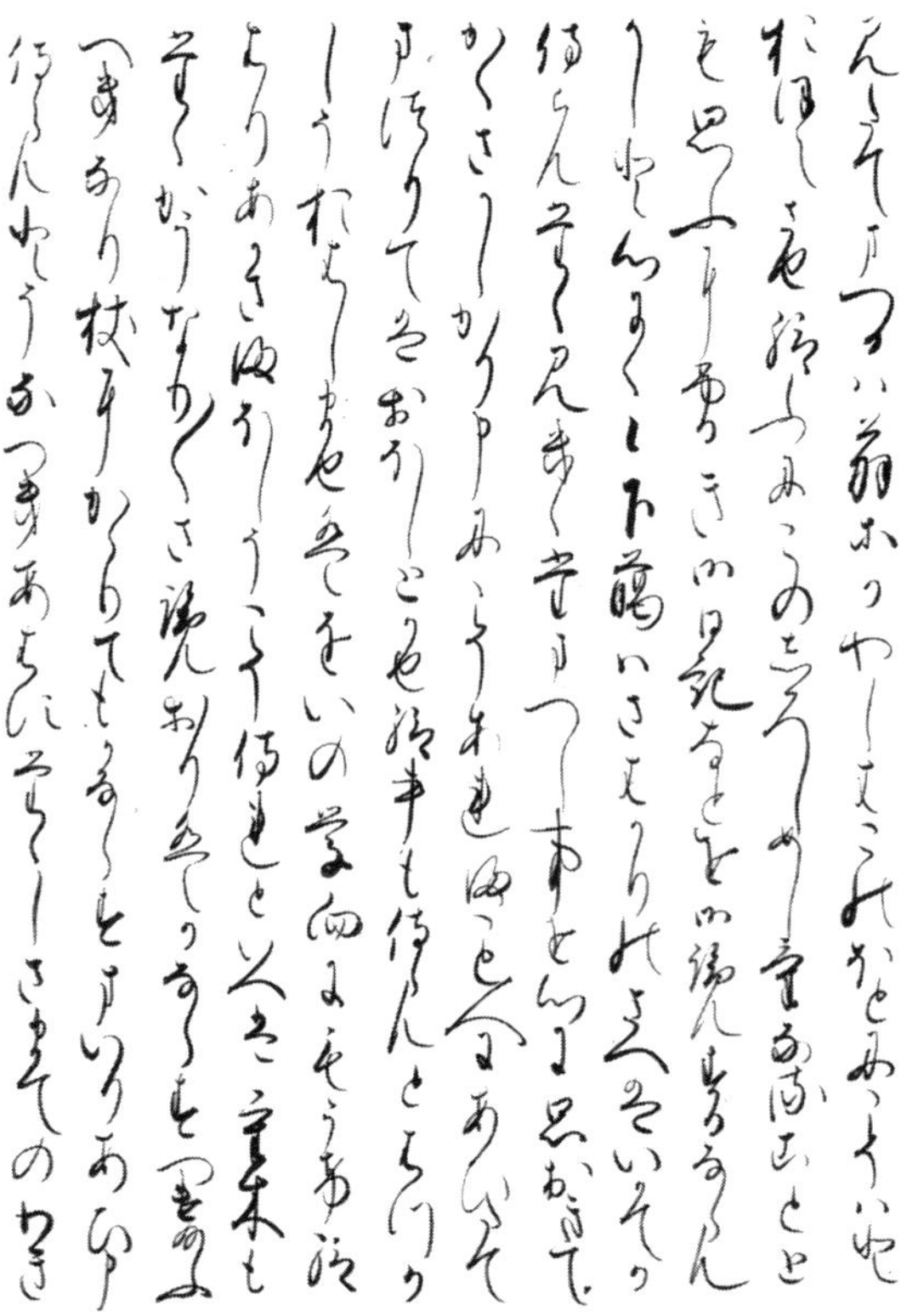

一 お見受けするお方（あなた）は、私なんかの曾孫の子ぐらいの年輩を感じなさいますのに。「やしはご」は、曾孫の子。孫の孫。「させ給ふ」は、世次の侍に対する尊敬語。語り手世次の侍に対する尊敬表現。語り手世次（重木）の侍に対する敬意は、語り手、世次と重木の相互に用いる敬意表現より高い（拙著『大鏡の語法の研究』さるびあ出版　一九六七年）。二 おくゆかしく。上品で美しく。三 本当に学問のあるあなたのようなお方に。四 底本「おほしとかせ給事も」、東松本・近衛本（甲）「おほしとかめ給事も」。五 （あなたが）こちらが気おくれするようでいらっしゃるので。六 老後の学問。七 とはいうものの。しかしながら。もっとも。

まへおはせぬわかき人々は、そら物かたりする翁かなとおほえすも[一]あらん、我心におほえて一言にてもむなしきことくはゝりて侍らはこの御寺の三宝[二]、今日の座の戒和尚[三]に請せられ給仏菩薩を終《本ノマヽ》[四]としたてまつらんなかにも、わかうより、十戒[五]のなかに妄語[六]をはたもちて侍身なれはこそかくいのちをはたもたれて候へ、けふこの御寺のむねとそれをさつけ給講の庭にしもまいりて、あやまち[七]申へきならす、おほかたよのはしまりは、人の寿[八]は八万歳なり、それかやうく減しもていきて、百歳になる時、ほとけはいておはしますなり、されと、生死のさた

一 底本「おほえすも」、東松本・近衛本（甲）・平松本「おほすも」。**二** 仏・法・僧。**三** 二七頁注五に既述。**四** 底本「終《本ノマヽ》」、東松本など「証」。**五** 仏教でいう十種類の戒律。殺生・偸盗・邪淫・妄語・綺語・悪口・両舌・瞋恚・貪欲・邪見。**六** 妄語戒。嘘を言わないこと。**七** 仏に対して妄語戒を破り申すはずがありません。**八** 『類聚名義抄』「寿《イノチ》」、『色葉字類抄』「寿《イノチ》」。

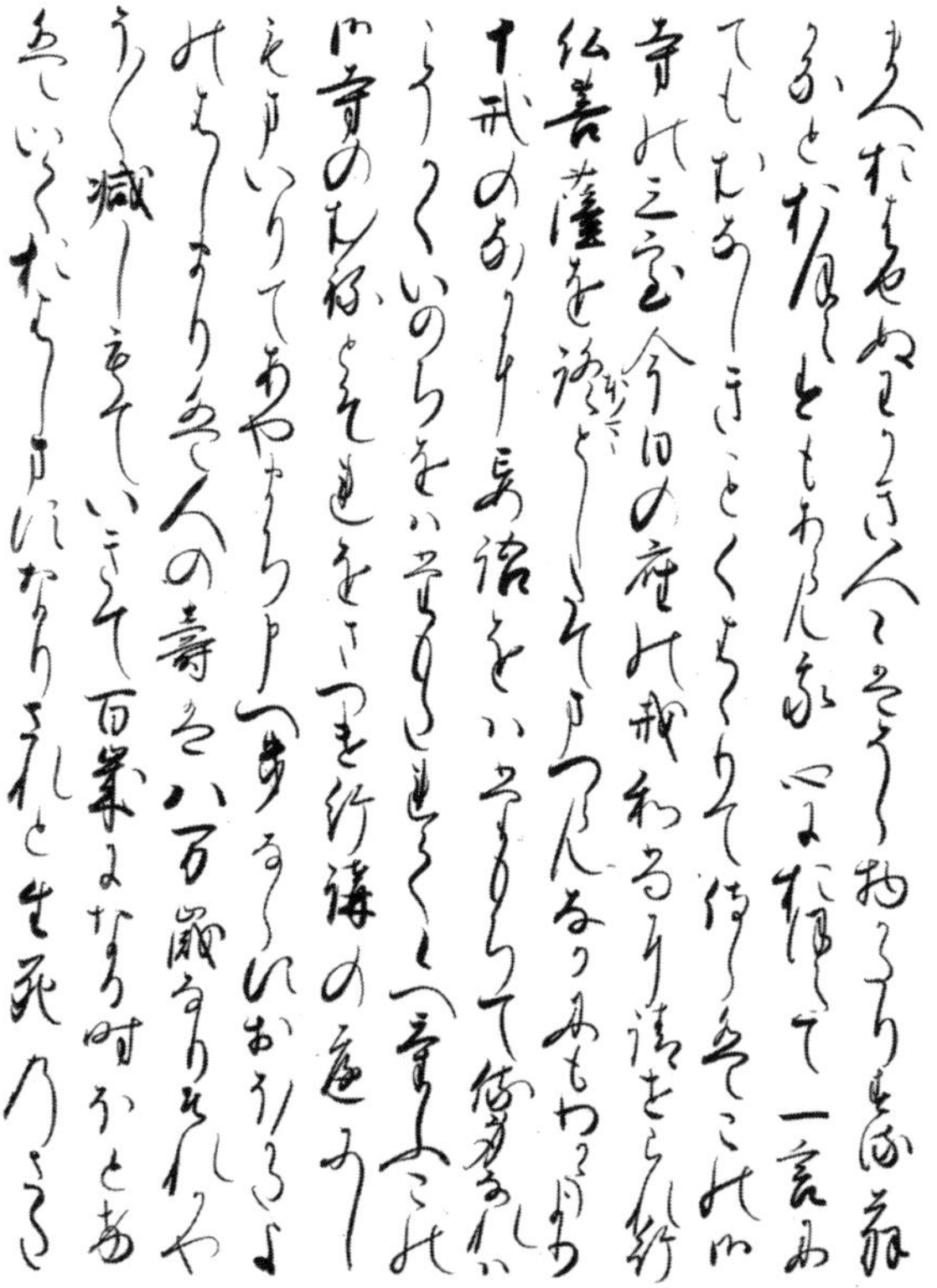

一 釈迦如来が世を去られたのです。「入滅」は、釈迦が他界すること。『色葉字類抄』「入滅《ニウメツ》僧死也」。二「滅す」は、死ぬ。ここでは「入滅す」の意識で、釈迦に対して使用している。これは、三行前に「入滅す」を使用しているので、平板さを避けた表現として注目したい。『文明本節用集』「滅《メツス》」。三（人間の命は）八十歳でございますが。四 仏の教えの深遠でまことに珍しいこと。「甚深」「希有」をそれぞれ重複した表現に注意したい。

めなきよしを人にしめし給とて、なをいま
二十年をつゝめて、八十と申しとし、一入滅せ
させ給ひにき、そのとしよりことしまて、一千
九百七十三年になり侍りぬる、釈伽如来
二滅したまふを期にて、三八十には侍れと、仏
人のいのちを不定なりとみせさせ給にや、こ
のころも、九十百の人、をのつからきこえ侍めれと、
此翁共の寿は希なる事、四甚深々々希有々
々なりとは、これを申へきなり、いとむかしは、かは
かりの人侍らす、神武天皇をはしめたてま
つり、廿余代までの間に、十代はかりかほとは、
百歳百余歳までたもち給へるみかともおはし

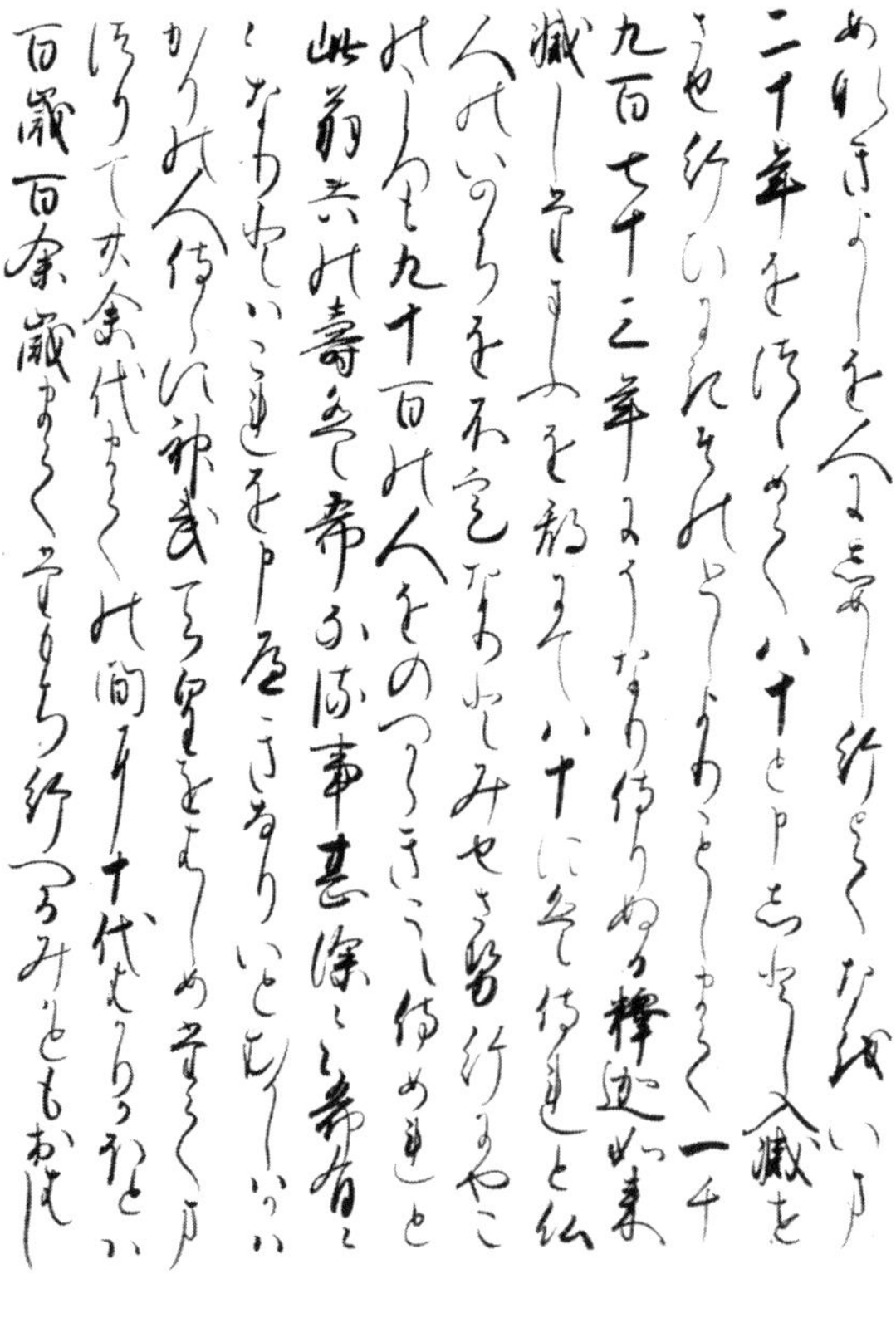

ましたれと、末代には、一けやけき寿もちて侍翁なりかし、かゝれは、二前生にも戒をうけたもちて候けると思たまふれは、この生にもやふらて三さかりかへらんと思給ふるなり、今日、この御堂に四影向し給らむ五神明六冥道達もきこしめせとうちいひてしたりかほにあふきうちつかひつゝ七見かはしたるけしきことはりに、なに事よりも、おほやけわたくしうらやましくこそ侍りしか、八さても〱、重木かとしかそへさせ給へ、九たゝなるおりは、としをしり侍らぬか、くちおしきにといへは、侍、一〇いて〱とて、十三にて、おほき一一おほとの《貞信公》にまいりきとのたまへは、十はかり

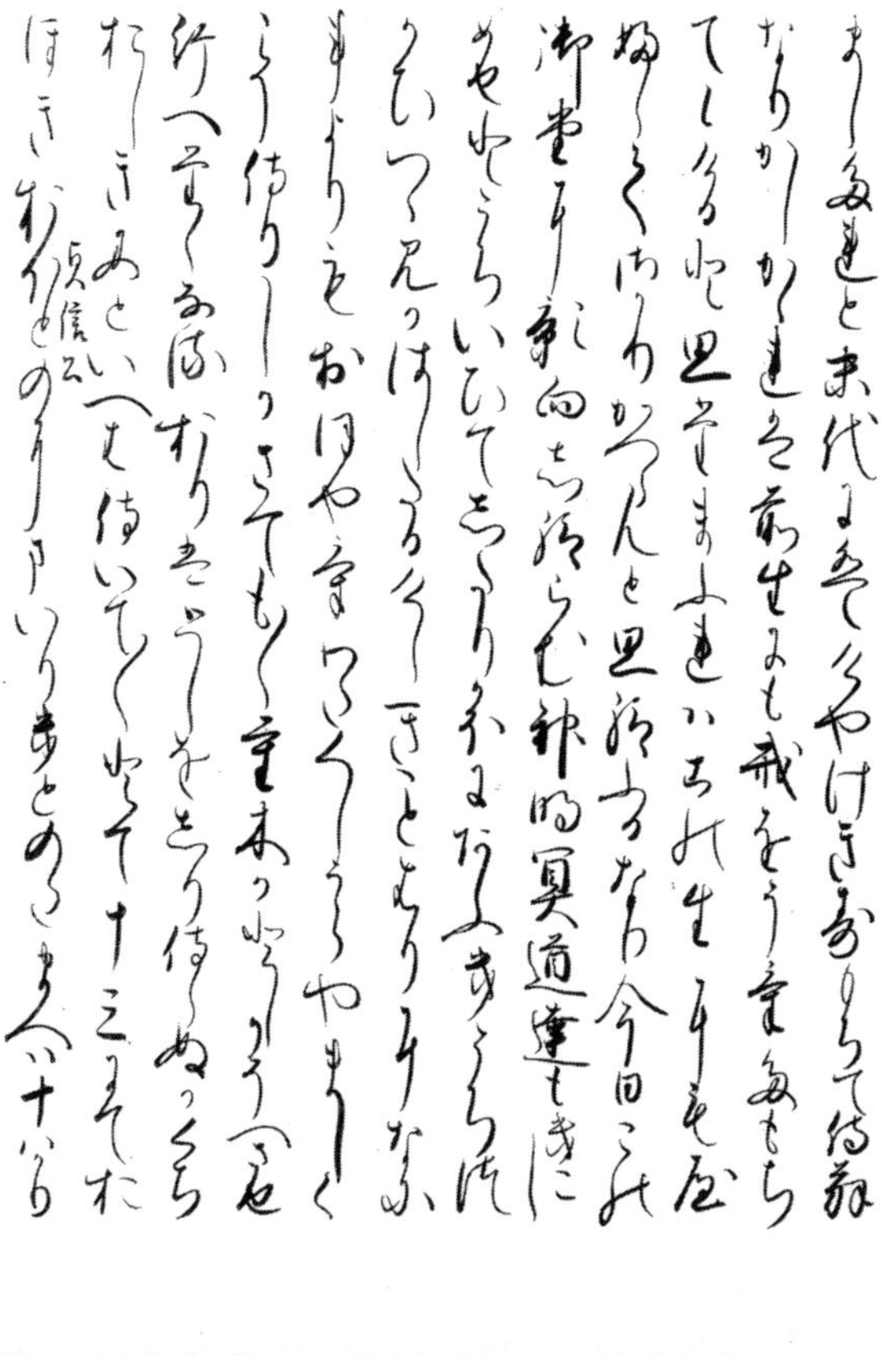

一 きわだって目立っている。二 仏教語。前世。『饅頭屋本節用集』「(前)《ゼン》生《ジャウ》」。三 底本「さかりかへらん」、東松本「まかりかへらん」。(あの世へ)帰り申そうと思い申すのです。「まかりかへる」は、「帰る」の謙譲語。四 神仏が時に応じて、その本体を現わすこと。『黒川本色葉字類抄』「影向《ヤウカウ》」。五 神。天地の神。六 死後の世界にいる神仏。七 重木と顔を見合せる様子。八 重木のことば。接続詞「さても」の畳語。「さても」の強調。話題の転換の時に用いる。それはそうと。ところで。さて。九 平生の時は、自分の年を知りませんのが残念ですから(こんな折にでも教えてください)。一〇 さあさあ。感動詞「いで」を重ねた強調表現。一一 貞信。太政大臣忠平。

一 陽成天皇の譲位は、元慶八年（八八四）。二 受身。相人（人相見）などに見てもらいましたか。三 人相見といった人。四 高麗の人。『色葉字類抄』「狛《コマ》」、『文明本節用集』「高麗《コマ》」。五 二人連れ立って。「二人」は、私（重木）と世次。「つれ」は、「連る」の連用形。「連る」は、連れ立つ。同行する。六 藤原基経。七 時平・仲平・忠平。

にて、一陽成院のをりさせたまふとしは、います
かりけるにこそ、それにてすいし思に、あの世
次のぬしは、今十余年か弟にこそあむめれは、
百七十にはすこしあまり、八十にもをよはれ
にたるへしなと、手をおりかそへて、いとかはかり
の御とししともをは、相人なとに相せられ二やせ
しとゝへは、三さる人にもみえ侍らさりきたゝ
四狛人のもとに、五二人つれてまかりたりしかは、二人長
命と申しゝかと、いとか許まて候へしとはおもひ
かけ候へきことかこと事とはむと思給へしほと
に、六昭宣公の君達七三人時平仲平忠平おはしましてえ申さす
なりにきそれそかし、時平のおとゝをは、御良

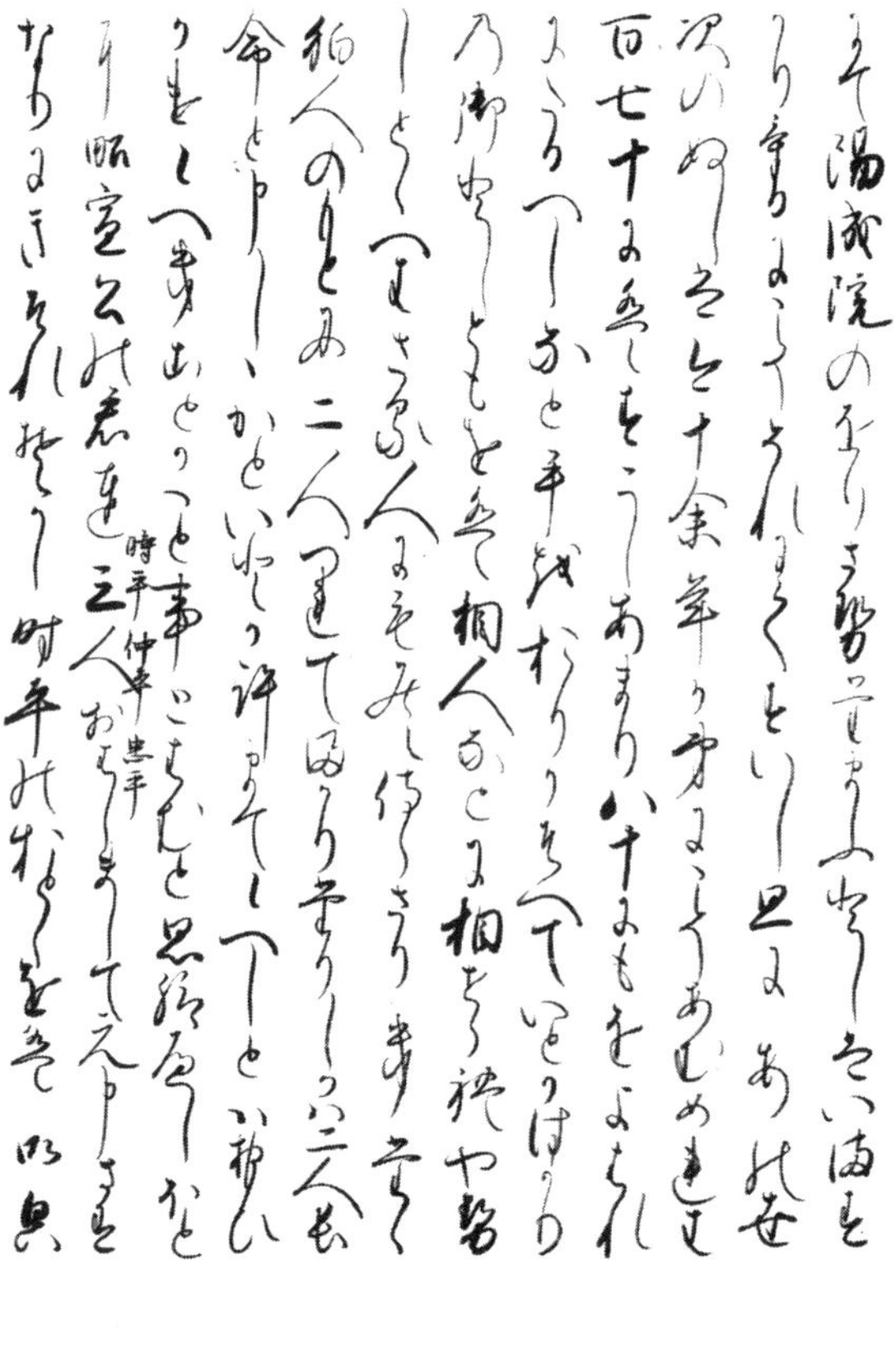

すくれ、一心たましひすくれかしこうて、日本には
あまらせ給へり、二日本のかためともちゐむに
あまらせたまへりと相し申しゝは、三枇杷殿
をは、あまり御心四うるはしくすなほにて、五へつらひ
かさりたる小国には、六おはぬ御相なりと申
す、七貞信公をは、あはれ日本国のかためや、なかく世
をつき門ひらく事、たゝこの殿と申たれは、
我をあるか中に、さえなく八心諂曲なりと、かくい
ふはつかしきことゝおほせられけるは、されと其
儀にたかはせ給はす、門をひらき栄花をひ
らかせ給へは、なをいみしかりけりと思侍て、九又ま
かりたりしに、一〇小野宮殿《清慎公》おはしましゝかはえ

一 知恵才覚。漢才に対していう語。二 日本国の柱石となる人物。三 藤原仲平。四 整っていて美しく。きれいで。五 上の者にへつらい、偽り飾る者の多い小国日本には。六 相応しない。ふさわしくない。「おはぬ」は、ハ行四段動詞「負ふ」の未然形に、打ち消しの助動詞「ず」の連体形が承接したもの。「負ふ」は、似合う。相応する。釣り合いがとれる。七 藤原忠平。千葉本「貞信公」27オ4。八 自分の意志をへつらいまげること。仏典に見えることば。東松本「諂曲《テンコク》」と傍訓。『色葉字類抄』「諂曲 佞乱分《テンコク》」。九 （この高麗の相人のところへ）参りましたところ。一〇 藤原実頼。

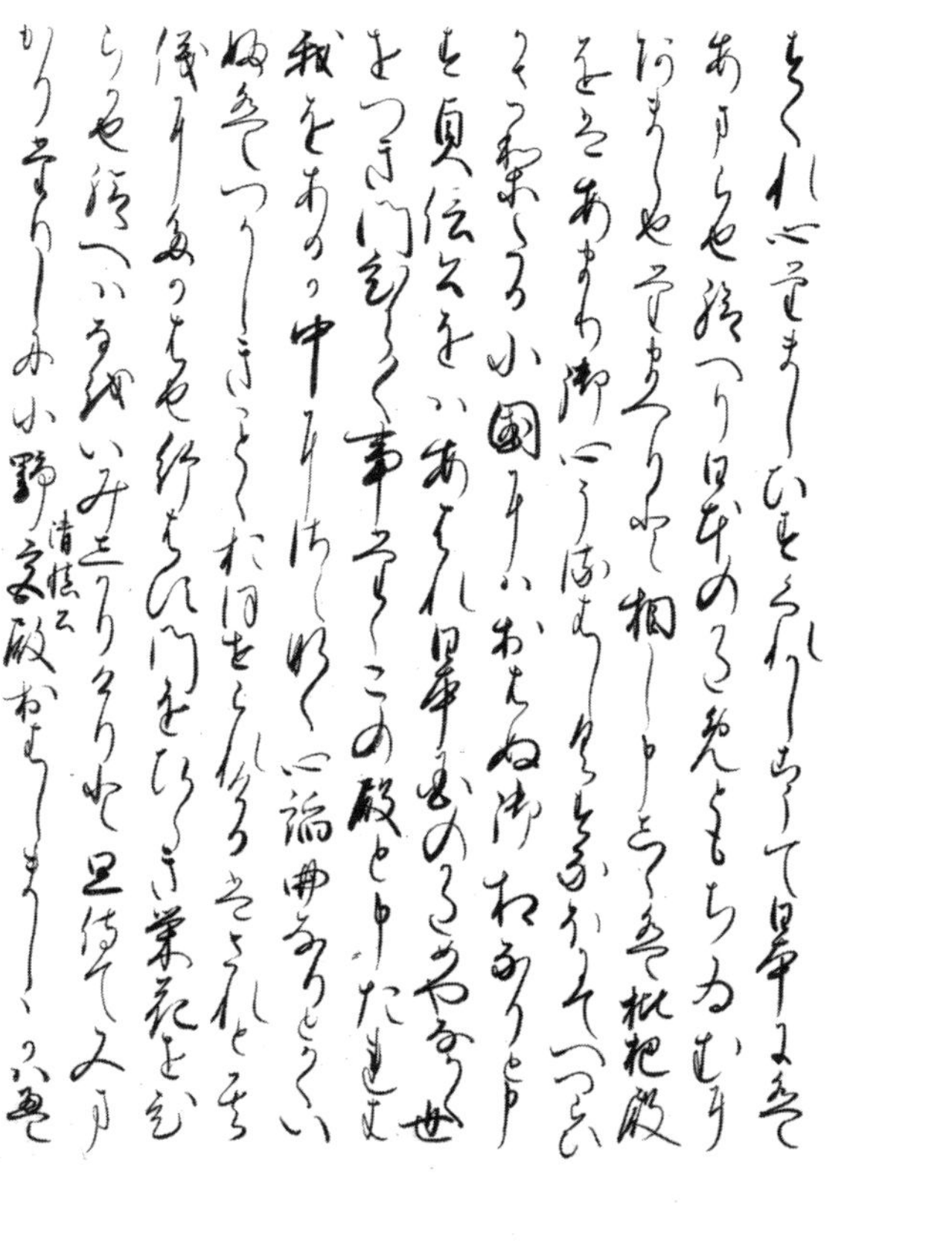

一 （殿は）意図的に粗末な身なりで。 二 下賤の者。身分の低い者。 三 すわっておられましたが。 四 何事だろうと思い申していましたが。「思ふ」の主体は、語り手重木自身。従って、「思ひ給へりし」は、規範的語法としてはなじまない。「思ひ給へし」がよい。しかしながら、四段（尊敬）の「給ふ」と下二段（謙譲）「給ふ」は、院政期頃から混乱する。注意すべき語法。 五 だったそうだ。であった。 六 そうはいうものの。そうではあるが。とはいえ。 七 ふざけたような物言いばかりでございますが。 八 底本「これ」、東松本・近衛本（甲）・平松本「これは」。 九 人徳をきわめた老人たちでございます。 一〇 （ですから、この老人が何を申しても）なんで人が大目に見ないことがありましょうか。 一一 高貴な方々のことを近くでお見上げしたこと。 一二 宇多法皇。 一三 淀川の河口近くの地。 一四 有名な遊女の名。

申さすなりにき、[一]ことさらに、あやしきすかたを
つくりて、[二]下臈のなかにとをくゐ[三]させ給へりしを、
おほかりし人のなかよりのひあかり見たてまつりてを
よひをさしてものを申しかは、[四]なに事な
らんとおもひたまへりしを、のちにうけ給はり
しかは、貴臣よと申けるなりけり[五]、[六]さるはいと
わかくおはします程なりかしな、いみしき[七]あされ
事ともに侍れと、まことにこれ[八]徳[九]いたりた
る翁共にて候、[一〇]なとか人のゆるさせたまはさらん、
又、つたなき下臈の[一一]さる事もありけるはとき
こしめせ、[一二]亭子院の[一三]河尻におはしましゝに、[一四]白
女といふあそひ召て、御覧しなとせさせたま

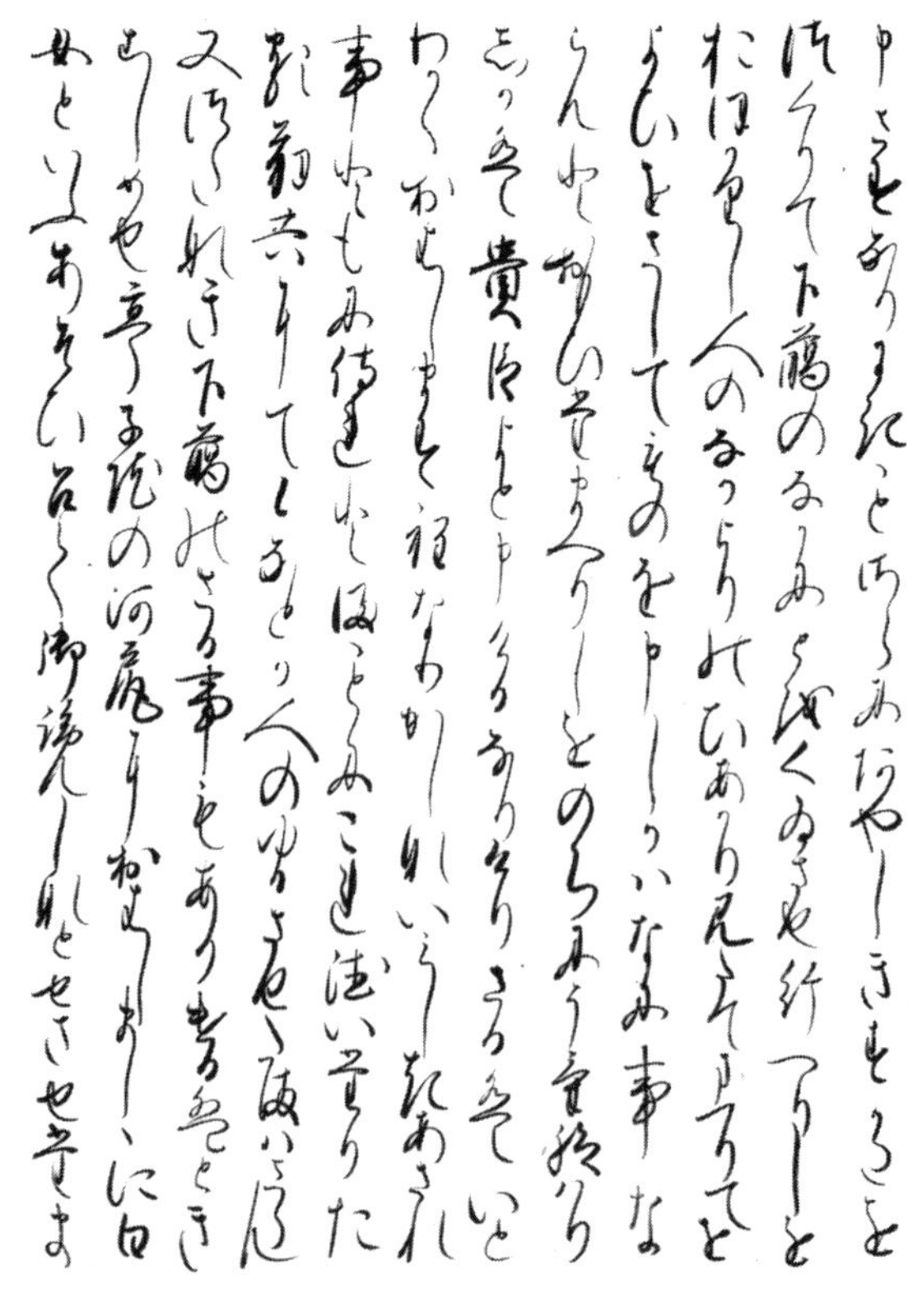

ひて、一はるかにとをく候よし、哥につかうまいれ
と仰事ありけれは、よみてたてまつりし、

二 はま千鳥飛行かきりありけれは雲たつ山をあはとこそみれ

いといみしうめてさせ給て、ものかつけさせ給き、
三いのちたにこゝろにかなふものならはもこ
のしろめかうたなり、四又鳥飼院におはし
ましたるに、れいの遊女ともあまた
まいりたるなかに、五大江玉淵か女の、こゑよくか
たちをかしけなれは、あはれからせ給てうへに
めしあけて、玉渕はいと六労ありて、うたなとい
とよくよみき、このとりかひといふ題を、人々の
よむに、七おなし心につかうまつりたらは、まことの

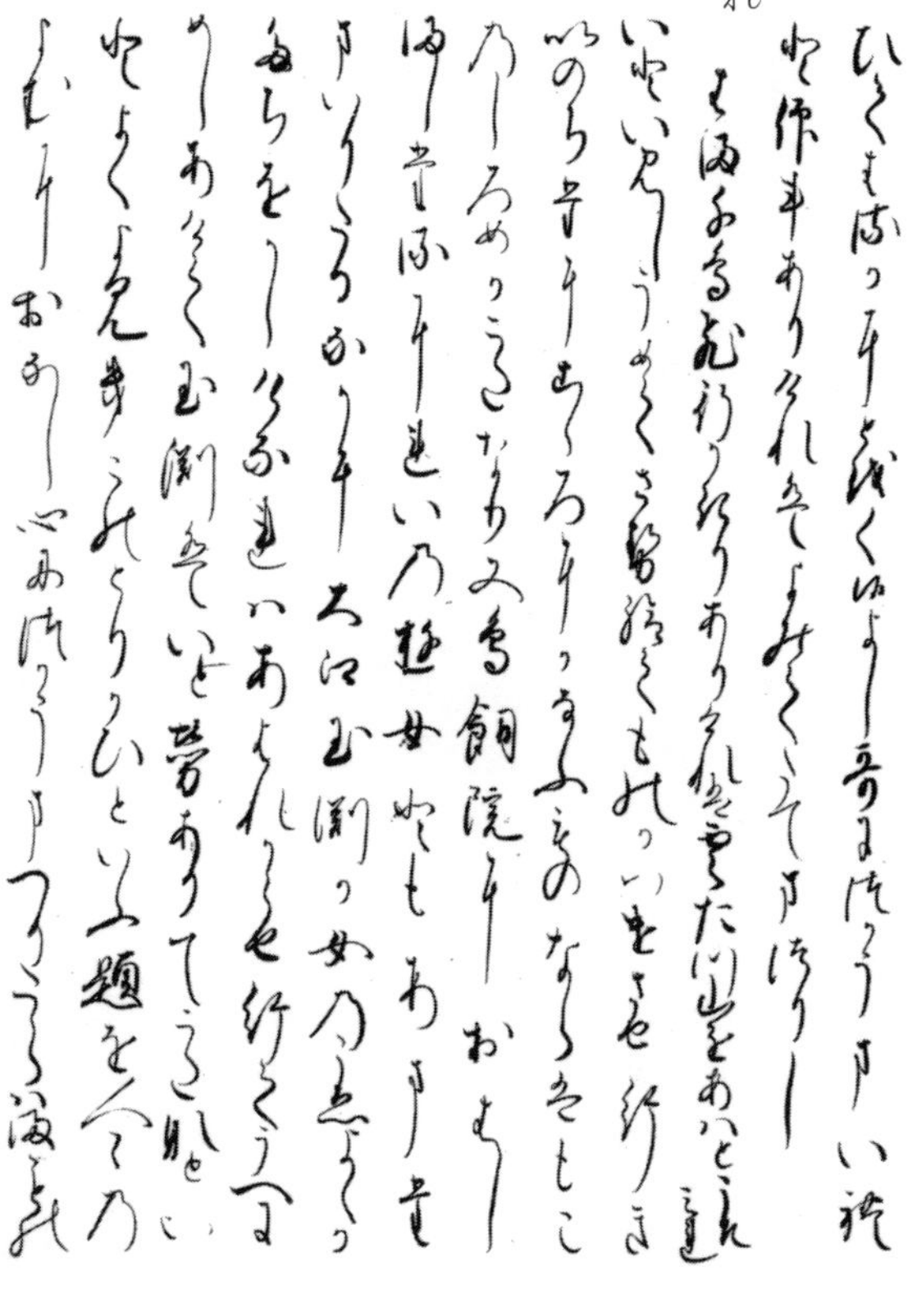

一 遥か遠くの下座に伺候しているという趣を歌にして奉れ。『大和物語』一四五段に、「(略)。上達部・殿上人・みこたちあまたさぶらひたまうければ、下に遠くさぶらふ。『かう遥かにさぶらふよし歌仕うまつれ』とおほせられければ、すなはちよみて奉りける、浜千鳥飛ゆくかぎりありければ雲立つ山をあはとこそみれ(略)」。二「はま千鳥」は白女自身。「雲たつ山」は、宇多法皇の玉座。「あはと」には、「彼は《あれ》」、「淡と《あは》」(ぼんやりと)、それに「阿波と《あは》」(阿波国と)が掛けられている。三『古今和歌集』巻第八離別に「源のさねがつくしへ湯あみむとてまかりける時に、山崎にてわかれをしみける所にてよめる　白女　いのちだに心にかなふ物ならば何かわかれのかなしからまし」。四 大阪府三島郡(現、摂津市)鳥飼にあった離宮。五『大和物語』によると、摂津の鳥飼近くに、大江玉淵朝臣の女を称するものがいた。『後撰和歌集』巻第十五雑一に、一首収載されている。六 歌の道に年功を積んでいて。「労《らう》あり」は、連語。物事によく

通じる。経験を積んでいる。七（そなたも）、父（玉淵）と同じ趣向で詠進申したならば。

一（本当の）玉淵の子だと。下の「おぼしめさむ」の「おぼしめす」は、宇多法皇の詞中にあって、自身の「思ふ」動作の尊敬表現。従って、自敬表現と捉えられようか。あるいは、語り手重木の宇多法皇に対する敬意がこめられてしまったか。二すぐに。ただちに。三初句・二句に「とりかひ」という地名が詠み込まれている。「かひ」には、「甲斐《かひ》」と「峡《かひ》」が掛けられ、「霞《かすみ》」との縁語。四源清平。光孝天皇第一皇子是忠親王の七男。五世話を見るべき事などを。六醍醐天皇の御時。七いうまでもなく。もちろんのこと。八壬生忠岑・凡河内躬恒。共に、『古今和歌集』の撰者。九宮中の図書を取り扱う役所。承香殿の東の片廂《かたびさし》にあった。一〇底本「ゆらゆき」、東松本など「つらゆき」。

一玉淵か子とはおほしめさむとおほせ給をうけ給はりて、二すなはち、

三ふかみとりかひあるはるにあふ時はかすみならねとたちのほりけり

なと、めてたかりてみかとよりはしめたてまつりて、ものかつけ給ほとのこと、四南院の七郎君に、五うしろむへきことなとおほせられけるほとなと、くはしくそかたる。六延喜の御時に、古今抄せられしをり、つらゆきは七さらなり、八たゝみねやみつねなとは、九御書所にめされて候ける程に、四月二日なりしかは、またしのひねのころにて、いみしくけうしおはします一〇ゆらゆきめしいてゝ、うたつかうまつらしめ給へり

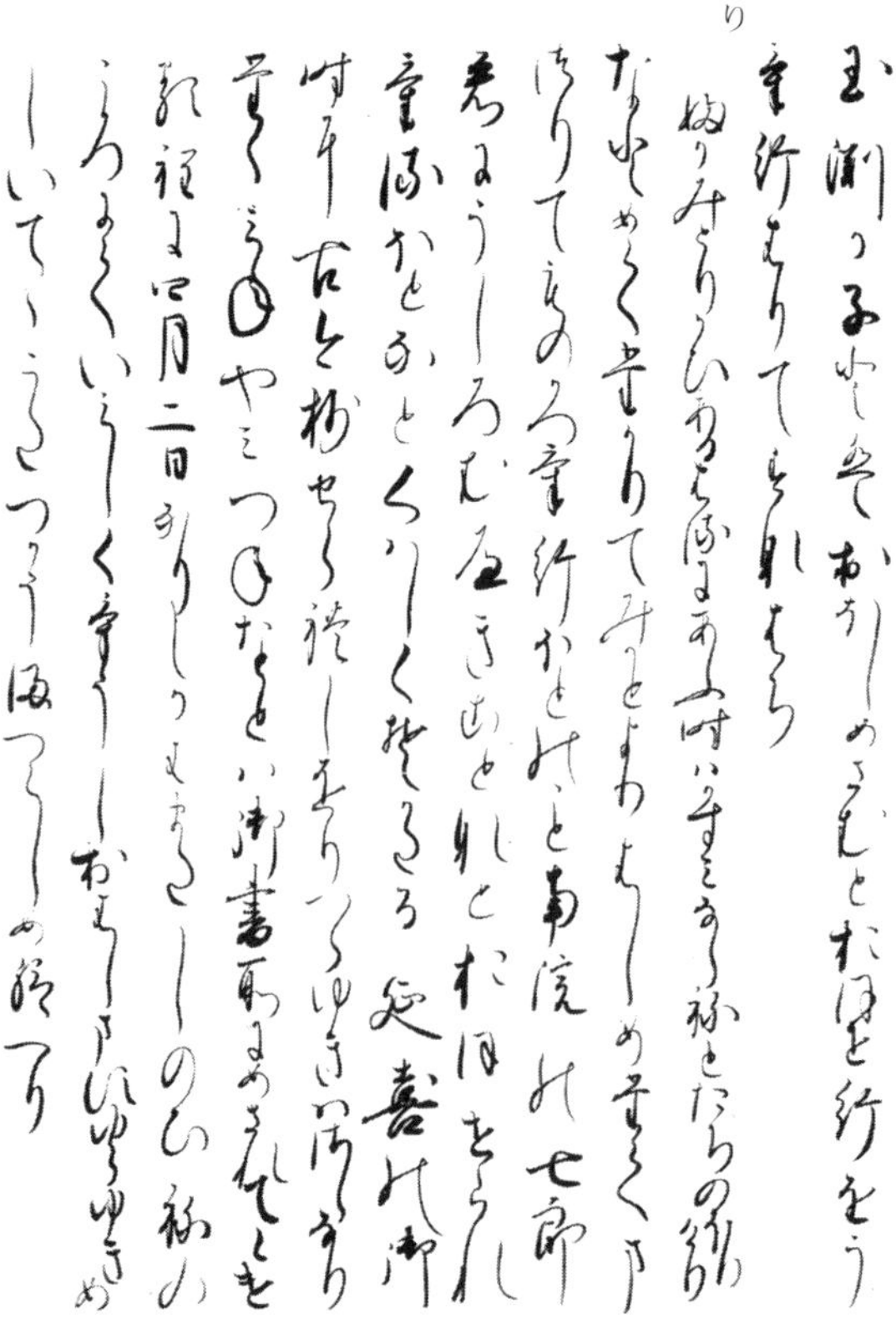

[一]ことなつはいかゝなきけむ時鳥このよひはかりあやしきそなき

それをたに、[二]けやけき事に思給へしに、同御時、御あそひありし夜、[三]御前の御の御階のもとにみつねをめして、月をゆみ[四]はりといふこゝろは、なにのこゝろそ、[五]これかよしつかうまつれと仰ことありしかは、

[六]てる月をゆみはりとしもいふことは山へをさしていれはなりけれ

と申たるを、いみしうかんせさせたまひて、[七]大うちきたまひて、かたにうちかくるまゝに、

[八]しら雲のこのかたにしもおりゐるはあまつ風こそ吹て来ぬらし

いみしかりしものかな、[九]さはかりのものに、

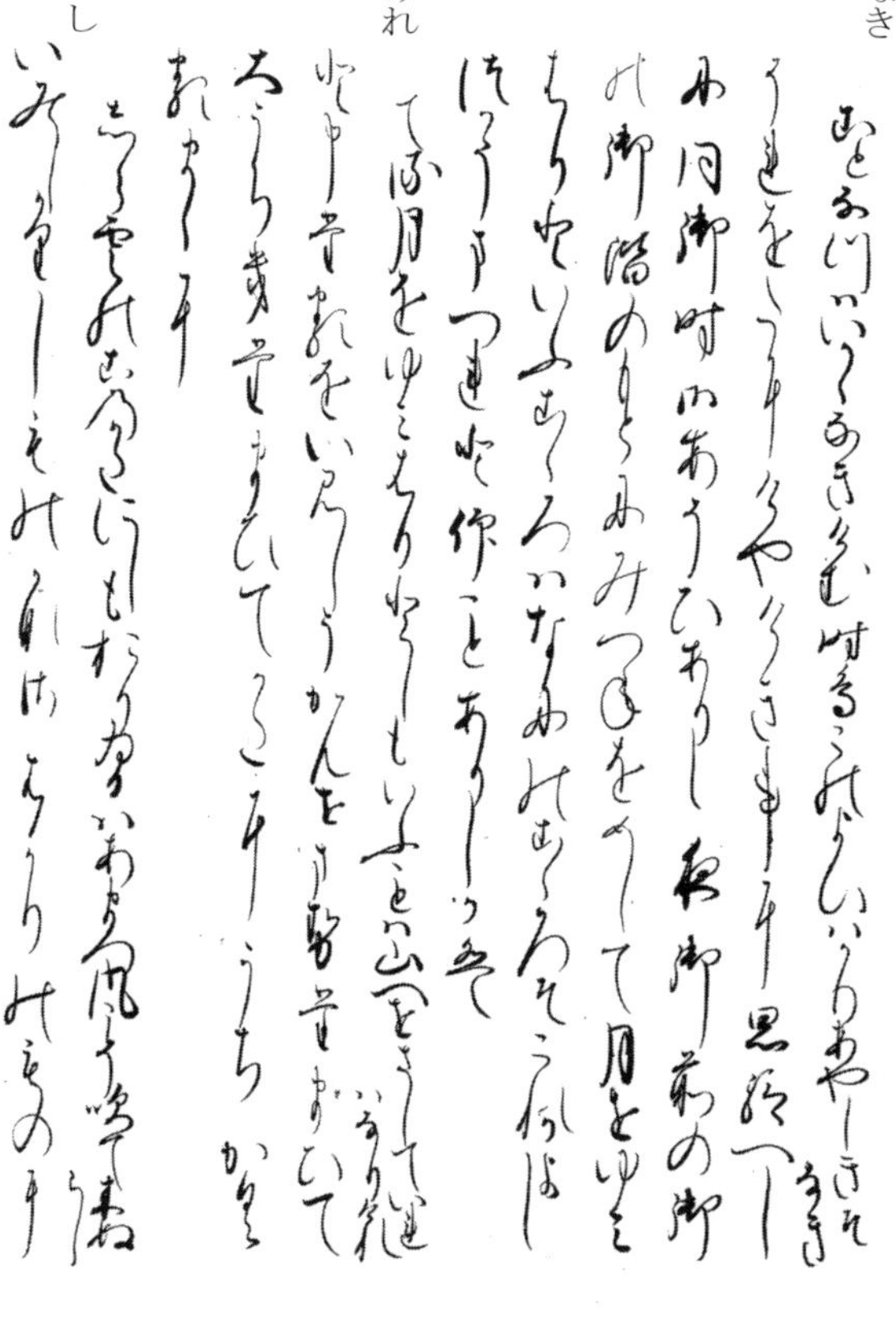

一『貫之集』第九、『風雅和歌集』巻第四夏歌に所載。ただし、第五句「あらじとぞきく」。二 きわめてすぐれていると存じますのに。三 底本「御前の御の御階のもとに」、東松本・近衛本（甲）・平松本「御前の御階のもとに」。「御階のもとに」は、階段の下に。四 弓張月。五 その理由を歌にして詠み奉れ。六「い れば」に、「入れば」と「射れば」を掛ける。底本、第五句「いれはなりけれ」、東松本・近衛本（甲）・平松本「いれはなりけり」。「てる月を」と次の「しら雲の」の歌、共に、『大和物語』百三十二段に収載。七「袿《うちき》」は男が直衣《なおし》・狩衣《かりぎぬ》などの下に着た衣服。「大袿」は、その大きなもの。八「このかた」には、「此の肩」と「此の方」、「おり」には、「織り」と「下り」、「来ぬ」には、「来ぬ」と「着ぬ」が掛けられている。「あまつ風」には、帝がたとえられている。九 躬恒のような低い身分の者に。底本「さはかりのものに」、東松本「さはかりのものを」。

一ちかうよせて二勅祿たまはすへき事ならねと、そしり申人のなきも、三君のをもくおはしまし、又みつねか和哥の道に四ゆるされたるとこそ思給へしか、五かの遊女ともの、哥よみ、六感給はるは、さそ侍、院にならせ給ひ、みやこはなれたる所なれはと七優にこそ、あまりにをよすけたれ、この侍、とふ円融院の、むらさいのゝ八子日の日、九曾祢好忠いかに侍ける事そといへは、それ〳〵、いと興に侍りし事なり、さはかりのことに、上下をえらはす和哥を賞せさせ給はむに、けに一〇いらまほしき事に侍れと、一一かくろへにて、優なる哥をよみいたさむたに、いと無礼に侍るへき、

一 底本「ちかうよせて」、東松本・近衛本（甲）・平松本「ちかうめしよせて」。二 勅命によって物をくださること。またその物。三 君たるお方が重々しくいらっしゃり。四 世間から認められていたからだと。五 「かの」の「か」は、白女・玉淵の女をさす。六 おほめ賜ったのは。七 底本「優に」、萩野本、八巻本など「いふこそ」。八 初春の「子の日」、即ち正月の最初の子の日に、野外に出て、小松を引き、若菜を摘んで、長寿を祝った日。『運歩色葉集』「子日《ネノヒ》」。九 平安時代中期の歌人。革新的歌風で、歌壇に新風を送る。家集に『曾丹集』がある。一〇 歌詠み仲間に、入りたいこと。一一 選にもれた以上物陰に姿を隠して。

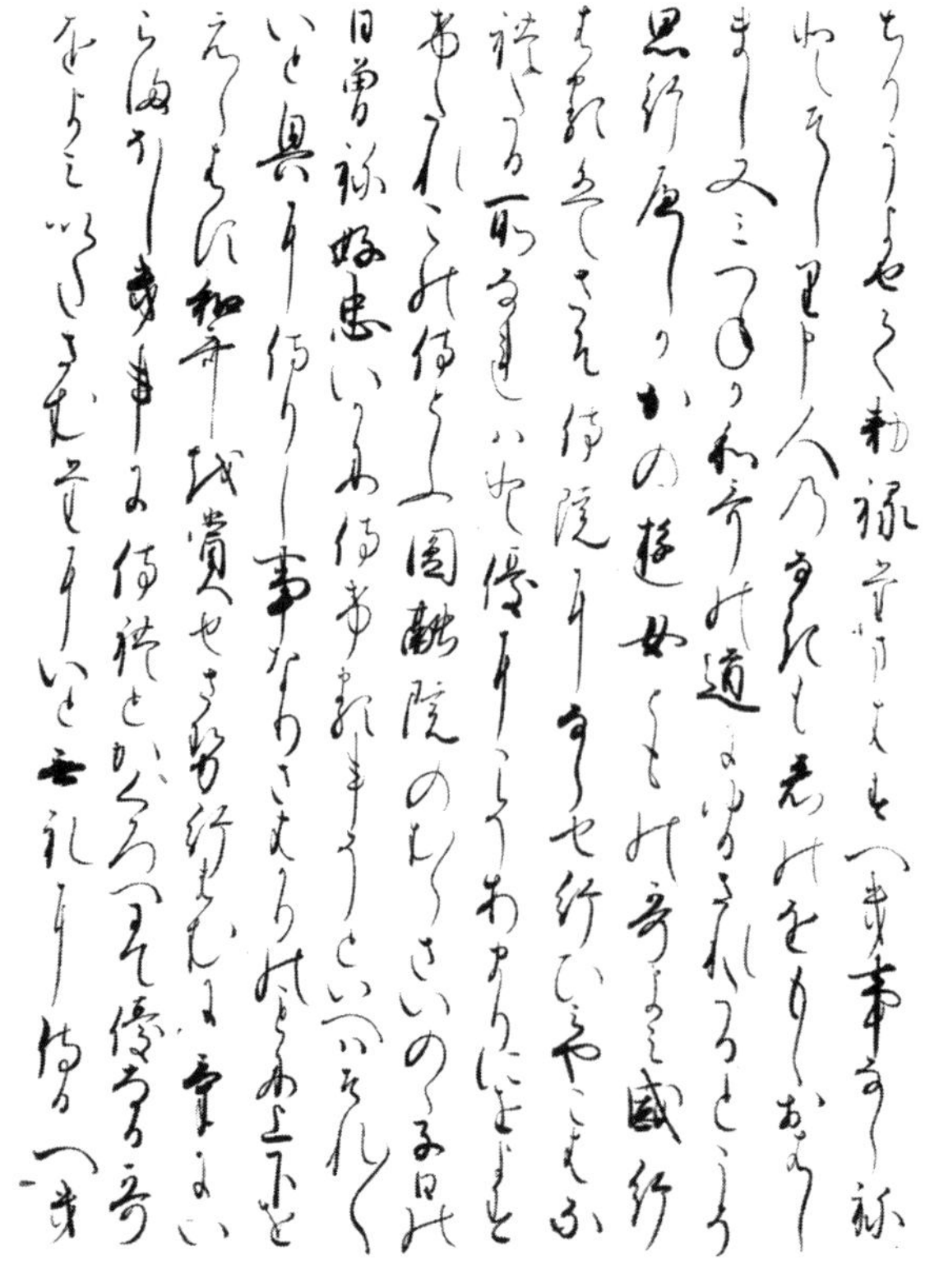

事に、[一]座にたゝつきにつきたりし、あさま
しく侍りし事そかし、[二]小野宮殿《康義公》[三]閑院大将《朝光》殿なと
そかし、[四]ひきたてよく〱と[五]おきてさせ給しは、
[六]みつねか別祿給はるに、たとしへなき哥よみな
りかし、哥いみしくとも、[七]おりふしきりめを見て、
つかうまつるへきなり[八]けしうはあらぬ哥よみ
なれと、[九]からうおとりにしことそかしといふ侍こ
まやかにうちゑみて、いにしへのいみしき事ともの
侍りけんは、しらす、[一〇]なにかしものおほえてのちふ
しきなりし事は、三条院の大嘗會の御禊
[一一]の出車、太宮《上東門》[一二]皇太后宮《枇杷》よりたてまつらせ給へりし
そありしや、太宮の[一三]一[一四]のくるまのくちのまゆ

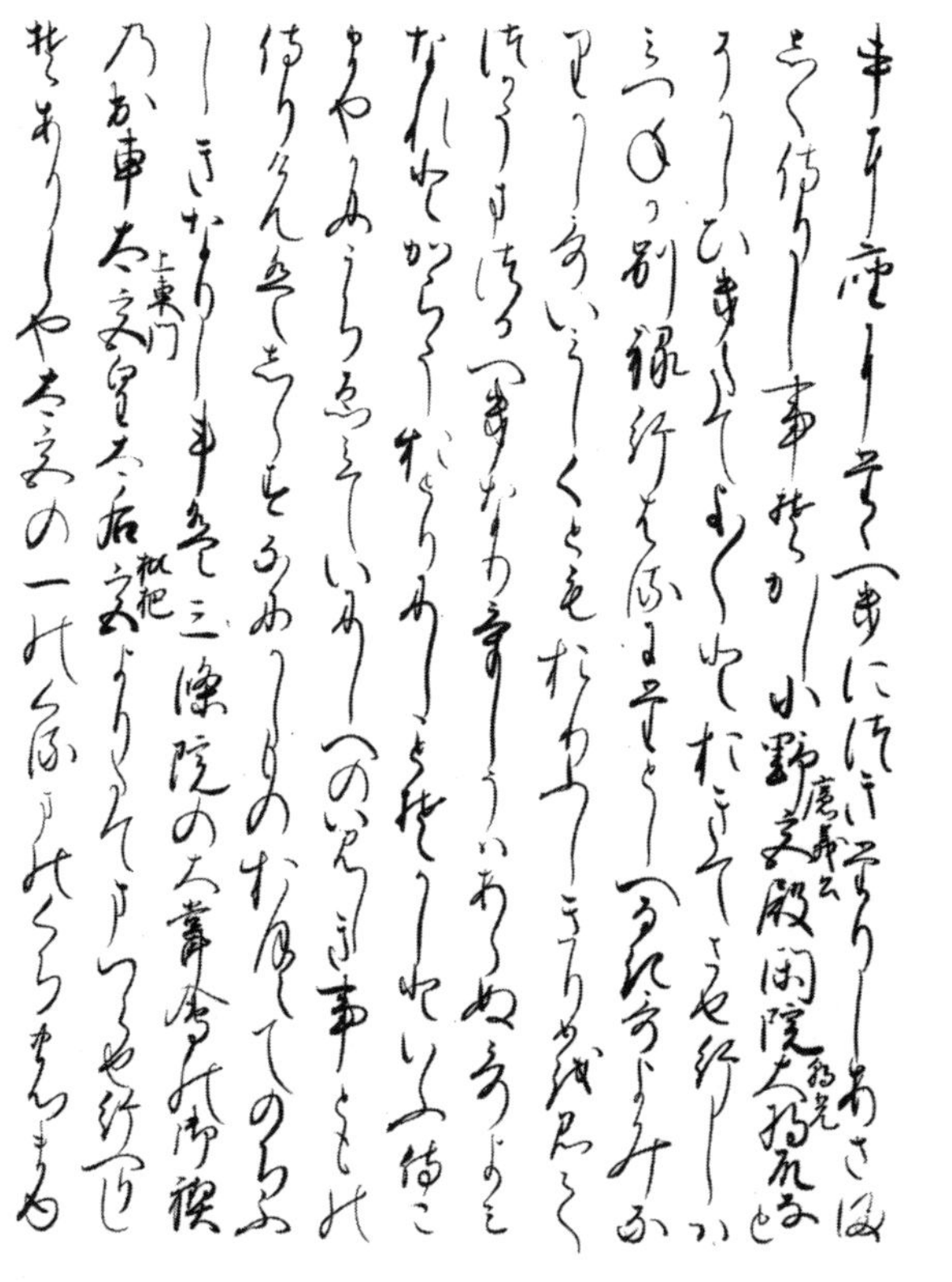

一 好忠が、召人の座に、無遠慮に着座したのは。二 藤原実資。三 藤原朝光。四 退席させよ、退出させよ。「引《ひ》き立《た》つ」は、引いて立たせる。五 お命じになさったのは。六 躬恒が特別のご褒美の品物をいただいたのと比べると。七 時と物事の区切りを見て詠むようにすべきです。八 好忠は、悪くはない歌人ですが。九 ひどく見劣りしたことですね。一〇 自称の代名詞。わたし。自分。上巻一一四頁注八参照。一一 行幸・儀式などの時、女官・女房の乗用のため、官から貸し出す牛車。一二 底本「太宮」、萩野本、八巻本「大宮」。彰子・妍子。一三 先頭の車。一四 「口」は、車の前方。「眉《まゆ》」は、廂。

に[一]香囊《カウノフクロ》かけられて、[二]そらたきものたかれた
りしかは、二条の大路の、[三]つふとけふりみちた
りしさまこそめてたくいまにさはかりの見もの
またなしなといへは、世次、しかく、いかはかり御こゝ
ろにいれて[四]いとみせさせたまへりしかは、
[五]それに、女房の御心の[六]おほけなさは、[七]さは
かりのことをすたれおろしてわたりたうひにし
はとよ、あさましかりし事そかしな、[八]ものけたま
はるくちにのるへしとおもはれけるか、[九]しりに
おしくたされ給へりけるとこそはうけ給はり
しかけに女房のからきことにせらるれとも、
しうのおほしめさんところもしらす、おとこは

一 合せ香を入れて、帳台の柱にかける袋。二 四方を香らせるためにたく香。三 びっしりと。すっかり。すきまなく。四 張り合って、ことをなさったことか。「かは」は、感動、詠嘆。五 接続詞。それなのに。然るに。六 思いあがったさま。「おほけなさ」は、身分知らず。身分不相応。七 主人がそれほど心をこめてなさったもの。八 物を承る車の前の座席に自分は当然乗るはずだと思っておられたのに。「ものけたまはる」は、「ものうけたまはる」の転。九 牛車の奥の方へ座席を下げられなさっていた（そのつらあてからだ）と。

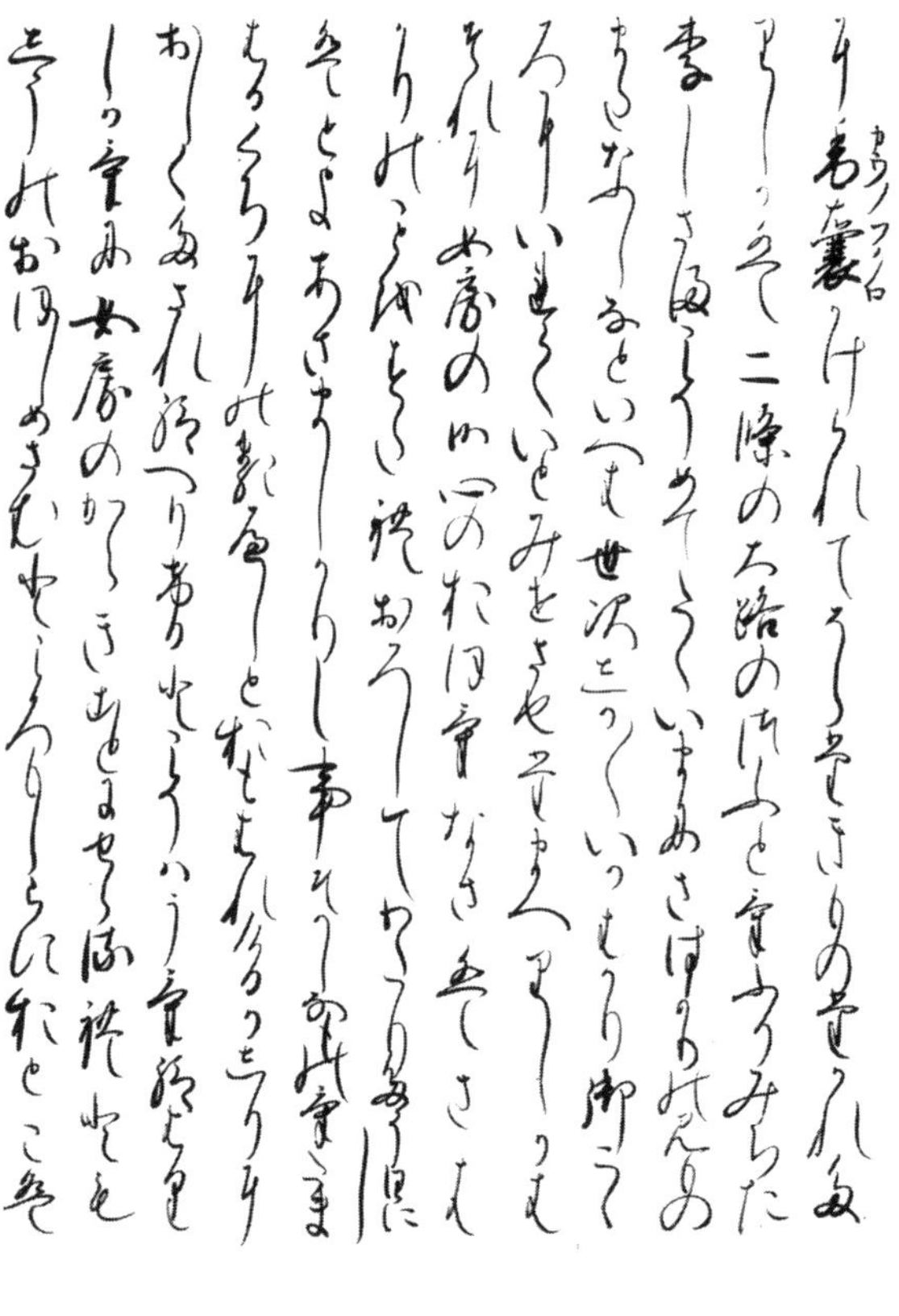

えしかあるましくこそ侍れ、おほかた、[一]その宮には、[二]心をそましき人のおはするにや、[三]一品宮《陽明門院》の御もきに、入道殿より[四]玉をつらぬき、いはをたて、水をやり、えもいはす調せさせ給へるもからきぬを、よつたてまつらせ給て、なかにもとりわきおほしめさむ人に給はせよと申させ給へりけるを、さりともと思たまへりける女房の、[五]たまはらて、やかてそれなけきのやまひつきて、七日といふに[六]うせ給にけるを、なといとさまておほえたまひけむ、つみふかく、まして、いかにものねたみの心ふかくいましけんなといふに、あさましく、いかてかくよろつの事、[七]御簾のうちまて聞

一 妍子皇太后宮の御所には。 二 気が強い。「おぞまし」は、勝気だ。強がりだ。 三 禎子さまの成人式。治安三年（一〇二三）四月一日裳着。一品宮は、妍子腹で、三条天皇の皇女、禎子内親王。道長の孫にあたる。 四 裳・唐衣の模様の描写。 五 頂戴《ちょうだい》できないで。 六 「亡す」については、拙稿「大鏡の語彙―「死ぬ」とその類義語」『大鏡の語法』（明治書院　一九八五年）参照。 七 奥向きの秘事。

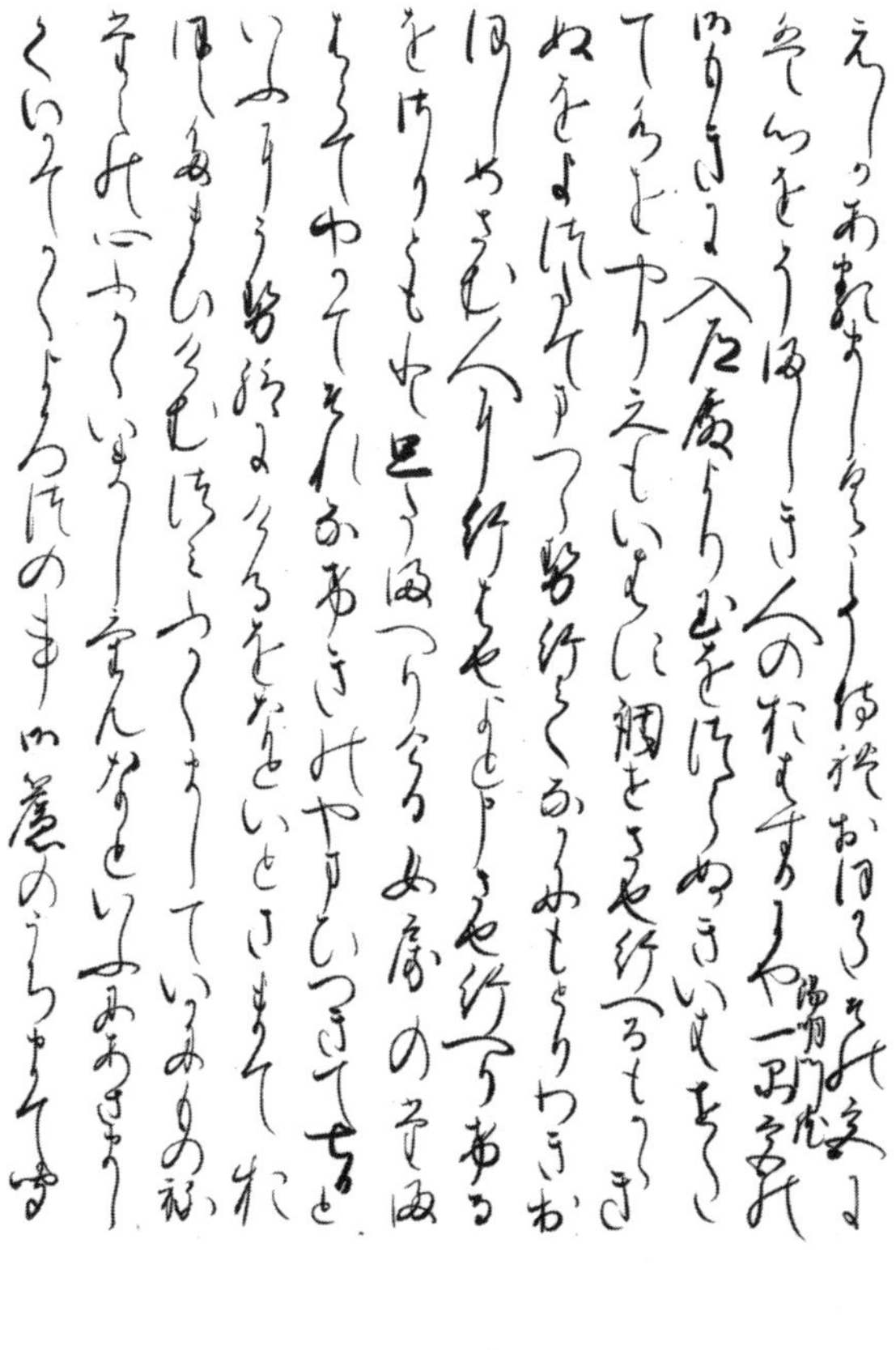

一「媼《おうな》」の誤写か。萩野本・披雲閣本「おうな」、八巻本「おんな」。二 昔話。三 この老人たちの話。四 法会での説教をする僧。五 すっかり興をさましてしまったから。六 説教。七 誰かに後をつけさせて。八 確定の逆態接続を表す接続助詞か。しかしながら、「も」が接続助詞として、定着したのは、通常鎌倉時代とされる。従って、松尾聰のいう『おもひし（翁たち）も』とみて『まぎらはし』につづくとすることもできよう」（『大鏡抄』笠間書院　一九六八年）と捉えるのがよいか。なお、八巻本には、「も」の接続助詞としての確かな例がある（拙著『水鏡とその周辺の語彙・語法』笠間書院　二〇〇七年）。九 底本「講のなからはかりかほとに」。一〇 何が原因だかわからなく。一一 騒ぎ。

覧とおそろしくかやうなる一女をきなゝんとの
二ふることとするは、いとうるさくきかまうきやうに
こそおほゆるに、三これはたゝむかしにたちかへ
りあひたる心ちして、又くもいへかし、さしいらへ
ことゝはまほしきことおほく、心もとなきに、四講師
おはしにたりと、たちさはきのゝしりしほと
に、五かきさましてしかは、いとくちおしく六事
はてなんに、七人つけていゐはいつこそとみせ
むとおもひしも、八、九講のなからはかりほとに、一〇その
ことゝなく一一とよみとて、かひのゝしりいてき
て、ゐこめたりつる人も、みなくつれいつるほとに
まきれて、いつれともなく見まきらはして

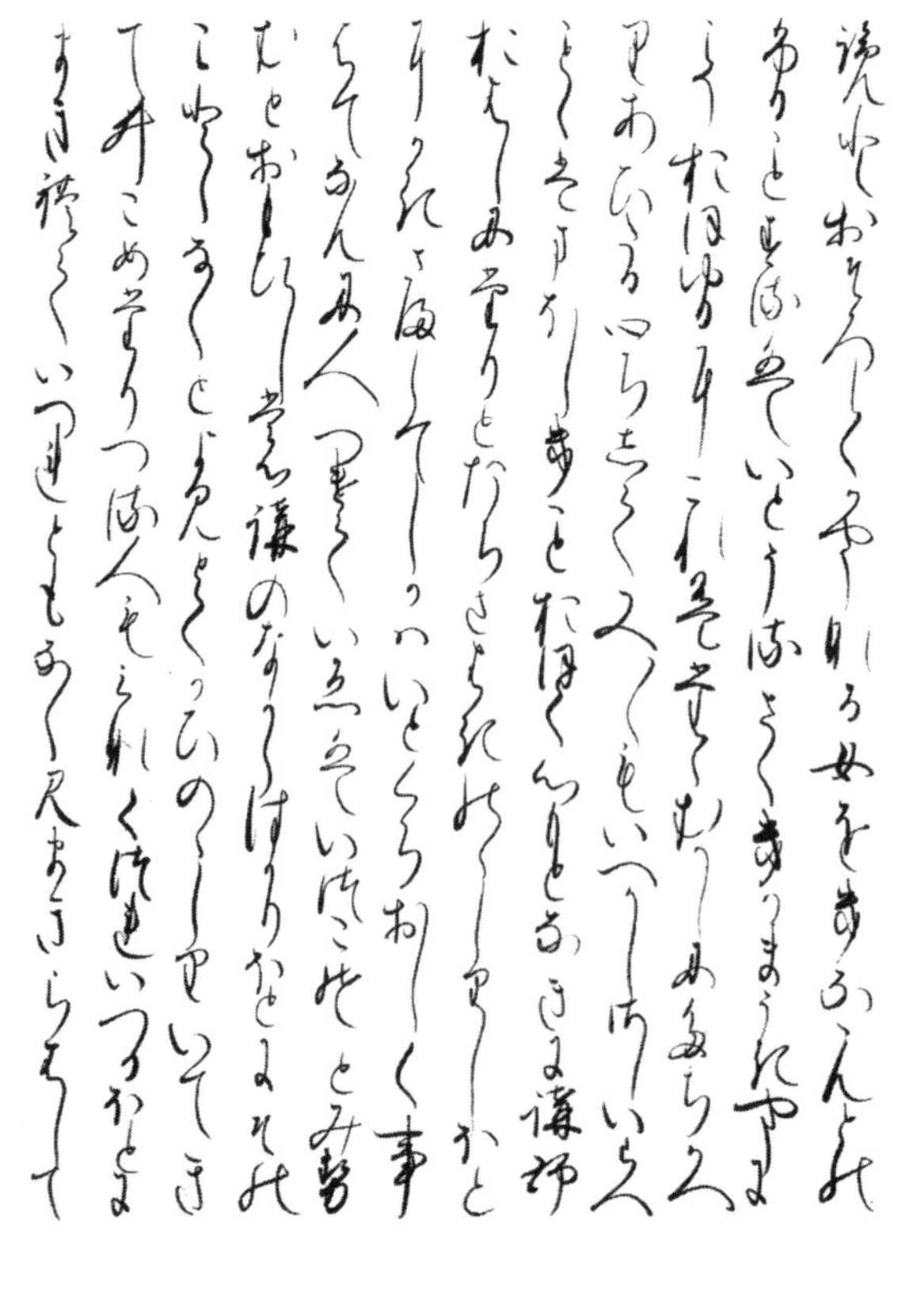

しくちをしさこそ、なにことよりも、[一]かのゆめのき
かまほしさに、ゐところもたつねさせんとし
侍りしかとも、[二]ひとりくをたに、え見つけ
すなりにしよ、[三]まことく、[四]みかとのはゝきさきの御
もとに行幸せさせ給て、[五]御こしよすることは、[六]ふか
くさ《仁明天皇》の御時よりありける事とこそ、[七]ゝれか[八]さ
きは、おりてのらせたまひけるか、[九]きさいの
宮《嘉智子》行幸のありさま、見たてまつらんた、[一〇]ゝよせて
たてまつれと申させたまひけれは、そのたひ、
さておはしましけるより、いまはよせてのら
せたまふとそ、

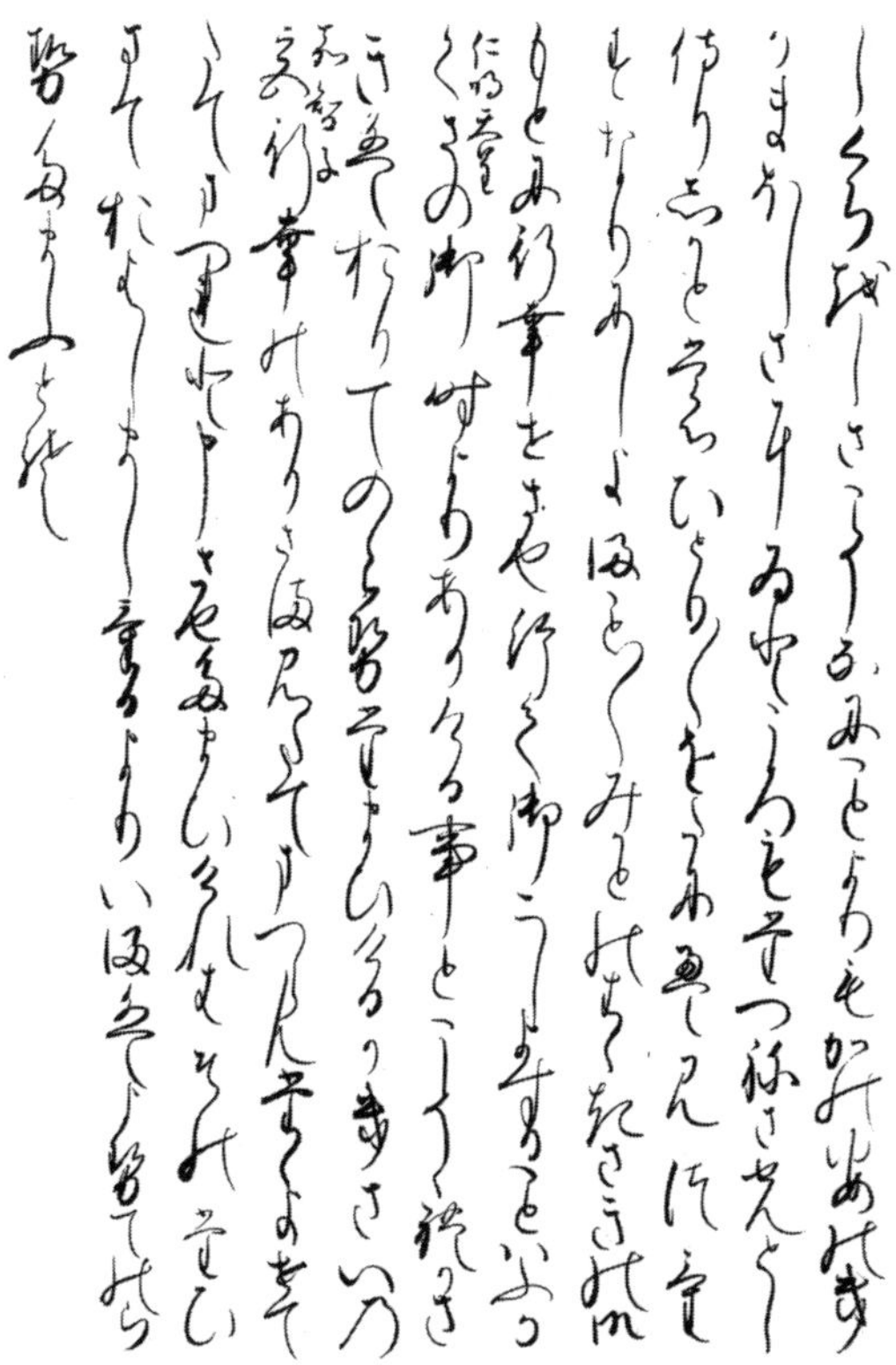

一 一品宮（禎子内親王）の御誕生前に世次がみたというすばらしい夢のお告げ。下巻九六頁にある「いとかしこき夢想みたまへしなり」を指す。 **二** あの老人たちの一人さえ。老人たちの中のせめて一人なりとの意識。 **三** ほんとうに、そうそう。「まこと」は、感動詞。 **四** 朝覲《ちょうきん》の行幸のこと。新年に、天皇が上皇・母后の御所に行幸すること。 **五** 鳳輦《ほうれん》（天皇の乗り物）を寝殿のところまで近寄せること。 **六** 仁明天皇。 **七** その前は。 **八** いったん、寝殿の御階を下り、御輿にお乗りになったのですが。 **九** 橘嘉智《かち》子。仁明天皇の生母、嵯峨天皇皇后。 **一〇** 直接、寝殿まで御輿を近付けてお乗りなさい。

大鏡解説

三巻本・六巻本・八巻本。

〔別名〕『世継』『世継物語』『世継の翁の物語』『世継大鏡』など。

〔著者〕未詳。藤原氏の出身者と源氏の出身者とに分かれている。藤原為業《ためなり》・藤原能信（道長の子）・藤原資国説や源道方・源経信・源俊明・源俊房・源顕房・源乗方《あきまさ》・源雅実などが擬せられている。他に、大江匡房や院政期の藤原氏の下層貴族説などがあるが、何れも定説に至っていない。

〔成立〕院政期。年時は、特定できない。万寿二年（一〇二五）以降、下限は、長承三年（一一三四）か。同年書写の『打聞集』に、古本系『大鏡』が引用されている。

〔諸本〕四種に大別される。橘健二氏は、日本古典文学全集『大鏡』（小学館　一九七四年）で、⑴第一種本（古本六巻本）、⑵第二種本（古本三巻本）、第一類（裏書分注の古本）、第二類（裏書が分注されていない古本）、第三類（裏書のわずかに存する古本）、⑶第三種本（異本系）、⑷第四種本（流布本系）に分類している。

⑴第一種本に属するものは、東松本（巻子本六軸）で、良質の裏書がある。日本古典文学大系『大鏡』などの底本となっている。

⑵第二種本第一類に属するものには、蓬左文庫本（『新訂増補国史大系本』の底本）・桂宮本（乙）（『古典文庫』の底本）・近衛家本（乙）・久原本（『改造文庫』の底本）などがある。第二類に属するものには、千葉本（『笠間

索引叢刊』の底本）・近衛家本（甲）（『大鏡の研究上巻本文篇』『新編日本古典文学全集』の底本）・桂宮本（甲）（『影印校注古典叢書』の底本）などがあり、第三類に属するものには、建久本や池田本（共に零本）などがある。

(3)第三種本の異本系には、萩野文庫旧蔵本・披雲閣本や東洋文庫本（零本。『東洋文庫書報第十六巻』の底本）などがある。

(4)第四種本には、古活字本と整版本（『八巻本大鏡』の底本）などがある。

第一種本の東松本と第二種本第二類本とは同系統で、古本系の善本。東松本は、鎌倉時代書写の完本で、諸本中最古鈔本。瑕瑾も少ない。また、千葉本は、約三分の一の零本で惜しまれるが十二世紀末葉の書写で、本文は良質。傍訓や声点が付されている例も多く、古辞書的性格をも有している。近時、加藤静子氏は、近衛家本（甲）の本文の優秀性を説いている（『新編日本古典文学全集』解説）。

第二種本第一類の諸本は、何れも近世初期ごろの写本で、脱落、増補記事、語句の異同等が散見される。第二種第三類本の建久本は、古態の本文とは距離があり、池田本は、脱落・誤脱の目立つ本文である。

第三種の諸本は、古本系と増補本系との中間に位置している。

第四種本には、古活字本（六巻）や整版本（八巻本）などがある。増補本系であり、後世の語・語法が散見され、院政期の日本語資料としては、問題を残す。

〔解説〕 歴史物語。紀伝本。第五十五代文徳天皇から第六十八代後一条天皇までの十四代百七十六年間の歴史を、『史記』に倣って記す。藤原道長の栄華の由来と権勢を叙述。文章は、和文が優勢な和漢混淆文。多くの漢語などを駆使した簡勁な筆致で描かれる。

雲林院で説法の前に、百九十歳の世次と、百八十歳の重木、重木の妻・若侍とが出会い、世次が中心になって歴史を語り、重木・重木の妻・若侍が、頷いたり、批判を加えたりする劇的対話形式を採る。語りの構造は二層（地の文は、世次らの語りを、聞き手の一人記者が読者に語るという形式。根拠は、地の文中に、丁寧語「侍り」・係助詞「なむ」・間投助詞・終助詞「かし」などが使用されていることから）。

日本語史上注目すべき主なものを挙げる。「おはす」の活用に、四段の例が存在、丁寧語「侍り」と「候ふ」と併存、年月日を修飾している形容詞「同じ」の連体形「同じき」や「御＋形容詞」型の「御心深し」の存在、助動詞「り」が下二段動詞の連用形に承接した「たとへり」、副助詞「とやか」の顕在、二重尊敬語「奉り給ふ」、係り結びの弛緩、とりわけ「こそ……体言＋よ」の存在など。また、漢文訓読語やその語法が散見されるのみならず、記録語「きはめたる」「させる」（共に連体詞）などの例があり、記録語の語法二重尊敬の「しめ給ふ」も二十八例使用されている。

参考文献

平田俊春『日本古典成立の研究』（日本書院　一九五九年）
秋葉安太郎『大鏡の研究上巻下巻』（桜楓社　上一九六一年　下一九六〇年）
小久保崇明『大鏡の語法の研究正続』（さるびあ出版　正一九六七年、桜楓社　続一九七七年）
小久保崇明編『天理大学図書館蔵千葉本大鏡翻刻及び振り仮名・声点索引』（笠間書院　一九七九年）
根本敬三『対校大鏡』（笠間書院　一九八四年）
小久保崇明『大鏡の語法』（明治書院　一九八五年）

小久保崇明『「大鏡」の語彙・語法の研究』（翰林書房　一九九五年）
橘健二・加藤静子校注訳『新編日本古典文学全集　大鏡』（小学館　一九九六年）
京極与一「大鏡の文章」（『成蹊大学文学部紀要』二　一九六六年十二月）
遠藤好英「連体詞『きはめたる』の文章史的性格」（宮城学院女子大学『日本文学ノート』八　一九七三年三月）
阪倉篤義「大鏡の『語り』」（『文学』一九七六年三月）
根本敬三「大鏡の諸本」（『歴史物語講座３大鏡』風間書房　一九九七年）

影印校注古典叢書39

大鏡　下巻

平成24年5月25日　初版発行

校注者　小久保崇明
発行者　岡元学実
印刷所　恵友印刷㈱
製本所　㈲松村製本所
検印省略・不許複製

発行所　株式会社　新典社
東京都千代田区神田神保町一―四四―一一
営業部＝〇三（三二三三）八〇五一番
編集部＝〇三（三二三三）八〇五二番
FAX＝〇三（三二三三）八〇五三番
振替　〇〇一七〇―〇―二六九三二番
郵便番号一〇一―〇〇五一番

ISBN978-4-7879-0239-9 C3393
http://www.shintensha.co.jp/ E-Mail:info@shintensha.co.jp